FEDERHERZ
VERLAG

ALESSIA GOLD

BRAVE MÄDCHEN TUN DAS NICHT

SINISTER CROWN

SINISTER CROWN
Brave Mädchen tun das nicht

Cover & Umschlag: Vivien Summer
Bildmaterial: Shutterstock, Freepik
Korrektorat: Korrektorat & Lektorat Judith Bingel M. A.
Druck und Bindung: CPI books GmbH, Leck

Bestellung und Vertrieb: Nova MD GmbH, Vachendorf

ISBN: 978-3-98595-963-1
2. Auflage

Federherz Verlag
Bergmannsweg 7
31867 Lauenau
www.federherzshop.de
Instagram: @federherz.verlag

Soundtrack

Tristán und seine Dämonen
Pressure – Rosenfeld
Platzpatronen – BEVN
Wrecked – Imagine Dragons
Bad Drugs – King Kavalier, ChrisLee
was uns high macht – Provinz

It's all about Lov … Sex
Colors – Elvis Drew
Do It For Me – Rosenfeld
love me – Ex Habit

Daddy Declan Delahaye
Daddy Issues – The Neighbourhood
Blvck – Bryce Savage

The Story of Tryle
Best Friend – BEVN
Drinking With Cupid – Voilà

Fucking O'Connor
Who Do You Want – Ex Habit
Poem Of A Killer – WE ARE FURY, Elijah Cruise
Reasons – Imfalls

Ry
WAS WENN – Sanito, Ybre

Goldschein
Too late to love you – Ex Habit

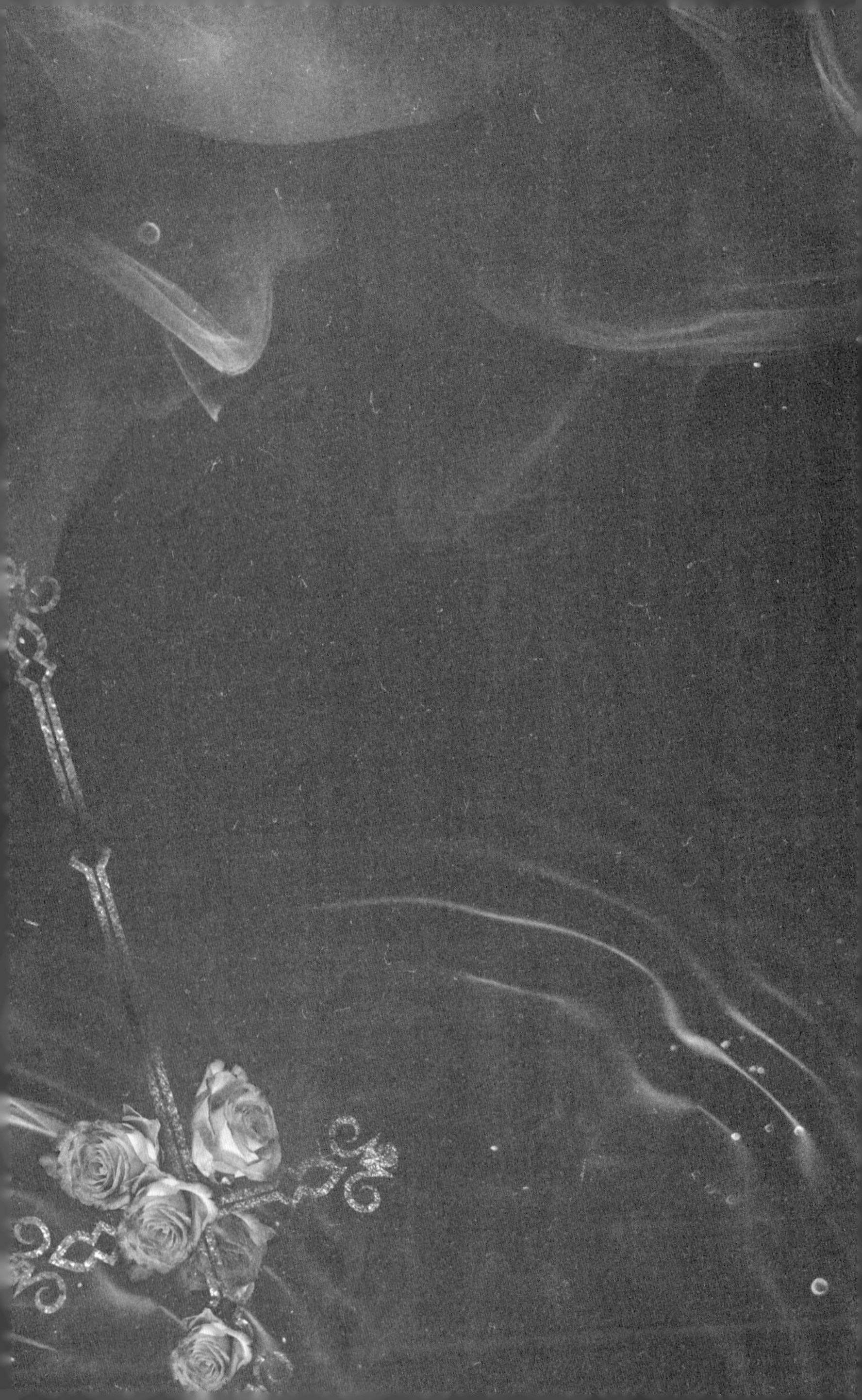

Triggerwarnung

Tristán
Prinz von Spanien

Hallo, du, ja du. Du neugieriges Ding, das es nicht sein lassen kann, die Nase so tief in Angelegenheiten zu stecken wie mein bester Freund die Zunge in triefende Pussys zahlreicher Frauen.
Was er und du gemeinsam habt?
Nichts. Gar nichts. Er ist hier, weil ich ihn dazu zwinge. Aber du? Dir gebe ich eine letzte Chance, um deine Beine in die Hand zu nehmen und zu laufen. Am besten weit, weit weg.

Du verschwendest deine Zeit, wenn du meinst, unsere Geschichte handelt von Königen, von Prinzessinnen und Bodyguards und Sex und Romantik am Strand von Kalifornien.
Das tut sie.
Aber sie handelt auch von Depressionen, von Gewalt, von aufgezwungener Nähe (du sinkst auf die Knie, wenn ich *das will), von Drogenmissbrauch und Missbrauch in all seinen Facetten. (Hast du gerade »Nein« gesagt? Habe ich gehört. Ist mir nur leider scheißegal.)*
»Nein«, sagst du schon wieder?
Du willst das nicht?
Hast du mir eben nicht zugehört?
Ab jetzt zählt dein Nein einen Scheißdreck.

Setz dich.
Spar dir deine süßen Lippen für meinen Schwanz, aber nutz sie nicht, um Erkenntnisse loszuwerden, die ohnehin falsch sein werden.
Sitzt du? Braves Mädchen.
Ich werde dir nun eine Geschichte erzählen … eine Geschichte, deren Seiten so schwarz sind wie die Gedanken, die auf ihnen verewigt wurden.
Vielleicht werden sie dir helfen, unsere Fehler nicht zu wiederholen, aber viel wahrscheinlicher tappst du in dieselben Fallen wie wir alle.
Es kommt auf dich an, ob du am Ende den Mut und die Kraft haben wirst, um uns deine Hand zu reichen, um dir aufhelfen zu lassen.
Aber selbst wenn: Genau das wird dein nächster Fehler sein, denn du weißt nicht, welche Hand es sein wird, die sich am Ende um deine Kehle legt und zudrückt.
Noch ein letzter Tipp:
Wenn du trotz all der Scheiße, die hier abgeht, die Hitze in deinem Schoß fühlst, denk immer daran:
Brave Mädchen tun das nicht …

Anmerkung der Autorin:

In erster Linie soll die Reihe unterhalten. Sie ist weder als eine Anleitung für gewisse Praktiken zu verstehen noch als Maßstab für deinen moralischen Kompass. Den solltest du beim Lesen sowieso vergessen. Wenn du das nicht kannst oder auf sehr realistische Darstellungen Wert legst (oder meinst, Sex ist nur etwas zwischen (einem) Mann und (einer) Frau), solltest du das Buch jetzt weglegen.

Diese Reihe wird im Verlauf sehr komplex.
Im ersten Band kratzen wir nur an der Oberfläche der Geschehnisse. Wir bewegen uns in Kreisen des spanischen Königshauses, Geheimnisse und Intrigen solltest du erwarten. Sie sind definitiv vorhanden und auch wenn du glaubst, alles zu durchschauen, werden dich einige Wendungen eiskalt erwischen.
Mach um deinetwillen nicht den Fehler und verfalle dem ersten Lächeln, das dir einer der Jungs zukommen lässt.
Du würdest es bereuen.

Aber das wirst du sowieso.
Also sei ein braves Mädchen und blätter um ...

Für alle, die sich in sich selbst eingesperrt fühlen.
Ihr müsst nicht immer brav sein.

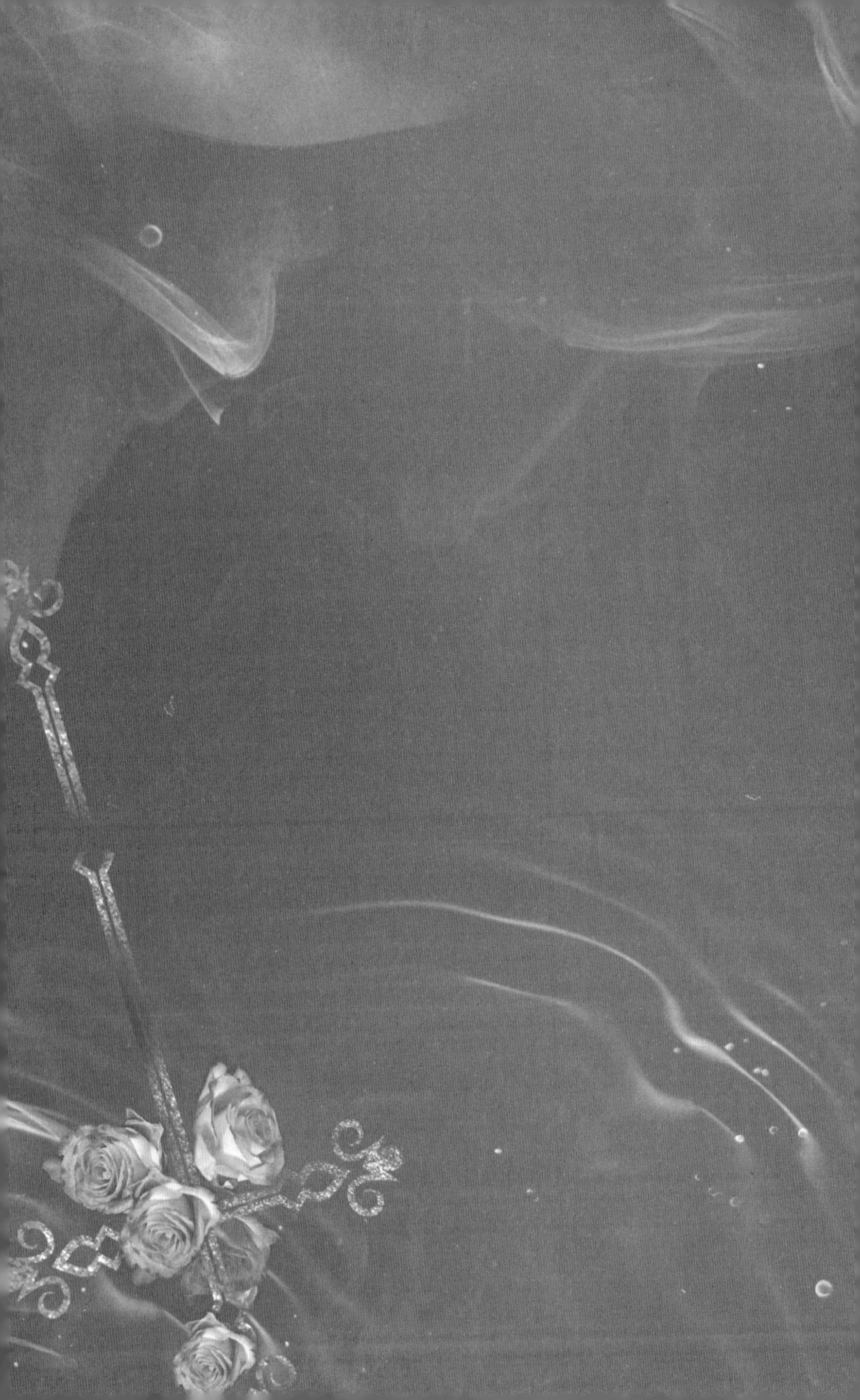

Manchmal muss man das Alte hinter sich lassen,
um das Neue zu finden.

— Kala, »Tarzan«

Maeve

Prolog

Wenige Monate zuvor

Das Leder des Gürtels klatscht auf meine aufgerissene Haut. Ein heißes Brennen jagt über meinen Rücken und wird kurz darauf vom Schmerz des Messers auf meinem Handgelenk ersetzt.

»Nein«, bettle ich, doch meine Stimme ist vom ständigen Schreien nur mehr ein heiseres Krächzen, das von den feuchten Wänden nahezu vollständig geschluckt wird. Ich höre dennoch nicht auf. »Nein, bitte, bitte nicht noch mehr.«

Unter mir spüre ich das alte Holz des Altars und die Einkerbungen darin. Das flackernde Licht der Kerzen um mich herum reicht nicht aus, um sein Gesicht zu erhellen. Es ist unter der Kapuze in völlige Dunkelheit gehüllt. Dennoch bilde ich mir ein, seine grausame Fratze, die Narbe auf seiner Wange, leuchten zu sehen.

»Sag ihm das, nicht mir, Maeve!« Unerbittlich bohren sich seine Finger in meine von den Seilen aufgeriebene

Haut. Immer wieder schneidet mich die Klinge. Immer mehr Blut tropft von meinem rechten Unterarm. »Sag ihm, dass es dir leidtut. Sag ihm, dass du bereust. Sag ihm, dass du büßen wirst! Lass es sie alle hören.« Mit seinen letzten Worten greift er grob in meine Haare und zerrt meinen Kopf so ruckartig zurück, dass ein heißer Schmerz durch meinen Oberkörper schießt. Mein Blick fällt auf die drei Gestalten, die mit wenig Abstand zu uns nebeneinander aufgereiht stehen. Unter ihren schwarzen Kutten kann ich ihre Gesichter nicht erkennen. Bewegungslos stehen sie da und wohnen meiner Bestrafung bei.

Ich versuche es erst gar nicht, sie anzuflehen, dem hier ein Ende zu bereiten. Keiner von ihnen wird mich retten. Auch er nicht.

Gerade er nicht.

Er hat mich verraten.

Er hat *uns* verraten.

»Sag es!«, schnauzt der Mann hinter mir, während ein kalter Luftzug meine erhitzte Haut zum Frösteln bringt. »Sag es jetzt und alles wird gut«, wiederholt er eindringlicher.

Mit jagendem Herzen beiße ich mir so fest auf die Unterlippe, dass ich Blut schmecken kann.

Daraufhin lässt er mich los, aber ich bin nicht so dumm zu denken, dass ich es nun überstanden habe. Sie werden erst aufhören, wenn sie mich gebrochen haben. Doch ich werde nicht aufgeben. Niemals.

Es folgt ein weiterer Schnitt durch meine Haut, noch mehr Blut, das warm meinen Arm herunterläuft. Der Schwindel in meinem Kopf nimmt zu.

Es tut mir trotz allem nicht leid.

Ich würde es wieder so machen.

»Du weißt, was du tun musst!«, schnauzt er mich an, dann kommt die Klinge klirrend auf dem Steinboden auf. Wieder bezieht er hinter mir Stellung und die Gürtelschnalle klappert, als er ausholt.

Ein erbärmlicher Schrei löst sich aus meiner Kehle, als das Leder zischend auf meinem Rücken aufkommt. Mein Rippenbogen ächzt unter dem Schlag und es knackt.

Ich spüre, wie die geschundene Haut abermals aufplatzt.

Spüre, wie die feinen Bläschen sich öffnen und die Wundflüssigkeit sich mit dem frischen Blut mischt.

Ich spüre, wie ich sterbe.

Und ich wünschte, ich würde es endlich tun.

Aber diesen letzten Sieg gönnt er mir nicht. Er wird nicht zulassen, dass ich seiner Strafe entkomme.

Vor meinen Augen blitzen weiße Sterne, als mir abermals das Bewusstsein wegdriftet.

Ich muss wach bleiben.

Ich muss.

Ich will doch gar nicht sterben.

»Sag es, Maeve!«

Wieder und wieder verprügelt er mich mit dem Gürtel, ohne mir die Gelegenheit zu geben, etwas zu sagen.

Aber das habe ich auch nicht vor.

Mit jeder Sekunde hänge ich schlaffer auf dem alten Altar. Meine Hand verkrampft sich um das Kreuz, als ich den Rücken wölbe und den Schmerz ein weiteres Mal herausschreie.

»Du weißt, was du falsch gemacht hast!« Wieder ein Schlag, diesmal mit der flachen Hand auf meinen nackten Po. Ich wimmere erstickt und schaffe es nicht, die Augen länger aufzuhalten. »Brave«, *noch ein Schlag,* »Mädchen«, *noch einer,* »tun das nicht.«

Brave Mädchen tun das nicht.

Mit jedem Schlag prügelt er mir die Worte ins Hirn, wo sie sich in meinem Unterbewusstsein festsetzen.

Seine Schritte hallen von den hohen Wänden der Kirchenruine wider, als er den Altar umrundet, bis ich seine Wärme dicht neben mir fühle.

Ich erschaudere und eine Gänsehaut breitet sich auf meinem nackten Körper aus. Reicht es nicht langsam?

Seine Hand gräbt sich in mein Haar, zieht meinen Kopf so weit nach hinten, wie es die Fesseln um meine Gelenke erlauben. Nur grob erkenne ich die Schemen seines Gesichts. *Die Narbe, die ich ihm zugefügt habe.*

»Aber ich biete dir eine letzte Chance. Wir werden dir vergeben, wenn du deinen Fehler einsiehst.«

Niemals.

Ein Schluchzen löst sich aus meiner Kehle, als das Ziepen auf meiner Kopfhaut unerträglich wird. Immer weiter zieht er meinen Kopf zurück, bis mein Körper an jeder Stelle überstreckt ist. Ich kann nicht mehr schlucken, nicht mehr richtig atmen. Der erdige Geruch vom Weihrauch zieht in meine Nase und kurbelt die Panik in meinem Bauch an, als Erinnerungen mein Hirn mit Bildern überfluten, die ich nicht länger ertrage.

Mein Herz hämmert auf träge Art in meiner Brust. Ich weiß nicht, wie viel es noch übersteht, ehe es vor Überforderung seine Arbeit einstellt. Ich weiß nicht, wie viel ich noch aushalten kann.

»Es tut mir doch auch leid um dich.« Seine raue

Stimme löst einen Schmerz in meinem Bauch aus, der schlimmer ist als die Schläge.

Im Licht der flackernden Kerze sehe ich das Messer vor meinem Gesicht aufblitzen. Ich öffne meinen trockenen Mund zu einem weiteren, letzten Schrei, der erstirbt, als die Klinge die Haut unterhalb meines Ohres schneidet. Heißes Blut läuft mir in dicken Tropfen über den Hals, sickert auf meine Brüste und weiter hinab auf das alte Holz unter mir.

Zeitgleich mit dem heißen Schmerz an meinem Ohr wird es schlagartig dunkel. Ich lasse mich fallen.

Hinein in das dunkle Nichts, das mich rettet.

Hier will ich bleiben.

In der Dunkelheit.

In Sicherheit.

Für immer.

Kapitel 1
Maeve

Heute

Hinter meinen Augenlidern ist es hell, so hell, dass ich meine Augen nicht öffnen will. Ein warmer Luftzug streift meinen Körper, so heiß, dass ich unbeweglich liegen bleibe.

Die schwüle Hitze kriecht unter den schweren Stoff, der mich auf den Boden drückt. Grashalme kitzeln meine nackten Waden, meine Fußsohlen stehen in Flammen.

In meinem Kopf herrscht beruhigende Leere.

Das dröhnende Rauschen in meinen Ohren wird von knackenden Halmen unter schweren Stiefeln unterbrochen. Ich kenne das Geräusch. Unwillkürlich spüre ich das schneller werdende Pochen in meinem Brustkorb und ich zwinge mich, die Augen zu öffnen.

Zunächst sehe ich nicht viel. Blinzelnd versuche ich, hinter den Sonnenstrahlen und dem gleißend blauen Himmel etwas von meiner Umgebung ausmachen zu können, als ein Schatten meine Sicht verdunkelt.

»Miss? Sind Sie verletzt?«, fragt eine warme Stimme

und die Konturen des Schattens setzen sich zu einem Bild zusammen. Vor mir steht ein Mann, der mich besorgt mustert.

Langsam sehe ich an ihm herab und schlucke gegen die Trockenheit in meiner Kehle an.

»I-ich ...« Meine Stimme klingt kratzig und ich halte sofort inne. Ich weiß sowieso nicht, was ich sagen sollte. *Bin ich verletzt? Keine Ahnung.*

Das beständige, sanfte Pochen hinter meiner Stirn lässt mich das Gesicht verziehen. Schweißtropfen stehen auf meiner Stirn und ich zucke zusammen, als der Mann eine Hand nach meinem Arm ausstreckt. Er zieht sie sofort zurück, nachdem er meinen Arm berührt hat. »Sie haben sicher einen Sonnenstich«, murmelt er und richtet sich über mir auf. Er nimmt ein Handy aus seiner Tasche und hält es sich kurz darauf ans Ohr, bevor er leise flucht und einen Blick aufs Display wirft. »Mist, ich habe hier draußen keinen Empfang.« Er sieht sich suchend um, ehe er neben mir auf die Knie geht. »Hören Sie ... mein Wagen steht hier, ich habe etwas Wasser für Sie und fahre Sie ins nächste Krankenhaus.« Sein Blick wandert an mir herunter. »Sie haben einen Sonnenbrand und liegen sicher schon viel zu lange hier draußen. Was ... was ist passiert?«

Ich antworte nicht und er zögert nur kurz, ehe er sich zu mir beugt.

Als er seine Arme unter meinen Körper schiebt, hält er inne. »Ist das in Ordnung?« Er klingt sanft und vorsichtig, seine braunen Augen strahlen Wärme und Aufrichtigkeit aus.

Ich weiß nicht, wieso der Fremde mich so ansieht,

wie er es tut, halte ihn aber nicht auf, als er mich auf seine Arme hebt, weil ich es gar nicht könnte.

Mein weißes Leinenkleid klebt an meinem verschwitzten Körper und ich sehe in die Sonne, als er mich die wenigen Schritte vom Feld an den Highway heranträgt, auf dem die Autos in schneller Geschwindigkeit vorbeirauschen.

»Da ist mein Wagen«, erklärt der Mann und hält mit großen Schritten auf einen verdreckten Pick-up-Truck zu, dessen Beifahrertür geöffnet ist. »Hören Sie«, murmelt er, als er mich auf dem Sitz absetzt und vorsichtig an den Schultern hält, damit ich nicht aus der Tür falle. »Ich habe Sie im Feld liegen gesehen und … ich werde Ihnen nichts tun. Ich möchte nur helfen … Sie … Sie müssen keine Angst vor mir haben.«

Ich blinzle ihn verständnislos an, als er nach dem Sicherheitsgurt greift und mich anschnallt. Wieder sieht er auf sein Handy, flucht erneut und gleich noch einmal, während er vor mir innehält und mich mit einem weiteren Blick bedenkt. »Ich werde Ihnen nichts tun, haben Sie das verstanden?«

Er bleibt so lange stehen, bis ich fahrig nicke.

Dann schließt er sanft die Tür und ich sinke mit der Stirn gegen die Scheibe. Ein Ruck geht durch den Truck, als er auf der anderen Seite einsteigt und mir kurz darauf eine kalte Wasserflasche in die Hand drückt. »Trinken Sie das«, weist er mich leise an. »Aber langsam.« Dann startet er den Motor und der Wagen setzt sich mit einem schwungvollen Ruck in Bewegung.

»Wissen Sie, wo wir sind?«, fragt er nach einer Weile, die ich stumm auf die vorbeiziehende Umgebung gesehen habe, ohne ein Detail davon in mir aufgenommen zu haben. Aus dem alten Radio dröhnt blechern Musik, die ich nicht kenne.

Dieses Wattegefühl in mir sorgt dafür, dass ich mich damit zufriedengebe, hin und wieder ein paar kleine Schlucke des eiskalten Wassers zu trinken, das durch die Wärme meiner Hände nicht mehr so eiskalt ist wie noch vor wenigen Minuten.

Oder Stunden.

Oder Tagen.

Ich habe keinerlei Zeitgefühl.

»Das ist die Interstate 77, kurz hinter der Grenze von West Virginia«, erklärt er leise weiter, was mir keinen Ton entlockt. Ich kann mit dem Ort nicht viel anfangen.

Genau genommen gar nichts.

Ich erwidere nichts, also redet er weiter. »Sie ... Sie wissen nicht, wohin Sie wollten?«

Langsam wende ich dem Mann den Kopf zu. Er trägt eine Jeans und ein braunes Shirt, seine Haare sind leicht ergraut und in seinem Gesicht zeugen sanfte Falten um seine Mundwinkel davon, dass er oft lacht. Er sieht aus wie ein Handwerker. Wie ein normaler Mann, einer, der mir nicht wehtun wird.

»Es ist nicht mehr weit«, spricht er angespannt weiter. »Wir sind jetzt in Ohio, ich fahre Sie zum Marietta-Memorial-Krankenhaus.«

Ich nicke, ohne ihn anzusehen, spüre aber den nervösen Blick des Fremden immer wieder zu mir huschen.

Als ich selbst an mir herabsehe, verstehe ich, warum.

Mein Leinenkleid ist dreckverkrustet, meine nackten Beine weisen zahlreiche blaue Flecken auf und unter meinen Fußsohlen spüre ich die Blasen und Schürfwunden. Ich weiß nicht, was er denkt, was mit mir passiert ist.

»Sie müssen keine Angst vor …«

»Ich habe keine Angst«, unterbreche ich ihn, weil es das Einzige ist, was ich mit Bestimmtheit sagen kann. Je weiter wir fahren, desto leichter fühle ich mich. Der Schmerz in jedem Winkel meines Körpers und das Zittern, das mich in immer kürzeren Abständen überfällt, ändert nichts daran.

Du bist frei, Goldschein, flüstert eine Stimme in meinem Kopf. *Sieh nicht zurück. Ich werde kommen, wenn es Zeit dafür ist. Aber du sollst wissen, dass ich immer bei dir bin, auch wenn du mich gerade nicht siehst. Immer. Für immer. Und jetzt lauf. Lauf, so schnell du kannst. Ich liebe dich.*

Mit diesen Worten im Kopf verliere ich erneut das Bewusstsein.

»Ich weiß nicht, was mit ihr passiert ist.« Wieder diese warme, besorgte Stimme des Fremden, zu denen sich weitere gesellen. »Ich habe sie auf dem Feld kurz hinter der Grenze zu West Virginia gefunden. Sie war ohnmächtig und … und Sie sehen es ja selbst.«

»Warum haben Sie keinen Rettungswagen gerufen?«, fragt eine geschäftige Stimme und ich fliege durch die Luft, bevor ich auf einer knisternden Unterlage abgelegt werde. Ein Schauer jagt über meinen Körper, es kribbelt in meinem Hals.

»Ich hatte keinen Empfang und … sehen Sie sie doch an. Sie ist ein junges Mädchen in diesem Zustand, ich …«

»Ich sehe diesen Zustand«, versetzt die Frauenstimme scharf. »Unter den Umständen werden Sie auch verstehen, dass wir die Polizei informieren und Sie noch hierbleiben müssen, bis Sie mit den Kollegen gesprochen haben.«

»Ich ... ja natürlich«, sagt der Mann und klingt aufgeregt. »Aber ich habe sie nur gefunden, das müssen Sie mir glauben. Ich habe selbst eine Tochter in dem Alter, ich würde nie ...« Er bricht ab, als ich die Augen öffne. Der Speichel sammelt sich schwallartig in meinem Mund, ein Krächzen stiehlt sich aus meiner Kehle, da taucht ein weißer Ärmel vor meinem Sichtfeld auf. Ich werde beherzt am Oberkörper angehoben und kaum dass ich in das Innere einer Blechschüssel blicke, bahnt sich mein Mageninhalt den Weg nach draußen. Ich würge und huste, mein Magen zieht sich zusammen und ich breche alles aus, das ich in mir habe, so lange, bis die Welt um mich herum wieder dunkel wird.

Als ich das nächste Mal wach werde, ist es ein beständiges Piepsen, das das Rauschen in meinen Ohren übertönt.

Ich blinzle ein paarmal, während ich versuche, die Sicht auf meine Umgebung scharf zu stellen. Ich liege in einem Krankenhausbett, trage einen Kittel und in meinem Handrücken steckt eine Kanüle, die mit einem Infusionsständer verbunden ist. Auf meinen knallroten Unterarmen spüre ich ein feuchtes Gel, das im schummerigen Licht der Monitore glänzt.

Auf einem hohen Nachttisch neben dem Bett erkenne ich eine Wasserflasche und einen Plastikbecher. Meine Zunge ist pelzig und fühlt sich trocken an, als ich mit zittrigen Fingern danach greife.

Das Wasser tut gut und so nippe ich ein paarmal am

Becher, während ich mich weiter umsehe. Auf einem Stuhl hängt das verschmutzte Leinenkleid, der kleine Fernseher an der Wand gegenüber ist ausgeschaltet. Die Fenster sind von hellen Vorhängen zugezogen und das zweite Bett im Raum ist leer.

Auf der Suche nach einer Uhr werde ich kurz danach fündig, als ich den Kopf weiter nach links drehe. Neben einer Tür blinkt die Uhrzeit in einem digitalen Anzeigefeld. Ich kneife die Augen zu und erkenne sie schließlich. Sie zeigt 4.32 Uhr.

Hinter meiner Stirn pocht es noch immer, als ich mein Gewicht verlagere, nur diesmal wesentlich weniger penetrant. Mit einem leisen Ächzen falle ich zurück in die weichen Kissen. Meine Füße sind bandagiert, doch offenbar wurde mir ein starkes Schmerzmittel gespritzt – oder tropft durch die Infusion –, sodass ich keine Schmerzen verspüre.

Ich bin in Sicherheit.

Das bin ich doch, richtig?

In meinem Magen macht sich eine Unruhe bemerkbar, die mich auf die Beine treibt. Meine Fußsohlen pochen leicht, als ich aufstehe und zu dem Stuhl wanke, um den Kittel in die Hände zu nehmen. Meine Finger reiben über den schweren, groben Stoff und ich schließe die Augen. Ich kenne das Gefühl. Mehr, als mir lieb ist.

Als ich plötzlich den Geruch nach Maispflanzen und modriger Fäulnis wahrnehme, wirft sich mein Herz gegen meinen Rippenbogen und ich reiße die Augen auf.

Nichts. Der Erinnerungsfetzen verschwindet so schnell, wie er gekommen ist.

Ich stehe noch immer im Krankenzimmer und halte den dreckigen, verklumpten Stoff in der Hand. Ohne ihn loszulassen, sinke ich zurück auf das Bett und starre darauf, ohne dass mein Hirn mir einen Hinweis darauf liefert, was geschehen ist.

Ohne genau zu wissen, warum, tasten meine Hände über den Kittel, bis ich etwas Hartes unter meinen Fingerspitzen fühle. Als ich den Stoff auf links drehe und feststelle, dass unter dem Rocksaum eine zweite, dickere Stoffbahn aufgenäht ist, bin ich komischerweise nicht überrascht.

Mit einem weiteren Ächzen komme ich erneut auf die Füße und tapse auf die zweite, angelehnte Tür in diesem Raum zu, die mich wie vermutet in ein kleines, fensterloses Badezimmer führt.

Mit dem Kittel in der Hand halte ich inne, als mein Blick auf den kleinen, quadratischen Spiegel oberhalb des zweckmäßigen Waschbeckens fällt. Die junge Frau mit den schwarzen, verknoteten Haaren sieht aus wie eine Leiche, wäre da nicht die von der Sonne verbrannte Haut auf dem Gesicht. Stumpfe dunkelblaue Augen starren mir ausdruckslos entgegen, die in tiefen Augenringen verblassen. Die Wangen sind eingefallen und wirken, als wären sie nur von einer dünnen Schicht Haut überzogen, die jederzeit reißen könnte.

Es benötigt ein paar Sekunden, bis ich verstehe, dass es mein Spiegelbild ist. Ich bin das.

Vorsichtig hebe ich die freie Hand und zische, als meine Fingerspitzen über die roten Stellen fahren, die ebenfalls von einem kühlenden Gel bedeckt sind. Mit der freien Hand presse ich den Kittel an meine Brust.

Wie lange lag ich in der Sonne?

Zu lang offenbar, wenn ich nicht einmal mehr weiß, wie ich dorthin gekommen bin.

Ich weiß ... nichts mehr. Zumindest nichts, was *irgendwas* erklären würde.

Meine letzte greifbare Erinnerung ist alt.

Sehr alt.

»Dad?«, frage ich irritiert und sehe mich um. Aber die Frau im Spiegel ist nicht mehr das zwölfjährige Mädchen, das zu Hause in der Villa ihres Vaters lebt.

Ich fühle mich auch nicht wie ein Kind – und ich weiß, dass mein Vater nicht hier ist. Er kann nicht hier sein, auch wenn ich nicht weiß, woher diese Überzeugung kommt. Vielleicht ist es lediglich mein Herz, dessen Schmerz in jeden Winkel meiner Eingeweide abstrahlt. *Ich werde meinen Vater nie mehr wiedersehen.*

Er ist tot. Tot. Tot. Tot.

Mein Herz schlägt immer schneller, je mehr mein Hirn beginnt zu arbeiten und ich die Erinnerungen trotzdem nicht zu fassen bekomme. Ich weiß nur, dass es wahr ist. Mein Vater lebt nicht mehr. Und ich ... wo war ich die letzten Jahre?

Wieder fällt mein Blick auf den Stoff vor meiner Brust und erinnert mich immerhin an mein kurzfristiges Vorhaben. Rasch sehe ich mich nach etwas um, das ich benutzen kann, um die Nähte zu öffnen, werde aber nicht fündig. Als ich mich umdrehe, um zurück ins Krankenzimmer zu gehen, erhasche ich einen Blick auf meine Rückansicht im Spiegel und bleibe ruckartig stehen. Komischerweise fühle ich nicht viel, als ich meinen Blick mit verengten Augen über meinen nackten Rücken gleiten lasse, der von dem Krankenhauskittel frei gelassen wird.

Mit einer Eiseskälte in mir nehme ich die Bilder auf, ohne sie zu verarbeiten. Ich mache ein paar Schritte auf den Spiegel zu und betrachte die feinen und weniger feinen Narben. Einige sind verblasst, andere haben hässliche ausgefranste Ränder, sind rot und dick und präsent. Einige sind lang und dünn, andere dick und kurz oder in abstrakter Form.

Kalkulierend neige ich den Kopf, versuche, etwas zu fühlen, das über Irritation hinausgeht, doch da ist nichts.

Also wende ich mich ab, als es zu unangenehm wird, auf den bandagierten Füßen zu stehen, und humple zurück ins Bett. Dort ziehe ich die Decke über meinen Schoß und reiße die Naht unter dem Kittel kurzerhand mit den Zähnen auf.

Als mir ein Führerschein mit meinem Bild darauf und eine schwarze Karte in die Hände fallen, runzle ich die Stirn, bin aber immer noch nicht sonderlich überrascht. Ich wusste, dass sie da sind. *Warum auch immer.*

Trotzdem lese ich die Angaben auf dem Führerschein mit großem Interesse. Dort steht, ich bin Maeve Lundgren – das kommt mir bekannt vor –, bin zwanzig Jahre alt, einen Meter fünfundsechzig groß, wurde in Ystad, Schweden, geboren und lebe zurzeit in einem Studentenwohnheim an der Campbell-Universität in ... Ich runzle erneut die Stirn. *Santa Barbara? Kalifornien?*

Ich war noch nie am Meer, zuckt der Gedanke durch meinen Kopf. Aber warum steht dann auf meinem Führerschein, dass ich dort *lebe*?

Der Schmerz hinter meiner Stirn nimmt zu, doch meine Gedanken ergeben wenig Sinn. Auch der Blick auf die schwarze Kreditkarte, die auf meinen Namen ausgestellt ist, hilft mir nicht weiter. Und so wickle ich meine zwei wichtigsten Dokumente zurück in den Stoff, presse ihn mir an die Brust und krieche vollständig zurück unter die Decke.

Vielleicht muss ich noch einmal schlafen.

Ganz bestimmt muss ich nur noch einmal schlafen, um zu wissen, was passiert ist, dass ich mich nicht mehr an die letzten acht Jahre meines Lebens erinnern kann.

Kapitel 2
Maeve

Meine Lunge fühlt sich schwer an, meine Muskeln schmerzen bei jeder Bewegung. Dennoch höre ich nicht auf. Mit geschlossenen Augen kraule ich weiter, fühle das Wasser, meine Atemzüge, die ich nur dosiert machen kann, um meinen Rhythmus nicht zu unterbrechen.

Ein weiteres Eintauchen meiner Hand, noch eins und noch eins. Ich halte auf den Beckenrand zu, erreiche ihn mit einem letzten, wohldosierten Schwung und vollführe eine lockere Drehung, um die Bahn zurückzuschwimmen.

Zwei Wochen sind vergangen, seit ich ohne jede Erinnerung im Feld aufgewacht bin, zwei Tage war ich im Krankenhaus, ehe sie mich auf meinen Wunsch entlassen haben, da die Ermittlungen ins Leere gelaufen sind. Bis auf die Narben auf meinem Rücken wurde nichts gefunden, das auf ein Gewaltverbrechen hindeutete. Ich hatte einfach nur einen Sonnenstich.

Niemand konnte mir erklären, warum ich so weit von Santa Barbara entfernt aufgewacht bin oder wo ich herkam. Daher habe ich den ersten Flug genommen und bin zu der Uni gefahren, die laut meines Führerscheins mein Zuhause ist. Dort angekommen habe ich festgestellt, dass mein Zimmer leer war und das Semester erst heute startet, was mir bei meiner Selbstfindung kein Stück weitergeholfen hat.

Daher habe ich mir mit meinem gut gefüllten Bankkonto das Nötigste gekauft, da ich keine Ahnung habe, wo meine Sachen abgeblieben sind – sofern ich denn welche hatte. Auch ein Auto habe ich mir gegönnt und bei der Fahrt von Macy's – wo ich mir eine Erstausstattung gekauft habe – zurück zum Campus habe ich gemerkt, dass ich offenbar eine ungeübte Fahrerin bin.

Dafür bin ich umso lieber im Wasser, wie ich nach dem heutigen ersten Training an der Campbell-Universität festgestellt habe. Während meine neuen Kommilitonen nicht schnell genug aus der Schwimmhalle flüchten konnten, bin ich geblieben.

Ich brauche diese Zeit im Wasser für mich. Zum ersten Mal konnten mein Kopf und mein Herz völlig abschalten, als ich das Element auf jedem Zentimeter meines Körpers gespürt habe.

Nur im Wasser fühle ich mich wirklich frei. Nur im Wasser *bin* ich frei, so viel ist mir schon klar, auch wenn es die einzig fixe Aussage über mich ist, die ich treffen kann. Somit hat sich immerhin die Frage geklärt, warum ich an dieser Universität eingeschrieben bin.

An der CU trainiert die Elite – und nicht nur die. Den Gerüchten zufolge, die ich bisher aufgeschnappt habe, schwimmt hier der Adel. Der Geldadel, aber auch der Blutadel. Nicht nur wenige blaublütige Königskinder sollen hier in Santa Barbara studieren. Völlig ungeachtet dessen, ob sie Erfolge im Schwimmen nachweisen konnten oder eben nicht. Geld regiert die Welt, auch die CU.

Ich habe schon darüber nachgedacht, ob ich Leistungsschwimmerin gewesen sein könnte – aber als ich beim Direktor war und gefragt habe (ein sehr unangenehmer Termin), hat er mich nur irritiert angesehen und verneint. Ich habe mir offenbar mit viel Geld einen der teuren Plätze erkauft.

Was ich davon halten soll, weiß ich nicht. Es kommt mir falsch vor, auch wenn ich mich im Wasser so wohlfühle wie nirgendwo sonst.

Mit einer letzten Armbewegung erreiche ich die andere Seite des Fünfzigmeterbeckens und halte inne. Ich erlaube mir ein paar ruhige, tiefe Atemzüge, während ich mich in der leeren Halle umsehe. Dann stoße ich mich für eine weitere, letzte Bahn ab.

Durch das Glasdach dringen mittlerweile die ersten Sonnenstrahlen und lassen das hellblaue Wasser glitzern.

Als meine Mitbewohnerin Penelope und ich vor zwei Stunden zu unserem allerersten Schwimmtraining erschienen sind, war der Campus noch in völlige Finsternis gehüllt, doch jetzt erwacht langsam der Tag.

Ich würde lügen, wenn ich behauptete, dass ich keine Angst davor habe.

Ich habe vor allem Angst – was vor allem daran liegt, dass ich einfach nichts mehr weiß, was mir mehr über mich verrät. Und wenn ich nicht schon am ersten Tag hervorstechen will, sollte ich mich langsam beeilen. Ich hänge sowieso schon in der Zeit hinterher und wenn ich eins nicht will, dann ist es aufzufallen. Trotzdem tauchen meine Hände nur langsam in das Wasser und ich lasse mich mehr auf den Beckenrand zutreiben, als dass ich mich sportlich fortbewege. Ich. Will. Nicht. Raus.

Ich will mit der Menge schwimmen und in ihr untergehen.

Aber es nützt nichts. Ich muss mich beeilen und trotz Bummeltempo erreiche ich die Treppe viel zu schnell. Während ich die Stufen nach oben steige, greife ich an meinen geflochtenen Zopf, in dem ich meine schwarzen, dicken Haare gebändigt habe, und wringe ihn aus. Mrs Taylor, die Trainerin, hat mich gemaßregelt, weil ich keine Badekappe trage, doch das kommt mir völlig falsch vor. Noch ein Indiz dafür, dass ich wohl eher nicht aus dem Trainingscamp eines olympischen Schwimmteams geflüchtet bin.

Dafür sind meine Badeanzüge von einem sehr bedeckenden Schnitt. Die Narben auf meinem Rücken sind zwar verblasst, dennoch will ich nicht, dass jemand mich danach fragt. Ich kann sie ohnehin nicht erklären.

»Nicht daran denken, Maeve«, flüstere ich und doch habe ich das Gefühl, dass meine eigenen Worte laut von den hohen Hallenwänden widerklingen, als ich in meine am Rand abgestellten Flipflops schlüpfe.

Eine tropfende Spur hinter mir herziehend, laufe ich auf den vorderen Bereich der modernen Schwimmhalle zu, um mir mein Handtuch vom Haken an der Wand zu nehmen. Es ist unheimlich flauschig und in den Farben der Universität – Gelb und Rot – gehalten. Das große Wappen der CU findet sich auch hier, genau wie an nahezu allen anderen Stellen und Orten des Campus. Der Adler wacht mit seinen ausgebreiteten Flügeln über die Schwimmhalle, das Herzstück des Geländes, über die Wohnheime, die Bibliothek, die Seminargebäude.

Der Geruch eines teuren Waschmittels steigt mir in die Nase, als ich mein Gesicht trocken tupfe. Die Fasern sind weich und sicherlich alles andere als Standardausstattung an einer normalen Uni, hier aber findet man alle möglichen Annehmlichkeiten. Je nachdem wie reich man ist, gibt es sogar Villen auf dem Gelände, in denen einige Kommilitonen wohnen. Bestimmt die Königskinder.

Auch wenn ich aus welchen Gründen auch immer über viel Geld verfüge, lebe ich *nur* in einem Doppelzimmer im Mädchenwohnheim. Auch das ist Luxus pur. Es gibt einen Wäscheservice, einen Putzservice und es hat generell nicht viel mit einem Studentenwohnheim zu tun. Nur der Name.

Außerdem ist der weitläufige Campus mit Stacheldrahtzäunen umgeben, etwas, das wohl den reichen Bewohnern geschuldet ist. Auf das Gelände kommt nur, wer sich ausweisen kann.

Ich fühle mich hier nicht eingesperrt.

Im Gegenteil: Ich fühle mich hier sicher. Etwas, das unheimlich praktisch ist, wenn man keine Ahnung hat, wovor man eigentlich davonläuft.

Denn das tue ich. Ich flüchte vor meiner ungewissen Vergangenheit und lechze nach einer Zukunft, die mir Antworten verspricht. Ob ich sie hier bekommen werde, weiß ich nicht.

Seufzend strecke ich den Rücken durch und mache mich, mit dem Handtuch um die Brust geschlungen, auf den Weg in die Umkleidekabine. Die große Digitalanzeige an der gefliesten Wand zeigt eindeutig, dass ich das Frühstück heute vergessen kann, aber das ist nicht so schlimm. Ich bin ohnehin so nervös, so aufgeregt, meine Professoren und meine Kommilitonen kennenzulernen, dass ich sowieso nichts herunterbekommen würde.

Das Schwimmen hat mich körperlich ausgelaugt, aber gerade auf ein gutes Level gebracht, um nicht vollends durchzudrehen. Ich bin erschöpft und ruhig, genau der richtige Zustand, um gleich nach einer Dusche meinen ersten Einführungskurs zu besuchen.

Meine Flipflops erzeugen das einzige Geräusch auf den Fliesen, ein leises Quietschen, das kurz darauf von dem dunklen Stöhnen der schweren Tür abgelöst wird, als ich sie aufdrücke. Als ich in den langen Flur mit den links und rechts abgehenden Umkleidekabinen trete und den Chlorgeruch hinter mir lasse, spüre ich die Schwere, die sich langsam auf meine Schultern schiebt, wie sie es ständig tut.

Ich lasse mich von ihr nicht zu Boden drücken, gehe stattdessen durch den langen Gang weiter und steure den letzten Umkleideraum der Frauen an. Es gibt in diesem Gebäudetrakt vier davon, die andere Seite der Halle – hinter den Becken – ist für die Männer vorgesehen, wie uns Mrs Taylor heute erklärt hat. Eine strikte räumliche Trennung.

Umso mehr irritiert mich das Geräusch, das lauter wird, je näher ich dem hinteren Raum komme, und ziemlich offensichtlich nicht von meinen nassen, auf den Fliesenboden klatschenden Flipflops kommt. Es ist eine andere Art *Klatschen.* Ich bleibe stehen, ziehe das Handtuch enger um mich und starre durch die sperrangelweit offen stehende Tür auf das, was sich unweit von mir abspielt.

Meine Beine senden unmissverständliche Signale an mein Hirn, sie mögen sich bitte unbedingt bewegen, weil alles an der Szenerie nach Gefahr schreit. Nicht unbedingt für mich, aber für sie. Die blonde, nackte Frau, die zwischen den breiten Schenkeln eines Mannes hockt, hat gefesselte Hände, die ein weiterer Mann auf ihren unteren Rücken drückt, während er sich von hinten immer wieder aufs Neue in sie stößt.

Klatsch. Stöhn. Klatsch.

Wie gebannt sehe ich auf sein muskulöses Kreuz, das bei jedem Stoß von einem Zittern erschüttert wird. Genauso wie sein Arsch, der sich immer wieder zusammenzieht und anscheinend nur aus Muskeln besteht.

Die Venen auf seinen Armen treten deutlich hervor, genau wie die auf seinen Händen, die er um ihre schmalen Handgelenke geschlungen hat. Sein dunkles Grollen übertönt ihr Wimmern und löst ein Kribbeln in meinem eigenen Bauch aus, das ich schon lange nicht mehr gespürt habe.

Aber es kommt mir bekannt vor. Und es fühlt sich alles andere als schlecht an, auch wenn ich es der Gefahr zuschreibe, nicht dem Anblick, der sich mir bietet.

Der Rücken des bildhübschen Mädchens ist katzenbuckelartig gewölbt und ihr Kopf vollführt zwischen den Schenkeln des anderen Mannes eindeutige Bewegungen. Auf und ab, auf und ab, und immer tiefer, was das kehlige Würgen, das sein Schwanz in ihrem Rachen auslöst, beweist.

Da ihre Augen von einem schwarzen Band verdeckt sind, das durch einen Knoten an ihrem Hinterkopf festgehalten wird, sieht sie nicht, was sie macht, aber das muss sie wohl auch nicht. Ich balle die Fäuste auf dem Handtuchknoten oberhalb meiner Brust, um keine anderweitige Reaktion zuzulassen.

Der sitzende Mann gibt keinen Laut von sich, lässt sich nicht anmerken, ob ihm das, was sie dort tut, gefällt. Stattdessen ist sein konzentrierter Blick auf ihren oberen Rücken gerichtet, auf dem er mit einer schwarzen American-Express-Karte eine Line zusammenschiebt, ungeachtet der Erschütterung, die durch ihren Körper geht, während der andere sie erbarmungslos fickt.

Ich sollte mich umdrehen und gehen, solange sie mich noch nicht entdeckt haben.

Aber ich stehe da wie festgefroren, in meinem Schoß ein Ziehen, das mich mehr beunruhigt, als ich mir eingestehen will. Es ist ein gutes Ziehen. Ein sehnsuchtsvolles.

In der Akte, die das Krankenhaus über mich erstellt hat, stand, dass ich noch Jungfrau bin und offenbar nicht sexuell missbraucht wurde, was ich so unterschreiben würde.

Die leidenden, gedämpften Geräusche, die aus ihrer Kehle dringen, ihr Wimmern, als der schwarzhaarige Typ hinter ihr sie benutzt, lässt mich zweifeln, ob sie das hier will. Doch ich selbst fühle mich durch den Anblick keineswegs getriggert.

Im Gegenteil.

Der Griff des Mannes um ihre Handgelenke ist so fest, dass ich von hier aus die roten Abdrücke auf ihrer alabasterfarbenen Haut erkenne. Alles, was ich dabei fühle, ist Lust.

Verdammt.

Mein Blick schweift zu dem sitzenden Mann, der im Gegensatz zu dem anderen vollständig angezogen ist, wenn man von seiner bis an die Kniekehlen herabgeschobenen Jeans einmal absieht. Ich habe meine Schwierigkeiten damit, ihn in das Bild, das ich seit meiner Ankunft an der CU bekommen habe, einzufügen. Er trägt ein schwarzes T-Shirt und eine in die Jahre gekommene Lederjacke mit bunten und weniger bunten angeklebten Patches. An seinen Fingern, die sich nun unter die blonden Haare der Frau schieben, blitzen Siegelringe. Genau wie der andere hat er schwarze Haare, die ihm strähnig, feucht vom Schweiß ins Gesicht fallen, als er sich vorbeugt und die Koksline in seine Nase zieht, während er sie unnachgiebig auf seine Erektion presst. Sie röchelt und stemmt sich gegen ihn, er lässt sie aber nicht los.

In einer Kombination aus Faszination und Abscheu starre ich mit klopfendem Herzen in sein Gesicht, als er den Kopf mit einem derart heißen Blick in den Nacken legt, dass mein Herz sich zusammenzieht. Nein, halt. Nicht mein Herz. Das Zwicken zwischen meinen Beinen straft mich meiner eigenen Gedanken Lügen. Ich finde es anziehend, wie losgelöst der Typ wirkt. Seine Wangen schimmern rot, der Schweiß auf seiner Stirn glitzert. Er ist ziemlich sicher auf irgendeinem Trip und noch dazu bekommt er gerade einen geblasen. *Er fühlt sich gut – und ist frei.*

Wäre da nicht sein absolut für diese Universität untypisches Outfit, könnte er Model sein. Seine kantigen Gesichtszüge, seine gerade, leicht spitze Nase und die markanten Wangenknochen, die so scharf aussehen, dass man Papier damit schneiden könnte, wirken wie aus dem Katalog.

Sein Adamsapfel tritt deutlich hervor, als er schluckt und den Kopf auf seinem Schoß tiefer drückt.

Noch tiefer.

Wie gebannt starre ich auf seine perfekt geschwungenen Lippen, die sich einen Spaltbreit öffnen, um ein leises Stöhnen aus seiner Kehle zu entlassen.

Seine Augen sind weiterhin geschlossen und so erlaube ich mir weiter, an ihm herabzusehen. Sein Hals geht in einen fast bulligen Schulter- und Brustbereich über, was ihn dann doch als Studenten dieser Universität ausweist. Nur Schwimmer besitzen diese ausgeprägten Muskelpartien.

»Oh fuck, Tris, hast du es endlich?«, knurrt der Typ, von dem ich bisher nur seine Rückansicht zu sehen bekomme. »Ihre Pussy ist verdammt eng und scheiße nass. Ich kann nicht mehr lange.« Seine Stimme ist rauchig, tief und seine Lust schwingt deutlich darin mit.

Ich sollte gehen.

Doch als ich zurückweiche, passieren mehrere Sachen gleichzeitig.

Die erste: Der sitzende Kerl – Tris? – schlägt träge die Augen auf und als hätte er einen Radar für spannende Neulinge, richtet sich sein intensiver Blick direkt auf mich. Und seine grünen Augen sind dermaßen hervorstechend, dass ich sie auch über die kurze Distanz genau ausmachen kann. Sie brennen das Handtuch förmlich von meinem Körper, als er gemächlich und ohne jede Spur von Hektik oder Unbehagen, erwischt worden zu sein, an mir herabsieht.

Die zweite: Ich stoße mit dem Rücken gegen eine warme Brust, parallel dazu legen sich warme, große Hände an meine Oberarme. Ich will mich instinktiv losmachen, doch die Finger graben sich so fest in meine Haut, dass ich nicht weit komme. Stattdessen pralle ich mit einem leisen Keuchen erneut gegen den festen Oberkörper. Neben meiner Schulter erscheint ein Kopf und der Typ ist mir damit verdammt nah. Ein unaufdringlicher Parfumgeruch dringt in meine Nase. Doch ehe ich den hinter mir aufragenden Mann genau mustern kann, ramme ich ihm meinen Ellenbogen gezielt in die Nierengegend. Er lässt mich, begleitet von einem Grunzen, los, das mehr amüsiert als getroffen klingt. Ich stolpere vor, weiter in Richtung der Szenerie der beiden Männer mit der Frau zwischen sich. Nach Fassung ringend bleibe ich im Türrahmen stehen und verenge wütend die Augen. Sie haben kein Recht, hier zu sein, ich hingegen schon.

Nun habe ich auch die Aufmerksamkeit des anderen Mannes. In seinem Mundwinkel hängt eine Kippe, vielleicht auch ein Joint, direkt daneben glitzert ein kleiner Ring. Sein Kinn ist roh und kantig und glatt rasiert. Zu dieser Wildheit passen seine schwarzen Haare, die ihm in die Stirn fallen. Er macht einfach weiter damit, sich von hinten in die Frau zu rammen. Bei jedem Stoß löst sich die Kette um seinen Hals und die beiden Anhängerplättchen rasseln leise aneinander. Dabei liegt sein Blick auf mir. Auch der andere starrt mich an und stellt dann viel zu spät fest: »Wir haben eine Zuschauerin, Ry.« Seine tiefe, belegte Stimme rauscht in Form einer Gänsehaut über meinen Körper.

»Ach. Was du nicht sagst, Tris.« Der Hintere rammt sich noch einmal in die Frau, die dank der Ohrstöpsel, die ich jetzt erst erkenne, nichts von dem kleinen Aufruhr auf dem Gang mitbekommt. Ich weiche seinem intensiven Blick aus, als er mich ansieht, während er sein Sperma auf den Rücken der Tussi vor ihm spritzt. Gleichzeitig kommt der andere tief in ihrem Hals und legt den Kopf mit geschlossenen Augen zurück. Deutlicher machen, dass ich und mein Auftauchen ihm völlig am Arsch vorbeigehen, kann er damit nicht.

Mein Blick fliegt zwischen ihnen allen hin und her und bleibt wieder an dem Mann hängen, der hinter der Frau und damit nur noch unweit von mir entfernt steht.

Ich presse mir das Handtuch gegen die Brust und sehe wie gelähmt dabei zu, wie er seinen von ihrer Feuchtigkeit glänzenden Schwanz in seine schwarzen Boxershorts schiebt und die Jeans hochzieht.

»Willst du die Nächste sein oder warum stehst du hier noch immer so rum?«, nuschelt er unbeeindruckt mit der Kippe im Mundwinkel und nimmt ein weißes Shirt von dem anderen entgegen, der es ihm über den Körper der Frau reicht. Immer noch mit geschlossenen Augen, als wären dies einstudierte Handlungsabläufe.

»Ich will an meine Sachen!« Ich deute mit dem Kopf auf den hinteren Bereich der Umkleide, mache aber noch keinen weiteren Schritt in die Richtung der Männer. »Ich schätze, ihr habt euch ... im Trakt geirrt.« Ich hebe das Kinn und zeige mit meiner Hand in Richtung der Schwimmhalle. »Die Umkleiden der Männer«, mein Blick huscht zu der Frau, »sind auf der anderen Seite.«

Überdeutlich spüre ich den anderen hinter mir, der mir noch immer den Fluchtweg versperrt, aber auch keine weiteren Anstalten macht, mir wieder zu nahe zu kommen. Im Gegenteil. Er beachtet mich gar nicht mehr, sondern steht mit verschränkten Armen da und sieht fast spöttisch zu den beiden anderen. Mit seinem schwarzen Anzug wirkt er aber mal so richtig fehl am Platz, doch ich kann und will mir gerade keine Gedanken über seine Rolle machen.

»Wie gut, dass wir nicht hier waren, um uns umzuziehen.« Der Typ zieht sich das weiße Shirt über und verdeckt damit seinen breiten Oberkörper, der frei von jedem Tattoo ist. Eine Nummer größer hätte es auch getan, denn so spannt es viel zu sehr um seine Muskeln und es fällt mir schwer, meinen Blick von dem gestrafften Stoff an seinen Schultern abzuwenden. Mein Mund wird trocken.

Das Grübchen an seiner Wange zuckt, als würde er wissen, was für absolut unpassende Gedanken bei seinem Anblick durch mein Hirn schießen, dann tritt er von der Frau weg. Das Grinsen, das sich auf sein Gesicht schleicht, wirkt in Kombination mit dem Grübchen süß, auch wenn er das garantiert nicht beabsichtigt. Er ist der Inbegriff von Coolness.

Nicht dass er damit bei mir punkten kann. Keiner dieser schwanzgesteuerten Idioten kann das. Ich dachte, ich könnte hier einfach in Ruhe studieren, *mich selbst finden*, aber nein. Ich stolpere an meinem ersten Tag noch vor Unterrichtsbeginn in eine kleine Orgie. Wunderbar.

»Meine Tasche«, wiederhole ich und weiche seinem spöttischen Blick nicht aus, als er mich unverhohlen grinsend betrachtet. Ich weiß genau, wie meine Stimme klingt, als sie durch den testosterongeschwängerten Raum dringt. Kalt. Herablassend. Und zickig.

Ich will keine Person sein, mit der man sich gern anfreundet, weil sie so nett wirkt.

Ich will die Person sein, die gemieden wird. Ich suche keine Freunde, sondern ... wenn ich das wüsste.

Ich unterdrücke ein Schütteln, strecke die Schultern durch und hebe unmissverständlich genervt die Augenbrauen. Ich will mein Zeug ungern hierlassen und halb nackt über den Campus laufen, auch wenn der Weg von der Schwimmhalle zu den Mädchenwohnheimen nicht lang ist. Schon gar nicht, weil mich diese drei Typen einschüchtern. Ich werde nicht vor ihnen weglaufen.

Sie schüchtern mich nicht ein.

»Ach dir gehört die Sporttasche«, sagt er gedehnt und macht sich irritierenderweise auf den Weg, mir meine Tasche zu holen. Oder ... was auch immer er damit vorhat. Die junge Frau sitzt stocksteif und nackt auf dem Boden der Umkleide und keiner beachtet sie mehr.

Es ist auch nicht meine Aufgabe, mich darum zu kümmern, ob es ihr gut geht. Würde sie das hier nicht wollen – blind und gehörlos von zwei Typen benutzt zu werden –, würde sie sich bemerkbar machen. Nicht wahr?

Mit lässigen Schritten kommt der Typ auf mich zugeschlendert und drückt mir meine schwarze Tasche gegen die Brust. »Und wir dachten, eine der Neuen hätte sie hier nur vergessen. Wie ungeschickt von uns.« An seinem Mundwinkel zupft ein höhnisches Grinsen, als ich kurz ins Straucheln gerate, in dem Versuch, die Tasche aufzufangen und gleichzeitig mein Handtuch an Ort und Stelle zu halten.

Das Grübchen auf seiner Wange wird tiefer, als sein Grinsen breiter wird. Nicht offener, vielmehr herablassend. Auslachend.

Vermutlich hat er damit gerechnet, dass ich mich von ihm und seiner einnehmenden Präsenz aus dem Konzept bringen lasse und mein Handtuch nicht mehr unter Kontrolle habe. Aber das habe ich.

Ich bewege mich nicht, atme nicht mal ein, als er meinem Gesicht plötzlich nahe kommt, weil er sich zu mir beugt. Seine Augen verengen sich und dennoch eröffnen sie mir einen perfekten Blick auf den Goldton seiner Augen. Dieser Typ hat *goldene* Augen, verdammt. Ich schlucke den Kloß in meinem Hals herunter, mühsam bedacht, meine Fassade aufrechtzuerhalten.

Mir sind seine ausdrucksstarken Augen völlig egal.

Diese Männer können mir gar nichts.

»Wenn ich du wäre, würde ich ganz schnell vergessen, was ich hier gesehen habe, Nixe.« Obwohl er mir zuzwinkert, sind seine Worte schärfer als jede Klinge. Auch seine Finger, die nun nach meinem geflochtenen Zopf greifen, berühren mich gegensätzlich sanft. Er zupft an einer der dunkelblau gefärbten Strähnen und betrachtet sie, als hätte er noch nie gesehen, dass Frauen sich die Haare färben. *Aber das machen Frauen, wenn sie einen Neuanfang starten.* Es hat sich richtig angefühlt, mir die Strähnen färben zu lassen.

»Finger weg«, knurre ich und funkle ihn genauso scharf an.

Sein Mundwinkel zuckt erneut, dann hebt er den Kopf und tritt tatsächlich zurück, meine Haarsträhne behält er in der Hand. »Ich sehe, wir verstehen uns.«

Seinen vielsagenden Blick kann ich deuten, genauso wie mir klar ist, dass seine Worte eine Drohung sind, eine, die ich nicht gedenke zu missachten.

Es ist mir völlig egal, was andere Studenten auf dem Campus machen, schließlich habe ich meine ganz eigenen Probleme.

»War irgendwas?«, frage ich zuckersüß und drehe mich so würdevoll, wie es auf Flipflops möglich ist, zur Seite. »Danke für die Tasche.« Zu spät lässt er mein Haar los, doch ich ignoriere den kurzen Schmerz auf meiner

Kopfhaut, als ich es ihm mit meiner Bewegung entziehe. Der blonde Mann im Anzug steht immer noch mit verschränkten Armen vor mir und tritt unbeeindruckt zur Seite, um mich durchzulassen.

Das Mädchen hockt weiterhin unbeachtet auf dem Boden und der Typ in Lederjacke dreht sich desinteressiert einen Joint auf seinem Knie.

Meine Tasche an meine Brust gedrückt laufe ich mit strammen Schritten weiter, ohne mich umzudrehen. Erst, als ich das Treppenhaus erreiche, bleibe ich stehen, ziehe meinen Hoodie und meine Jogginghose aus der Tasche und schlüpfe rasch hinein. Das Handtuch stopfe ich zurück, mache mir nicht die Mühe, den Reißverschluss zu schließen, dann eile ich los.

Ich habe nicht vor, wegen dieser Show zu spät zu meinem ersten Kurs zu kommen.

Mein Fokus liegt auf mir. Nicht auf irgendwelchen Typen.

Kapitel 3
Tristán

Wie durch Watte dringt Nathans angepisste Stimme durch den Raum. »Beweg dich, Prinz. Du hattest deinen Spaß.«

Ohne auch nur ansatzweise daran zu denken, auf seine harsche Anweisung zu hören, lehne ich mich zurück und ziehe am Joint.

»Wenn hier irgendjemand irgendwem Anweisungen geben darf, dann bin ich das, *Kumpel.*« Ich betone das letzte Wort so spöttisch, wie ich ihn ansehe. Nathan fucking O'Connor ist weder mein Kumpel noch ein Typ, mit dem ich viel anfangen kann. Trotzdem hängt er mir seit diesem Semester – also seit gestern – am Arsch, weil mein feiner Herr Vater, bekannt als König Héctor von Spanien, der Meinung ist, Ryle reicht nicht.

Ich finde durchaus, dass Ryle reicht. Ryle und ich teilen dieselben Interessen, die sich mit Vögeln, Kiffen, Boxen (und sagte ich schon Ficken?) ganz gut zusammenfassen lassen.

Er ist derjenige meiner beiden Bodyguards, den ich leiden kann, wobei das eher eine Untertreibung ist. Ryle ist mein bester Freund. Er kümmert sich hervorragend um meinen Scheiß. Jetzt gerade schleift er das blonde junge Ding zur Seite und drapiert sie so, dass sie nicht erstickt, bis sie gefunden wird, wenn die nächsten Mädels sich zu ihrem Schwimmtraining hier einfinden. Bis dahin bleiben die Kopfhörer in ihren Ohren und das Tuch vor ihren Augen. Es schickt sich nicht als zukünftiger König von Spanien, halb Santa Barbara zu ficken. Die Worte meines Vaters, nicht meine. Mir ist es völlig egal, was sich *schickt* und was nicht.

Der Rauch breitet sich in meiner Lunge und meinem Hirn aus, als ich einen weiteren entspannten Zug nehme. Ryle kümmert sich um das, was mein Vater will, schließlich kriegt er genug Kohle dafür hinterhergeschmissen, mit mir abzuhängen. Und weil wir beide wissen, dass mein Vater ihn auch genauso gut abziehen könnte, wenn wir *nur* Scheiße bauen, räumt er hinter mir auf. Oder vielmehr hinter uns. Er macht ja mit, schießt sich nur nicht so ab wie ich. Auch jetzt kommt er seinem Job gewissenhaft nach. *Mein Goldjunge.*

Mit einem spöttischen Lächeln auf den Zügen beobachte ich ihn, wie er sich zu der Kleinen herunterbeugt. Das, was ich nicht mehr an Gewissen besitze, hat er zur Genüge.

Sie fragt ihn irgendwas, aber mein Hirn ist so vollgestopft mit Zeug, dass ich ihre dünne Stimme direkt ausblende. Ich weiß schon gar nicht mehr, wo wir sie aufgetrieben haben.

Ist sie überhaupt eine Studentin? Möglich, aber eher unwahrscheinlich.

Kommt sie aus der Bar vom Strand? Schon wahrscheinlicher.

Ist sie eine der Schlampen aus Brandons illegalem Boxklub? Am wahrscheinlichsten.

Keine Ahnung, was es nun ist, es ist mir scheißegal.

Genauso egal wie Nathans Predigt, die er gerade loswird. Wozu hat man zwei Ohren? Links rein, rechts raus. Er soll mir folgen und aufpassen, dass mich niemand ersticht. Oder so. Ich weiß nicht mal, wozu ich einen fucking Bodyguard brauche, geschweige denn gleich zwei von der Sorte.

Es ist jetzt nicht so, dass ich ständig um mein Leben fürchte, wenn ich einen Fuß vom Campus setze, und auf dem Campus noch viel weniger. Trotzdem habe ich ab sofort *beide* auf Schritt und Tritt an meiner Seite.

Unbeeindruckt von Nathans Erscheinung vor mir, ziehe ich erneut am Joint. Die Ausgeburt von Spitzenabsolvent der privaten Sicherheitsakademie – oder wo auch immer er seine Befähigung hernimmt, die meinen Vater dazu verleitet hat, ausgerechnet ihn auszuwählen – steht mittlerweile vor mir. Zu dicht für meinen Geschmack.

»Du sollst Angreifer abwehren, nicht meinen Babysitter spielen«, knurre ich und stehe auf. Weit komme ich nicht. Mein Blut pulsiert noch irgendwo in meinen unteren Körperregionen, obwohl Ms Gierschlund mir jeden verdammten Tropfen Sperma aus dem Schwanz gesaugt hat, als wäre sie ein fucking Staubsauger.

Ich fühle mich benutzt, verdammt, dabei ist das doch sonst eher immer andersrum. *Witzig*. Grinsend taumle ich zur Seite und pralle mit der Schulter gegen Ry. »Ryle, Bro. Sag Nate-Baby, wir haben die Lage im Griff, hm?« Mit dem Joint zwischen den Fingern deute ich auf Nathan, der die Augen verengt und mich genervt anstarrt.

Nüchtern würde ich ihn verstehen. Ich könnte mich

nüchtern selbst nicht ertragen. Aber Scheiße, verdammt, ich *bin* nicht nüchtern und ich habe so schnell auch nicht vor, es zu werden.

»Nate-Baby«, wiederholt mein bester Freund, weil er genau das ist, und legt seinen Arm um meine Schultern, weil er ebenso genau weiß, wie drüber ich bin, »lass mich Seine Königliche Hoheit zum Ausnüchtern bringen, dafür kümmerst du dich um unser kleines Nixen-Problem, einverstanden?« Er deutet auffällig zum Gang, in dem das schwarzhaarige Mädchen verschwunden ist.

Nur Ryle lasse ich diese Scheißanrede durchgehen, weil er mich nur verarscht. Wenn er daran Spaß hat, soll er das machen. Das juckt mich nicht. Was mich juckt, ist Nathans Fresse, die einfach nicht verschwinden will. Auch nicht nach dieser Nacht, die in dieser kleinen Umkleidekabinen-Vögelei geendet hat. Ich wollte Nathan zeigen, was ihn bei seinem Scheißjob erwartet, und dummerweise lässt er sich nicht so leicht vertreiben, wie ich dachte. Dabei haben Ryle und ich alle Register gezogen. Ich schieße mich nicht jeden Tag so ab wie heute.

»Ich werde nicht an meinem ersten Arbeitstag zulassen, dass ihr beiden euch erst die ganze Nacht durch irgendwelche Klubs sauft, alles vögelt, was keinen Schwanz zwischen den Beinen hat, und …«

»Und dann noch die Kurse schwänzt«, vervollständige ich seinen Satz. »Das ist es doch, was du sagen willst, Langweiler?« Ich ziehe Ryle mit mir, in meiner Jeans eine Latte, die einfach nicht verschwinden will. Meinetwegen hätten wir gleich mit der heißen Schwarzhaarigen weitermachen können, die mit ihren aufgerissenen Augen unserem Treiben zugesehen hat. Auch wenn sie so aussah, als hätte sie mir, Ryle und sogar fucking Nathan O'-

Connor am liebsten ihre Flipflops um die Ohren geschlagen. »Gib mir ’nen Kaffee und niemand wird merken, dass ich die ganze Nacht zwischen den Schenkeln von Weibern verbracht habe.«

Nicht dass das mir noch in irgendeiner Weise helfen würde.

»Du stinkst wie eine verdammte Pussy!«, knurrt mir Nathan aka Schlappschwanz aka Weiß-nicht-was-gut-ist entgegen. Ryle lacht, ich nicht. Vielleicht, weil ich genug damit zu tun habe, auf den Beinen zu bleiben. Kaffee. Ganz eindeutig.

»Wenn ich das tue, ist das eine verdammte Hommage an die Mädels«, knurre ich zurück, wohl wissend, dass ich es nie tue. Aber Nathan weiß das nicht. Keine Ahnung, warum er meint, ich stinke nach Pussy. Vielleicht nach Sex. Das kann gut sein. Ich korrigiere seine Annahme dennoch nicht, lasse ihn in dem Glauben und verfestige ihn noch, indem ich sage: »Den fucking Königssohn höchstpersönlich so tief zwischen den Schenkeln vergraben zu haben, dass er ihren Geschmack auf seinem Körper trägt, ist eine Klassenaufwertung, die du nicht mal durch eine Heirat erreichst.« *Wer leckt als König schon seine Ehefrau?*

Ryles lautes Lachen ertönt zuerst, dann folgt sein Schlag gegen meinen Hinterkopf. Er weiß, dass ich das niemals mache und nur Stuss von mir gebe. »Dafür, dass du dir heute alles reingepfiffen hast, was du finden konntest, kriegst du deine Klappe noch ziemlich weit auf, mein Lieber.«

»Für deinen Schwanz wird es auch noch reichen, willst du mich auf den Knien?«, säusle ich zurück. Er und die ganze Umgebung schwanken. Und für meinen Geschmack kann sie noch wackliger werden. *Es reicht alles nicht*.

Ryles Ellenbogen gegen meine Seite habe ich erwartet, Nathans grimmige Miene ebenfalls. Ich weiß schon nach einer Nacht und einem halben Tag (heute zählt nicht, ich meine gestern), dass ich mich nicht mit ihm anfreunden werden kann. Nathans Wichsfresse brauche ich nicht noch zusätzlich in meinem Leben. Darin existiert genug Scheiße.

Ohne auf mein großzügiges Angebot einzugehen, spricht Ryle weiter. Er kann schnell umschalten: vom Saufkumpan zum Fickkumpel, zum Bodyguard und hin und her, wie er es gerade braucht. Was Ryle hingegen nie verkörpert, ist mein Anstandswauwau. So etwas brauche ich nicht, auch wenn ich ihn in Form von Nathan O'Connor ab sofort trotzdem habe.

»Du gehst jetzt duschen, ich besorg dir 'nen Kaffee. Und dann sorgen wir dafür, dass die Nixe nicht singt.« Ryles Ton verändert sich, wird schärfer, als er zu Nathan sieht, während wir durch den Flur taumeln. »Du behältst sie solange im Blick. Verstanden?«

»Ich muss …«

»Du musst auf Tris aufpassen, schon klar, O'Connor. Auf dem Campus passiert ihm nichts, wir beide kriegen das hier schon 'ne Weile ganz gut hin. Es kommt nur nicht so geil, wenn die Kleine überall rumposaunt, wobei sie unseren Prinzen erwischt hat, darin sind wir uns doch alle einig, was?«

Nathan stimmt brummend zu. Denn darin sind wir uns wirklich einig. Was die kleine, scharfe Schwarzhaarige gesehen hat, ist nichts, was an die Öffentlichkeit gelangen darf. Außerdem war es Nathans fucking Job, uns abzusichern. Ich meine, er hätte auch mitmachen können, aber dafür war Monsieur sich ja zu fein. Ich drehe ihm keinen Strick daraus, im Gegenteil. Ich bin froh, wenn er mir nicht zu jeder Sekunde am Arsch klebt. Aber wäre die Kleine jemand anderes gewesen, jemand mit Waffe und anderen Absichten – wir wissen alle, wer dann jetzt keinen Job mehr hätte.

Und wer vielleicht kein Leben mehr, aber das ist unerheblich. Wer so ein Leben führt wie ich, ist nicht traurig darum, es zu verlieren. Möglicherweise lege ich es ja sogar genau darauf an. Ich habe diese ganze Scheiße so was von satt.

Wir erreichen die Türen der Schwimmhalle und Ryle lässt mich mit einem warnenden Seitenblick los. Ich nicke unwillkürlich und laufe allein weiter. Einen Schritt vor den anderen, grimmig gucken (passiert praktischerweise von allein, weil ich mich zusammenreißen muss, nicht zu kotzen, dabei guckt man halt scheiße) und … nein, keinen weiteren Zug vom Joint, der ist verschwunden, wie ich mit einem Blick auf meine leere Hand feststelle. Mein neuer Bodyguard spielt wohl lieber Babysitter statt Aufpasser und zertritt ihn gerade unter seinem Schuh.

Fick dich, Nathan O'Connor. Fick dich, Dad. Fick dich, König von Spanien.

┼

Natürlich reicht ein Kaffee nicht aus, um meinen Zustand so weit in Ordnung zu bringen, dass ich es in die Kurse schaffe. Der Weg zu unserer Villa (streng genommen meiner, aber ich teile freundschaftlich mit Ryle) über den frühherbstlichen Campus zieht sich heute noch mehr als sonst. Ryle flankiert mich über den Kiespfad, der über den begrünten Hügel führt und von zahlreichen hohen Hibiskussträuchern gesäumt wird. Auf der weitläufigen Wiese, die die Gebäude voneinander trennt, stehen in regelmäßigen Abständen Dattelpalmen und Olivenbäume zwischen sorgsam angelegten Beeten, die von universitären Gärtnern gepflegt werden.

Es ist idyllisch auf dem Scheißcampus. Neidisch bin ich dennoch nicht auf die Studentengrüppchen, die es sich auf der Wiese bequem gemacht haben. Erstens ist es für derartige Treffen viel zu früh und zweitens hatte ich es mit dem warmen Mund um meinen Schwanz wesentlich bequemer.

Nathan fucking O'Connor hat sich tatsächlich in die Seminargebäude verpisst, daher muss ich mich nicht mehr zusammenreißen und kann meiner schlechten Laune freien Lauf lassen. Ryle kennt das schon. Und so wanke ich unter frustriertem Schnauben in Richtung der Privathäuser.

König Héctor höchstpersönlich war es, der darauf bestanden hat, dass ich in diesem Scheißhaus residiere und mich damit noch mehr von der elitären Masse abhebe als sowieso schon. Es wurde extra für mich gebaut, als klar war, dass ich an die CU gehen werde.

Nur das Beste für den Prinzen.

Aber das ist okay. Immerhin habe ich dort meine Ruhe und kann Partys schmeißen. Viele davon.

»Reiß dich mal zusammen.« Am liebsten würde Ryle wohl meinen Arm umfassen, doch das verkneift er sich, um meinen Zustand in der Öffentlichkeit nicht allzu sehr preiszugeben. Dabei ist es mir völlig egal, was sie von mir halten.

Nach ein paar weiteren Minuten erreichen wir die zweistöckige, rechteckige Villa im spanischen Kolonialstil, die ich seit einem Jahr mein Eigen nennen darf. Oder muss.

Mit zusammengepressten Lippen steige ich die zwei Stufen hinauf, auf denen links und rechts Tonnen an Gestrüpp in terrakottafarbenen Blumenkübeln vor sich hinblüht und in das ich fast falle, bevor ich die rettende weiße Hauswand erreiche. Ich sinke mit der Schulter dagegen und sehe Ryle dabei zu, wie er den Schlüssel aus seiner Hosentasche fischt und die Tür aufschließt.

»Das war es dann mit deinen Kursen, was?«, zieht er mich auf, während er eine einladende Bewegung mit der Hand macht, um mich vorzulassen.

»Fick dich, Ry«, knurre ich und stapfe an ihm vorbei. Er folgt mir auf dem Fuß und obwohl er sich wie ein guter Kumpel in unserem Haus bewegt, sehe ich dennoch, wie er mit seinem Blick aufmerksam jede Ecke des großzügigen Eingangsbereichs scannt. Aber es ist, wie er schon unserem neusten Anhängsel verkündet hat: Hier auf dem Campus ist es sicher. So sicher, dass die Aktion meines Vaters, mir Nathan hinterherzuschicken, nur ein weiterer Tropfen in das längst überlaufende Fass ist, das zwischen uns steht.

Obwohl Ryle immer ein Scheißgrinsen in seinem Gesicht zur Schau stellt und noch dazu so aussieht, dass sich jede weibliche Seele die Finger nach ihm und seinem Bad-Boy-Bodyguard-Charme leckt, weiß ich, dass er viel mehr ist als das, was er nach außen verkörpert. Auch jetzt, als er mich nach oben in mein verficktes Königszimmer bringt, mir die Jacke auszieht und mich wie ein Baby ins Bett legt, benimmt er sich wie immer. Locker. Entspannt. Als wüsste er nicht, warum ich mich so abgeschossen habe.

Gerade heute.

Dabei weiß gerade er es am besten.

Dennoch ist das genau das Richtige, was er machen kann. Er muss mir nicht mit dämlichen Floskeln kommen à la: »Sie hätten gewollt, dass du dein Leben weiterlebst.« Oder auch das gern von Journalisten hingeklatschte »Der Unfall ist heute genau drei Jahre her, wie fühlen Sie sich als einziger Überlebender nach all der Zeit?«. Und immer dieser nicht ausgesprochene, aber deutlich hörbare Unterton: Müssen Sie sich nicht langsam damit angefreundet haben, anstelle Ihres Bruders den Thron zu besteigen?

Nein. Nein, verdammt. Der Scheißthron war nie für mich bestimmt.

Wie soll ich mich schon fühlen?

Stöhnend drehe ich mich inklusive Stiefeln auf die Seite und ziehe die Decke über meinen Kopf. Das verfickte Zimmer ist zu hell.

Ryle geht nicht. Stattdessen spüre ich am Absinken der Matratze neben mir, dass er sich setzt. Und wäre er nicht Ry, mein bester Kumpel, würde ich befürchten, er würde nun doch mit dummen Sprüchen kommen.

Aber er ist Ryle.

»Hör zu, Tris« ist trotzdem nicht das, was ich von ihm hören will.

»Leck mich«, knurre ich ins Kissen.

»Später vielleicht.« Er räuspert sich und wird ernst.

»Sie hätte nicht da sein dürfen, das weißt du, oder? Wir können nicht einfach so weitermachen.«

Zum ersten Mal klingt Ryle besorgt. So besorgt, dass ich die Decke von mir reiße, um ihn anzusehen. »Wer?«

Er zieht die Unterlippe mit dem Piercing zwischen die Zähne und legt den Kopf in den Nacken. »Mann, die Kleine von eben, die den Prinzen dabei erwischt hat, wie er eine betäubte Nutte auf dem Campus gevögelt hat.«

Ach das.

Ich gähne, um nicht zu kotzen. Mir ist schlecht.

»Streng genommen hast du sie gevögelt und mir hat sie nur einen geblasen.« War doch so, richtig? Über der gesamten Nacht hängt ein Schleier, der alle Erinnerungen unter sich versteckt.

Sein Adamsapfel hüpft, als er genervt schluckt. »Ja. Und ich bin dein Personenschützer.«

»Du bist mein *Freund*, Ry«, murmle ich mit Lidern auf halbmast. Ich bin dermaßen voll, dass ich in weniger als zwei Sekunden einschlafen könnte. Oder wahlweise auf den verdammten Teppich vor dem Bett kotzen. Ich weiß nicht, was mir gerade mehr helfen würde.

»Wenn dieser Nathan-Schnösel auf die Idee kommt, bei deinem oder meinem Dad zu petzen, bin ich am Arsch, Tris. Das bin ich sowieso schon, weil er hier ist. Er soll *mich* bewachen, nicht dich.«

Ich grunze genervt. »Du machst deinen Job gut, Ry. Komm mir jetzt bitte nicht mit so 'ner bescheuerten Rede, dass du ab sofort etwas ändern musst.« Als er nichts erwidert, mich nur finster ansieht, richte ich mich auf. Scheißidee, verdammt. Mir wird noch schlechter.

»Das meine ich gar nicht. Aber ... wenn du Nathan weiter behandelst wie den Arsch vom Dienst, was meinst du, wie lang er sich das hier ansieht, ohne sich bei seinem Vorgesetzten zu beschweren? Und du weißt, was der als Erstes machen würde.«

Ryle abziehen. Schon klar. Sein Vorgesetzter ist nämlich streng genommen nicht mein Vater – der ist nur der Auftraggeber –, sondern Ryles Vater. Und der wiederum ist Sicherheitschef am königlichen spanischen Hof.

»Ich hätte gar nichts dagegen gehabt, wenn Mr Ich-habe-einen-Stock-im-Arsch unserem Spaß beigewohnt hätte. Wäre doch 'ne geile Aufnahme in unser kleines Gespann gewesen. Aber mit seinem Fass-mich-nicht-an-sonst-kill-ich-dich-Blick hat er es sich ja selbst bei den Weibern verkackt.«

Ryle schüttelt den Kopf und da er nicht grinst, weiß ich, dass ihm die Sache wirklich zu schaffen macht. Aber auch Ryle fällt es schwer, dem Prinzen zu widersprechen, auch wenn er wissen sollte, dass er der Einzige ist, auf den ich noch höre. Manchmal.

»Meinetwegen soll er seinen Job machen. Ich werde ihn davon nicht abhalten, okay?« Demonstrativ ziehe ich mir die Decke wieder über den Oberkörper und falle zurück.

»Danke.«

»Nichts zu danken, Ry. Ich will dich nicht auch noch verlieren.« Okay, das klang erbärmlich. Ich knurre kurz hinterher, damit er darauf bloß nichts mehr sagt.

Nicht heute.

Heute bin ich wirklich viel zu sehr im Arsch.

»Gut. Und wegen der kleinen Nixe …«

»Nixe?«

Ryle seufzt, klingt aber schon wesentlich amüsierter.

»Immer noch die kleine Schwarzhaarige mit den entzückenden blauen Strähnen, die …«

»Erspar mir das«, unterbreche ich ihn, bevor er zu sehr ins Schwärmen gerät. Ich weiß, wer als Nächstes auf seiner Dich-muss-ich-unbedingt-ficken-Liste steht. Die kleine Nixe mit den *entzückenden blauen Strähnen* und der glänzenden bronzefarbenen Haut ist genau sein Beuteschema.

»Was willst du wegen ihr unternehmen?«

»Das frag ich dich. Es sollte klar sein, dass wir sie nicht einfach weitermachen lassen können, ohne ihr einen kleinen Denkzettel zu verpassen. Die Gefahr, dass sie auspackt, ist zu groß. Die Frage ist nur … wie.«

Mir ist scheißegal, ob sie auspackt oder nicht. Aber das sage ich nicht, es geht hier nicht um mich, sondern um Ryles Job.

Mein Blick ist eindeutig und Ry springt darauf an. Ich lasse ihm völlige Entscheidungsfreiheit.

Er hält mir die Hand entgegen, damit ich einschlage, was ich nur schwerfällig auf die Kette bekomme. Er steht auf und besieht mich mit einem letzten, gelösten und gleichzeitig amüsierten Blick. »Das wird ein Spaß.«

Ich schätze, darüber ist das letzte Wort noch nicht gesprochen – so wenig begeistert, wie die Nixe ausgesehen hat –, aber ja. Zumindest für einige von uns wird es ein Spaß.

Kapitel 4
Maeve

»Ich könnte im Stehen einschlafen.« Wie um ihre Worte zu bestätigen, gähnt meine Mitbewohnerin und lässt die Hand mit dem Shirt auf ihren aufgeklappten Koffer zurücksinken. »Ich glaube, ich räume morgen weiter aus.« Seufzend gleitet ihr Blick zu den anderen zwei Koffern, die noch darauf warten, ebenfalls ausgepackt zu werden. Immerhin ist dieses Zimmer so groß, dass sie kein Problem bekommen sollte, all ihr Zeug irgendwo unterzubekommen.

Ich bin schon seit ein paar Tagen fertig, meine neuen Sachen in dem geräumigen Zimmer einzuräumen, schließlich hatte ich etwas Vorlauf. Penelope hingegen kam erst gestern an. Sie ist glücklicherweise eins der Art unkomplizierten Mädchen, die mit einem festen Schlaf gesegnet sind. Zudem ist sie lieb, lästert nicht – zumindest hat sie bislang keine Anstalten dazu gemacht –, und das Wichtigste: Sie lässt mich größtenteils in Ruhe.

Es hätte mich mit meiner Mitbewohnerin definitiv schlimmer treffen können, auch wenn ich nicht auf der Suche nach einer Freundin bin.

Wieder gähnt sie und kommt auf die Füße. Nur in ihrer Jogginghose, einem bauchfreien Top, das ihre großen Brüste betont, schleppt sie sich zu dem Bett auf ihrer Raumseite und fällt kopfüber darauf. Ein tiefes Stöhnen löst sich aus ihrer Kehle, dann verstummt sie.

Nach einem mit Einführungskursen und gleich zwei Trainingseinheiten vollgepackten Tag kann ich sie durchaus verstehen. Ein kurzer Blick auf die Uhrzeit auf meinem Handy bestätigt, dass es schon nach elf ist. Angesichts der Tatsache, dass wir auch morgen früh wieder zum Training müssen – vor dem Frühstück –, ist es keine schlechte Idee, jetzt zu schlafen. Aber ich habe andere Pläne.

Mich beruhigt die bleierne Müdigkeit und versetzt mich in einen Zustand, der meine ansonsten andauernd rotierenden Gedanken betäubt. Ich weiß nicht, wie mein Leben in den Monaten aussah, bevor ich im Krankenhaus zu mir gekommen bin, aber offenbar bin ich körperliches Training gewohnt. Meine Muskeln fühlen sich trotz der zwei Einheiten nicht sonderlich beansprucht an. Es hat mich erschöpft, ja, aber nicht übermäßig herausgefordert.

Gerade das Training am Abend, von dem wir erst vor einer halben Stunde zurück ins Wohnheim gekehrt sind, wird mir hoffentlich dabei helfen, in dieser ungewohnten Umgebung schlafen zu können. Aber noch nicht jetzt.

»Willst du noch mal raus?«, fragt Pen und dreht ihr Gesicht schwerfällig auf die Seite, um zu verfolgen, wie ich meine Trainingsjacke schließe und zur Tür gehe.

»Ich drehe eine Runde über den Campus.« Das habe ich in der Mittagspause nämlich versäumt. Während alle anderen Neulinge in Grüppchen den Campus erkundet haben, saß ich in der Bibliothek. Nicht um zu lesen. Ich habe mich verkrochen und die anderen gemieden.

Wie gesagt, ich bin nicht hier, um Freunde zu finden.

»Soll ich mitkommen?«

Ich halte inne, die Türklinke schon in der Hand. Warum sollte sie das tun?

»Du … du bist müde.« Es klingt wie eine Frage.

»Ach was. Ich komme mit.« Sie gähnt noch einmal herzhaft, schnappt sich ihre Sweatjacke in den Farben der Uni vom Stuhl, dann steht sie schon neben mir und hakt sich bei mir unter. Ich blinzle leicht überfordert.

»Ich will nur eine kleine Runde drehen, du kannst …«

»Ich lasse dich nicht allein im Dunkeln über den Campus marschieren«, widerspricht Pen und zwinkert mir zu. »Ich habe schon gemerkt, dass du ein bisschen schüchtern bist.« *Ich bin nicht schüchtern.* Doch das sage ich nicht. Stattdessen lasse ich mich von Pen auf den Gang ziehen. »Wir müssen auch nicht viel reden, aber als zukünftige Freundin gehört sich das so, dich in der Dunkelheit in einer völlig fremden Umgebung zu begleiten.«

»Wir befinden uns auf dem sichersten Campus der Welt«, halte ich dagegen, doch das Lächeln, das sich auf mein Gesicht schieben will, ist echt. Ich lasse es dennoch nicht zu. Nicht vollständig.

Pen tätschelt meinen Unterarm. Ich werde das Gefühl nicht los, dass sie anders sein könnte. Aber ich werde keine voreiligen Schlüsse ziehen. Ich darf niemandem trauen, solange ich nicht weiß, was ich eigentlich hier mache. *Wer ich bin.*

Aus den wenigen anderen Zimmern auf dem Flur dringt kein Laut, als wir uns auf den Weg in Richtung des

Treppenhauses machen. Wir nehmen die Treppe nach unten und durchqueren den leer vor uns liegenden Eingangsbereich des Hauses, in dessen Mitte ein Springbrunnen davon zeugt, dass wir uns immer noch in einer der elitärsten Universitäten des Landes aufhalten. Ebenso wie der Wachmann, der hinter einem Tresen dicht neben den Schiebetüren sitzt und darauf achtet, dass sich niemand in das Gebäude verirrt, der da nicht hineingehört.

Er nickt uns zu, als wir an ihm vorbei nach draußen treten. Die Nacht hat längst Großteile des Geländes verschluckt, dennoch weisen stimmungsvolle in den gestutzten englischen Rasen eingelassene Lichter den Weg durch die verschlungenen Gebäude.

Da Pen sich allem Anschein nach wirklich zurückhalten will, laufe ich einfach los. Sie lässt mich los, gibt mir meinen Freiraum, bleibt aber dennoch an meiner Seite.

Wegen der Palmen und des in der Luft hängenden salzigen Geruchs des Meeres habe ich eher das Gefühl, durch eine Luxusferienanlage zu spazieren, statt über ein Universitätsgelände.

Die Lehrgebäude sowie die Schwimmhalle sind auf dem modernsten Stand, die Wohnheime und die riesige Bibliothek sind im spanischen Kolonialstil gehalten, wie es üblich in Santa Barbara ist. Ich denke, ich werde mich hier wohlfühlen, vorausgesetzt solche Erlebnisse wie heute Morgen kommen nicht regelmäßig vor.

Zum Glück verlief der restliche Tag erheblich besser. Meine Dozenten sind alle freundlich, von den anderen Studenten habe ich mich ferngehalten und sie haben mich in Ruhe gelassen.

Es ist recht ruhig auf dem Campus, lediglich unsere Schritte auf dem Kiespfad erzeugen leise Geräusche, die im sanften Rascheln der Palmenblätter untergehen. Obwohl das Universitätsgelände riesig ist, war es nicht schwer, mir die Karte einzuprägen. Dank des rechteckigen Geländes kann man sich hier schlecht verlaufen. Auf einer Längsseite liegen die Lehrgebäude, auf der anderen die Wohnheime. Die akkurat angelegte durch das gesamte Areal laufende Wiese bildet den Mittelpunkt. Sie wird von hübsch angelegten Beeten und vereinzelten Palmen durchbrochen. Kreuzförmig gehen hier die Wege ab. Auf der Stirnseite in der nördlichen Richtung liegt die Schwimmhalle, auf der Südseite führt der Weg einen kleinen Hügel hinauf und anschließend wieder herab. Dort befinden sich die Privathäuser, die ich heute nicht unbedingt besichtigen will.

Nein, korrigiere: Ich habe nicht vor, je einen Fuß in diesen Bereich des Campus zu setzen. Wozu auch?

Als Pen sich räuspert, sehe ich über die Schulter zu ihr. »Ganz schön still hier, hm? Ich dachte, ich weiß nicht ... irgendwie habe ich es mir hier anders vorgestellt.«

Ich zucke mit den Achseln und sehe in den Himmel, an dem kaum Wolken zu sehen sind, während wir weiterschlendern. Die Sterne funkeln über unseren Köpfen. »Ich bin ganz froh, dass es hier nicht so ist wie auf anderen Unis.«

»Du nimmst das Schwimmen sehr ernst, oder?«

»Ja.« *Nein. Es hilft mir nur, nicht verrückt zu werden.* Ich schenke ihr einen weiteren Blick. »Du doch aber auch. Sonst wärst du nicht hier.«

»Ja schon.« Sie seufzt und zieht den Reißverschluss ihrer Jacke zu, während sie eine ausschweifende Handbewegung nach rechts macht. In dieser Richtung liegt das Wohnheim der Männer. »Ich dachte nur, hier ist ... mehr los.«

»Das kommt sicher an den Wochenenden.« *Hoffentlich nicht.*

»Gott, ja. Ich bin so gespannt auf unsere erste richtige Party! Ich habe gehört, die Typen in den Privathäusern schmeißen die besten Partys ganz Kaliforniens.« Sie kichert und hakt sich wieder bei mir unter, was ich zähneknirschend hinnehme.

Ich will zwar keine Freundin, es mir aber auch nicht unbedingt am ersten Tag mit der einen Frau verscherzen, die nett zu mir ist.

»Ich bin nicht so der Party-Mensch.«

Sie kichert und tätschelt wieder meinen Arm. »Maeve, ich kenne dich jetzt erst ein paar Stunden und weißt du was?« Ich lasse sie weiterreden, ohne zu antworten. Nicht dass sie im Sinn hatte, ich würde das tun. »Ich kenne Mädchen wie dich. Auf der Highschool war meine beste Freundin genauso. Sie ist eine Leseratte, hat sich voll reingehängt, um jetzt an ihrer Wunschuni studieren zu können, und Partys fand sie langweilig. Aber ...« wieder dieses Mädchenkichern, »... auch Frauen wie ihr braucht mal eine Pause. Ihr müsst mal abschalten!«

Ich will sagen, dass ich Pausen habe, aber das wäre eine fette Lüge. Ich laufe davon. Immer und überall, auch wenn ich wie jetzt nur über einen Kiesweg spaziere.

Ich flüchte vor meinen Erinnerungen und ersticke sie in körperlicher Erschöpfung. Möglicherweise wäre eine Party gar nicht so verkehrt, um auf anderem Weg einen ähnlichen Zustand zu erreichen, dagegen spricht nur der

Fakt, dass ich dazu mit Menschen kommunizieren müsste oder sie wenigstens ertragen.

Auf beides lege ich keinen Wert.

»Partys sind nicht so mein Ding«, wiederhole ich kühl, ungeachtet dessen, dass ich sie damit vor den Kopf stoßen könnte. Leider weiß ich nicht, ob ich sie mit dieser Aussage wirklich verletze. Ich bin mir nicht sicher, was ich davon halten soll, dass sie sich wohl mit mir anfreunden will.

Sie zieht mich weiter. Die Bibliothek wird von in den Boden eingelassenen Strahlern in Szene gesetzt und als wir den kleinen, runden Vorplatz erreichen und die Wiese hinter uns lassen, öffnen sich tatsächlich die hölzernen Doppeltüren und eine Gruppe Studenten tritt heraus.

»Halleluja«, macht Pen an meiner Seite erleichtert. »Ich dachte schon, wir wären tatsächlich die Einzigen, die hier herumschwirren.« Es ist mitten in der Nacht. Ich bin überrascht, dass wir tatsächlich jemanden treffen. Doch zu meinem Glück machen sie keine Anstalten, mit uns zu reden.

Sie nicken uns lediglich freundlich zu, Pen grüßt, ich nicht. Dafür meine ich, in meinem Augenwinkel eine Bewegung zu bemerken. Doch als ich den Kopf wende und hinter mich sehe, fällt mir nichts Ungewöhnliches auf. Der gestutzte Rasen liegt dunkel vor uns, die Palmenblätter geben ein leises Rauschen von sich, als sie im leichten Wind wogen.

Nein. Meine Fantasie spielt mir wohl einen Streich.

»Alles okay, Maeve?«, fragt Pen und zupft an meinem Arm. »Wollen wir weiter?«

Ich werfe noch einen letzten Blick hinter mich, doch bis auf die Gruppe, die uns eben entgegengekommen ist, ist niemand mehr auf dem Campus in unmittelbarer Umgebung unterwegs.

Immer dieses Gefühl, verfolgt zu werden.

Rasch atme ich ein paarmal tief durch, um mich zu beruhigen. *Niemand wird dich finden können, Goldschein. Lauf. Und sieh nicht zurück.*

Die warme Stimme in meinem Kopf wird von dem Rasen meines Herzens übertönt. Laut dröhnt mein eigener Puls in meinen Ohren. Die Stimme in meinem Kopf ... *seine* Stimme. Ich blinzle. Je länger ich darüber nachdenke, desto tiefer falle ich haltlos ins tiefe, dunkle Nichts meiner Erinnerungen.

Ich schlucke hart und versuche, tief einzuatmen. Das Pochen hinter meiner Stirn setzt ein und zwingt mich beinahe in die Knie.

»Maeve?« Pens Stimme dringt leise, aber eindringlich durch den Nebel in meinem Hirn.

»Ja, ich würde gern noch die Mensa sehen.« Meine Stimme klingt kratzig, was Penelope nicht aufzufallen scheint, dabei kenne ich die Mensa längst. Aber das sage ich ihr nicht.

»Dann los.« Fröhlich hakt Pen sich bei mir unter und ich lasse mich von ihrer Euphorie fortspülen.

Doch auch als wir weiter über den dunklen Campus laufen, überkommt mich immer wieder dieses merkwürdige Gefühl. Immer wieder sehe ich mich um, kann in der Dunkelheit aber niemanden ausmachen.

Du bist auf dem sichersten Campus der Welt, Maeve, schimpfe ich in Gedanken mit mir selbst und straffe die Schultern. Hier bin ich in Sicherheit.

Dieses mulmige Gefühl rührt sicher daher, dass ich heute Morgen in eine Szene geplatzt bin, in die ich während meines ganzen Unilebens nicht platzen wollte. Und die ich seither verdränge. Ich will nicht darüber nachdenken, was ich da gesehen habe.

Ich will auch gar nicht wissen, wer genau das war.

Es reicht, dass ich den ganzen Tag gezittert habe, einem oder gleich allen dreien auf dem Campus – oder noch schlimmer in einem meiner Kurse – zu begegnen. Aber das war nicht der Fall und ich hoffe inständig, dass dies unser erstes und einziges Aufeinandertreffen bleibt.

Doch auch als wir unseren Weg weiter fortsetzen, Pen irgendwann ins Plappern gerät und mir in Kurzform das wiedergibt, was sie heute Mittag während der Campusführung gelernt hat, verfolgt mich das Gefühl, dass wir nicht allein sind.

Am Ende meiner ersten *richtigen* Woche an der CU bin ich erleichtert. Weder hatte ich das zweifelhafte Vergnügen, ein weiteres Mal in eine Show hineinzuplatzen, die ich nicht sehen will, noch sind mir die drei Typen erneut über den Weg gelaufen. Auch wenn ich davon ausgehe, dass sie bereits länger an der Uni sind als ich, ist das keine Garantie dafür, nicht dieselben Kurse mit ihnen zu besuchen. So wenig Studierende, wie es hier gibt, werden einige Kurse nur alle zwei Jahre angeboten. Da könnte es durchaus sein, auf ältere Semester zu treffen.

Aber wie gesagt. Bisher ist dieser zweifelhafte Kelch des Glücks an mir vorbeigegangen. Es ist nur noch ein

Kurs, der letzte am Freitag, den ich überstehen muss, um völlige Gewissheit darüber zu erlangen, von ihrer Anwesenheit verschont zu bleiben.

Mit glatter Miene balanciere ich meinen To-go-Becher Kaffee in der linken Hand und meinen Laptop auf der rechten durch die Tür des kleinen Seminarraumes, ganz darauf bedacht, mir meine innere Aufregung nicht ansehen zu lassen.

Es hat nicht lange gedauert und ich habe meinen Ruf unter den Studenten weg. Sogar den Namen *Eisprinzessin* habe ich aufgeschnappt, wenn über mich getuschelt wird. Nicht dass mich das stört.

Mit einem Blick habe ich den kleinen Raum mit meinen Augen abgescannt und keine potenzielle Bedrohung erfasst. Ich sehe die neugierigen Blicke der jungen Frauen und Männer auf mir, als ich die hinterste Reihe anpeile, wo ich einen unbesetzten Zweiertisch erkenne.

Ich spüre den Blick eines Kerls vom Tisch links neben mir, als ich mich hinsetze und meine Sachen vor mir ablege. Doch ich beachte ihn nicht, so wie ich niemanden in dem Raum beachte. Stattdessen ziehe ich meine dünne Trainingsjacke aus, hänge sie über die Stuhllehne und klappe dann meinen Laptop auf, um wenigstens so zu tun, als wäre ich schwer beschäftigt.

Das bin ich nicht. Die wenigen Aufgaben, die ich in der ersten Woche hatte, habe ich längst erledigt, die zu lesenden Texte bereits dreimal durchgekaut und in den Nächten, in denen ich nicht schlafen konnte, habe ich den Stoff für die nächsten zwei Wochen vorgearbeitet. Ich bin lieber vorbereitet, als vor allen neugierigen Augen um Fassung zu ringen, weil ich keinen Durchblick habe.

Das Lernen fällt mir nicht sonderlich schwer, auch wenn ich bei keinem der Themen eine ähnliche Faszination wie beim Schwimmen verspüre. Vermutlich bin ich tatsächlich nur wegen des Sports auf der CU, auch wenn ich keine Erfolge vorweisen kann.

Bereits nach der kurzen Zeit an der Uni kenne ich jeden Winkel des Geländes, kann jede Lehrkraft dem Fach zuordnen und weiß, welche Gruppen ich meiden sollte, wenn ich keinen Stress bekommen will. Mal ganz davon abgesehen, dass ich ohnehin vorhabe, *alle* zu meiden. Bis auf Pen. Schon nach den wenigen Tagen mit meiner Mitbewohnerin weiß ich, dass ich sie nicht einfach loswerde. Und vielleicht ... vielleicht ist das gar nicht so schlimm. Ich muss ihr ja nicht meine Geheimnisse anvertrauen und ihr mein Herz schenken. Sicher gibt es auch eine Stufe davor. Etwas Unverfängliches.

Unwillkürlich wandert mein Blick zur digitalen Uhranzeige über dem weißen Smartboard. Pünktlich auf die Minute wird die Tür aufgestoßen und feste, schnelle Schritte erklingen. Rasch richte ich meinen Blick wieder auf den Laptop, um meine Nervosität zu überspielen.

Doch dann erklingen die ersten murmelnden, erstickten Laute und kurz darauf ein dumpfer Laut. Als der Dozent das Pult erreicht und seine schwere Tasche mit einem dumpfen Ton darauf abstellt, sehe ich auf.

»Herzlich willkommen auch von mir.« Die tiefste Stimme der Welt schallt durch den Raum und auch das letzte Kichern verstummt augenblicklich, als er seinen Blick durch den Saal gleiten lässt. Instinktiv setze ich mich aufrechter, um unter seiner Musterung nicht klein zu werden. Alles an diesem Mann schreit pure Arroganz gepaart mit einer Selbstsicherheit, die ihresgleichen sucht. Noch dazu erfüllt er kein einziges Klischee eines Professors, das ich laut seinem Titel – Prof. Dr. Declan Delahaye – irrtümlich erwartet habe. Ich dachte, der Statistik-Prof wäre Mitte fünfzig aufwärts. Mindestens.

Aber das ist er nicht. Vielleicht Mitte dreißig. Und Himmel, ich muss mich zwingen, meinen Blick nicht geblendet abzuwenden und auf meinem Stuhl zu schmelzen, wie es die anderen Frauen in diesem Raum tun.

Himmel – ich weiß, ich wiederhole mich –, aber damit habe ich nicht gerechnet. Es dauert ein paar Sekunden, bis ich mich im Griff habe, dann nimmt mein Herzschlag wieder ein normales Tempo an und ich kann recht unbeeindruckt dabei zusehen, wie der Mann sich die Ärmel des schwarzen Hemdes bis an die Ellenbogen aufrollt, während er die anwesenden Studenten weiter seiner stummen Musterung unterzieht. Okay, vielleicht ist das eine Lüge gewesen. Ein wenig zu lange und doch ziemlich beeindruckt starre ich auf seinen Halsausschnitt. Er trägt die obersten zwei Knöpfe offen und gibt damit den Blick auf gebräunte Haut frei. Seine dunklen Haare sind viel zu durcheinander für einen Dozenten, der das erste Seminar des neuen Semesters halten soll. Er sieht eher so aus, als wäre er gerade aus dem Bett gestiegen, und zwar nicht, nachdem er darin geschlafen hat.

Ich wette, alle weiblichen Wesen in diesem Raum denken dasselbe wie ich, als er seine Tasche öffnet. Seine langen Finger streicheln beinahe das Leder und seine gebräunten Unterarme zucken, als er einen Stapel Unterlagen herausnimmt. Eine Handlung, die zu simpel für einen Mann wie ihn aussieht.

Er ist der Typ Mann, der in einen Film hinter den CEO-Tisch eines der reichsten Unternehmen der Welt gehört. Aber nicht an eine Uni.

Okay, reiß dich zusammen, Maeve. Beschämt über mich selbst richte ich meine Aufmerksamkeit wieder auf meinen Laptop und klicke mich alibimäßig durch die Institutswebsite, ohne irgendwas davon aufzunehmen, was ich lese.

»Ich weiß, dass die meisten von Ihnen wegen Ihres Schwimmtrainings auf dieser Universität sind«, hebt der Dozent mit seiner himmlisch heißen Stimme an, die leise und rau durch den Raum hallt. »Ich weiß auch, dass Statistik den wenigsten von Ihnen liegt und dass noch viel weniger von Ihnen vorhaben, in meinem Kurs mitzuarbeiten. Bei mir bekommen Sie Ihre Credits aber nicht hinterhergeschmissen.« Ich zucke zusammen, als er den Stapel Papier so plötzlich auf den Holztisch fallen lässt, dass das Geräusch eindrücklich nachhallt. »Punkt eins, um meinen Kurs zu bestehen: Sie sind pünktlich.« Wie auf Kommando öffnet sich in dieser Sekunde die Tür und alle drehen den Kopf zu dem armen Schwein, das, der Miene des Dozenten nach zu urteilen, gerade in seine eigene Schlachtung läuft. »Und das gilt auch für Prinzen, Mr Guillén! Wenn Sie vorhaben, meinen Kurs nicht ernst zu nehmen – und dazu zähle ich Respekt und Pünktlichkeit –, können Sie Ihren königlichen Hintern direkt wieder durch die Tür bewegen!«

Etwas in meinem Magen meldet sich und noch bevor ich zu ihm sehe, ahne ich, dass ich nicht wissen will, was nun passiert. Doch kaum wende ich den Kopf nur ein wenig nach links, bekomme ich meine Bestätigung. Niemand Geringeres als die drei Männer, von denen ich am Anfang der Woche zwei beim Sex erwischt habe, schlendern in den kleinen Seminarraum, völlig unbeeindruckt von den harschen Worten des Dozenten.

Ich muss zweimal hinsehen, um sie zu erkennen, auch wenn ich mir sicher bin, dass sie es sind. Nur sehen sie heute gänzlich anders aus und es ist keine Frage, wer von ihnen der Prinz ist. Tris' Outfit ist nicht mit dem lässigen Rockeroutfit von dem frühen Morgen in der Schwimmhalle vergleichbar. Er trägt eine dunkelblaue Stoffhose, verdammt saubere weiße Sneaker, einen braunen Ledergürtel und dazu ein weißes Poloshirt, das seine gebräunten Arme freigibt. Seine gebräunten, tätowierten Arme.

Ich schlucke schwer. Ein Prinz mit Tattoos?

Seine schwarzen Haare fallen ihm heute nicht wild und verschwitzt in die Stirn, sondern liegen akkurat gestylt auf der Seite. Und zu aller Respektlosigkeit, die er sowieso schon versprüht, gesellt sich die dunkle Sonnenbrille, die seine grünen Augen verdeckt. Ja, verklagt mich doch, ich habe mir seine Augenfarbe gemerkt. Und möglicherweise ein paarmal daran gedacht, als ich nicht schlafen konnte. Es ist keine Frage, dass dieser Mann heiß ist. Das weiß er selbst. Flankiert von seinen beiden Bodyguards (ich gehe stark davon aus, dass die beiden Kerle im schwarzen Anzug genau das verkörpern), schlendert er in den Raum und sieht sich knapp um. »Du da«, er bleibt neben einem Tisch stehen und bewegt seinen Finger in Richtung des daran sitzenden jungen Typen. »Troll dich. Jetzt sitze ich hier.«

»Mr Guillén!«, bellt der Professor, aber da springt der

Angesprochene schon auf, rafft hektisch seine Sachen zusammen und wechselt kurzerhand den Platz.

»Ist schon gut«, keucht er, als er sich neben ein Mädchen setzt, die ihm sofort den Stuhl neben sich frei macht, auf dem ihr Rucksack stand.

Der Prinz (es würde albern klingen, wenn ich nicht wüsste, dass er ziemlich sicher tatsächlich einer ist, wir sind schließlich auf der CU) lässt sich ohne einen weiteren Ton auf den Stuhl fallen und streckt die langen Beine lässig unter dem Tisch aus. Er sitzt links schräg vor mir, perfekt, um mich nicht zu sehen. Dummerweise habe ich ihn gut im Blick, aber ich habe nicht vor, ihn länger anzustarren.

Mein Vorsatz scheitert direkt, als einer seiner Bodyguards – der andere Schwarzhaarige, der die Blonde von hinten genommen hatte – sich mit einem amüsierten Grinsen neben ihn fallen lässt und demonstrativ die Arme verschränkt. »Beruhigen Sie sich, Mr Delahaye, Sie kennen doch die Vorschrift: Ich sitze neben Tristán. Ist schließlich mein Job.«

»Sie, Mr Jenkins«, spricht er ihn an, »können Ihren Mandanten auch von der Tür aus bewachen und nehmen so keinem Studenten den Sitzplatz weg.«

»Im Fachjargon heißt das die zu schützende Person«, korrigiert er den Professor, der nur eine Augenbraue hebt, als sei ihm die korrekte Bezeichnung völlig egal.

»Das ändert dennoch nichts an meiner Aufforderung.«

Betont interessiert setzt sich *Mr Jenkins* auf und lässt seinen Blick schweifen. Er gleitet über mich wie alle anderen und doch sehe ich es in seinen Augen kurz aufblitzen. »So? Ich sehe noch genug freie Plätze in diesem

Raum. Nate? Sieh mal dahinten, neben der entzückenden jungen Dame mit den blauen Haarsträhnen ist sogar noch ein Platz frei für dich. Du musst auch nicht stehen.« Er zwinkert dem anderen Bodyguard zu, der sich nach wie vor unbeweglich im Bereich der Tür aufhält.

Mr Delahaye tritt um sein Pult herum. »Und wer sind Sie?«, wendet er sich an den Angesprochenen. »Braucht Prinz Tristán von Spanien nun zwei Ihrer Sorte?« Sein für seinen Berufsstand nicht gerade angemessener angepisster Tonfall macht deutlich, wie wenig er von diesen Sicherungsmaßnahmen hält.

»Nur das Beste für den zukünftigen König von Spanien.« Tristán nimmt gemächlich seine Sonnenbrille ab und hält sie seinem Fickkumpel Schrägstrich Bodyguard Schrägstrich allem Anschein nach persönliche Sekretärin entgegen, der sie ihm sofort abnimmt und in seinem Sakko einhakt.

Dafür setzt sich dieser Nate in Bewegung und kommt auf mich zu. Nicht sein Ernst, verdammt.

Auch er erkennt mich, das ist deutlich in seinem Gesicht erkennbar. Ein Gesicht, das ich am Montag nur flüchtig gemustert habe, weil er mir zu schnell zu nahe gekommen ist und ich danach andere Sorgen als sein Aussehen hatte. Jetzt ist die Situation nicht wesentlich besser, doch als er sich durch die Reihen schlängelt (in denen auch noch freie Plätze sind), bleibt mir gar nichts anderes übrig, als ihn anzusehen.

Sein Anzug sitzt wie eine zweite Haut an ihm und spannt an seiner Brust und den Oberarmen. Im Gegensatz zu den anderen zwei dunkleren Typen ist er blond und seine leicht gelockten Haare fallen ihm in die Stirn, wie bei einem aus den Wellen gestiegenen Surferboy. An den Seiten sind seine Haare kürzer, mit einem einrasierten Strich. Er hat keinerlei Piercings oder sichtbare Tattoos, aber allein der strenge Zug um seine markante Kieferpartie lässt vermuten, dass mit dem Kerl nicht zu spaßen ist.

Als er mich erreicht, bewege ich mich nicht, trommle nur nach außen gelangweilt mit meinen Fingerspitzen auf meinem Laptop herum, als würde mich diese Störung des Unterrichts nerven.

Das tut sie durchaus. Aber nicht, weil ich unbedingt etwas lernen will, mich stört nur, dass diese Typen nun doch noch in einem meiner Kurse aufgetaucht sind.

»Wenn wir dann endlich anfangen können«, hebt Prof. Delahaye an und kneift die Augen zusammen, während er das Pult erneut umrundet und nach den Papieren greift. Er reicht sie in die erste Reihe und deutet mit einem Kopfnicken an, dass der Stapel herumgegeben werden soll. »Neben absoluter Pünktlichkeit erwarte ich, dass Sie Interesse am Thema zeigen. Soll heißen: Sie beteiligen sich aktiv und damit meine ich mündlich«, an dieser Stelle kichert eine Studentin, was den gesamten Kurs zum Lachen bringt, Delahaye aber nicht aus dem Konzept bringt, » ... mündlich an meinem Unterricht. Sie werden alle ein mediengestütztes Referat halten und ich frage regelmäßig unaufgefordert die Inhalte ab. Ich kann Ihnen also nur raten, sich gewissenhaft auf unser Seminar vorzubereiten. Wer damit ein Problem hat, darf jetzt gerne gehen.« Er deutet auf die Tür und wartet tatsächlich ein paar Sekunden. Ich bin geneigt zu glauben, dass es nicht leicht wird, diesen Kurs zu bestehen.

Währenddessen gehen die Studentinnen in den ersten Reihen dazu über, sich ihre Haarsträhnen kokett um den Finger zu wickeln, probieren sich daran, die Augen niederzuschlagen. Eine lässt sogar ihren Block fallen, um den Prof im Anschluss mit einem formvollendeten Bück-Move zu beeindrucken, bei dem Mr Delahaye nicht nur tief in ihren Ausschnitt blicken kann, sondern gleichzeitig ihren in die Höhe gestreckten Arsch präsentiert bekommt.

Würde er denn hinsehen. Doch das tut er nicht. Er starrt lediglich in den Raum und obwohl er niemanden direkt ansieht, hat wohl jeder das Gefühl, seine Aufmerksamkeit läge nur auf einem selbst. Ich bewundere ihn ein bisschen dafür, dass er mit den offenkundigen Flirtversuchen der Mädels in den vorderen Reihen absolut souverän umgeht.

Ich starre ebenso gerade nach vorne, was aber vor allem an dem Mann neben mir liegt. Obwohl er sich nicht bewegt, spüre ich seine Präsenz, und als würde ich die unsichtbare Gefahr wittern, die von ihm ausgeht, stellen sich die kleinen Härchen auf meinen Unterarmen auf. Unwillkürlich ziehe ich mir die Ärmel des Strickpullovers weiter über die Handgelenke und recke das Kinn. Eine natürliche Schutzhaltung, die ich immer einnehme. Meine sichtbare Mauer. Er soll bloß nicht denken, er schüchtere mich ein.

Prof. Delahaye schaltet das Smartboard ein und ruft eine Präsentation auf, doch ich kann mich nicht auf seine Worte konzentrieren. Der Mann neben mir lenkt mich ab. Sein Oberschenkel berührt meinen, als er näher an mich heranrutscht. Dann landet auch noch sein Arm auf meiner Stuhllehne, was ich nicht einfach hinnehmen kann. Er ist definitiv zu weit in meiner Komfortzone, und das zum zweiten Mal.

»Finger weg«, zische ich leise, ohne den Kopf zu drehen. »Das habe ich schon einmal gesagt!«

Obwohl er mich gehört haben muss, spüre ich plötzlich seine Finger, die über meine Schulter streifen. Wie dreist will er sein?

Entsetzt und eine gute Spur wütend wende ich ihm doch den Kopf zu und treffe auf amüsiert blitzende Augen in einem hervorstechenden grün-gräulichen Farbton. Noch nie habe ich eine solche Augenfarbe gesehen. Wie Salbei – genau so, wie er riecht. Kräftig, leicht nach Kiefer und *bitter*.

Doch ehe ich ihn in seine Schranken weisen kann, rutscht er mit seinem Stuhl näher an mich heran, sodass ich seine Körperwärme an meiner Seite spüre.

Irgendeine innere Alarmglocke springt bei dieser Berührung in mir an und sorgt dafür, dass ich stocksteif sitzen bleibe. Seine warme Hand rutscht unter mein Haar und umschließt meinen Nacken.

Was zum Teufel –?

»Sieh nach vorne, Elsa.« Okay, *Elsa* ist neu, wenn auch nicht sonderlich kreativ. »Delahaye mag es nicht, wenn man seinem Unterricht nicht folgt. Du willst doch nicht die Nächste sein, die von ihm übers Knie gelegt wird, nicht wahr?«

Seine schmutzig geraunten Worte lösen eine Menge Reaktionen in mir aus, die ich krampfhaft versuche mir nicht ansehen zu lassen. Erstens: Wut. Was bildet er sich eigentlich ein, so mit mir zu reden? Die zweite: Scham. Weil der Gedanke, von Delahaye übers Knie gelegt zu werden, nicht unbedingt abschreckend ist. Der dritte: Allein dafür, dass ich das denke, komme ich in die Hölle und mein Herz krampft auf unangenehme

Weise. Ich weiß, dass ich diese Fantasien nicht haben darf.

Warum allerdings, nicht.

Ich unterdrücke ein Keuchen, als es schmerzhaft hinter meiner Stirn zu pochen beginnt. Nach ein paar Sekunden habe ich mich so weit gefangen, dass ich meine Gedanken wieder auf das Wesentliche lenken kann.

Schlimm genug, dass ich nur einen Gedanken daran verschwende, meinen Professor heiß zu finden. Er ist aus so vielen Gründen der falscheste Kandidat dafür. Ich sollte mich dringend an Jungs in meinem Alter halten. Aber auch dieser Nate ist der Falsche dafür. Erstens, weil er ebenfalls ein paar Jahre älter ist als ich und zweitens der verdammte Bodyguard des arroganten Prinzen ist, den ich beim Vögeln erwischt habe. Daher setze ich meine kälteste Miene auf, als ich mich ihm zuwende.

»Ich sage dir das nur noch einmal«, zische ich leise. »Nimm. Deine. Finger. Von. Mir!«

»Was, wenn nicht, hm?« Sein heißer Atem trifft meine Ohrmuschel, als er mir noch näher kommt. »Willst du hier einen Aufstand machen? Nein. Das willst du nicht. Du magst es nicht, im Mittelpunkt zu stehen.«

Woher will er das wissen?

Doch ich sage gar nichts mehr, weil Prof. Delahayes Blick auf meinen fällt. Ich erstarre. Scheiße. Ich will nicht in der ersten Stunde bei Mr Streng-bekommt-eine-neue-Bedeutung auffallen. Negativ.

Gut, positiv auch nicht unbedingt. Ich will in der Masse untergehen.

Und schwimmen. Immer, immer weiter.

Überfordert schließe ich kurz die Augen und balle die Fäuste unter dem Tisch. Als ich nach wenigen Sekunden nach vorne blinzle, fährt Delahaye ruhig damit fort, die Folien zu erklären. Ich habe noch nicht ein Wort vom Thema mitbekommen.

Das fängt nicht gut an.

»Du kommst heute Abend nach oben zu Tristáns Villa.«

Ich verschlucke mich beinahe an meinem eigenen Speichel und schaffe es in seinem harschen Griff nicht, den Kopf in seine Richtung zu drehen. »Ich weiß, dass dir das nicht passt, Elsa. Aber wir haben etwas mit dir zu besprechen. Ich schätze, du weißt, worum es geht.«

Natürlich weiß ich das.

Es reicht ein Blick nach schräg links vor mir auf den geraden, muskulösen und verdammt adrett zurechtgemachten Rücken, der zu nichts Geringerem als dem zukünftigen König von Spanien gehört. Dem Prinzen, dem ich dabei zugesehen habe, wie er sich mit seinem höllisch heißen Bodyguard ein Mädchen geteilt hat, ein Mädchen, von dem ich nicht einmal mit Bestimmtheit sagen kann, ob sie freiwillig mitgemacht hat oder nicht.

Fuck.

Mein hämmernder Herzschlag verrät meine innere Unruhe. An meiner Mimik kann man sie nicht erkennen, dafür ist mir die eiskalte Miene zu sehr ins Blut übergegangen. Aber so fest, wie sich sein Daumen in meinen Hals drückt und er mir damit das Atmen erschwert, wird er das Pulsieren meiner Halsschlagader sicher bemerken und sich seinen Teil denken.

»Nein«, sage ich dennoch so gefasst wie möglich. »Ich werde nicht kommen, und nein, ich weiß auch nicht, warum ich das tun sollte.« Sein Griff lockert sich so weit, dass ich ihn ansehen kann. »Das habe ich schon einmal gesagt«, erinnere ich ihn. Ich werde nichts verraten. Es ist mir völlig egal, was Prinz Tristán in seinem Leben treibt, und genau das kann sein Bodyguard in meinem Gesicht ablesen. Ich ...

»Stört mein Unterricht Sie dabei, sich näherzukommen?«

Scheiße.

Delahayes Stimme ist zu laut. Als ich aufsehe, trifft mein Blick auf mörderisch dunkle Augen, die sich in meine bohren. So nah vor mir aufragend ist seine Präsenz so viel einschüchternder (und beeindruckender, ich gebe es zu) als hinter dem Pult.

Verdammt, verdammt, verdammt.

Er deutet mit seinem Arm über meinen Kopf in Richtung Tür. »Möchten Sie sich draußen unterhalten? Gehen Sie ruhig. Nur brauchen Sie beide danach nicht wieder hier aufzutauchen. Heute nicht. Nächste Woche nicht ... und die darauf. Sie verstehen das Prinzip?« Der schneidende Ton in seiner Stimme rast mir in den Bauch und bereitet mir Schmerzen. Ich glaube, ich kann nicht gut mit Autoritäten umgehen.

Diese Situation ist binnen Sekunden eskaliert. Die gesamte Aufmerksamkeit des Kurses liegt auf mir und ich würde viel dafür geben, wenn sich in diesem Moment der Boden unter mir auftun würde und mich verschlingt. Das tut er nicht.

Dafür schenke ich Delahaye den zickigsten Blick, den ich draufhabe, schüttle den Arm des Bodyguards ab und sehe funkelnd zu ihm. »Ich habe kein Interesse daran, Ihrem Unterricht zu entkommen, Mr Delahaye.« Meine Stimme wird schärfer. »Aber dieser Mann versteht kein Nein.«

Er grinst, genauso wie Tristán, der entspannt und halb gedreht auf seinem Stuhl hängt und uns unverhohlen amüsiert beobachtet, wie ich aus dem Augenwinkel erkenne. Genauso wie sein anderer Bodyguard, der nun noch unverfroren ein Daumen-Hoch zu seinem Kollegen schickt.

Was für Affen.

Wie konnten diese beiden für so einen wichtigen Job wie den Personenschutz eines zukünftigen Königs angeheuert werden?

»Ich dulde so ein Verhalten nicht«, lässt Mr Delahaye uns kühl wissen und spart es sich, eine weitere Warnung hinterherzuschicken. »Mr O'Connor, ich erwarte Sie nach dem Kurs in meinem Büro.«

Mr O'Connor neben mir stöhnt genervt auf, Tristán und sein Kumpel drehen sich noch breiter grinsend herum.

Aber immerhin lassen sie mich die restliche Stunde in Ruhe – und so bin ich die erste, die aus dem Raum jagt, nachdem Mr Delahaye den Kurs für heute für beendet erklärt.

Ich habe kein einziges Wort von dem verstanden, um was es ging.

Dafür bin ich um zwei Erkenntnisse reicher.

Die erste: Ich werde eine Freundin brauchen, um dieses Jahr zu überstehen. Mit Pen an meiner Seite wäre dieser Kurs nicht dermaßen schnell eskaliert – einfach, weil der Platz neben mir dann schon besetzt gewesen wäre.

Die zweite: Der königliche Sohn und seine Bodyguards haben es auf mich abgesehen. Und das ist ein Problem, dessen Ausmaße mir nur langsam bewusst werden. Als ich es verstehe, wird mir schlecht.

Fuck.

Ich habe wirklich ein Problem.

Noch eins. Dabei kann ich das überhaupt nicht gebrauchen.

Kapitel 5
Nathan

»Also wenn ihr mich fragt, ist Elsa völlig harmlos.« Mit der Schulter gegen den dunklen Holztürrahmen gelehnt, blicke ich auf die riesige Sofalandschaft, auf der sich der zukünftige König von Spanien gerade eine Line genehmigt.

Wie immer ignoriert Seine Durchlaucht mich, wo er nur kann, dafür bequemt Ryle sich, mir zu antworten. »Wir fragen dich aber nicht. Du sollst sie beschatten.«

»Das mache ich seit einer Woche«, halte ich entspannt dagegen. Auch wenn mich das Benehmen der beiden gelinde gesagt ankotzt, weiß ich, wo mein Platz ist.

Vorerst.

Ich kenne meinen Job und bin gewillt, ihn durchzuziehen.

Jetzt vielleicht erst recht, nachdem ich Tristán kennengelernt habe. Dabei kursieren genug Gerüchte über den arroganten Prinzen von Spanien, dass ich exakt mit solch einem Benehmen gerechnet habe. Männer wie er vertragen Änderungen nur wohldosiert. Er und Ryle haben in den letzten Jahren eine Routine entwickelt, die nur schwer wird zu durchbrechen.

Ich habe nicht damit gerechnet, es würde leicht werden, sein Vertrauen zu gewinnen. Schon gar nicht das von beiden. Ryle sieht mich als Konkurrenz und liegt damit gar nicht so falsch.

Aber da ich nichts zu Tristáns selbstzerstörerischem Lebensstil sage, mich ihren Anweisungen beuge und die Kleine im Auge behalte, bröckelt ihr Misstrauen mir gegenüber langsam. Tristán ist so mit sich selbst und seinem eigenen Schicksal beschäftigt, dass ihm sowieso recht viel am Arsch vorbeigeht. Ich könnte einfach nachts in sein Zimmer gehen, ihm eine Knarre an die Schläfe halten und ziemlich sicher würde er still halten, bis ich abdrücke.

Aber gut. *Das* ist nicht mein Job.

Ryle hingegen würde mich nicht so einfach in das Schlafzimmer seines Schützlings lassen, daher sollte ich mich auf ihn konzentrieren. Und indem ich mich ihm unterordne, bin ich auf einem recht guten Weg.

Ich stoße mich vom Türrahmen ab und schlendere in den Raum. »Die Kleine schläft, ihre Freundin ebenfalls. Da gibt es nicht viel zu beschatten.«

Tristán zündet sich einen Joint an, nimmt einen tiefen Zug in die Lunge und legt den Kopf in den Nacken, um den weißen Rauch gemächlich entweichen zu lassen.

Also geht es wieder los. Die ganze Woche war er für seine Verhältnisse recht nüchtern, aber ich schätze, heute Nacht – und das ganze Wochenende – wird er sich wieder gedanklich ausklinken.

Vielleicht erhängt er sich ja einfach oder säuft bekifft in der Badewanne ab.

Bei dem Gedanken unterdrücke ich ein Grinsen und werfe mich auf die cremefarbene Couch, halte aber ein bisschen Sicherheitsabstand. Dennoch strecke ich meine Hand aus und mache eine Fingerbewegung von ihm zu mir. »Darf ich auch mal ziehen?«

Tristáns Augenlider zucken träge, als er mir den Kopf zuwendet. Er mustert mich für ein paar Sekunden still, fast, als überlege er, ob das ein Test von mir ist. Doch dann hält er mir den Joint wortlos entgegen.

»Danke.« Ich nehme gleich zwei Züge nacheinander, bevor ich ihn ihm zurückreiche. Dann lehne ich mich an und strecke beide Arme über der Lehne hinter mir aus. »Was steht heute an?«

»Für dich nur Nixenbeschattung«, brummt Ryle und wirft mir einen vielsagenden Blick zu. »Der Prinz und ich machen einen Abstecher zum Strand.«

»Hör auf mit dem Scheiß, Ry«, knurrt Tristán und nimmt einen weiteren Zug, bevor er hörbar genervt weiterspricht. »Tristán. Wenn mich heute noch einmal jemand Prinz nennt, raste ich aus. Und die Nixe ... Gott, die ist langweiliger als ein Toastbrot. Wenn wir Nathan weiter hinter ihr herschnüffeln lassen, setzt er noch Schimmel an.« Ich verkneife mir das Lachen nicht, Ryle hingegen sieht nicht ganz überzeugt aus.

»Nach einer Woche sagt das überhaupt nichts. Sie wird sich wie alle erst am Campus einfinden müssen, aber auch Mädels wie sie finden Freundinnen. Und gerade Mädels wie sie brüsten sich früher oder später mit Wissen, um in der Hackordnung nach oben zu steigen.«

Dass er Frauen mit Hühnern vergleicht, sagt viel über ihn aus. Ich grinse schief, was ihn seinem Gesichtsausdruck nach zu überraschen scheint.

»So eine ist die Eisprinzessin nicht«, widerspreche ich. »Sie wird schon jetzt von allen gemieden, weil sie alle an ihrer eiskalten Maske abschmettern lässt. Sie geht allein in die Mensa, sie geht allein in die Bibliothek und sie verkriecht sich in ihrer Freizeit in ihrem Zimmer. Über den Campus geht sie nur, wenn sie sich sicher ist, wenig bis gar keinem anderen Menschen zu begegnen. Sie lernt und sie schwimmt. That's it. The boring life of Maeve Lundgren.«

»Mutig, so eine finale Einschätzung nach einer Woche«, brummt Ryle und zieht ebenfalls am Joint.

»Ich kann sie gern weiter im Blick behalten und außerdem würde ich es für klug halten, sie noch einmal daran zu erinnern, dass sie den Mund halten soll, aber …« Ich sehe zwischen dem Prinzen und seinem Kumpel hin und her, »ihr beide solltet euch die Idee aus dem Kopf schlagen, sie vögeln zu wollen. Sie würde euch nicht einmal mit der Kneifzange anfassen.«

»Na, du bist ja einer. Noch so eine völlig falsche Einschätzung. Tristán und ich bekommen alle rum. Bei der Nixe haben wir ja noch nicht mal Anstalten dazu gemacht.« Er lehnt sich mit den Ellenbogen auf die Oberschenkel gestützt vor, um mich ins Visier zu nehmen. »Und wie kommst du überhaupt auf den Trichter, wir würden sie vögeln wollen?«

»Weil ich Augen im Kopf habe. Und die eisige Prinzessin ist im Gegensatz zu ihrer kühlen Ausstrahlung verdammt heiß. Nur ist sie eine verklemmte Jungfrau, die euch eher ans Kreuz nagelt als auf Knien vor euch hockt und euch um eure Schwänze anbettelt.«

Tristán lacht leise auf. »Ja okay, Mann. Passt schon. Wenn du dir kluge Ratschläge verkneifst, kannst du heute mitkommen und die Kleine kommt einen Abend ohne deine Argusaugen aus. Aber ich sehe das wie Ry. Wenn sie ausplaudert, was sie gesehen hat, habe ich in Sekunden den halben Hofstaat vor der Tür und noch früher sämtliche Klatschzeitungsjournalisten am Arsch kleben. Das brauche ich nicht.« Sein Blick ist klar, trotz der Drogen in seinem Blut. »Und dir sollte klar sein, dass Ry und ich vorhaben, das Leben zu genießen, solange es noch geht. Wenn du dir dazu zu fein bist, bleibst du besser hier. Ich werde meinem Vater sagen, was er hören will. Ganz wie du ...«

Ich unterbreche ihn mit einem amüsierten Schnauben. »Wenn ihr mich nicht sofort verurteilt hättet, wäre euch aufgefallen, dass ich kein Interesse daran habe, dich in irgendeiner Weise daran zu hindern, dein gewohntes Leben weiterzuführen.« Ich stehe auf und strecke mich. »Dein Vater stirbt.« Er zuckt zusammen, doch ich spreche unbeeindruckt weiter. Tristán sollte anfangen, den Tatsachen ins Auge zu sehen und sich ihnen zu stellen. »Du wirst in spätestens einem Jahr dein gesamtes Leben aufgeben müssen. Ziemlich sicher wesentlich früher. Meinst du nicht, mir ist klar, was das für dich bedeutet?« Obwohl Tristán misstrauisch die Augen verengt, als ich mit wenigen Schritten zu ihm aufschließe, sagt er zunächst nichts. Ich senke meine Stimme und klopfe ihm auf die Schulter. »Ey, Mann. Ich versteh dich. Und dein Dad tut das auch. Er will nur verhindern, dass der königliche Thron unbesetzt bleibt, weil du zu sehr über die Stränge schlägst. Nur deshalb bin ich hier. Vier Augen sehen mehr als nur zwei.« Mein nächster Blick geht zu Ryle. »Niemand will dich abziehen.«

Ryle stößt zwischen den zusammengebissenen Zähnen ein Knurren aus. »Ist klar.«

»Ich hab mich die ganze Woche von euch wie einen billigen Fußabtreter benutzen lassen, hab euren Schatten gespielt und die Kleine für euch beobachtet, obwohl mein Job«, nun verenge ich die Augen, »ein anderer ist. Also sagt mir, was ich tun soll, und ich tu's. Keiner von uns hat gesteigertes Interesse an selbst gemachten Problemen, wo keine sein müssen. Ihr habt genug von echtem Scheiß, den ihr zu regeln habt.«

Demonstrativ trete ich zurück und nehme meine Lederjacke. Wenn Tristán und Ryle unterwegs sind, legen beide keinen Wert auf standesgemäße Kleidung, so viel habe ich am Montag schon verstanden. Und ich verstehe auch, warum. »Ich bin bereit für sämtliche Schandtaten. Wo soll es hingehen?«

Tristán sieht noch einmal prüfend zu Ryle, doch dann zuckt er mit den Schultern. Weil meine erste Einschätzung über ihn richtig ist. Er ist einfach völlig am Ende und ziemlich viel ist ihm scheißegal.

»Wirst dich beweisen müssen, Nathan. Große Töne spucken kann jeder.«

Ich sehe ihn nur abwartend an. Natürlich weiß ich, was er meint, schließlich habe ich am Montag erlebt, was in seinem kaputten Hirn los ist. Tristán ist in seiner Rolle gefangen und weil er an seinem Vater hängt, wird er den Thron besteigen, auch wenn er alles daran hasst. Und damit sein Ruf in der Öffentlichkeit nicht noch mehr geschädigt wird, greifen er und Ryle zu ... nun, nennen wir es: ungewöhnlichen Methoden. Und ich bin gewillt, diese zu unterstützen.

Ich bin der Beste in meinem Job. Ich bin gewissenhaft und anpassungsfähig. Wenn Tristán jemanden braucht, der ihm den Rücken freihält, der hinter ihm aufräumt und ihn nach außen schützt, während er Weiber abfüllt und sie für seinen Spaß benutzt, dann bin ich genau das. Ich bin bereit, für meine Karriere sehr weit zu gehen.

Und meine Moral ist sehr flexibel.

Sonst wäre ich jetzt nicht hier.

Wir sind nicht bis zum Strand gekommen, sondern in der ersten zwielichtigen Kneipe versackt, die Ryle vor etwa zwei Stunden angefahren hat. Oder waren es drei? Ich kann es nicht sagen. Der Prinz und sein Beschützer sind verdammt trinkfest und ich habe Mühe, mit ihnen mitzuhalten.

Ach was. Ich habe es längst aufgegeben. Warum noch mal bin ich hier?

Ich habe keine Ahnung. Was ich aber weiß, ist Folgendes: Der süße Hintern, der sich dicht neben mir auf Ryles Schoß räkelt, sieht verdammt heiß aus. Ich muss zugeben, dass es geübt wirkt, wie sich seine Finger in das Fleisch der ebenso gut betankten Frau krallen, während er sie rhythmisch zur Salsa-Musik über seine Hüfte bewegt.

»Na, Nate, gefällt dir der Anblick?«, ruft er über die laute Musik hinweg und als er grinst, funkelt der Ring in seiner Lippe. »Was meinst du? Schafft sie uns drei?« In seinem Blick steht purer Spott, vermengt mit einem Hauch Herausforderung. Er denkt, ich würde bei einem Dreier, Vierer, wie auch immer, nicht nur buchstäblich den Schwanz einziehen. Da kennt er mich schlecht. Ich bin für Jobs schon wesentlich weiter gegangen, als ein bisschen Sex zu haben, der aus üblichen Mustern ausbricht.

Sehr viel weiter.

Schulterzuckend sehe ich an dem Mädchen herab. Ob es Zufall ist, dass die beiden sich für ihr Amüsement ausgerechnet eine billige Kopie von Maeve gesucht haben?

Ich denke nicht und speichere diese Info in meinem Hirn ab. Man weiß nie, wozu man so etwas noch gebrauchen kann.

Tristán, der gegenüber an dem runden Tisch in der Nische des Lokals sitzt und bis jetzt keine Frau näher angesehen, geschweige denn angerührt hat, lacht leise auf und nippt an seinem Glas. Ich weiß, warum. In der Öffentlichkeit hat er sich immer im Griff. Er ist zwar der Skandalprinz von Spanien – so in etwa Harrys Pendant –, doch der Wunsch seines Vaters war eindeutig. Keine Frauengeschichten so kurz vor seiner Thronfolge. Und Tristán ist zwar alles andere als glücklich mit dieser Aussicht, doch für seinen Vater reißt er sich zusammen.

Nun ... zumindest in der Öffentlichkeit.

»Euch drei?«, säuselt die schwarzhaarige Latina und sieht irritiert auf. Mit geröteten Wangen wendet sie den Kopf über ihre Schulter zu Tristán, der sie nicht beachtet, sondern die Kohlensäurebläschen in seinem Bierglas betrachtet, als wären sie flüssiges Gold. »Etwa … mit dem Prinzen?«, haucht sie mit wackliger Stimme. Sie ist bereits so betrunken, dass sie nicht mehr viel mitbekommt.

»Nein, Süße, du hast da was falsch verstanden, der gehört nicht zu uns«, beruhigt Ryle sie und kneift ihr in den Arsch, sodass sie vor Schmerz quiekt wie ein abgestochenes Schwein. »Wie niedlich, dass du etwas Adeliges in dem Kerl siehst.«

»Aber ist das nicht der …?« Sie hickst. »Egal.«

»Ja, egal, Babe. Konzentrier dich auf mich und meinen Schwanz, hm?« Er treibt seine Hüfte von unten gegen sie, bis sie aufstöhnt. Vom Nachbartisch werden uns die ersten längeren Blicke zugeworfen. Natürlich weiß jeder in Santa Barbara, dass Prinz Tristán von Spanien hier auf die elitärste Universität des Landes geht. Und genauso erkennt ihn jeder, außer man ist so voll, dass man auch glauben würde, mit dem Papst in einem Papierboot über die Arktis zu schippern. Jeder kennt die Gerüchte und alle sind scharf auf handfeste Beweise, die aber niemand bekommt. Dafür sorgt Ryle und nun auch ich.

Wieder drückt Ryle die Latina an sich, ohne den eindringlichen Blick von mir zu nehmen. Ohne dass er es ausspricht, sehe ich die Herausforderung darin. *Na, Nate? Kneifst du oder ziehst du es durch?*

Demonstrativ lässt er seine Hand in der Hosentasche verschwinden, während er mit der anderen ihren Arsch weiterknetet.

Als Antwort schweift mein Blick erneut über ihren Körper. Ihr schwarzes, kurzes Kleid zeigt perfekt, was sich darunter verbirgt. Ihre vollen Titten sind unter dem Stoff blank und ihre spitzen Nippel reiben bei jeder katzenhaften Bewegung über Ryles Oberkörper. Er presst sie immer wieder auf seinen Schritt und grinst mich dabei an, als er seine Hand unter den hochgerutschten Saum ihres Kleids gleiten lässt. Beeindruckt mich nur mäßig, ich ringe mir trotzdem ein Grinsen ab.

Aus dem Augenwinkel erkenne ich, wie Tristáns Interesse geweckt ist. Er beobachtet hinter dem Rand seines Bierglases, was Ryle mit seinen Fingern macht.

Dessen Augenbraue wandert in die Höhe und er drückt mir das kleine Fläschchen aus seiner Hosentasche in die Hand. Ich schließe es sofort in meine Faust und setze mich aufrecht. »Noch eine Runde?«, frage ich und winke mit einer Hand den Kellner zu uns. Als der uns erreicht, richtet Tristán sich auf, um die Bestellung selbst zu übernehmen.

»I-ich glaube, ich … mir reicht das«, stammelt die Kleine auf Ryles Schoß deutlich angetrunken. Doch er nimmt ihr Gesicht in beide Hände und sieht ihr auf diese tiefe Weise in die Augen, die sie einknicken lässt.

»Du musst was trinken, Süße. Mein Kumpel hat dir ein Wasser bestellt.« Er küsst sie auf die gepiercte Nasenspitze. »Unser Abend soll doch hier noch nicht enden, oder?« Wieder treibt er seine Hüfte von unten gegen sie. »Er hat doch so schön angefangen …« Seine nächsten geraunten Worte gehen in ihrem Kichern unter, als er seine Nase an ihrem Hals reibt und ihr den ein oder anderen Knutschfleck verpasst.

Tatsächlich werden in diesem Moment vier Gläser Wasser vor uns abgestellt. Tristán nickt mir unbeteiligt zu und stützt seine Ellenbogen auf dem runden Holztisch ab, um mit seinem Oberkörper den direkten Blick auf mich abzuschirmen.

Ich weiß, dass das hier mein ganz eigener, persönlicher Tauglichkeitstest des Prinzen und seines besten Kumpels ist. Ryle widmet sich noch immer der Latina und lenkt sie ab. Und so bekommt niemand außer Tristán mit, wie ich ein paar Tropfen aus dem kleinen Fläschchen in meiner Faust in das Wasserglas träufle.

Ich meine, ein anerkennendes Zucken auf Tristáns Wange zu erkennen, als er sich schon abwendet und gespielt interessiert die anderen Gäste mustert, die sofort wegsehen. Niemand will vom Prinzen angestarrt werden.

Dafür nehme ich das Glas und reiche es dem Mädchen auf Ryles Schoß. Sie richtet sich schwankend auf ihm auf und Ryle – ganz der Gentleman – hilft ihr, indem er seine Hände um ihre schließt und so das Glas stabilisiert. »So ist's gut, Baby. Trink. Dann werden wir heute den Spaß unseres Lebens haben.«

Ihr Lider flattern, als sie seinen geflüsterten Worten nachkommt und das gesamte Glas austrinkt.

Tristán hebt wieder seine Hand und bedeutet dem Kellner, zahlen zu wollen.

»Kommst du mit zu mir?«, fragt Ryle kurz darauf und hebt das Mädchen von sich, um aufzustehen. Sie verliert das Gleichgewicht und taumelt auf der Sitzbank gegen mich. Ich lege ihr stützend einen Arm um die Schultern und dirigiere sie mit Ryle anschließend so durch das gut besuchte Lokal, dass niemandem auffällt, wie wacklig sie auf den Beinen ist. Niemand bekommt mit, wie sie immer wieder wegknickt, als wir auf Tristáns Bentley zusteuern.

»Sagt mal«, brumme ich, ebenfalls mit verdammt wackliger Stimme, als dessen Lichter blinken und Tristán die hintere Tür aufreißt. »Wie habt ihr euch das jetzt eigentlich vorgestellt?« Wir alle drei sind völlig betrunken.

Dabei meide ich es, während meiner Jobs zu trinken. Ich brauche all meine Sinne geschärft, doch heute ist eine Ausnahme. *Mein ganz persönlicher Tauglichkeitstest.* Da kommt es mir doch ganz gelegen, nicht so trinkfest zu sein, daher versuche ich gar nicht erst, mich großartig zusammenzureißen.

Sie sehen von mir, was sie für den Moment sehen sollen.

»Ryle fährt«, erklärt Tristán und zuckt mit den Schultern. »Was dagegen? Kannst es auch selbst machen oder laufen.« Ryle, der gerade dabei ist, das weggetretene Mädchen auf die Rückbank zu hieven, gibt einen belustigten Laut von sich.

Ich beiße die Zähne zusammen und schüttle den Kopf, als ich Ryles feixendem Gesichtsausdruck begegne. Er scheint zu fragen: *Na? Wärste doch lieber am Campus geblieben?*

Seine großkotzige Art geht mir auf den Sack, anmerken lassen kann ich mir das aber nicht. Dafür ist der Job zu gut bezahlt.

Dummerweise werde ich jetzt im schlechtesten Fall von Tristáns best Buddy gegen die nächste Ampel gekarrt und ende als Randnotiz seiner letzten Skandal-Nachricht. Ich kann die Überschrift schon sehen: *Dramatisches Ende eines schicksalsgebeutelten Lebens: Prinz Tristán von Spanien stirbt bei Autounfall. Diesmal wirklich. War es Selbstmord, weil er den Verlust seiner Familie nicht verkraften konnte? Mit in den Tod reißt er seine zwei Bodyguards.*

Es wäre sehr ironisch.

Nur ist der Plan eben nicht, gemeinsam mit dem Prinzen draufzugehen.

»Mach dir nicht ins Hemd, du Pussy. Der Betrunkenste von uns bist echt du. Hast gar nicht mitbekommen, dass wir irgendwann nicht mehr mitgetrunken haben.« Ryle klopft mir lachend auf die Schulter und schiebt mich in der nächsten Bewegung gegen die Luxuskarre. »Hopp. Rein mit dir. Dein teurer Hintern kommt schon sicher am Campus an.«

Tristán gleitet tonlos auf den Beifahrersitz, während Ryle den Wagen umrundet und ich umständlich zu dem Mädchen auf die Rückbank klettere. Tatsächlich ist mein eigener Gleichgewichtssinn nicht sonderlich gut und noch dazu nimmt sie mit ihrem schmalen Körper im liegenden Zustand verdammt viel Platz ein. Während der Wagen sich in Bewegung setzt, bin ich noch damit beschäftigt, sie aufzurichten und mich selbst anzuschnallen.

Doch überraschenderweise fährt Ryle alles andere als unvorsichtig und auch keine Schlangenlinien. Er hält sich sogar an die Geschwindigkeitsbegrenzung, soweit ich das von hier hinten einschätzen kann.

Sie haben mich verarscht.

Total witzig.

Aber immerhin ende ich so mit ziemlich großer Wahrscheinlichkeit nicht doch als kleine Randnotiz. Mein Abgang wird hoffentlich spektakulärer. Mindestens eine Überschrift in der New York Times sollte drin sein, wenn ich draufgehe.

»Hier«, ertönt Tristáns Stimme durch den Nebel in meinem Kopf und er reicht mir etwas nach hinten. Ich lehne mich schwankend vor und nehme ihm die Ohrstöpsel und das schwarze Seidenband ab. »Das übernimmst du.«

Ich verkneife mir zu fragen, ob das wirklich nötig ist. Die Kleine hängt mit benebeltem Blick neben mir und bekommt sowieso nichts mehr von dem mit, was hier geschieht.

Dennoch schiebt Tristán erklärend hinterher, als ich dabei bin, ihr das Band um die Augen zu legen: »Das ist zur Vorsicht. Ryle und ich schalten die Weiber nie so sehr aus, dass sie sich nicht mehr selbst mit einbringen können. Da könnten wir schließlich auch 'ne Gummipuppe ficken, das würde aufs Gleiche hinauslaufen.«

»Versteh schon«, brumme ich, bemüht um einen halbwegs festen Tonfall. »Du willst nicht, dass irgendjemand sich daran erinnert, von dir benutzt worden zu sein.«

Tristán zuckt gleichgültig mit den Achseln. »Wir checken schon vorher ab, ob sie grundsätzlich Lust drauf hätten. Aber ja ... nobel sieht anders aus. Hast du schon mal eine Frau getroffen, die Nein zum Prinzen sagt?« Seine Miene ist gleichbleibend glatt. Scheint ihn nicht großartig zu interessieren, dass diese Aktionen alles andere als einvernehmlich durchgehen und er in manchen Ländern der Welt dafür in den Knast wandern würde.

Während der kurzen Fahrt zurück zum Campus versuche ich, wieder nüchtern zu werden. Oder eben ... mich, so gut es geht, zusammenzureißen.

Irgendwann spüre ich Ryles Blick durch den Rückspiegel amüsiert auf mir liegen.

Ich hebe nur fragend eine Augenbraue.

»Du hast die Kleine voll ausgeknockt, was? Atmet sie noch?«

Ich zucke mit den Schultern. »Was weiß ich denn, wie viele Tropfen ich ihr geben sollte?«

»Dafür, dass du es nicht wusstest, hast du leicht übertrieben, Kumpel.«

»Hätte ich dich vorher fragen sollen?«

Ryles Grinsen entblößt eine Reihe fast perfekter gerader weißer Zähne. Nur einer seiner Schneidezähne ist abgebrochen und unterstreicht damit seinen Bad-Boy-Charme.

Frauen stehen auf böse Kerle im Anzug, das weiß ich aus zahlreichen Erfahrungen. Aber hier muss ich ja den Netten spielen. Ich ringe mir ein dümmliches Lächeln ab. Der Job geht mir jetzt schon auf den Sack. Es liegt mir nicht, den Vollidioten zu spielen, auch wenn ich es zweifelsohne spielen *kann*.

»Bloß nicht. Aber die Wahl der Anzahl der Tropfen verrät eine Menge über dich.«

Hm?

Ich neige fragend den Kopf. Ach ja. »Ach so«, mache ich lahm. »Was denn? Natürlich lernen wir in der Ausbildung, mit sämtlichen Mitteln umzugehen. Sie atmet noch und wird damit auch nicht in nächster Zeit aufhören. Hättet ihr euch einen anderen Zustand gewünscht, hättet ihr mir das rechtzeitig mitteilen müssen. Ich wollte auf Nummer sicher gehen.«

»Alles gut, ich habe ja gar nichts gesagt.« Ryles Grinsen ist durch und durch falsch. Tristán schüttelt den Kopf und murmelt etwas, das Ryle dazu bringt, nicht weiter darauf rumzuhacken. Besser so. Der Alkohol macht mich träge im Kopf. Teufelszeug.

Als wenig später der hohe Zaun, der das Privatgelände der CU absichert, in der Dunkelheit erscheint und das kleine Wärterhäuschen von den Scheinwerfern angestrahlt wird, setze ich mich aufrechter.

Die hinteren Scheiben des Bentleys sind dunkel getönt, dennoch weiß ich, dass die ankommenden Wagen gefilzt werden. Allem Anschein nach aber nicht der des Prinzen. Ryle lässt die Fensterscheibe nur ein wenig herunter und ruft: »Wir sind's, Greg. Lass mich den Prinzen ins Bett bringen, ja?«

»Alles klar, Ryle. Hattet ihr einen schönen Abend?«

»Wie immer. Jetzt aber müssen wir dringend schlafen, morgen hat der Kleine Training.«

Tristán brummt, nimmt Ryles Spruch aber nicht zum Anlass, etwas zu sagen. Tatsächlich grinst er sogar leicht. Die beiden haben wirklich eine spezielle Verbindung und ich bin nun noch sicherer als vorher, dass es schwierig wird, mich in ihrem Zweier-Gespann einzugliedern. Dummerweise ist das der Auftrag. Also ... der erste Teil davon.

»Nacht«, höre ich den Wachmann noch brummen, dann entfernt sich der Kegel seiner Taschenlampe und das Tor schwingt leise auf.

Der Kies knirscht unter den Reifen, als der schwere Wagen auf den Parkplatz des Campus rollt. Ryle lässt die Fensterscheibe hochfahren und parkt am äußersten Rand. Der Parkplatz ist groß und beherbergt eine Reihe Luxuswagen von den reichen Elitestudenten. »So, da wären wir.« Ryle dreht sich auf dem Sitz. »Kann sie noch laufen?«

Ist mir scheißegal. Ich sehe auf das zusammengesunkene Bündel neben mir. »Wird schwierig.«

»Wir probieren es«, entscheidet Ryle. »Kommt komisch, wenn wir eine bewusstlose Frau zu Tristáns Villa schleppen.« Sein leises Lachen wird vom Knallen der Tür geschluckt, kurz darauf öffnet er die hintere und zieht das Mädchen heraus. Tatsächlich schafft sie es zu stehen, sinkt lediglich in seinen Arm.

»Es kommt genauso komisch, wenn sie jemand mit verbundenen Augen und Musik auf den Ohren sieht«, wende ich ein und fühle mich trotz der Liter an Alkohol verdammt klug.

»Sie sehen uns maximal aus den Fenstern und da fällt ihr Zustand gar nicht auf.« Ryle legt ihr einen Arm um die Schultern und setzt sich in Bewegung. »Komm, Nate, du sicherst ihre andere Seite.«

Witzig. Ich hab selbst genug damit zu tun, auf den Beinen zu bleiben. Aber irgendwie schaffe ich es, seiner Aufforderung nachzukommen, ohne selbst auf die Nase zu fliegen. Tristán schlendert voran, wieder so gleichgültig, als hätte er auf die ganze Scheiße selbst keine Lust.

In gemäßigtem Tempo laufen wir über die angrenzende Wiese, hinter dem Mensagebäude entlang, ganz darauf bedacht, die offiziellen Wege zu meiden und von hinten zu Tristáns Villa zu gelangen.

Wir kommen genau bis zu der großen Palme hinter der Mensa, dann bleibt Tristán ruckartig stehen. »Was zum Teufel –?«, knurrt er. »Nicht du schon wieder!«

Und dann sehe ich sie auch. Die Eisprinzessin. Sie sieht genauso schockiert aus, wie Tristán geklungen hat. Mit ihrem Block in den Händen rappelt sie sich vom Boden auf und macht ein paar hastige Schritte zurück. Ihr übereilter Fluchtversuch endet mit dem Rücken am breiten Stamm der Palme.

Ihre Augen werden groß, als ihr Blick auf das Mädchen zwischen mir und Ryle fällt und sie versteht. Der

Mondschein und die wenigen in den Boden eingelassenen Lichter reichen aus, um zu erkennen, wie sie erblasst.

»Gott, was seid ihr nur für …?« Sie bricht hektisch ab und schüttelt den Kopf. »Ich habe nichts gesehen, klar?« Sie hebt angriffslustig das Kinn und starrt Tristán direkt in die Augen. Von ihrer kurzzeitigen Überraschung ist nichts mehr zu erkennen.

Der rauft sich sichtlich genervt die Haare. »Du hast ein Zimmer. Warum hockst du mitten in der Nacht hier hinten und lässt dir die Keime der Klimaanlage ins Gesicht pusten?« Sein Blick wandert vielsagend zur Rückseite des Mensagebäudes, an dem zahlreiche weiße Plastikboxen angebracht sind und vor sich hin summen.

»Ich konnte nicht schlafen«, hält sie ihm immer noch zickig vor.

»Das beantwortet meine Frage nicht.«

»Ich will dir deine Frage auch gar nicht beantworten. Ich stell dir schließlich auch keine!«

Touché.

Sie ist taff.

Tristán und sie starren sich ein paar Sekunden an, dann stößt er die Luft aus. »Geh ins Bett und vergiss, was du hier gesehen hast, klar?«

»Tris«, mahnt Ryle, doch der sieht nicht einmal nach hinten, als er wieder den Kopf schüttelt und in Richtung von Maeve sagt: »Du weißt, was passiert, wenn du plauderst, richtig?«

Sie verengt ihre blitzenden blauen Augen. »Dann ende ich so wie sie?« Sie deutet anklagend auf das Mädchen zwischen mir und Ryle.

Tristán lacht leise, ein Ton, der viel mehr drohend

statt amüsiert klingt. »O nein.« Er macht einen Schritt auf sie zu, doch sie lässt sich von seiner breiten Erscheinung nicht einschüchtern. Sie hebt nur weiter vor Wut blitzend den Blick, wie eine zum Angriff aufgerichtete Giftschlange. »Das zu erleben, ist eine Belohnung. Ein Privileg. Wenn du singst, blüht dir etwas anderes.« Er beugt sich dicht vor ihr Gesicht. »Und ich würde dir dringend raten, nicht herausfinden zu wollen, was das ist. Leg dich niemals mit dem Prinzen an. Meine Männer räumen hinter mir auf, damit meine Weste so rein bleibt, wie sie offiziell ist. Und dabei schrecken sie auch vor kleinen, neugierigen Mädels nicht zurück.« Er stößt sie mit einem Finger gegen das Brustbein auffordernd zurück. »Wir haben uns verstanden, richtig?«

Maeve schluckt und ich beobachte sie interessiert, wie sie zu dem Mädchen sieht. Hat Tristáns Ansage gewirkt?

So schnell lässt sie sich nicht unterkriegen.

Maeve strafft erneut die Schultern. »Ich wünsche eine angenehme Nachtruhe, Prinz«, zickt sie ihn an, dann wendet sie sich um und geht mit geradem Rücken und ruhigen Schritten zurück zum Weg, der zu den Wohnheimen führt.

Wusste ich es doch. Gutes Mädchen.

Ich verkneife mir ein Grinsen, was betrunken gar nicht so leicht ist. Ich habe meine Gesichtsmuskulatur nicht mehr so gut unter Kontrolle.

Auch wir setzen uns wieder in Bewegung. Ryle lacht leise, nur Tristán scheint nun auch der letzte Rest Motivation für den weiteren Abend ausgegangen zu sein.

»Soll ich ihr hinterhergehen?«, frage ich, weil ich es in meiner Rolle tun muss, doch er schüttelt sofort den Kopf.

»Du kriegst in deinem Zustand sowieso nichts mehr hin. Die Kleine ist froh, wenn sie mit uns nichts zu tun hat. Sie wird nichts sagen.«

Ryle brummt nicht sonderlich zufrieden, doch er widerspricht Tristán nicht. Dafür steuern wir seine Villa an. Ich bin mir noch nicht ganz sicher, wie der weitere Abend aussehen wird.

Sicherlich sterbenslangweilig.

Kapitel 6
Maeve

Mit klopfendem Herzen richte ich mich auf. Mein Schlafshirt klebt an meinem Körper und das Kissen fühlt sich nass an. Der Schweiß rinnt mir von der Schläfe, am Nacken entlang und versickert im teuren Bettlaken, das ebenfalls in den Farben der CU gehalten ist.

Durch die zugezogenen Vorhänge fällt ein winziger Lichtstrahl, ansonsten ist das Zimmer dunkel. Hinter meiner Stirn pocht es, als ich mich aufrichte und nach der Wasserflasche auf meinem Nachttisch greife.

Es ist wie immer. Beinahe jede Nacht, seit ich in dem Krankenhaus zu mir gekommen bin, wache ich schweißgebadet auf. Mein Herz rast und meine Zunge klebt schwer an meinem Gaumen, doch nie kann ich mich erinnern, was mich derart aufgewühlt hat, dass ich immer wieder zur selben Zeit aufschrecke.

Auch jetzt muss ich nicht auf mein Handydisplay sehen, um zu wissen, dass es exakt 2.30 Uhr ist. Es ist immer so.

Nachdem ich die halbe Flasche gierig geleert habe,

richte ich mich vorsichtig auf und wickle mich aus der Bettdecke. Pens regelmäßige Atemzüge sind zu hören, als ich mich an ihr vorbeischleiche, um mir den Albtraum im Bad vom Körper zu spülen.

Als der Wasserstrahl auf meine Schultern prasselt, komme ich dazu aufzuatmen. Und langsam driften meine Gedanken in eine andere Richtung. In eine, die ich greifen kann.

Zu oft habe ich darüber nachgedacht, was ich heute zum wiederholten Male gesehen habe.

Zugegeben, ich hätte nicht auf dem Campus sein sollen, so wie ich am Montag nicht nach dem Training in der Schwimmhalle gewesen sein sollte.

Aber sie doch auch nicht.

Wo bin ich hier nur hineingeraten?

Mein Gefühl rät mir, dass ich dringend Abstand nehmen sollte, weil ich ahne, dass ich abseits meiner fehlenden Erinnerungen ganz eigene Probleme habe.

Wenn ich doch nur wüsste, welche das sind. Mit jedem Tag nimmt dieser Fluchtinstinkt in mir zu, als wüsste mein Geist unterbewusst, dass ich hier nicht sicher bin – trotz zahlreicher hoher Zäune. Ich schiebe es auf die Begegnungen mit dem Prinzen und seinem Anhang. Aber ... was, wenn da noch etwas anderes ist? Wenn ich wirklich davonlaufe? Vor demjenigen, der mir die grausamen Narben verpasst hat? Vielleicht sucht er mich. Oder sie.

Dabei liegt die CU so weit entfernt von dem Ort, wo ich orientierungslos und ohne die kleinste Erinnerung aufgewacht bin. Wer auch immer mich vielleicht verfolgt: Er oder sie kann nicht wissen, dass ich hier bin. Mein Ausweis war versteckt in den Kittel genäht und dann ist da dieses Gefühl, das ich nicht näher bestimmen kann. Irgendwie weiß ich, dass ich genau hier sein soll. *Du bist dort sicher, Goldschein. Warte ab, bis ich komme, um dich zu holen.*

Ich blinzle, als der Erinnerungsfetzen durch meinen Kopf jagt und sich genauso schnell wieder verzieht.

Die ersten zartrosa Sonnenstrahlen dringen durch den grauen Vorhang und kündigen den Tag an, als ich nach einer gefühlten Ewigkeit zurück ins Wohnheimzimmer trete.

Das Schwimmtraining an der CU findet auch am Wochenende statt, allerdings nur am Samstag, und noch dazu trainieren die Männer gleichzeitig mit den Frauen. Sonntag ist der einzige Tag in der Woche, an dem pausiert wird.

Da ich erfahren habe, dass die Schwimmhalle außerhalb der Trainingszeiten tatsächlich Sperrzone ist, bin ich froh, dass ich mir nicht mehr lange die Zeit vertreiben muss, bis ich wieder ins Wasser kann.

Nur im Wasser kann ich abschalten und wenigstens für eine kurze Zeitspanne vergessen, dass in meinem Kopf eine Leere herrscht, die mich jeden Tag aufs Neue droht aufzufressen.

Es ist ein Scheißgefühl, sich nicht erinnern zu können.

Barfuß tapse ich an meiner schlafenden Mitbewohnerin vorbei und nehme meine Trainingsjacke und den Schwimmanzug von der Kommode. Ein Blick auf die Uhr auf meinem Handy verrät, dass ich noch immer eine gute Stunde Zeit habe. Aber ich kann nicht mehr weiter schlaflos hier herumliegen und im Kopf Theorien spinnen, die sowieso keinen Sinn ergeben, oder Erinnerungen nachjagen, die viel zu schwammig sind.

Da die Schwimmhalle am frühen Morgen noch vor dem ersten Training des Tages gereinigt wird und anschließend die Türen geöffnet bleiben, besteht die Chance, dass ich schon hereinkomme. Auch wenn eigenständiges Training nicht gestattet ist. Aber die Aussicht, nachher mit allen gemeinsam trainieren zu müssen, lässt mich nicht gerade in Jubelstürme ausbrechen. Noch dazu ist mir klar, dass Tristán ebenfalls anwesend sein wird, vorausgesetzt, er bekommt seinen elitären Arsch nach dieser Nacht rechtzeitig aus dem Bett. Ich verdränge den Gedanken an seinen Adoniskörper im Wasser, der eventuell ebenfalls einen kleinen Anteil an meinem verwirrten Zustand hat. Das werde ich ihm garantiert nicht sagen. Ich werde mich von Tristán und seinen Kumpels fernhalten, so wie von allen anderen. Dass meine Hormone bei seinem Anblick leider ein Eigenleben führen, kann ich nicht ändern.

Ich atme tief durch. Ich muss mich ja nicht erwischen lassen. Aber ich muss jetzt schwimmen. Sonst drehe ich wirklich noch durch. Im Gegensatz zu gewissen anderen Personen auf dem Campus mache ich ja nichts *wirklich* Schlimmes, wenn ich ein paar Bahnen ziehe.

Der Anblick der jungen Frau verfolgt mich noch immer, als ich ins angrenzende Bad trete und mich umziehe. Sie war sicher auf irgendeiner Droge, so weggetreten, wie sie im Arm von den Männern hing. Dass sie wieder eine Augenbinde und Kopfhörer getragen hat, ist mir sofort aufgefallen. Mir ist klar, warum sie das machen. Auch wenn ich mich bisher geweigert habe, Tristán zu googeln, ahne ich, was mich in der Ergebnisliste erwarten würde. Er ist der Typ, der Skandale nur so anzieht. Und Skandale vertragen sich nicht mit seinem Stand. Natürlich will er nicht, dass seine Bettgeschichten wissen, mit wem sie es eigentlich zu tun haben. Nicht, wenn er sie austauscht wie andere Leute ihre Unterhosen. Ich *kenne* Tristán seit nicht mal einer Woche, aber ich würde meine Hand dafür ins Feuer legen, dass er genau so jemand ist. Ein Frauenaufreißer.

Die Art, wie er es tut, ist verwerflich. Natürlich ist sie das. Sicher hätte ich ihr vielleicht ... helfen müssen. Aber das eigentliche Schlimme ist: Ich kann ihn verstehen. Ich verstehe, warum er macht, was er macht, um ein halbwegs normales Leben führen zu können. Kein Thronanwärter kann es sich leisten, als männliche Schlampe abgestempelt zu werden.

Mit zusammengebissenen Zähnen schüttle ich den Kopf über mich selbst. Ich sollte mich einfach raushalten, so wie ich es ihm gesagt habe. Der Prinz und seine Bodyguards interessieren mich nicht. Und dazu gehört auch, dass ich nicht einmal darüber nachdenken sollte.

Nachdem ich den Badeanzug angezogen habe, schlüpfe ich in meine Jogginghose und die Trainingsjacke, dann flechte ich meine Haare in einen Zopf und bändige sie in einem Dutt auf meinem Hinterkopf. Auf die Sporttasche verzichte ich – mit Umkleidekabinen verbinde ich seit Neustem eher unangenehme Gedanken –, dann mache ich mich auf den Weg nach draußen. Selbst der Wachmann ist noch nicht an seinem Platz, als ich in die ungewöhnlich kühle frühherbstliche Luft trete. Ich ziehe meine Sportjacke fester um mich und folge dem Hauptweg über die Wiese. An der Gabelung halte ich mich links und damit direkt auf die Schwimmhalle zu. Imposant erhebt sie sich in ihrer Größe über den gesamten Campus. Das Glasdach glänzt in der aufgehenden Sonne. Gnädigerweise (und heute zu meinem Pech) liegen die Trainingszeiten am Wochenende etwas später als unter der Woche. Für Pen wird es trotzdem zu früh sein. Bei dem Gedanken an meine Mitbewohnerin muss ich grinsen.

Sie wollte mich gestern mit auf eine Party schleppen und ich habe ewig mit ihr diskutieren müssen, dass ich sie nicht begleiten werde. Sie hat nachgegeben, dafür haben wir einen Kompromiss geschlossen. Bei der nächsten Party bin ich dabei. Und das Kurioseste daran: Ich habe vor, mich an mein Versprechen zu halten. Pen ist wirklich nett und ich sollte ihr eine faire Chance geben.

Ich erreiche den runden Vorplatz der Schwimmhalle und steige die wenigen Stufen hinauf. Unwillkürlich halte ich die Luft an, als ich den Griff der schweren Tür umfasse und dagegendrücke. Erleichtert atme ich auf, als sie nachgibt und aufschwingt.

Und keuche im nächsten Moment, als ich gegen einen breiten Männeroberkörper pralle.

»Ms Lundgren«, schallt eine tiefe, verdammt dominante Stimme durch die morgendliche ruhige Idylle und beschert mir ein Herzklopfen der unangenehmen Art. »Die Uhr können Sie lesen?«

Was ein Arschloch.

Mr Delahaye mustert mich derart abfällig, dass ich vor ihm zurückweiche und damit beinahe rückwärts die Stufen herunterfliege. Wäre da nicht seine Hand an meinem Oberarm. Seine Reflexe sind verdammt gut, was man von meiner Sprache nicht gerade behaupten kann. Für eine Sekunde zu lang stehe ich dicht vor ihm, so dicht, dass ich seinen männlichen Geruch rieche, der von einem herben Parfum dominiert wird. Seine Brust versprüht Wärme und ist hart wie der Zug um seinen Mund.

Vielleicht sollte ich mir doch einen Mann suchen, der meiner Abstinenz ein schnelles Ende bereitet. Das ist ja nicht auszuhalten. *Scheißhormone.*

Ich mache mich von ihm los, versuche verzweifelt, meine Contenance wiederzufinden (auch wenn es sich anfühlt, als würde ich sie beim Goldwaschen suchen), und stürze diesmal immerhin nicht erneut fast vom Treppenaufgang.

»Ich kann die Uhr lesen«, erwidere ich schmallippig. »Ich bin nur …«

»Eine Stunde zu früh«, unterbricht er mich harsch. »Wenn Sie die Uhr lesen können, muss ich davon ausgehen, dass Sie vorhatten, gegen universitäre Regeln zu verstoßen.« Meine Wangen brennen, weil seine harsche Art in mir etwas auslöst, das ich nicht weiter hinterfragen will.

»Ich konnte nicht mehr schlafen.« *Mist.* Meine Stimme klingt viel zu dünn.

Mein Professor hebt unbeeindruckt die Augenbraue, eine Geste, die ich verstehe. Das ist keine Argumentation, die er gelten lassen wird.

»Diese Regeln waren mir bisher unbekannt«, lüge ich und bin froh, dass ich meine Stimme wieder halbwegs unter Kontrolle habe. »Ich wollte mich nur aufwärmen und mir die Beine vertreten. Ich gehe ausschließlich zu den Trainingszeiten ins Wasser.« Herausfordernd hebe ich das Kinn und mime die Streberschülerin. Etwas, das mir so sehr ins Blut übergegangen ist, dass ich es nicht großartig spielen muss. Auch wenn ich alles an dieser Rolle hasse.

Mr Delahaye lacht leise auf und kommt einen Schritt auf mich zu. Plötzlich ist er mir wieder so nah, dass ich beinahe noch einmal rückwärts die Stufen herabsegle. Ich muss mich zwingen, stehen zu bleiben und seinem eindringlichen Blick nicht auszuweichen. »Mir ist da etwas anderes zu Ohren gekommen.« Verdammt, wieso sieht er mich so an? So ... wissend?

Er kann unmöglich wissen, dass ich einmal außerhalb der Trainingszeiten schwimmen war. Es war nur das eine Mal, verdammt. Das *kann* er nicht wissen.

Für wenige Sekunden starre ich mit klopfendem Herzen in seine dunklen Augen, deren Farbe je nach Lichteinfall zu schwanken scheint. Jetzt im Schatten des überstehenden Dachs wirken sie tiefdunkel, fast schwarz.

»Gut. Vergessen wir das«, knurrt er und greift wieder an meinen Oberarm, um mich persönlich die Treppe runterzuführen. Seine Hand brennt sich förmlich durch die Trainingsjacke in meine Haut und ich bin mehr als froh, als er mich wieder loslässt. »Sie sollten wissen, dass wir hier strenge Regeln haben und auf deren Einhaltung bestehen. Sollte ich Sie noch einmal dabei erwischen, wie Sie sich unberechtigterweise Zugang verschaffen wollen, werden Sie die Konsequenzen zu spüren bekommen.«

Ich nicke rasch, obwohl ich schon jetzt weiß, dass ich mich daran nicht halten werde. Ich kann mich mit sehr vielem arrangieren, aber nicht damit, auf feste Schwimmzeiten reduziert zu werden.

»Dieser Campus ist gut bewacht«, setzt er hörbar drohend nach. »Legen Sie es nicht drauf an.«

»Verstanden«, gebe ich zurück und senke den Blick. »Ich werde mir nichts zuschulden kommen lassen und keinen Ärger machen.«

Als ich wieder aufsehe, stolpert mein Herz bei dem Ausdruck, der auf seinem Gesicht liegt. Er ist ... ich weiß nicht, wie ich ihn beschreiben soll. So habe ich noch nie einen Mann gesehen, in seinen Augen passiert so viel, das ich nicht deuten kann. Doch als sie für den Bruchteil einer Sekunde auf meine Lippen rutschen und sein Adamsapfel sich bewegt, flattert etwas in meinem Bauch. Es ist wie eine Vision, die ich bei diesem Anblick habe: Ich, nackt auf Knien vor ihm – wie er seine venenüberzogenen Hände an seinen Gürtel legt, und dazu dieser dominante Blick, mit dem er mir ohne Worte befielt, still zu sein, weil wir sonst im Seminarsaal überrascht werden könnten.

Gott, Maeve, was ist los mit dir, Mädchen?, schimpfe ich mit mir selbst. *Du hast ganz andere Probleme und solltest dir keine Fantasien mit einem realen Dozenten in der Hauptrolle ausmalen, verflucht.*

»Geht es Ihnen gut?«, fragt der Hauptdarsteller meines Tagtraumes plötzlich und sein dunkler Blick verwandelt sich in einen besorgten. »Sie sind plötzlich so ... blass?« Es klingt wie eine Frage und ich könnte schwören, als er auf meine sich hektisch hebende und senkende Brust sieht, verändert sich seine Mimik erneut.

»J-ja, alles gut«, stammle ich und reiße mich von ihm los. »Ich bin nur ... es ... ich ... ich verstoße wirklich ungern gegen Regeln, wissen Sie?« *Straff dich, Maeve!*

»So?«, fragt er leise und schiebt seine Hände in die

Taschen seiner Jeans. Himmel, er macht mich nervös. Es ist beinahe, als könnte ich seine unausgesprochene Frage durch die Luft schwirren hören: *Bist du ein braves Mädchen, Maeve?*

Nein, das bin ich nicht.

»Ich bin ein brav–« Ich halte erschrocken inne. Himmelherrgott, das habe ich gerade nicht laut ausgesprochen, oder? Er hat es ja nicht einmal gefragt.

Ich beiße mir so fest auf die Unterlippe, dass ich spüre, wie sie aufreißt und der metallische Geschmack von Blut sich auf meiner Zunge ausbreitet. Vermutlich starre ich ihn wie ein verschrecktes Kaninchen an, als er mit diesem dunklen, Furcht einflößenden Gesichtsausdruck auf mich zukommt. Er hebt seine Hand an meine Lippe und alles passiert so schnell, dass ich nicht weiß, ob es *wirklich* passiert. »Mach das nicht«, raunt er mit einer noch tieferen Stimme, in der etwas mitschwingt, das meine Nerven nervös flattern lässt. Und plötzlich steht er wieder drei Schritte von mir entfernt und die ganze Atmosphäre kühlt sich merklich ab, als er seine Augen verengt.

»In einer Stunde können Sie wiederkommen. Ich schließe hier jetzt sowieso ab.«

»A-alles ... alles klar.« Ich nicke hastig und drehe mich um, ganz darauf bedacht, meine Schritte ruhig zu halten und nicht davonzurennen.

Was bitte war das?

Warum denke ich so etwas?

Ich will überhaupt kein braves Mädchen sein. Schon gar nicht für ihn.

Ich werde ihm nie wieder unter die Augen treten können.

Gott. Nicht mal eine Woche an der Uni, und mein Plan, mit dem Strom zu schwimmen, liegt schon zerbrochen unter meinen Füßen.

Das ist nicht gut.

»Du hattest Stress mit Prof. Delahaye?« Pen gluckst und ich kann es ihr nicht verübeln. Das Kissen zwischen meine Beine geklemmt sitze ich auf meinem Bett und sehe meiner Mitbewohnerin dabei zu, wie sie sich umzieht. Im Gegensatz zu mir verzichtet sie darauf, ins Bad zu gehen, sondern steht nackt, wie Gott sie schuf, vor mir und hält zwei Einteiler nebeneinander, während ihr amüsierter Blick auf mir liegt. Die Entscheidung, ob dunkelblau oder quietschpink, ist wohl aufgeschoben.

Nach meiner kurzen, dafür umso eindrucksvolleren Begegnung mit Mr Delahaye bin ich geradewegs zurück in unser Wohnheimzimmer geflüchtet. Als Pen vor zwanzig Minuten wach geworden ist und meinen aufgewühlten Anblick nur mit einer auffordernden Handbewegung bedacht hat, ist es aus mir herausgesprudelt. Gut, nur der Teil mit meinem angepeilten Regelverstoß und seiner Rüge, nicht dem, was da zwischen uns ... passiert ist.

Gott, da ist nichts passiert.

Warum kribbelt mein Bauch dann so sehr und warum bilde ich mir ein, das Gefühl seiner Finger auf meiner Lippe noch immer spüren zu können?

»Wir sind auf der Uni, Maeve.« Pen lacht. »Niemand wird dir den Kopf abreißen, weil du dich einmal zur falschen Zeit in die Schwimmhalle verirrt hast. Auch kein griesgrämiger Delahaye.«

Er ist nicht griesgrämig, er ist pure Dominanz.

»Es war trotzdem unangenehm.«

»Glaub ich dir, Süße. Aber ich wette, er hat das schon wieder vergessen. Du musst dringend anfangen, daran zu arbeiten, dass du nicht mehr so viel darauf gibst, was andere Menschen von dir halten könnten.« Sie betont das letzte Wort und sieht mich eindringlich an. »Gib einen Scheiß auf irgendwelche Leute, Maeve.«

Ich brumme eine undeutliche Erwiderung und deute mit dem Finger auf das pinke Teil. »Nimm den, der passt zu deinen blonden Haaren und heute sind die Jungs in der Halle.« Ich wackle vielsagend mit den Augenbrauen.

»Maaaaaeeve«, sagt sie mahnend und lacht wieder, während sie den blauen Anzug aufs Bett wirft. »Du hast recht.« Sie zwinkert mir zu und schlüpft in das hautenge pinke Nylonteil. Auch sie zieht sich einen Trainingsanzug über, dann greift sie nach ihrem Handtuch und nickt mir auffordernd zu. »Lass uns den Kerlen den Kopf verdrehen.«

Als ich mich vom Bett hieve und hinter ihr herhechte, fühle ich mich schon gar nicht mehr so schlecht. Es tut gut, mit einer Frau reden zu können, und ist noch besser, dass sie so eine entspannte, gute Seele ist wie Pen.

»Guten Morgen«, flötet sie in Richtung des Wachmannes, der nun auf seinem Posten, aber mit einem Telefonat beschäftigt ist und uns gar nicht beachtet. Pen gluckst und zuckt mit den Schultern, dann hakt sie sich bei mir unter und wir treten gemeinsam nach draußen.

Schon beim ersten Schritt weiß ich, dass etwas anders ist.

Der weitläufige Campus wirkte noch nie so aufgescheucht wie an diesem frühen Samstagmorgen. In der Ferne ertönen laute Schreie, mehrere Autos rasen über den Weg vor den Hauptgebäuden in Richtung der Schwimmhalle.

»Was ist da denn los?« Pen zieht mich weiter, auch wenn sich alles in mir dagegen wehrt, nur noch einen weiteren Schritt zu machen. Doch Pens Neugier ist geweckt. Wir überqueren die Wiese und erreichen den Kiesweg, auf dem uns eine Gruppe Frauen entgegengerannt kommt. Zwei von ihnen weinen, eine bleibt stehen und kotzt auf die Wiese.

Was ist hier los?

»Geht da nicht hin«, schluchzt die Letzte, bevor sie sich den Mund mit dem Handrücken abwischt und mit panischem Gesichtsausdruck weiterrennt.

Pens Blick huscht zu mir, doch ich schüttle den Kopf. »Hast du sie gesehen? Da muss irgendwas passiert sein. Wir müssen ...«

»Vielleicht war ja noch jemand unbefugt schwimmen und ist betrunken untergegangen. Wasserleichen sollen schrecklich aussehen«, ruft Pen und zieht mich einfach weiter. »Die machen die Regeln ja nicht einfach so. Betrunkene Studenten im Wasser ohne Aufsicht sind nicht so praktisch. Komm, lass uns wenigstens herausfinden, was los ist. Vielleicht brennt ja auch was oder es ist etwas explodiert und es strömt Gas aus und wir müssen verschwinden oder ...«

»Bis zum Vorplatz«, rufe ich dazwischen, bevor ihre Fantasie noch kuriosere Szenarien erfindet. Denn ja, auch wenn alles in mir mich warnt, bin ich ebenfalls neugierig.

Vor nicht einmal einer Stunde stand ich vor der Schwimmhalle und habe gesehen, wie Delahaye sie abgeschlossen hat.

Nicht dass etwas mit ihm passiert ist ...

Warum bereitet mir dieser Gedanke Bauchschmerzen?

Als wir der Schwimmhalle näher kommen, erkenne ich die Menschentraube, die im Halbkreis um etwas herumsteht. Drei schwarze Wagen stehen auf dem Platz, auf dem Fahrzeuge sonst streng verboten sind. In diesem Moment ertönen in der Ferne Sirenen, die näher kommen. Studenten und Lehrkräfte rennen durcheinander oder versperren sich gegenseitig den Weg. Mädchen weinen, Typen stehen mit bleichem Gesicht daneben, manche fallen sich in die Arme. Mein Magen rumort.

»Komm«, raunt Pen und zieht mich einfach weiter. Wir quetschen uns durch die Umstehenden, bis wir ebenfalls einen Blick darauf erhaschen, was hier passiert ist.

Und dann wird mir auch schlecht. Und zwar so schnell, so intensiv, so verdammt brutal, dass ich mir entsetzt die Hand auf den Mund schlage. Mein Herz rast in meiner Brust und Pen bleibt stocksteif stehen. »Um Gottes willen«, keucht sie und wendet den Blick ab.

Ich hingegen kann nicht wegsehen. Und nein, es ist keine Wasserleiche.

In meinem Kopf überschlagen sich die Gedanken und eine prickelnde Gänsehaut breitet sich auf meinem Nacken aus. Ich kenne die Frau, die nackt und gefesselt und *tot* auf einem verdammten Speer aufgespießt im Rosenbeet vor der Statue von Sir Roosevelt Campbell – dem Namensgeber der Universität – hängt.

Ihre Augen sind verbunden.

In ihren Ohren stecken Kopfhörer.

Fuck.

Fuck.

Fuck.

Ich habe ein noch viel größeres Problem, als ich dachte. Und meine kleine Schwärmerei für meinen Statistik-Professor ist keins davon.

Ich reiße mich von dem grausigen Anblick los und blicke mich mit klopfendem Herzen um. Hektisch suche ich die umstehenden Köpfe nach bekannten Gesichtern ab. Und werde nach nur wenigen Sekunden fündig.

Rechts von mir, etwas abseits der Menschentraube auf dem Vorplatz der Halle, sehe ich sie. Tristán persönlich, der mit unleserlicher Miene und vor der Brust verschränkten Armen auf die Tote blickt, die in diesem Moment von Sanitätern vom Speer gehoben wird. Neben ihm stehen seine Bodyguards und suchen die Menge mit ihren Augen ab. Und. Ich. Weiß. Wen. Sie. Suchen.

Verdammt.

Ich muss hier weg.

»Ich kann das nicht«, keuche ich nach links, wo ich Pen vermute, dann tauche ich unter. Genau in dem Moment, in dem ich Ryles Blick begegne. Er lässt sich keine Regung anmerken, doch ich sehe, wie sich seine Lippen bewegen, und sofort setzt Nathan sich in Bewegung.

Scheiße.

Gottverdammte, riesige, verfluchte Scheiße.

Ich habe sie gesehen, wie sie genau diese – jetzt tote – Frau völlig zugedröhnt in Richtung Tristáns Villa geschleppt haben.

Man muss kein Mathegenie sein, um eins und eins

zusammenzuzählen. Ein erneutes Raunen geht durch die Menge, doch ich bin so damit beschäftigt, mir meinen Weg durch die Leute zu bahnen, dass ich zunächst nicht sehe, was ihre Aufmerksamkeit erregt hat.

Doch als ich aus der Menschentraube stolpere und einen letzten Blick zurückwerfe, erkenne ich die roten Buchstaben, die auf die Statue gesprayt wurden und zuvor von der aufgespießten Leiche verdeckt wurden.

»*Willst du die Nächste sein, M?*«

Mein Hirn explodiert und meine Beine entwickeln ein Eigenleben.

Ich renne los, stoße Menschen zur Seite und rase, so schnell ich kann, in Richtung der Hauptgebäude. Mein Herz galoppiert wie eine vom Löwenrudel aufgescheuchte Herde Antilopen durch die Brust.

Du willst doch nicht die Nächste sein, die von ihm übers Knie gelegt wird, hat Nathan in Delahayes Kurs gesagt. Und nun diese Warnung in fast demselben Wortlaut?

Ich glaube nicht an Zufall.

Ich *weiß*, dass ich die Nächste bin, die auf diesem Pfahl aufgespießt wird, weil der Prinz und seine Bodyguards kranke Bastarde sind.

Ich bin ihre einzige Zeugin.

Oh shit, wo bin ich hier nur hineingeraten?

Kapitel 7
Maeve

»Maeve, bleib stehen!« Nathans tiefe Stimme erklingt in dem Moment hinter mir, als ich über den Kies schlittere und ausrutsche. Meine Hose scheuert an den Knien auf, meine Finger greifen endlose Sekunden ins Nichts, bis ich mich endlich vom Boden abstoßen kann und das Gleichgewicht wiedererlange. Doch da ist er schon fast hinter mir. Ich renne weiter, sprinte, atme und hechle, während mir immer dieselben Gedanken durch den Kopf schießen:

Das war's.

Sie werden mich fangen und mit mir dasselbe machen wie mit der armen Frau.

Sie wären dumm, wenn sie mich einfach frei herumlaufen lassen würden. Ich habe sie gesehen, verdammt. Und es ist etwas völlig anderes, eine kleine Sexorgie geheim zu halten, als einen Mord.

Natürlich müsste ich mein Wissen weitergeben.

Mein Herz wummert im panischen Takt zu meinen Schritten und in meinem Hals steigt die Galle auf. »Maeve! Stopp!«

Ich bin überrascht, dass er sogar meinen Namen kennt.

Okay, nein, bin ich nicht. Das ist sein verdammter Job. Natürlich haben sie sich längst über mich erkundigt. *Ist ja nicht so, dass da sonderlich viele Informationen auffindbar sind.* Die wenigen haben sie sicher schnell gelernt.

Ich schlittere um die nächste Kurve, renne über die Wiese neben der Bibliothek und weiß nicht, wo ich eigentlich hinwill. Es ist der ursprüngliche Fluchtinstinkt, der mich anschreit, um mein Leben zu rennen.

Im nächsten Moment spüre ich ihn hinter mir und dann lande ich auf dem Boden, als er sich mit einem Sprung auf mich wirft und unter sich begräbt. Meine Hose reißt vollends auf, ich fange mich zwar auf den Armen ab, dennoch rutsche ich über die Grasnarbe und die spitzen Steinchen der Erde bohren sich in meine Handflächen. Dann knackt mein Kiefer und ich sehe kurzzeitig Sternchen, als ich mit der Stirn auf den Boden knalle.

»Mein Gott, bleib doch einfach stehen«, flucht Nathan und stemmt sich von mir, nur aber, um mich grob an den Oberarmen zu packen und zur Seite zu ziehen, näher an das Verwaltungsgebäude, in dem die Räume der Lehrkräfte liegen. Benommen stolpere ich auf wackligen Knien neben ihm her.

»Ich sage nichts, wirklich, ich verspreche es«, brabble ich aufgelöst. Er ist ein Bodyguard, der für solche Situationen ausgebildet wurde. Natürlich habe ich keine Chance gegen ihn.

Er schnaubt halb amüsiert, halb frustriert. »Du weißt, dass wir dir das nicht glauben können.« Seine salbeifarbenen Augen richten sich auf meine, dann stößt er mich gegen die Hausfassade. Mit seinen Armen stützt er sich neben meinem Kopf auf und wirkt kurzzeitig ebenfalls ... überfordert.

Sein Atem verrät noch den Restalkohol und erklärt vermutlich, warum ich überhaupt bis hierhin gekommen bin. »Wir haben nichts damit zu tun, okay?« Er streicht sich durch die blonden Locken und seine Augen huschen eindringlich zwischen meinen Pupillen hin und her.

Ich lache hysterisch auf und schüttle wild den Kopf. »Nein«, zische ich und spüre, wie die Panik mich unter sich zermalmt. Ich kann nicht mehr einen klaren Gedanken fassen, sondern will einfach nur noch weg. »Nein, natürlich hattet ihr das nicht. Und das soll ich euch glauben? Sehe ich so naiv aus? Ich habe euch gestern gesehen! Ich habe gesehen, wie ihr ...« Ich breche ab, als mir noch einmal bewusst wird, was das eigentlich bedeutet. Wie verdammt ernst die Situation ist.

»Ist zugegebenermaßen schwer«, räumt er ein und streicht sich wieder durch die Haare. Ich nutze die winzig kleine Chance, ducke mich an ihm vorbei und renne los, nur um binnen Sekunden wieder von ihm erwischt und gröber als eben gegen die Fassade geschleudert zu werden. Mein Hinterkopf knallt gegen die Wand, wieder sehe ich Sternchen, dann schließen sich seine Hände um meine Handgelenke. »Wir werden dich nicht umbringen, also reiß dich jetzt zusammen. Du kommst mit zu uns und dann ... dann sehen wir weiter. Wir müssen ...«

»Nein, einen Teufel werde ich tun«, fauche ich mit einem mörderischen Kratzen im Hals und bekomme die Quittung dafür sofort. Er lässt mich los, dafür presst er seine Hand auf meinen Mund und drückt mich nun mit seinem gesamten Körper gegen die Wand. »Jetzt sei ruhig, verdammt!«

»Mhmm«, schnaube ich gegen seine Handfläche und befürchte, mein Herz springt mir gleich aus dem Brustkorb, so hart wirft es sich immer und immer wieder dagegen.

»Ich weiß, wie das aussieht, und ... verflucht, wir haben doch auch keine Ahnung.« Er starrt mich an, als könnte ich ihm erklären, was hier passiert ist, dabei ist die Sache klar. Noch jetzt dringt der Restalkohol, den er ausdünstet, in meine Nase, als sein Atem auf mein Gesicht trifft, so nah steht er vor mir. So irritiert, wie seine geweiteten Pupillen hin und her zucken, weiß ich, dass er noch lange nicht wieder nüchtern ist.

Es muss ja gar kein vorsätzlicher Mord gewesen sein. Ein Unfall. Ein Huch-habe-ich-sie-zu-doll-gewürgt?-Moment. Oder vielleicht war die Dosis, die sie ihr verabreicht haben, einfach zu viel. Oder vielleicht hatte sie auch nur eine unentdeckte Herz-Kreislauf-Erkrankung.

Gegen diese Theorie spricht allerdings der Fakt, dass die rote Farbe eine explizite Warnung verkündet hat. Eine gegen mich.

Wieder prickelt es auf meinem Nacken, als mir klar wird, dass ich ihr Verhalten nicht mit einer so *harmlosen* Theorie erklären kann. Es war Absicht.

Auch Prinzen können kranke Mörder sein. Und sein Fußvolk ist ihm treu ergeben.

Ich reiße mein Knie hoch, doch Nathans gut geschulten Reflexe funktionieren auch mit Restalkohol im Blut. Er wendet sein Becken rasch ab und presst mich fester gegen die Wand, damit mein Angriff im Sande verläuft.

Fuck. Ich habe keine Ahnung, wie ich mich jetzt noch retten kann. Ich will nicht wissen, was sie mit mir machen, wenn sie mich in Tristáns Villa gebracht haben.

»Wir beide gehen jetzt ganz ruhig zurück«, knurrt Nathan angestrengt und ich stoße ein Schnaufen aus, weil seine Hand über meine Nase rutscht. Ich bekomme kaum Luft. Er wird mich doch wohl nicht hier und jetzt einfach ... töten? Aber es wäre doch ein guter Zeitpunkt – alle sind abgelenkt. Von links höre ich Sirenen, aufgeregte Schreie und quietschende Reifen.

Niemand bemerkt ...

»Mr O'Connor!«, durchbricht eine dunkle Stimme die Umgebungsgeräusche und den sich in meinem Kopf ausbreitenden Nebel. Wir wurden doch bemerkt.

Nathan lässt prompt von mir ab und wir beide starren nach links, von wo die Stimme herkam. Mein Herz krampft sich zusammen, als ich direkt in das düstere Gesicht von Mr Delahaye blicke. Mit hinter sich herwehendem schwarzem Mantel schreitet er über die Wiese und zerstückelt Nathan förmlich mit seinem Blick. Der schließt für den Bruchteil einer Sekunde die Augen, dann weicht er von mir zurück. »Ms Lundgren«, sagt Mr Delahaye nicht minder harsch, als er uns erreicht, und sieht prüfend an mir herab, bevor er wieder zum Bodyguard des Prinzen sieht, dessen Kiefermuskulatur arbeitet. Er wirkt alles andere als begeistert, dass unser Dozent hier auftaucht. Logisch.

Aber ich schöpfe gerade wieder Hoffnung.

»Schon wieder der Mann, der kein Nein versteht?« Ich würde bei seinem Ton ja das Weite suchen, so schneidend ist er, doch Mr Delahaye richtet seinen anklagenden Blick lediglich auf Nathan. Dann macht er auch noch einen Schritt auf uns zu und greift wie vorhin an meinen Oberarm, um mich von der Wand wegzuziehen. Er kommt gar nicht auf die Idee zu fragen, ob das hier nur ein Missverständnis ist.

Er erkennt es als das, was es ist. Eine potenzielle Gefahr.

Und Gott, ich bin so verdammt dankbar, dass er mich an seine Seite zieht, da ist es mir völlig egal, wie grob sein Griff auch ist. Mr Delahaye kann mich gerne mit seiner dunklen Ausstrahlung und seinen harten Worten zur Schnecke machen, aber er wird mich nicht umbringen.

Möglicherweise schmiege ich mich etwas zu erleichtert an seine Seite, als es angemessen für eine Studentin ist. Aber das ist mir völlig egal. Er rettet mich gerade vor den skrupellosesten Typen des Campus.

»Mr O'Connor«, wiederholt Mr Delahaye scharf, als er merkt, wie aufgelöst ich bin. »Mitkommen. Sie beide.« Nathan wirft mir einen Blick zu, der durchaus als grausam zu beschreiben ist, dann fährt er sich sichtlich unbehaglich durch die blonden Strähnen, die ihm ins Gesicht fallen, und setzt sich nur unwillig in Bewegung. Mr Delahaye geht zwischen uns und hält mich an seiner rechten Seite noch immer fest. Und so unangenehm es mir auch ist, ich bin ihm verdammt dankbar dafür. Denn meine Beine bestehen nur mehr aus Wackelpudding und ich stolpere mehr neben ihm her, als dass ich eigenständig gehe. Mein rasender Herzschlag schnürt mir die Luft zum Atmen ab und mein Magen schwappt gefährlich. Und so bin ich damit beschäftigt, die aufkeimende Übelkeit zu bekämpfen, als unser Dozent uns geradewegs ins angrenzende Gebäude bringt. Unsere Schritte auf der zentralen Treppe und mein gehetzter Atem sind die vorherrschenden Geräusche.

Im ersten Stock führt Mr Delahaye uns bis zum letzten Büro und deutet in dessen Vorraum auf drei Holzstühle. »Hier warten Sie«, sagt er knapp in Nathans Richtung, während er mich auf eine weitere Tür zuschiebt. »Und wir unterhalten uns.« Ich meine, noch Nathans leises Schnauben zu vernehmen, das eine deutliche Mahnung an mich war, dann fällt die Tür hinter uns zu.

Ich finde mich in einem absolut minimalistischen und aufgeräumten Büro wieder. Der Holzschreibtisch vor einem Aktenregal nimmt den Hauptteil des großzügigen Raumes ein. Auf der rechten Seite eröffnet ein breites Fenster den Blick auf die zentrale Wiese vor dem Campus. Von hier hat man ebenfalls einen guten Blick auf die dahinterliegenden Wohnheime.

»Setzen Sie sich.« Delahaye drückt mich auf den harten Besucherstuhl, greift nach einer bereitstehenden Glasflasche mit Wasser und schraubt sie auf. Er füllt ein Glas und stellt es, ohne zu fragen, vor mir ab, bevor er den Schreibtisch umrundet. Er wird seinen Mantel los und hängt ihn an einen Garderobenständer, bevor er sich ebenfalls setzt.

»Trink«, weist er mich knapp an und reibt sich dann das Gesicht, als müsste er sich kurz sammeln.

Obwohl ich einen trockenen Hals habe, schiebe ich meine Hände zwischen die Oberschenkel und ignoriere seine Anweisung. Genauso wie das Brennen auf meiner aufgerissenen Haut, das durch die Berührung mit meiner Jogginghose nicht gerade weniger wird.

»Trink, sagte ich«, donnert er lauter und noch aufgebrachter und jagt mir damit einen derartigen Schrecken ein, dass ich zusammenzucke und mit zittrigen Fingern nach dem Glas greife. Verfolgt von seinem stechenden dunklen Blick verschütte ich fast das Wasser, als ich einen Schluck nehme. Sein Kiefer spannt sich an und seine Stimme ist noch tiefer, als er hinterherschiebt: »So ist es gut, Maeve.« Beim Klang meines Namens aus seinem Mund wird mir warm und er bringt mich damit so aus dem Konzept, dass meine Hand mit dem Glas derart zittert, dass ich mir einen Schwall Wasser auf die Hose kippe.

Er verengt die Augen, sagt aber nichts. Dafür rutscht sein Blick von meinem Schoß auf mein blasses Gesicht. »Ich möchte, dass du mir ganz genau erzählst, was dort draußen vorgefallen ist.«

Bilde ich es mir ein oder hat seine Stimme einen wärmeren Tonfall angenommen? Auch seine Augen lodern nicht mehr so schwarz wie der Hölleneingang. Er wirkt fast ernsthaft besorgt wegen meines aufgelösten Anblicks.

Mir ist klar, dass das hier die beste Chance ist, die ich bekommen konnte. Ich könnte ihm erzählen, was ich gesehen habe. Ich könnte meinen Professor um Schutz anflehen.

Aber seien wir ehrlich. Ich habe es mit dem Prinzen von Spanien mit einem Gegner zu tun, der ein ganzes Team an Mitarbeitern hinter sich hat, das einzig und allein an seiner öffentlichen Wahrnehmung arbeitet.

Und ich habe nicht einmal Beweise.

Vielleicht würde es einen Untersuchungsausschuss geben, aber was dann? Selbst wenn – und auch dahingehend bin ich mir nicht sicher – Spuren von ihm oder seinen Bodyguards auf der Leiche gefunden werden: Ich bin mir sicher, dass ein Mann von seinem Stand Himmel und Hölle in Bewegung setzen kann, um unbeschadet oder maximal mit einem Kratzer aus dieser Sache herauszukommen.

Im Gegensatz zu mir. Ich bin nur ein junges, dummes Mädchen, das sich mit dem Geld ihres toten Vaters in eine der reichsten Universitäten eingekauft hat. Um zu schwimmen und unterzutauchen. Im wahrsten Sinne des Wortes. Mal ganz abgesehen von der Frage, wer mir schon glauben würde, will ich keine Aufmerksamkeit auf mich ziehen. Und solch ein Prozess würde definitiv den Fokus auf mich lenken.

Nein. Danke.

Am ehesten rette ich doch meine eigene Haut, wenn ich das Versprechen, das ich Nathan eben noch gegeben habe, direkt einlöse. Ich werde nichts sagen. Ich werde sie nicht verraten und dann haben sie auch keinen Grund, mich zu töten. Okay, vielleicht doch, um auf Nummer sicher zu gehen. Aber die andere Alternative ist eben auch keine. Ich werde mich nicht als Petze zum Sündenbock machen. Auch nicht, wenn es um einen Mord geht. Diesen Gegner kann und will ich nicht besiegen.

»Was geht darin gerade vor, Maeve?« Mr Delahaye tippt sich leicht an die Schläfe, bevor er, wie um sich ruhig zu halten, die Hände vor sich auf dem Tisch ablegt. »Rede mit mir.«

Wann ist er zu dieser vertraulicheren Anrede gewechselt?

Mir schwirrt der Kopf.

»Ich … ich … ich habe die Leiche gesehen«, keuche ich und schließe kurz die Augen, als Bilder vor meinen Augen auftauchen, die ich nicht sehen will.

Neue.

Alte.

Bilder, die ich nicht ertrage. Das Glas scheppert, als ich es mit bebenden Fingern auf dem Tisch vor mir abstelle.

Mr Delahaye sieht mich auf diese schrecklich wissende und dominante Art an, dass ich mich genötigt fühle weiterzusprechen. »Sie war so ... so ... schrecklich. Ich habe noch nie eine Leiche gesehen. Und ... ich bin weggelaufen. Nathan ist mir gefolgt und ich bin ausgerastet, weil ... ich ...« Ich hole tief Luft und senke meinen Blick auf meine Hände, die ich in meinem Schoß verkrampft halte. »Ich glaube, er wollte mich beruhigen. Aber ...« Ich zucke mit den Schultern und schüttle dann leicht den Kopf. »Ich stand völlig neben mir.«

Und tue es immer noch. Das sage ich nicht, seinem Blick nach zu urteilen, denkt er das ebenfalls.

Ein Muskel in seiner Wange zuckt, als würde er sich zwingen müssen, mich nicht schon wieder so harsch anzufahren, dafür räuspert er sich. »Du kannst mir die Wahrheit sagen. Ich kann dir helfen, was es auch ist.« Ich weiß nicht, was mit mir los ist, aber sein Nachsatz lässt mich den Kopf heben. In seinen dunklen Augen blitzt etwas auf, etwas, das nichts mit dem zu tun hat, worüber wir gerade sprechen.

Wieder schieben sich völlig unangebrachte Bilder in meinen Kopf. Bilder, wie ich auf diesem Schreibtisch liege und er ... *Maeve. Hast du den Verstand verloren?*

Aber die Vorstellung, er könne mich einfach vergessen lassen, mich diesem Albtraum entfliehen lassen und auf mich aufpassen ... verdammt, sie gefällt mir viel zu gut. Ich spüre, dass Mr Delahaye dieses Angebot nicht einfach so dahersagt. Vielleicht *will* er mir wirklich helfen. Aber es geht hier um etwas so Großes – um ein ganzes Königreich. Er *könnte* mir nicht helfen.

»Ich sage die Wahrheit«, behaupte ich leise.

»Bist du dir sicher, Maeve? Ich kann es gar nicht leiden, angelogen zu werden.«

Ich schlucke hart und senke wieder den Kopf. »Ja«, hauche ich. »Es ist alles in Ordnung. Ich habe einfach nur völlig überreagiert. Nathan trifft keine Schuld.«

Er lässt sich schwer atmend gegen die Lehne seines Sessels fallen und dreht langsam und bedacht einen Kugelschreiber zwischen seinen Fingern, während ich mich bemühe, seinem bohrenden Blick standzuhalten.

»Gut. Wie du meinst. Wenn du es dir anders überlegst und dir einfällt, dass du die Situation doch falsch bewertet hast, komm zu mir.«

Ich nicke rasch.

»Jederzeit.« Es klingt wie eine Warnung.

Ich nicke erneut und hoffe, er lässt mich einfach gehen. Doch das tut er nicht. Er bleibt einfach sitzen und mustert mich mit seinem Röntgenblick.

»Hast du etwas gesehen, das dir merkwürdig vorgekommen ist?«

Ich runzle die Stirn, was ihn sofort weitersprechen lässt. »Vorhin, als du zu früh in die Schwimmhalle wolltest.« Sein Ton wird vorsichtiger, seine Augen nehmen einen helleren Farbton an. Seine Fingerknöchel hingegen treten weiß hervor, weil er den Stift derart fest umklammert, dass es so aussieht, als würde er in seiner großen Hand in den nächsten Sekunden in seine Einzelteile zerspringen. Und dann wird mir klar, was dieser Blick bedeuten soll – und vielleicht auch warum er mich *wirklich* mit in sein Büro genommen hat.

»Denken Sie, ich würde Ihnen vorwerfen, etwas damit zu tun zu haben?«, platzt es aus mir heraus und so wie sich sein Blick verfinstert, sehe ich, dass ich ins Schwarze getroffen habe. Und fuck, natürlich denkt er, ich würde ihn damit in Verbindung bringen. Ich habe ihn genau an dieser Statue getroffen, nur wenige Minuten bevor an ebendieser Stelle eine Leiche öffentlichkeitswirksam angerichtet wurde.

Er legt den Stift langsam vor sich ab. »Sag du es mir, Maeve. Tust du das?«

Ich beiße mir auf die Innenseite meiner Wange, dann schüttle ich den Kopf. »Sie sind Professor«, krächze ich und reibe mir über die Schläfe. Das ist ein äußerst lahmes Argument. In Filmen ist es im Zweifel immer der Professor.

Aber was soll ich sagen?

Er kann nicht wissen, dass ich nicht einen einzigen Gedanken an diese Theorie verschwendet habe. *Weil ich die wahren Mörder kenne.*

Mein Kopf fängt an zu pochen, als würde er mir sagen wollen, dass ich etwas übersehe. Dass ich zu schnell urteile. Aber Delahaye und ein Mord? Warum?

Warum, wenn es drei Männer gibt, die ein wesentlich größeres Motiv haben? Zudem habe ich sie mit der Frau *gesehen*. Das ist Beweis genug. Zumindest für mich.

Zufrieden scheint er mit meiner Antwort nicht zu sein. »Würdest du es mir sagen, wenn du Angst vor mir hast, Maeve?«

Ähm. Bitte?

Vermutlich starre ich ihn eher völlig verwirrt statt ängstlich an. Er schnalzt leise und erhebt sich, dabei streicht er sein Sakko glatt, bevor er auf mich zuhält und mir die Hand reicht.

»Ich habe keine Angst vor Ihnen«, sage ich verspätet und lasse mir nur ungern von ihm aufhelfen. Seine Finger sind warm, rau, männlich und fühlen sich viel zu gut an. Zum Glück lässt er mich schnell wieder los.

»Ich weiß, Maeve.« Er tritt zurück und deutet auf die Tür. Ich gehe mit einem unguten Gefühl in der Magengegend darauf zu, das sich bei der Aussicht, gleich wieder Nathan zu begegnen, nur noch verstärkt. Hoffentlich ist er gegangen.

Aber als Mr Delahaye mir die Tür öffnet, fällt mein Blick sofort auf den Mann, der in seinem schwarzen Anzug wie alles, aber nicht wie ein Mörder aussieht. Er erhebt sich von seinem Stuhl, starrt mich mit zusammengezogenen Augenbrauen an, bevor sein Blick zu Delahaye schweift. Dieser legt mir eine Hand auf den unteren Rücken und schiebt mich an Nathan vorbei. »Gehen Sie am besten in Ihr Zimmer, Ms Lundgren, und ruhen sich etwas aus. Die Sicherheitsmaßnahmen am Campus werden massiv verstärkt. Solange wäre es gut, wenn alle sich etwas ruhig verhalten.« Damit bin ich entlassen und er wendet sich Nathan zu, der seine Hände in die Hosentaschen schiebt. Unsere Blicke kreuzen sich für wenige Sekunden. Seine salbeigrünen Augen versprühen so viel Gift, dass ich schnell wieder wegsehe, bevor er mich allein mit seinem Blick tötet.

»Und nun zu Ihnen, Mr O'Connor. Auf ein Wort.«

Ich schlüpfe, ohne noch einmal zurückzusehen, aus dem Raum und steuere die Treppe an. Ich habe keine Ahnung, was ich nun tun soll, aber einfach in mein Zimmer gehen kommt aus naheliegenden Gründen nicht infrage. Wahrscheinlich komme ich nicht einmal aus dem Gebäude, ohne dem nächsten Bodyguard direkt in die Arme zu laufen. Daher nehme ich nicht den Haupteingang, sondern durchquere das leere Foyer. Vermutlich sind alle Lehrkräfte auf dem Gelände unterwegs. Ich rüttle an der ersten Tür, die ich erreiche, doch sie ist verschlossen.

Bei zwei weiteren verhält es sich gleich, dafür habe ich bei den Waschräumen mehr Glück. Ich trete in die Frauenkabine und würde mich gern bekreuzigen, als ich ein Fenster entdecke. Rasch verriegle ich die Tür, dann klettere ich auf den geschlossenen Toilettendeckel. Eine erneute imaginäre Bekreuzigung später rüttle ich am Fenstergriff, der tatsächlich nachgibt.

In meinem Kopf überschlagen sich die Gedanken, doch ich kann mich auf keinen einzigen konzentrieren. Vorrangig ploppt da immer wieder abwechselnd auf: *Ich muss mich verstecken. Und dann verschwinden.*

Es steht fest, dass ich nicht einfach weiter an der CU studieren kann, während Tristán und seine Bodyguards auch hier sind und wir alle mehr wissen als alle anderen.

In jedem Szenario, das ich mir ausmale, komme ich nicht gut bei weg. Und ja, verdammt, das ist noch beschönigend ausgedrückt. Eigentlich steht an jedem verdammten Szenario derselbe Ausgang: mein Tod.

Ich bin zwar jetzt nicht unbedingt das beste Beispiel, das jemand wählen würde, um das Adjektiv *lebensfroh* zu beschreiben, aber ich bin nicht lebensmüde. Und wenn ich einfach über den Campus marschiere und denke, die Männer würden sich nett mit mir unterhalten und das alles ist nur ein dummes Missverständnis – nun, dann wäre ich verdammt naiv.

Ich halte mich am Rahmen des Fensters fest und ziehe mich daran hinauf. Meinem trainierten Körper sei Dank schaffe ich es, mich auszubalancieren und mein Gewicht auf meinen Armen zu halten, während ich mich vorsichtig aus dem Fenster lehne. Wie ich mir gedacht habe, sehe ich auf die Rückansicht des Gebäudes, in dem die Mensa liegt. Keine andere Menschenseele treibt sich hier herum.

Ich ziehe meine Beine hinterher, schwinge sie über den Fensterrahmen und komme mit einem leisen *Plumps* leichtfüßig auf dem Beetstreifen vor dem Fenster auf.

Rasch sehe ich mich um, bevor ich mich an die Hausfassade presse und tief durchatme, um mich zu beruhigen. Binnen Sekunden steht mein Plan. Ich werde mich verstecken und heute Nacht oder eben dann, wenn es mir sicher erscheint, meine wichtigsten Sachen holen. Dann werde ich von hier verschwinden. Sicher werden die Jungs mein Zimmer bewachen, also werde ich vielleicht tricksen müssen und Pen bitten, mir zu helfen. Ich habe nicht vor, mich von ihnen erwischen zu lassen, aber auch nicht, länger als nötig hierzubleiben.

Kein Studium der Welt rechtfertigt es, dass ich mich freiwillig in meinen so gut wie gesetzten Tod stürze. Mich hält hier doch sowieso nichts, bis auf wenige aussagekräftige Mahnungen einer fremden Stimme in meinem Kopf. Das ist definitiv nicht genug.

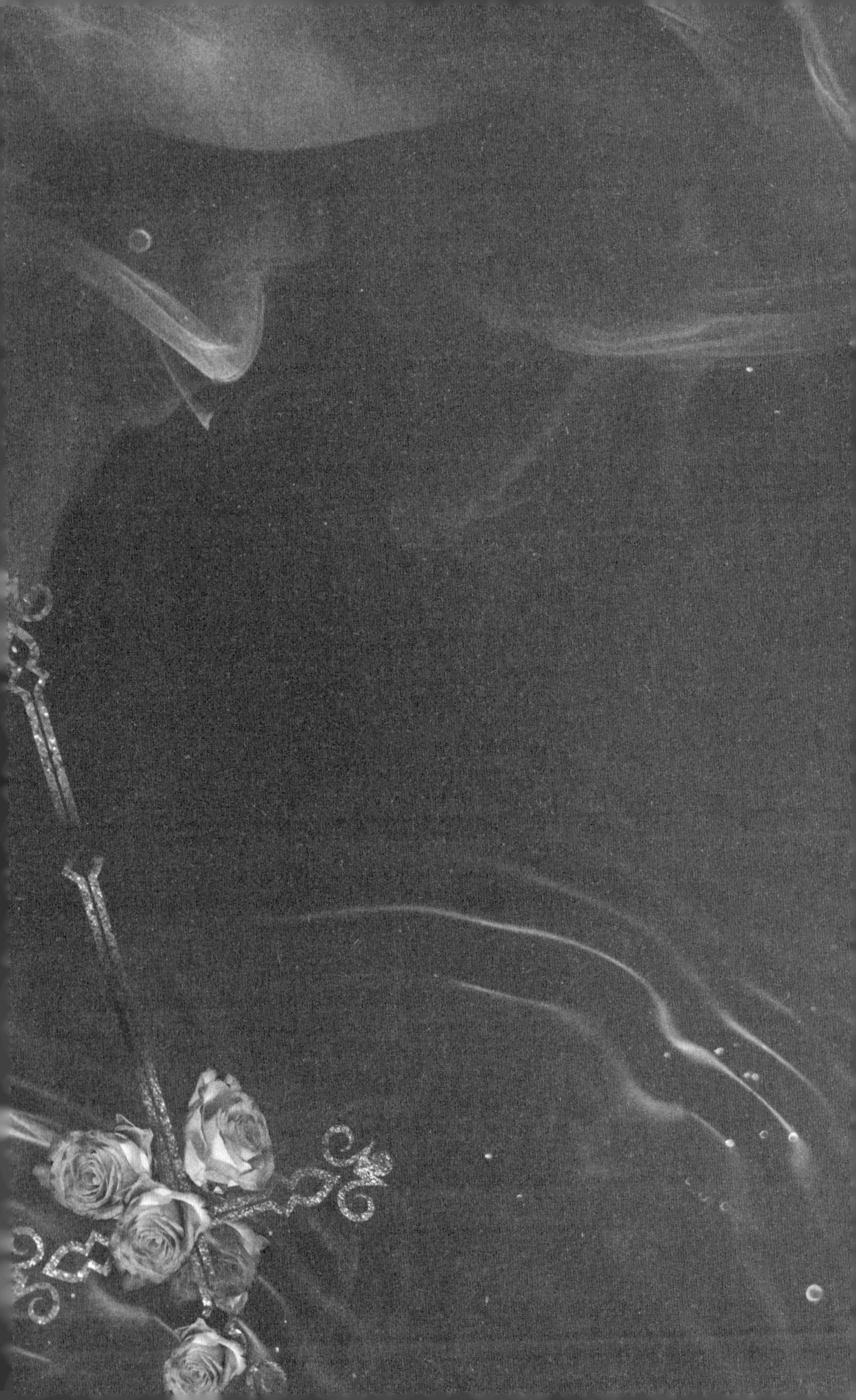

Kapitel 8
Ryle

»Amüsant.« Tristán scharrt mit seiner Schuhspitze im Kies und grinst, während er mir diesen Kommentar über die derzeitige Situation präsentiert. Ich kann seine Sicht der Dinge nur bedingt nachvollziehen.

Ich finde nicht wirklich viel hieran amüsant.

Weder dass die kleine Nixe immer zu den ungünstigsten Zeitpunkten auftaucht noch dass mein neuer Kollege seine Trinkfestigkeit maßlos überschätzt hat und deshalb viel zu langsam hinter unserem kleinen Problem hergehechtet ist.

Und es entwischen ließ.

Ach ja. Die nackte aufgespießte Frau vor der Schwimmhalle nicht zu vergessen.

»Wir sollten in deine Villa gehen«, sage ich und sehe von Tristán zum Eingang des Verwaltungsgebäudes, in das Nathan von Mr Delahaye geschleppt wurde und seither nicht mehr erschienen ist. Wahrscheinlich reißt Delahaye ihm gerade den Arsch auf, weil er ihn dabei erwischt hat, wie er Maeve überwältigt hat.

In aller Öffentlichkeit.

Anfänger.

Dabei war sein Zeugnis so gut. Jahrgangsbester mit Erfahrungen im Weißen Haus. Das können nur die wenigsten Personenschützer von sich behaupten. Nathan stellt sich so dumm an, dass ich fast schon meine, er macht das extra, um nach Hause geschickt zu werden. Dabei hat Tristáns Vater meines Wissens offen kommuniziert, was Tristán für ein Fall ist. Ein gewöhnlicher Bodyguard kommt mit ihm und seiner Art nicht klar.

Außerdem will niemand wegen dieser Scheiße, die er regelmäßig abzieht, um seine Berufsehre gebracht werden. Ich im Grunde auch nicht, dennoch kommt es nicht infrage, ihn alleinzulassen. Tristán ist viel mehr als mein Job. Ich habe ihn schon *beschützt*, als wir Kinder waren, und habe nicht vor, damit aufzuhören. Egal, wie tief er noch stürzt, ich falle mit und bin darauf vorbereitet, ihn vor dem endgültigen Aufprall aufzufangen. Wenn es sein muss, werfe ich mich auch unter ihn.

Das. Ist. Mein. Job.

Den ich mir von niemandem wegnehmen lasse. Aber ja ... ich denke, Nathan könnte mir behilflich sein, auch wenn ich noch immer denke, dass er vorrangig deswegen eingestellt wurde, um mich im Blick zu halten.

Aber ich habe andere Pläne. Mit der Betonung darauf, dass er sich schnell an unseren Umgang untereinander gewöhnt und sich dem anpasst. Ansonsten kann er zusehen, dass er schnell wieder verschwindet.

»Was sollen wir in meiner Villa?«, fragt Tristán gelangweilt und fummelt sich eine Zigarette aus der Schachtel, die in seiner Hosentasche steckt. Er schiebt sie in den Mundwinkel und tastet seine Taschen ab. Dabei brummt er, als er feststellt, dass er sein Feuerzeug mal wieder vergessen hat. Bevor er fragen kann, lasse ich mein Zippo aufschnappen und halte ihm die Flamme vors Gesicht.

Manchmal bin ich auch sein persönlicher Sekretär, weil Tristáns Leckt-mich-alle-am-Arsch-Einstellung immer größere Ausmaße annimmt. Er meint damit auch sich selbst. Und das ist ein Problem, weil er sich von Tag zu Tag mehr aufgibt. Ich habe Angst um ihn, verflucht.

Und genau deshalb sollten wir nun auch langsam zusehen, dass wir von hier verschwinden. Hier ist es nicht sicher. Es sind wesentlich mehr fremde Personen auf dem Campus unterwegs als üblich.

Und im besten Fall sollten wir inklusive der kleinen Nixe abziehen.

Wir haben etwas zu klären.

Doch als die Tür des Lehrgebäudes aufschwingt und ein grimmiger Nate heraustritt, ist es Tristán, der leise auflacht. »Ich wusste es. Sie ist ihm entwischt. Der Typ ist so unfähig.«

Im Normalfall würde mir auf seinen Spruch ein passender Gegenpart einfallen, aber jetzt habe ich hier einen Job zu erledigen. Die ganze Zeit achte ich auf unsere Umgebung, auf Bewegungen oder Menschen, die auffällig sind, schließlich stehe ich mit dem Prinzen völlig ungeschützt mitten auf dem Gelände – kurz nachdem ein Mord passiert ist.

Ohne meine Position neben Tris aufzugeben, richte ich meinen eindringlichen Blick auf meinen unfähigen Kollegen, der sich in Modelmanier, die er sich sonst wohin schieben kann, seine wirren Haare aus der Stirn streicht und auf uns zukommt.

»Dein Ernst, Mann?«, fahre ich ihn leise schneidend an, als er uns erreicht. »Wo ist das Mädchen?«

»Das frage ich euch. Delahaye musste mir unbedingt noch einen Einlauf verpassen und eine Rede über Konsens schwingen. Er denkt, ich steh auf die Kleine und hab mir einen Korb von ihr eingefangen, den ich übergangen habe.«

»Du hast da wohl was falsch verstanden.« Tris zieht an der Zigarette und stößt gleichzeitig ein Lachen aus. Dabei entsteht ein beinahe stöhnendes Geräusch, das mir eine Gänsehaut auf dem Rücken verursacht. Kurzzeitig aus dem Konzept gebracht, flackert mein Blick von Nathan zu Tristán und zurück. »Du solltest nicht mit ihr diskutieren und sie auf ein Date zu uns einladen, sondern sie *einpacken*, Nate. Was meinst du, was passiert, wenn mein Vater das Gerücht aufschnappt, ich hätte eine Frau ermordet und aufgespießt?«

Er klingt nicht so, als würde es ihn tatsächlich etwas kümmern. Dabei ist es das komplette Gegenteil. Tristán ist das verkörperte Oxymoron. Einerseits gibt er einen Scheiß darauf, was andere denken. Auch jetzt ist es ihm persönlich herzlich egal, wer ihm alles den Mord an der Latina in die Schuhe schieben will. Andererseits ist es ihm aber nicht egal, was sein Vater denkt. Er will nicht, dass er in der Gewissheit stirbt, dass sein Sohn ein skrupelloses Arschloch ist, das keine Moral besitzt.

Natürlich ist er das, darüber müssen wir gar nicht diskutieren. Aber er ist es eben nur aus diesem Grund: Weil er Angst vor dem Tag hat, an dem sein Vater ihn auch noch verlässt und nur noch er da ist. Seine Exzesse sind nur stumpfe Fluchtversuche aus der Realität, die ihn mit jedem Tag mehr auffrisst. Es ist ein Teufelskreis, aus dem es kein Entkommen gibt. Und ich fürchte, mit König Héctors Tod wird es nicht viel besser werden.

Natürlich würde er das nie zugeben, aber ich kenne ihn eben schon eine Weile. Und nur ich darf das behaupten.

»Gar nichts wird passieren, weil die Eisprinzessin ihren hübschen Mund nicht aufmacht«, beharrt Nathan auf seiner Ersteinschätzung über sie.

»Hm, na sicher«, brumme ich und schüttle den Kopf. »Einen fickenden Prinzen zu decken, ist das eine, aber einen Mord? Natürlich wird sie das bei der ersten Gelegenheit ausplaudern, allein schon, um ihren eigenen Arsch zu retten. Mitwisserschaft ist strafbar! Hast du in deiner Ausbildung sicher schon mal was von gehört.«

»Delahaye hat sie in seinem Büro befragt«, gibt er trocken zurück.

Ich starre ihn an. »Du hast sie allein mit ihm in sein Büro gehen lassen? Bist du *irre?*«

»Was hätte ich denn tun sollen? Sie ist seine Schutzbefohlene und ich? Ich bin ausschließlich wegen ihm hier!« Nathan deutet auf Tristán, der trotz seiner harschen Worte nach wie vor amüsiert aussieht. »Was für einen Grund hätte ich Delahaye geben können, der mich nicht noch auffälliger werden lässt? Er hat mich sowieso schon im Blick, weil ich euren Scheiß aufräumen soll!«

»Betrachte es als Einstellungstest«, knurre ich und beuge mich vor, um ihm die letzten Worte effekthaschend ins Gesicht raunen zu können. »In dem du übrigens auf ganzer Linie versagst!« Harsch richte ich mich auf und weiche zurück.

Er schnaubt und verschränkt die Arme.

»Ehrlich, Mann«, murmle ich und verpasse erst Nathan einen Stoß, dann Tristán, der sich nur mürrisch in Bewegung setzt. »Du hattest eine kleine Aufgabe.«

»Klein? Wer vögelt ständig durch die Gegend, füllt Weiber ab und kümmert sich nicht um die Konsequenzen?«

»Komisch. Mir war so, dass du gestern Nacht am meisten Spaß mit ihr hattest«, wirft Tristán völlig neutral ein.

»Ihr habt mich abgefüllt!«

»Oh, huch«, mache ich gespielt einsichtig und verdrehe gleichzeitig die Augen, bevor ich ihm einen weiteren Stoß verpasse. Er stolpert. »Du hast einen Mund und kannst ihn benutzen – nicht nur zum Saufen. Wird es dir zu viel? Drückt irgendwo der Schuh? Fühlst du dich unwohl? Dann sag es, Mann.«

Er stößt ein fast genauso komisches Geräusch aus wie Tristán eben, just als wir den Hauptweg erreichen. Ich beschließe, es darauf beruhen zu lassen.

Mich umzusehen, ist eine Bewegung, die mir ins Blut übergegangen ist. Aus dem Augenwinkel erkenne ich immerhin, dass Nathan – aufgebracht hin oder her – dasselbe tut. Ich sehe das oft bei ihm, weil ich ihn beobachte. Er kann das besser. Er hat dieses natürliche Beschützergen, dieses Gespür für Gefahren. War es tatsächlich nur der Alkohol, der ihn so nachlässig hat werden lassen?

Möglich.

Ich weiß, dass ich oft zu misstrauisch bin, etwas, das man mir bei meinem Job ja wohl kaum vorwerfen kann. Aber dieser Mann hat eine weiße Weste, die so rein ist wie frisch gefallener Schnee am Nordpol. Vielleicht ist er ja wirklich etwas *schüchtern*. Ich kann ihn hier gut gebrauchen und der Junge hat Potenzial. Ich sehe es.

Ich habe es auch gestern gesehen. Nur bei der Nixe setzt sein Hirn anscheinend kurz aus.

»Also wissen wir nicht, wo die Kleine nun ist?«, bringe ich unsere kleine Auseinandersetzung auf die wichtigste Frage zurück.

»Wie gesagt, sie hätte längst rausgekommen sein müssen. Wahrscheinlich ist sie getürmt.«

»Durchs Fenster, oder was? Wir standen vor dem Gebäude, wir ...« Ich halte im Satz inne, als mir klar wird, dass es genau so gewesen sein muss. »Fuck«, murmle ich und nun bahnt sich ein Grinsen den Weg auf mein Gesicht. »Die kleine Nixe ist gerissen. Springt sie einfach aus dem Fenster.«

»Die kleine Nixe«, äfft Tristán mich nach, »hat Angst. Natürlich türmt sie durchs Fenster. Ich weiß auch, wo sie sich versteckt, bis sie denkt, dass die Luft rein ist.«

»Ich auch«, entgegne ich und schiebe Tristán mit dem Arm ein Stück zur Seite, weil uns zwei Typen entgegenkommen, die keine Studenten sind. Doch sie nicken uns bloß zu und setzen ihren Weg fort, genau wie wir. »Na, Nate? Weißt du auch, wo sie ist? Komm schon, da ist deine Chance, es wieder ...«

»In der Schwimmhalle«, knurrt er und nun verpasst er mir einen Stoß gegen die Schulter. »Da *wäre* sie gern. Aber das ist zu naheliegend.«

Ich nicke zufrieden. Das wäre zu leicht und dumm ist sie nicht. »Ich werde sie einsammeln. Du bleibst beim Prinzen.«

Tristán verpasst mir einen Schlag gegen den Hinterkopf, womit ich gerechnet habe. Lachend weiche ich ihm aus, wohl wissend, dass die Situation gar nicht mal so lustig ist.

Wir haben mit der Nixe als Zeugin ein immenses Problem, das nur noch weiter angewachsen ist. Doch ich habe schon eine Idee, wie wir es zu aller Zufriedenheit lösen – und dabei sogar mehrere Fliegen mit einer Klappe schlagen. Auch wenn Tristán mich dafür vermutlich köpfen wird. Das ist mir seine Sicherheit – und sein Überleben – wert.

»Nein! Hast du gestern doch mehr gekifft, als du vorgegeben hast, oder was ist bei dir jetzt kaputt?« Tristán zieht wütend am Joint – es ist schon der dritte – und starrt mich mit rot unterlaufenen Augen an. Mit riesigen Schritten stürmt er die lange Fensterfront im Wohnbereich seiner Villa auf und ab, so vehement und schon so lange, dass ich mir langsam Sorgen um den Bodenbelag mache. Wenn er damit weitermacht, hat er gleich einen Pfad in den feinen Marmor getrampelt.

Dabei ist meine Idee verflucht gut.

»Wie stellst du dir das bitte vor?«, knurrt er und deutet mit dem Joint in der Hand erst auf mich, dann auf Nate, der mit geschlossenen Augen auf dem Sofa abhängt. Er hat so etwas wie Hausarrest, bis er wieder fit ist und dann hoffentlich bessere Ergebnisse abliefert. Habe ich schon erwähnt, dass er für die Entsorgung der *Leiche* zuständig war?

Nein?

Dann mache ich das jetzt.

Nate war heute Nacht derjenige, der großspurig angekündigt hat, er würde sich um die kleine Latina kümmern, die zu diesem Zeitpunkt übrigens noch gelebt hat. Er war stockbesoffen, so stockbesoffen, dass ich ihm hinterher bin. Und daher weiß, dass sie auch noch gelebt hat, als er sie – wie abgesprochen – zum Strand gebracht hat. Zu Fuß. Betrunken.

Dort hat er sie abgelegt. Zum Ausnüchtern und Gefundenwerden. Wie immer in einem tadellosen Zustand, dass keine Fingerabdrücke von uns oder gar andere körpereigenen Säfte auf ihr zu finden sein dürften, was mich heute früh beim Auffinden der Leiche durchaus beruhigt hat. Im nächsten Leben werde ich Tatortreiniger. Ich kann sehr ordentlich sein.

Ich muss Nate zugutehalten, dass er sie erstaunlich sicher getragen hat. Ganz so kurz war die Strecke schließlich nicht. Er ist mehr als eine halbe Stunde mit ihr auf dem Arm herumgetorkelt. Noch ein Grund, warum ich an sein Potenzial glaube.

War es fies, dass ich im Wagen mit nur wenig Abstand hinter ihm hergefahren bin?

Vielleicht ein bisschen.

Hat er mich bemerkt?

Ich schätze schon.

Hat er deswegen rumgejammert?

Nein, verdammt. Er hat es hingenommen wie ein Mann. Diesen Teil des Tests hat er gemeistert und deswegen halte ich trotz allem an ihm fest. Er könnte eine Bereicherung für uns sein. Aber das werde ich ihm noch nicht sagen. Er darf sich ruhig noch etwas beweisen.

Zwischen uns und unserer Straffreiheit steht nur die Nixe, die Gerüchte streuen könnte, die Fragen aufwerfen. Fragen, die Tristán gerade nicht beantworten will, weil er andere Probleme hat.

Probleme, die ich gerade immerhin ansatzweise löse, würde er sich nicht derart querstellen. »Komm schon, Tris. Mach jetzt nicht einen auf Nate. Du weißt, dass die Idee gut ist und dir den Arsch rettet.«

»Es wird ja wohl eine andere Lösung geben!«, blafft er und greift nach dem Wodka. Er schraubt die Flasche auf und verzichtet auf ein Glas.

Ich ziehe unbeeindruckt von seinem trotzigen Verhalten eine Augenbraue hoch, doch als ich gerade antworten will, kommt mir besagter Nate in die Quere.

»Gibt es. Wir könnten sie morgen früh ebenfalls an den Speer hängen. Sache erledigt.«

»Du kannst ja sogar witzig sein!« Ich mache einen Ausfallschritt zur Seite und halte Nate meine Hand zum Abklatschen hin. *Wird doch mit uns beiden.*

»Hab langsam euren verqueren Humor verstanden.« Er grinst schief und entblößt dabei sein Sonnyboy-Grinsen. »Und eure *Hobbys*.«

»Dann hängt sie meinetwegen dahin, alles ist besser als das.« Tristán stellt die Flasche klirrend auf der Anrichte neben dem Sofa ab und wirft sich neben Nathan.

»Nein. Ich werde sie jetzt einsacken und herbringen. Und dann wirst du, Tristán, ihr klarmachen, was ihr Part bei der Geschichte ist.« Ich wende mich zur Tür. »Und zwar so, als wärst du selbst überzeugt von der Idee. Denk an deinen Vater.«

Ich höre noch sein wütendes Schnauben – ich weiß, dass ich unfair spiele, wenn ich seinen Dad erwähne –, aber nur damit kriege ich ihn noch.

Mein Weg führt mich zunächst zu ihrem Wohnheim, wo sie wie erwartet nicht ist. Gut, streng genommen bin ich nicht in ihrem Wohnheim, sondern in dem der Männer, und zwar genau in dem Zimmer, das gegenüber von ihrem liegt. Die zwei Typen, die hier normalerweise leben, halten gerade ein kleines Schläfchen im Schrank.

Mit meinem Fernglas bewaffnet sitze ich auf dem Holzschreibtisch, knabbere an einem Müsliriegel und behalte ihr Zimmer im Auge.

Sie mag ja kalt und unnahbar sein, aber nicht dumm. Sie wird nicht einfach zurück in ihr Zimmer spazieren, nachdem sie weiß, was wir wissen, was sie weiß.

Gar nicht so kompliziert, wie es klingt.

Natürlich wird sie nicht zur Tagesordnung übergehen. Doch ihre Sachen wird sie brauchen, um von hier wegzukommen. Sie wird nicht ohne die wichtigsten Unterlagen flüchten, und wenn es nur ihr Ausweis ist, den sie holen wird.

Ich denke wirklich, dass sie sich irgendwo im Bereich der Schwimmhalle herumdrückt und wartet, bis die Luft rein ist. Ich könnte sie suchen, aber das ist mir zu aufwendig. Warum kompliziert, wenn es viel einfacher geht?

Es rumpelt im Schrank, was mich nicht einmal den Blick vom Fernglas nehmen lässt. »Ruhe auf den billigen Plätzen, ich muss mich konzentrieren«, rufe ich mit vollem Mund. Ein weiterer Spruch bleibt mir im Hals stecken, als sich im Zimmer der Nixe etwas tut.

Die hübsche Mitbewohnerin stolpert mit geröteten Wangen ins Zimmer. Ihr Blick klebt an ihrem Handy und wirkt gehetzt.

Interessant.

Meine Finger spannen sich unwillkürlich um das Fernglas, als wäre es ein Zielrohr. Mit raschen Bewegungen sammelt die Kleine Maeves herumliegende Klamotten ein, stopft sie panisch in einen Rucksack und sieht sich dabei immer wieder hektisch um.

Ach, süße Maeve. Netter Versuch.

Mein Grinsen erstirbt, als die Kleine zum Fenster huscht und die Vorhänge zuzieht. Augenrollend springe ich vom Tisch, gehe zum Schrank und öffne die Tür. Ich zücke mein Messer, schneide die Kabelbinder von den Handgelenken des einen Typen, um den Rest müssen sie sich selbst kümmern. Er tastet nach seiner fest verschnürten Augenbinde, als ich schon an der Tür bin und aus dem Zimmer husche.

Gerade rechtzeitig erreiche ich das Erdgeschoss und beobachte von Edgars Wachpostenplatz aus, wie sie aus dem Wohnheim der Frauen stolpert und sich gehetzt umsieht.

»Hast du gehört, was heute passiert ist?«, will Edgar von mir wissen, doch ich hebe eine Hand in seine Richtung, um ihm zu bedeuten, kurz still zu sein. Ich kann es nicht leiden, wenn mir jemand bei einer Observation reinquatscht.

»Ah, verstehe. Macht dein Junge wieder Probleme?«

Ich knurre leise und trete um die künstliche Palme herum, um nicht zu auffällig direkt am Fenster zu stehen.

Die Kleine sieht unentschlossen von links nach rechts, über ihre Schulter und ahnt anscheinend, dass sie nicht allein ist. Doch irgendwann geht sie los, nicht in Richtung der Schwimmhalle.

»Wir reden später, Eddy.« Ich lasse meinen Kollegen zurück und folge Maeves Mitbewohnerin mit großem Abstand. Sie dreht ein paar unnötige Schleifen über den Campus, bis wir schlussendlich die Bibliothek ansteuern. Auch gut.

Sie bemerkt mich nicht, als ich ihr ins Innere folge. Auch nicht, als sie auf die hinterste Regalreihe zuhält.

Beide bemerken mich nicht, als Penelope Maeve den Rucksack übergibt. Sie flüstern etwas, was ich drei Regale weiter tatsächlich nicht verstehe, dafür trennen sich kurz darauf ihre Wege.

Maeve wartet, bis ihre Mitbewohnerin gegangen ist, dann huscht auch sie aus der Bibliothek. Obwohl sie sich mehrfach umsieht, bemerkt auch sie mich nicht.

Ich habe eben eine erstklassige Ausbildung genossen, daher mache ich ihr da keinen Vorwurf. Es wäre ein Armutszeugnis für mich, würde ich auffliegen.

Ich lasse sie bis zum Parkplatz gehen und muss mir ein Grinsen verkneifen, als ich ihren Plan verstehe. Sie will ein Auto knacken.

Ich habe ihren Background gecheckt, auch wenn es da nicht viele Informationen zu holen gab. Fakt ist, ihr verstorbener Vater hat ihr eine Menge Geld hinterlassen und ziemlich sicher besitzt sie dementsprechend auch ein eigenes Auto, das hier herumsteht. Ich glaube, es war irgendeine alte Kiste, wenn ich die Unterlagen noch richtig im Kopf habe. Sonderlich viel Wert auf Statussymbole scheint sie also nicht zu legen. Aber ich mag, wie sie denkt. Es wäre zu auffällig, im eigenen Wagen zu flüchten, wenn der doch bekannt ist.

Ich sehe ihr kurz dabei zu, wie sie einen Draht aus dem Rucksack fischt, doch dann beende ich ihren Diebstahl, bevor er überhaupt angefangen hat, indem ich ihr Handgelenk von hinten packe und sie mit dem Rücken zu mir an die Brust ziehe.

»Game over, Maeve«, flüstere ich in ihr Ohr. Ich mag das Gefühl, wie sie sich in meinen Armen versteift. »Aber zu deiner Beruhigung: Dein Versuch, vor uns davonzulaufen, war gar nicht so schlecht. Du kannst nichts dafür, dass es nicht geklappt hat.« Und weil sie anfängt zu zappeln und zu schreien, wie ich erwartet habe, zögere ich nicht länger und nehme das in Chloroform getränkte Tuch aus meiner Hosentasche. Ihr Fluch verendet unausgesprochen, als ich es ihr über Mund und Nase presse. Ein kläglicher Ton kommt aus ihrer Kehle, der mir fast leidtut. »Keine Angst. Dir wird nichts passieren.«

Sie glaubt mir nicht, sondern wimmert vor lauter Angst. Armes Ding. Ich presse das Tuch fester auf ihr Gesicht, je schneller das Zeug wirkt, umso schneller ist sie erlöst.

Als ihr Körper nachgibt und an Spannung verliert, fange ich sie auf. Ich betrachte ihre hübschen Gesichtszüge, als ich sie auf meine Arme hebe und mich mit ihr in Bewegung setze. Von hier ist es nicht weit bis zu Tristáns Villa.

Sie schmiegt sich erstaunlich passend in meine Arme und obwohl sie viele Muskeln durch ihr hartes Training hat, wirkt sie doch überraschend zierlich. Eben wie eine kleine Nixe. Ach, ich denke, ich habe mir einen tollen Plan ausgedacht.

Ich gehe stark davon aus, dass er auch nichts daran ändern wird, dass wir uns die Frauen nach wie vor teilen. Die kleine Nixe fühlt sich schon mit Klamotten so einladend an, dass ich es kaum erwarten kann, bis das mit uns erst richtig anfängt.

Kapitel 9
Maeve

Etwas Hartes umschließt meine Handgelenke, die unnatürlich über meinem Kopf auf etwas Weichem liegen. Ein Kribbeln rauscht durch meinen Körper, angefangen von der Fußsohle bis zu meiner Kopfhaut.

Mein Kopf pocht, in meiner Nase kribbelt es, als sich der Nebel, der über meinen Gedanken liegt, nur langsam lichtet.

Ich benötige mehrere Anläufe, bis ich meine Augen öffnen kann. Blinzelnd sehe ich mich um und brauche ebenfalls mehrere Versuche, um den Kopf zu drehen. Dort sitzt ein Mann.

Wieder ein Blinzeln.

Ein paar verstreichende Sekunden, die wir uns nur stumm ansehen.

Dann die Erkenntnis, wer das ist.

»Tristán«, keuche ich und starre den spanischen Prinzen mit verengten Augen an. Als ich meine Arme bewegen will, komme ich nicht weit. Die Handschellen klappern und halten mich an Ort und Stelle. Noch eine

Erkenntnis, die langsam, sehr langsam, den Weg in meinen schwammigen Kopf findet. Sie haben mich erwischt.

Hektisch und mit einem aufsteigenden Panikgefühl in der Brust sehe ich mich um. Ich liege in einem Doppelbett in einem riesigen Zimmer. Im Gegensatz zu meinem Wohnheim spürt man hier den spanischen Baustil und die Einrichtung. Die sichtbaren Holzbalken verleihen dem Raum einen gemütlichen Charme, die vorherrschenden Farben sind Weiß und Creme. Alles wirkt unheimlich teuer und nobel. An der Raumseite entdecke ich einen Schreibtisch mit teuren Appleprodukten und daneben ein Bücherregal. Die Fenster sind mit royalblauen Vorhängen zugezogen. Vermutlich, weil ich ab sofort hier drin eingesperrt bin.

Aber immerhin nur eingesperrt. Ich bin noch nicht tot und ich denke, sie haben mich auch nicht angerührt. Noch immer trage ich die zerrissenen Klamotten und fühle mich bis auf den dröhnenden Kopf gar nicht so schlecht.

»Maeve«, sagt er und lehnt sich auf seinem Stuhl vor, um die Ellenbogen auf seinen Oberschenkeln abzustützen und sein Kinn in die Handflächen zu legen. »Das hättest du leichter haben können.«

»Was ist denn *das*?«, keuche ich anklagend. »In eure Gewalt gebracht zu werden?«

Er verengt die Augen. »Niemand hier will dir etwas antun. Aber wir müssen uns unterhalten.«

»Danke, ich verzichte. Ich werde nichts verraten, aber ihr werdet mir das ja wohl kaum glauben. Ungünstige Situation für mich.«

Tristán neigt den Kopf. »Warum hast du Delahaye nicht gesagt, was du gestern gesehen hast?«

»Du meinst, dass ihr die Letzten wart, die die Frau in einem absolut erbärmlichen Zustand über den Campus geschleppt haben? Dass ihr mir eine Nachricht hinterlassen habt, damit ich genau weiß, was mich erwartet, wenn ich rede?« Ich hole tief Luft. »Genau deshalb. Ich habe die Drohung verstanden und lege keinen Wert darauf, genauso zu enden.«

»Schön. Wir wissen alle, dass du uns sonst was erzählen könntest und jedes Wort von dir meinen Stand beschmutzen könnte. Dass du einmal nichts gesagt hast, ist keine Versicherung dafür, dass du es nicht doch tun wirst.« Er sieht mich eindringlich an. »Dann, wenn der Schock nachlässt. Dann, wenn du verstehst, dass heute Nacht eine Frau ihr Leben verloren hat und auf absolut brutale Weise auf einen Speer gespießt wurde.«

Bittere Galle steigt mir in den Hals. »Danke für die Erinnerung, ich habe die Bilder gerade dank Ryles ekelhaftem Lappen verdrängen können.«

Tristáns Wangenmuskel zuckt, zuerst denke ich, er wird wütend, doch dann verziehen sich seine strengen Lippen zu einem Lächeln.

Aber nur kurz. Den Bruchteil einer Sekunde später wirkt er wieder genauso kalt und glatt wie vorher. »Sparen wir uns den Teil, in dem ich dir versuche zu erklären, dass wir nichts mit dem Mord zu tun haben. Wir kennen die Fakten, die du gesehen hast. Du hast außerdem keinen Grund, uns zu vertrauen, und ich bin auch nicht scharf drauf, dir einen zu geben.«

Ich versuche, mich aufzurichten, doch die Handschellen lassen mir kaum Bewegungsspielraum. Tristán verfolgt meine Bemühungen mit seinem Blick. »Ich mache dich los, wenn du dir angehört hast, wie es jetzt weitergeht.«

Ich schnaube unwillig. »Sicher doch. Lass mich raten: Ich werde hier eingesperrt?«

Tristán seufzt und klingt genervt. »Nein. Du kannst so weitermachen wie bisher. Möglichst wenig Aufsehen erregen, lernen, trainieren.«

»Aha«, mache ich wenig überzeugt. »Und wo ist der Haken? Du hast mir doch eben gesagt, ihr vertraut mir nicht, dass ich weiterhin den Mund halte.« Ich atme scharf ein. »Was ich im Übrigen an eurer Stelle auch nicht tun würde, deshalb spar dir bitte irgendwelche Lügen. Ich bin nicht so naiv, dir etwas anderes abzukaufen.«

»Der Haken ist«, hebt Tristán an, ohne auf meine Vorhaltung einzugehen, »dass du ab sofort keinen Schritt mehr ohne Ryle oder Nathan machen wirst.«

Ich lache überrascht auf, doch Tristán setzt sich auf und spricht weiter, ehe ich einhaken kann. »Und du bekommst dieses Zimmer. Also im Klartext: Du ziehst hier ein und wirst unter ständiger Beobachtung stehen, für den Fall, dass du doch irgendwann der Meinung bist, es mit deinem Gewissen zu tun zu bekommen.«

»Ich kann hier nicht *einziehen*!«, knurre ich und betone das Wort so abfällig, damit er versteht, wie albern diese Vorstellung ist. »Und überhaupt: Wie stellt ihr euch das vor? Ryle und Nathan kleben zu jeder Sekunde an deiner Seite. Wie soll ich erklären, dass ich plötzlich beim Skandal-Prinzen Nummer eins wohne und er seine Bodyguards mit mir teilt? Ich will nicht auffallen, verdammt. Ich will einfach nur in Ruhe studieren. Ich verspreche dir, was immer du willst – sogar mein Erstgeborenes –, dass ich nichts über deinen Lebensstil und deine kranken Fantasien, eine Frau gefügig zu machen, ausplaudern werde!«

Mit jedem Wort werde ich lauter und steigere mich mehr in meinen Ausbruch hinein, was auch Tristán wütend werden lässt.

»Was zum Teufel sollte ich mit deinem Erstgeborenen? Und *du* hast doch gerade gesagt, dass du an unserer Stelle dir auch nicht trauen würdest«, sagt er völlig gerechtfertigt und nun starren wir uns beide wütend an. Ich, weil ich nicht nachgedacht und tatsächlich kein stichhaltiges Argument habe, was mich immens ärgert, und er, weil er mich ganz offensichtlich nicht leiden kann. »Ich wusste, dass Ryles Plan scheiße ist. Denkst du, ich habe Lust, dich von jetzt an ständig in meiner unmittelbaren Umgebung zu haben?«

»Oh, passe ich dem Prinzen etwa nicht ins Beuteschema? Verdammt, was für ein Glück!«, keife ich ihn eine Spur zu zickig an. Wir stehen beide sprichwörtlich mit dem Rücken zur Wand und keiner wagt den ersten Schritt aufeinander zu.

Dafür steht er auf und geht aus dem Raum.

Kurz darauf höre ich ihn durch die geschlossene Tür schreien. »Mach den Scheiß alleine, Ry! Sie ist furchtbar anstrengend.« Es folgt ein kurzer Schlagabtausch, dann wird die Tür so schwungvoll aufgerissen, dass sie gegen die Wand kracht. Ich zucke zusammen.

»Nixe, du bist wach!« Ryle marschiert, nur mit schwarzer Hose und weißem Shirt bekleidet, in den Raum und hält direkt auf das Bett zu. »Ach Tris«, brummt er amüsiert, während er sich mit seinem Oberkörper über mich lehnt und sich an den Handschellen zu schaffen macht. »Behandelt man so seine Freundin?« Es klackt, als er die Handschellen löst und mir mit einer Hand am Rücken aufhilft. Seine überraschend sanfte Berührung löst ein Kribbeln auf der von ihm berührten Hautpartie aus, obwohl zwischen seinen Fingern und meinem Rücken noch meine Trainingsjacke und ein Badeeinteiler als Barriere ist. »Sorry für die Aktion mit dem Chloroform. Hast nicht den Anschein gemacht, als ob du freiwillig mitkommst, und wir konnten keine Zuschauer gebrauchen. Ist doch auch in deinem Interesse, hm? Zeig mal deine Hände.« Perplex sitze ich auf dem Bett und sehe von Ryle, der meine Handflächen mustert, zu Tristán, der am Türrahmen lehnt und die Fäuste ballt.

»Ähm«, mache ich dümmlich, doch Ryle deutet ein Kopfschütteln an.

»Gleich, Nixe, gleich. Nathan, mach dich mal nützlich und hol–« Er bricht ab, als Nathan sich an Tristán vorbeiquetscht und schon einen Erste-Hilfe-Kasten auf das Bett neben mich wirft, bevor Ryle seine Bitte ausformulieren kann. »Danke, wirst immer besser.« An Ryles Mundwinkel zupft ein amüsiertes Grinsen, als er den Kasten aufklappt und darin wühlt, bis er gefunden hat, was er sucht. Er setzt sich auf die Bettkante und bettet meine Hände mit den Innenflächen nach oben auf seine Oberschenkel. »Achtung, das brennt gleich ein bisschen.« Ich beiße mir auf die Unterlippe und bin versucht, meine Hände wegzuziehen, als er einen in irgendeine Flüssigkeit getunkten Wattebausch auf meine aufgerissenen Wunden tupft. Er wirkt konzentriert, doch als ich mir ein leises, schmerzerfülltes Zischen nicht verkneifen kann, hebt er kurz den Blick. Der Ausdruck seiner goldenen Augen trifft mich unerwartet heftig. Er hat mich schon einmal so angesehen, an meinem ersten Tag in der Umkleide. Seine Augen waren so besonders und haben vor Lust förmlich geglüht, jetzt hingegen wirken sie deutlich besorgt, trotz seiner lockeren Art. Er überspielt etwas und ich kann mir denken, was das ist. Doch ich weiß nicht, was ich davon halten soll. Ich kann ihnen doch wohl nicht glauben, dass sie mich ohne jeden Hintergedanken gehen lassen? Dass sie mich lediglich überwachen, ohne dass ich etwas als Gegenleistung erbringe? Dass sie nett sind, um mein Vertrauen zu wecken? Sie werden ja wohl nicht ernsthaft denken, ich lasse mich von einem freundlichen Lächeln ködern?

Als wäre das nicht alles schon kurios genug, schiebt er in Tristáns Richtung nach: »Wir wollen ja nicht, dass deine Freundin noch eine Blutvergiftung oder solche Späße bekommt, nicht wahr?«

Tristán schnaubt und legt den Kopf in den Nacken, um an die Decke zu starren. Nathan sitzt am hinteren Ende des Bettes und sieht Ryle dabei zu, wie er eine Salbe auf meine Haut gibt. Das macht er überraschend sanft und einfühlsam.

Mir schwirrt der Kopf und es fällt mir schwer, mich auf das Wesentliche zu besinnen. »Hast du …?« Ryle blickt auf und mein Herz beschleunigt, als ich dem fragenden Ausdruck auf seinem Gesicht begegne. Gleichzeitig streicht sein Daumen beruhigend über meinen rasenden Puls an meinem Handgelenk. Mist, warum fühlt es sich so an, als würde ein riesiger Stein von meinen Schultern abfallen? Als würde mein rasendes Inneres, das seit dem Morgen eine Runde nach der andern auf der emotionalen Achterbahn dreht, für einen kurzen Moment zur Ruhe kommen? Ach was – nicht seit dem

Morgen. Seit dem Tag, an dem ich ohne jede Erinnerung an das Leben der letzten Jahre im Feld erwacht bin.

»Hm?«, macht er. »Was habe ich?«

»Hast du mich eben seine *Freundin* genannt?«, wispere ich stockend, als meine Gedanken sich nur langsam zu einer Erkenntnis zusammenfinden.

Er dreht den Kopf in Tristáns Richtung, ohne meine Handgelenke loszulassen. »Du hast es ihr nicht gesagt?«

»Was gesagt?«, frage ich panisch, werde aber ignoriert.

»Nein, Mann. So weit bin ich gar nicht gekommen, weil die kleine Zicke mich direkt wieder genervt hat. Nathans Plan ist der bessere.«

Besagter Nathan lacht leise, streckt entspannt die Beine vom Bett und überkreuzt die Knöchel.

Ryles Stirn legt sich in Falten und er wirkt mit einem Mal verändert. Seine muskulöse Brust hebt und senkt sich schwer, als bringe er gerade alle Konzentration auf, um nicht auszurasten. Unwillkürlich zuckt mein Blick über ihn. Am Halsausschnitt seines Shirts erkenne ich die Kette, die unter dem weißen Stoff verschwindet, und wieder denke ich daran, wie er die blonde Frau am Montag von hinten ... *Maeve. Du hast gerade ganz andere Probleme, als festzustellen, wie heiß diese Kerle alle sind.*

»Wir. Werden. Sie. Nicht. Töten.«

Bei Ryles geknurrten leisen Worten zucke ich zusammen und es fühlt sich an, als würde ein Eimer Wasser über meinem Kopf ausgeleert werden. Eiskalt läuft es mir den Rücken herunter und ich bekomme eine Gänsehaut. Verdammt. Diese Männer sind gefährlich. Und ich mache nichts, um die Situation zu deeskalieren. Nein, sogar im Gegenteil: Ich zicke den Prinzen persönlich an.

Das ist gerade wirklich das Letzte, was ich tun sollte, wenn ich überleben will.

»Mit ihr an meiner Seite mutiere ich zum Langweiler! Ich verschwinde aus allen Schlagzeilen und …«

»Perfekt!«, blafft Ryle den Prinzen an. »Das ist genau das, was wir gerade brauchen. Das, was *du* brauchst, Tris! Eine liebe, ruhige Freundin, keine Skandale, *keine Mordanklage*, Junge!«

»Ähm«, wage ich einzuwerfen. Ryle wendet mir den Kopf zu. »Ähm«, wiederhole ich äußerst einfältig, aber ich brauche ein wenig, um zu verstehen, was das hier werden soll. »Ich soll … Tristáns Freundin spielen?«

»Ganz genau«, stimmt Ryle mir sofort zu. Er lässt meine Handgelenke los und knüllt das Verpackungsmaterial der Tupfer in seiner Hand, während er dicht vor mir sitzen bleibt. »Wenn Tristán sich offiziell zu dir bekennt, steht dir als seine Freundin ein besonderer Schutz zu. Außerdem kannst du hier in der Villa leben und …«

»… und ihr habt mich zu jeder Sekunde im Blick«, vervollständige ich seinen Satz, als ich anfange zu verstehen.

Ryle nickt ernst. »Hat Tristán dir wenigstens gesagt, dass wir die Kleine gestern nicht an den Pfahl gehängt haben?«

Ich nicke leicht. »Aber ich kann …«

»Jaja, schon klar. Du glaubst das nicht. Musst du auch nicht. Das hier ist eine Vereinbarung. Mehr nicht. Tristán wird nicht aufhören, andere Frauen zu vögeln, es ist rein zum Schein für die Öffentlichkeit.« Er lehnt sich vor und tippt mir auf die Nase. »Nicht dass hier falsche Hoffnungen in dir aufkommen. Das bedeutet nicht, dass du die zukünftige Königin von Spanien wirst. Es ist lediglich für die nächste Zeit. So lange, wie Tristán noch an der Uni sein kann und wir uns sicher sein müssen, dass du nicht singst.« Bei diesen Worten verdüstern sich Tristáns Gesichtszüge.

Ich verzichte darauf, ihnen zu sagen, dass ich keinerlei Ambitionen hege, Königin von irgendwas zu werden, stattdessen sehe ich zu Tristán. »Was soll das heißen, solange du noch auf der Uni bleiben kannst? Bist du schon so oft negativ aufgefallen, dass dir ein Rückflugticket winkt?« Nicht dass mich das verwundern würde, aber ich dachte, ein verdammter Prinz hat ganz andere Möglichkeiten, um sich seinen Platz zu sichern.

»Mir reicht's. Ich bin für den Pfahl. Diese Frau tu ich mir nicht an.« Wieder stürmt Tristán aus der Tür und Ryle wendet sich mir zu. Den Blick, den er mir zuwirft, verstehe ich noch viel weniger als alles andere, was hier gerade passiert. Und viel schlimmer: Er geht mir viel näher als die unmissverständliche Drohung, die Tristán gerade ausgesprochen hat. *Er ist dafür, mich* auch *an den Pfahl zu hängen.*

Ryle streicht sich durch die schwarzen Haare und presst die Lippen aufeinander. Ich sollte kein schlechtes Gewissen wegen meiner unbedacht ausgesprochenen Worte bekommen. Doch ich habe es allein wegen Ryles Blick.

»Du hast überhaupt keine Ahnung, wer er ist, oder?« Ryle steht auf. »Mein Gott, Mädchen. Ich dachte, du bist klüger. Für gewöhnlich googelt man die Menschen, vor denen man sich fürchtet.«

»Ich fürchte mich nicht, ich …«

»Ja, ich weiß. Du denkst, du bist unantastbar. Aber soll ich dir was verraten, Nixe? Das bist du nicht. Niemand von uns ist das, auch wenn man zu jeder Sekunde so tut, als wäre einem alles egal. Glaub mir ... ich weiß, wovon ich rede. Du bist nicht so besonders, wie du vielleicht denkst.« Er durchquert das Zimmer, nimmt ein iPad, entsperrt es und wirft es mir entgegen. »Hier. Deine Abendbeschäftigung. Ich sage dir rechtzeitig Bescheid, ob die Kurse am Montag normal weitergehen. Für heute bleibst du hier drin.« Mit einem unguten Gefühl in der Magengegend stelle ich fest, dass ich es nicht mag, wenn Ryle angepisst ist. Ich mag sein Lächeln lieber. Und allein dass ich das denke, wird mich noch in Teufels Küche bringen.

Wenn ich nicht längst genau dort am größten Kochtopf stehen und munter darin herumrühren würde.

Er nickt in Nathans Richtung, der nur stumm zugehört hat. »Und wir kümmern uns um Tris.«

Nathan rollt den Kopf in seinem Nacken, dann steht er seufzend auf. »Muss ich mittrinken? Ich hab immer noch einen dicken Kopf von gestern.«

Ryles Antwort höre ich nicht mehr, dafür wird die Tür von außen verriegelt.

Seufzend lege ich das iPad neben mir ab und komme auf die Beine. Ich steuere die Fenster an, ziehe die Vorhänge zur Seite und sehe auf gepflegte Wiesen und Hecken. Probeweise versuche ich, es zu öffnen, doch es ist verschlossen. Das Gefühl ist nicht so vernichtend, wie es vielleicht sein sollte.

So muss ich mir wenigstens keine Gedanken darüber machen, ob ich fliehen sollte oder nicht. Im Moment weiß ich nämlich nicht, ob dieser Vorschlag nicht sogar ernst gemeint sein könnte. Sehen wir den Tatsachen ins Auge: Ich lebe noch. Ryle hat meine Hände versorgt, statt sie zu brechen. Ich wurde nicht in der Erde verscharrt oder gar auf irgendeinen Spieß gewickelt. Es könnte eine Chance sein.

Mein Kopf dröhnt.

Ich will das hier alles nicht. Und doch lasse ich mich wieder aufs Bett fallen und öffne die Suchmaschine.

Auf meine getippten Worte *Prinz Tristán von Spanien* erhalte ich unzählige Ergebnisse. Sofort springen mich Schlagzeilen an, die alle ungefähr gleich klingen. Entweder es geht um sein ausschweifendes Leben oder einen *schicksalhaften* Unfall. Ich überfliege die ersten Überschriften:

Prinz Tristán mit Supermodel Fiona Hensley gesichtet. Betrügt sie ihren Ehemann mit Spaniens Skandalthronfolger?

Die letzten Monate in Freiheit: Prinz Tristán von Spanien macht seinem Namen als Skandalprinz alle Ehre. Ob er seinem Vater damit die letzte Ehre erweist?

Das schwarze Schaf der Königsfamilie: Vom gebeutelten Sohn zum Thronfolger. Wird ihm alles zu viel?

Skandalprinz-Tristán zum Studium in den USA: Drogen, Frauen und Exzesse. Ein Thronantritt wird immer unwahrscheinlicher.

Prinz Tristán am Ende: Gräbt er sich sein eigenes Grab?

Prinz Tristán und die Frauen. Was Javier wohl zum Verhalten seines sieben Jahre jüngeren Bruders sagen würde?

Er gibt noch einmal alles: Vor seinem Amtseintritt, der tragischerweise nicht mehr lange auf sich warten lassen wird, macht Prinz Tristán Kalifornien unsicher. Immer mit dabei: sein Bodyguard Ryle Jenkins.

Ich kneife die Augen zusammen und öffne den Artikel. Auf dem dazugehörigen Bild ist zu sehen, wie Ryle Tristán gegen eine Horde Journalisten abschirmt, als sie in einer Bar verschwinden.

Meine Augen fliegen über den Text. Hier finde ich nichts Neues, nichts, was ich nicht erwartet habe. Der Journalist spekuliert über Tristáns Sexleben, handfeste Beweise dafür hat er aber nicht.

Ich kehre zur Ergebnisliste zurück und beschließe, mir die Artikel, in denen es um seine Frauengeschichten geht, zu sparen. Stattdessen tippe ich noch das Wort *Unfall* in die Suchleiste. Auch hier erhalte ich zahlreiche Einträge. Ich scrolle durch die Seiten und halte unwillkürlich die Luft an, als ich feststelle, dass die brisantesten Artikel schon drei Jahre alt sind.

Fast gesamte königliche Familie ausgelöscht.

Lkw kracht in Familienauto der spanischen royalen Familie und zerstört den Disneytraum.

Wie geschmacklos.

Mit klopfendem Herzen lese ich weiter.

Prinz Tristán als einziger Überlebender:
Royales Familiendrama auf der Autobahn

Auch diesen Artikel klicke ich nicht an, weil mein Blick an dem nächsten, neueren Bericht hängen bleibt. Er ist vor vierzehn Monaten erschienen.

Die Ärzte geben ihm nur noch zwei Jahre: König Héctor von Spanien wird sterben.

Meine Hände sind kalt, als ich den Link antippe. Zuerst bleibt mein Blick an einem Bild von Tristán hängen. Es ist ein typisches Paparazzofoto, eins, das in einer höchst intimen Privatsphäre aufgenommen sein muss. Tristán steht am Fenster eines Palastes und starrt nach draußen. Neben ihm ein Mann mit ebenso scharfkantigen Gesichtszügen und den gleichen dunklen Haaren, der auf ihn einredet. Sein Vater? Obwohl das Alter passen könnte und die Ähnlichkeit frappierend ist, wirkt er für einen sterbenden Mann zu gesund.

Tristáns Gesicht ist von der Sorge und Traurigkeit gekennzeichnet, von einer Last, die nicht auf den Schultern eines jungen Mannes liegen sollte. Nichts an diesem Bild hat Ähnlichkeit mit dem arroganten Blick, den ich hier von ihm kennengelernt habe.

Mein Herz springt in meiner Brust umher, als ich anfange zu lesen:

Royale Familientragödie steuert auf Höhepunkt zu.

Gerade einmal drei Jahre ist es her, dass Prinz Tristán von Spanien den schweren Autounfall überlebt hat, bei dem seine Mutter, Königin Victoria († 52), seine Schwester Paola († 9) und sein Bruder Javier († 26) ums Leben gekommen sind, da erschüttert die nächste tragische Nachricht den spanischen Palacio Real:

König Héctor leidet an einer seltenen Form von Lymphdrüsenkrebs. Laut palasteigenen Ärzten hat er mit viel Optimismus nur noch maximal zwei Jahre zu leben. Für Prinz Tristán, der sich in den vergangenen Monaten laut internen Quellen nicht mit seiner neuen Rolle als Thronerbe anfreunden konnte, bedeutet das einen noch früheren Umzug nach Madrid.

Ob er diese neue Herausforderung meistern wird, wird von Beobachtern des Hofes kritisch gesehen, ist Tristán doch in der Vergangenheit als »Skandalprinz von Spanien« zu zweifelhaftem Ruhm gelangt.

Trotz aller Tragik gibt es aber auch einen Lichtblick: Ganz allein wird Prinz Tristán seine neue Rolle nicht meistern müssen. Sein Onkel Ramón wird ihm mit Rat und Tat zur Seite stehen. Doch bis es so weit ist, wird Tristán ein Studium in den USA an der renommierten Campbell-Universität aufnehmen. Ob er es beenden können wird, ist fraglich. Ebenso unklar ist, ob er sein erfolgreiches Hobby, das Schwimmen, in dem er bereits landesweite Erfolge erzielen konnte, als König fortführen kann.

Ich lasse das iPad sinken. Tristáns Tage an der Universität sind gezählt. Und möglicherweise habe ich ihm mit meiner ersten Einschätzung über ihn unrecht getan.

Mein Magen zieht sich zusammen. Das wollte ich alles gar nicht wissen, denn mit diesen neuen Fakten fällt es mir noch viel schwerer, ihn und seine Bodyguards als das zu sehen, was sie mir von sich präsentiert haben.

Sie haben diese Frau nicht ermordet.

Ich verstehe, warum ich seine Freundin spielen soll.

Und ich schätze ... ich werde es tun. So wie es klingt, sollte das keine Aufgabe sein, die allzu lange dauern wird. Bald wird er sein Studium abbrechen müssen, um seinen königlichen Pflichten in Madrid nachzukommen.

Und dann werde ich hier wieder meine Ruhe haben.

Obwohl ich mir diesen Gedanken immer wieder vorbete, als ich mich in die Decke wickle, versucht mein Bauch, mir etwas zu sagen.

So leicht wird das nicht.

Denn wenn die drei diese Frau nicht ermordet haben ... wer dann?

Kapitel 10
Tristán

Mein Scheißkopf explodiert und dass Ryle einfach keine Ruhe gibt, stresst mich zusätzlich.

Er baut sich vor dem Sofa auf, stützt die Arme in die Seiten und atmet tief ein. Er sieht so wütend aus, dass ich den kleinen Jungen von früher in seinem Gesicht erkenne. Den, der sich im nächsten Moment auf mich geworfen und mir die Schaufel über den Kopf gezogen hat, weil ich seinen Bagger im Sandkasten nicht herausrücken wollte. Oder den größeren Jungen, der mir einen Zahn ausgeschlagen hat, weil ich seine erste große Liebe gevögelt habe. Aber um das klarzustellen: Anschließend haben wir sie beide gefickt, er war wieder mein bester Freund und mir dankbar, dass ich ihm den Weg geebnet habe.

Und dann hat er mich noch einmal so angesehen. Vor drei Jahren. Seitdem nicht mehr.

Aber jetzt ... jetzt könnte es sein, dass ich wieder einen Zahn verliere.

»Gib den her, Mann«, blafft er mich an und schlägt mir den Joint aus den Händen.

»Bravo, Jenkins«, sage ich gelangweilt, als die abfallende Glut ein Loch in den Stoff des Sofas brennt. Nicht dass mich das wirklich kümmert. Das ganze Sofa könnte in Flammen aufgehen, das gesamte fucking Haus, und wenn es schon dabei ist, alles niederzubrennen, könnten die Flammen mich gleich mit auffressen. Ich bin fast enttäuscht, als die Glut erlischt und einfach *nichts* passiert. Träge hebe ich den Blick und sehe meinen besten Freund an. »Hoffe, du kannst dir die Reparatur von deinem Gehalt leisten. Das ist Samt.«

Er ballt seine Hand zur Faust und wendet schnaubend den Blick ab. Dabei provoziere ich ihn absichtlich. Er soll mir in die Fresse schlagen, verdammt. *Oder etwas anderes tun. Etwas, das er seit damals nicht mehr macht, weil ich so scheiße zu ihm war.*

Ich komme auf die Beine, stolpere ihm hinterher und pralle gegen seine Brust, als er sich umdreht.

»Ich weiß, was du versuchst, Tris«, knurrt er mich an. »Komm runter, ja?«

»Wie denn, verdammt?« Ich sehe ihn so hilflos an, wie ich mich fühle. Vor Ryle kann ich das.

Selbst die Scheißdrogen helfen mittlerweile nicht mehr, um dem Ganzen wenigstens für eine Weile zu entkommen. Die Gedanken nagen ständig in meinem Kopf. Wie kleine umherrasende Mäuse, die mit ihren spitzen Nagezähnen ihre Gänge in meine Hirnwindungen fressen. Und. Mich. Verrückt. Machen.

Er beißt auf den Ring in seiner Unterlippe und sieht alles in meinem Blick, was ich ihm nicht mehr mit Worten erklären kann. *Ich will nicht mehr.*

Ich will nichts von dem, was sich gerade mein Leben nennt, und noch viel weniger will ich das, was sich bald mein Leben nennen wird. Und doch bringe ich es nicht über mich, es einfach zu beenden. Ich werde mein Erbe antreten, weil niemand mehr übrig ist, der es sonst machen kann.

Ich mache es nicht für meinen Vater, wie alle Welt denkt, auch nicht für meine Mutter.

Nur für meinen Bruder, für den der Thron *alles* war. Und jetzt liegt er von Insekten zerfressen unter der muffigen Erde, nur weil ein betrunkener Lkw-Fahrer falsch auf die Autobahn aufgefahren ist. Nur wegen eines fucking Geisterfahrers, und in *zwei Sekunden* hat sich alles verändert und ich muss eine Rolle einnehmen, die nie für mich bestimmt war. Eine Rolle, von der mein Vater mir mein ganzes Leben lang klargemacht hat, für wen sie bestimmt ist.

Für Javier. Nicht für mich.

Rechts von uns ertönt ein Geräusch und ich drehe den Kopf zu Nathan fucking O'Connor, den ich schon ganz vergessen habe. »Was?«, schnauze ich ihn an. »Ich bin mir ziemlich sicher, dass in deinem Arbeitsvertrag auch steht, dass du mich vor Bodyguards beschützen müsstest, die ihre Grenzen nicht kennen.« Ich starre Ryle an, während ich das sage, doch er bläst nur genervt die Wangen auf und schlägt immer noch nicht zu. Dafür kommt O'Connor auf mich zu, sieht zu Ryle, sieht zu mir, hält nicht an und dann landet seine Faust in meinem Gesicht. Überraschend hart. Mein Kopf fliegt zur Seite und der Nachhall des Geräuschs von seiner Hand auf meiner Haut flirrt durch die stickige Luft.

Fuck.

Blut benetzt meine Lippe, als ich den Kopf hebe. Alles dreht sich, die Mäuse sind kurz außer Gefecht gesetzt. Das Nagen hört auf.

»Alter!« Ryle reagiert viel zu spät, dafür presst er Nathan gar-nicht-mehr-so-fucking O'Connor gegen die Wand. »Dafür könnte ich dich feuern lassen! Wie kannst du es wagen, Tris zu schlagen!« Wir alle hören deutlich heraus, dass sein größtes Problem an der Tatsache das ist, dass er es nicht selbst getan hat. Ich bin *sein* Baby.

»Der war ganz ordentlich, aber du kannst mehr!«, fordere ich Nathan auf, ohne auf Ryle einzugehen. Wenn Drogen nicht mehr helfen und Ryle mich nicht *anders* ablenkt, dann helfen nur noch Fäuste. Und zwar viele davon.

Ryles Fäuste graben sich allerdings gerade in Nathans Shirtkragen, statt auf mich einzuschlagen, wie ich es bevorzugen würde. Dafür tötet er mich seitlich mit seinem Blick. Gleich habe ich ihn so weit.

»Na?«, provoziere ich ihn weiter. »Willst du nicht ...?«

Ich halte mitten im Satz inne, weil die Tür hinter den beiden aufgeht und schon wieder dieses schwarzblauhaarige Mädchen im Raum steht. Sie geht mir dermaßen auf den Sack, dass ich Nathans Plan tatsächlich in Erwägung ziehe. Aber ich glaube, Ryle mag sie.

»Verpiss dich«, knurre ich in ihre Richtung, doch davon lässt sie sich nicht aufhalten. Sie geht unbeeindruckt an Nathan und Ryle vorbei, um direkt auf mich zuzukommen. Sie hebt das aufgeschrammte Kinn und blickt mir direkt in die Augen.

»Es tut mir leid, was mit deiner Familie passiert ist.«

Ich presse die Lippen aufeinander, ihr Mitleid kratzt mich nicht.

»Wie bist du da rausgekommen?«, mischt Ryle sich ein und erscheint an ihrer Seite. Mit einem Blick befehle ich ihm, sie in Ruhe zu lassen. Warum, weiß ich nicht. Vielleicht weil er seine Energien lieber auf mich verwenden sollte und nicht auf sie.

»Ich hab aufgeschlossen, weil sie geklopft hat«, kommt es von Nathan fucking O'Connor. »Ich wollte ja fragen, ob das für euch okay ist, aber ihr beide wollt ja lieber zerstrittenes Ehepaar spielen.«

»Vorsicht, Junge«, warnt ihn Ryle und lässt sich aufs Sofa fallen. Er reibt sich über das Gesicht. »Setz dich, Nixe.«

»Ich bleibe besser stehen«, erwidert sie spitz. »Aber ich habe eine Frage.«

Ryle knurrt. »Das ist gerade ein ziemlich schlechter Zeitpunkt, um zu quatschen.«

»Dein toller Plan hinkt.« Sie verschränkt selbstsicher und mit diesem verdammt arrogant-kalten Blick die Arme vor der Brust und baut sich vor Ryle auf, völlig ungeachtet dessen, was er gerade gesagt hat.

»Ach, tatsächlich?« Ryles Tonfall ist ruhig und besonnen, dabei blitzt es in seinen Augen gefährlich auf. Er kann es nicht leiden, wenn ihm Pfusch vorgeworfen wird. Aber diesmal bin ich auf ihrer Seite. Ich schwanke nach links und lege ihr meinen Arm um die Schulter. Kurz bin ich irritiert davon, wie gut sich das anfühlt.

»Die Kleine und ich sind mal einer Meinung. Wer hätte gedacht, dass dieser Fall so schnell eintritt, was, *Freundin?*« Ich ziehe sie fester an mich und grolle in Ryles Richtung: »Dein Plan hinkt tatsächlich. Weil sie keine zwei Tage überlebt, wenn sie mit dieser überheblichen Scheiße weitermacht. *In meinem Haus!*« Damit stoße ich sie von mir und sie landet auf dem Boden. Ein Blizzard, abgefeuert aus eisblauen Augen, trifft mich, als sie sich aufrappelt. Wut sammelt sich in meinem Bauch. Eiskalte, brodelnde Wut, die von ihrem hilflosen, kalt-ätzenden Anblick nur noch mehr geschürt wird.

Ich drehe mich um, komme aber nicht weit. Nathan fucking O'Connor fühlt sich wohl zum Disneyhelden berufen und zimmert mir stellvertretend für seine Elsa erneut seine Faust ins Gesicht.

Ich mag den Kerl.

Gerade sogar mehr als Ryle, als er mich auf den Boden dicht neben seine Eisprinzessin schleudert und sich auf mich stürzt. *Fuck, ja. Gib mir mehr davon, Nate.*

Er muss die stumme Aufforderung in meinem Blick erkennen, denn plötzlich sitzt er auf mir und holt aus. Irgendwas knackt in meinem Gesicht, als seine Knöchel auf meine Wange treffen. Sie streicheln mich. *Mehr, Nate, mehr, verdammt!*

Mein Lachen vermischt sich mit einem kehligen Stöhnen, als er erneut zuschlägt. Und wieder. Und wieder. Sein schwerer Atem trifft auf mein Gesicht, als er innehält.

Es reicht noch nicht.

»Das reicht jetzt!« Ryle zieht ihn von mir, bevor er noch einmal zuschlagen kann. *Elender Spielverderber.*

Benommen bleibe ich liegen und blende seine wütenden Worte aus. Er redet leise auf Maeve ein, dann bringt er sie weg.

Dafür streckt Nathan sich neben mir aus. Die Fasern

des schweineteuren Teppichs kitzeln meinen Nacken. Er sagt nichts, kein Wort der Entschuldigung, kein Mitleid.

Nate ist okay.

Mit geschlossenen Augen taste ich meine Hosentasche nach dem Joint ab. Er wird heute nicht der letzte bleiben.

Am Montag bin ich nüchtern und clean und um eine Freundin reicher. Gestern hat Ryle sich um sie gekümmert, vorrangig, weil ich sie nicht ausstehen kann und er den ganzen Tag nichts anderes macht, als dafür zu sorgen, dass alle am Leben bleiben.

Bei der kleinen Latina hat er versagt.

Dabei hat es mir wesentlich mehr Spaß gemacht, von ihr den Schwanz gelutscht zu bekommen, als Maeves Anwesenheit in meiner Villa nur zu ertragen, auch wenn ich sie nicht mehr zu Gesicht bekommen habe. Laut Ryle soll sich das aber ändern, auch wenn ich den Sinn hinter dieser Aktion noch immer nicht verstehe.

Ryle steht mit verschränkten Armen am Beckenrand und hat sie wie mich abwechselnd im Blick, dabei hänge ich lediglich unmotiviert auf der Steinbank ab und Maeve macht im Wasser auch keine Anstalten, gleich unterzugehen.

Aber Ry nimmt seinen Job eben ernst.

Ebenfalls am Beckenrand steht die Trainerin der Frauen. Hin und wieder wirft sie missbilligende Blicke in meine Richtung (ich dürfte nicht hier sein), aber Ryle hat ihr, als wir kurz vor Trainingsbeginn hier aufgeschlagen sind, klargemacht, dass er sämtliche Sondergenehmigungen besitzt, die man in seiner Position eben so besitzen kann. Und so wird unser Aufenthalt zähneknirschend hingenommen.

Mir entgeht nicht, dass die Mädels unruhig sind und alle Aufmerksamkeit auf mir liegt. Die einzige Frau, die mich, seit wir im Morgengrauen *gemeinsam* die Halle betreten haben, nicht mit einem Seitenblick bedacht hat, schwimmt gerade in vorbildlicher Haltung und ohne sich von irgendwas ablenken zu lassen, ihre Bahnen. Ich sehe ebenfalls nicht hin, sondern checke die anderen Frauen ab.

»Mr Guillén!« Mrs Taylor kommt auf mich zu. Ihre um den Hals gebundene Trillerpfeife hüpft bei jedem Schritt auf ihrer Brust auf und ab und ihre Füße in den Badelatschen verursachen ein platschendes Geräusch. Sie sieht aus wie eine aufgebrachte Ente und spricht genauso quiekend, als sie sich, die Hände in die Hüfte gestemmt, vor mir aufbaut. »Sie lenken meine Studentinnen ab! Ihr Kurs findet meines Wissens erst in«, sie sieht übertrieben deutlich auf ihre Uhr am Handgelenk, »ziemlich genau neunzig Minuten statt. Sie wissen, dass wir Zuschauer während des Trainings nicht in der Halle dulden!«

Ich nicke gelangweilt in Ryles Richtung. »Ich bin hier, weil mein Personenschützer das so will.«

Ryle dreht sich um und stapft auf mich zu. »Genau genommen ist er hier, weil er auf seine Freundin wartet.«

Ich verdrehe die Augen. »Dann eben so.«

»Sie können auch draußen auf Ihre Freundin warten.« Ihr Blick spricht die Frage aus, die ich mir auch stelle. *Tristán hat eine Freundin?*

»Bedaure«, Ryle übernimmt mal wieder das Ruder, »aber nach dem unschönen Vorfall vom Samstagmorgen obliegt es meiner alleinigen Einschätzung der Sicherheitslage, wo meine Klienten sich aufhalten. Und da diese Universität zurzeit weder den Täter noch das Tatmotiv nennen oder weitere Bedrohungen oder gar Angriffe ausschließen kann, werden wir unsere eigenen Sicherheitsbemühungen verstärken.« Ryle schiebt unbeeindruckt seine Hände in die Taschen seiner feinen Stoffhose. »Und das schließt auch den vollumfänglichen Schutz der Freundin des Prinzen mit ein.«

»Wie Sie meinen. Vielleicht könnten Sie sich dennoch einen anderen Platz suchen, um die Damen nicht abzulenken.«

»Ich bin mir sicher, dass sich alle Beteiligten bald an die veränderte Situation gewöhnen werden.« Ryles unverbindliches Lächeln untermauert seine knallharte Ansage. Er wird sich nicht vom Beckenrand wegbewegen und der kleinen Langweilerin keine Möglichkeit geben zu plaudern.

Mein teilnahmsloser Blick wandert zur digitalen Uhrzeit an der Wand gegenüber. *Nicht mehr lange.*

Während der nächsten zwanzig Minuten sehe ich den Frauen dabei zu, wie sie ihr Training beenden, bin gedanklich aber bei dem Mord. Auch wenn Ry denkt, mir ginge das alles am Arsch vorbei, stelle ich mir durchaus die Frage, wer dafür verantwortlich war.

Im letzten Jahr war die CU die sicherste Universität des Landes, so wie ihr Ruf es verspricht. Aber kaum hat das neue Semester begonnen, fliegen wir direkt am ersten Tag auf, wie wir nicht ganz so korrekte Dinge machen, und kurz darauf stirbt die zweite Frau, die ich angefasst habe. Oder vielmehr die mich angefasst hat. Noch dazu die Drohung an der Leiche, die klarmacht, dass das Spiel gerade erst begonnen hat.

Ein Spiel, von dem wir nicht wissen, wer überhaupt daran teilnimmt.

»Sie zieht das aber auch echt durch.« Ryle lässt sich stöhnend neben mir auf die Bank fallen und streicht sich durch die Haare. Er muss nicht deutlicher werden, ich weiß auch so, was er meint. Maeve befindet sich als Letzte noch im Becken, während alle anderen Frauen bereits kichernd in kleinen Grüppchen zusammenstehen und tratschen. »Wenn ihr euch beide nicht am Riemen reißt, fliegt dieses kleine Schauspiel schon am ersten Vormittag auf.« Ryle wendet mir den Oberkörper zu. »Du gehst da jetzt hin, schnappst dir ihr Handtuch und nimmst sie so in Empfang, wie es ein liebender Freund machen würde, Kumpel!«

Ich sehe ihn entsetzt an. »Ein liebender Freund? Ich kenne sie seit Montag – seit einer Woche. Wie albern ist das? Selbst wenn ich sie ernsthaft mögen würde, würde ich nach dieser Zeit nicht den liebenden Freund spielen.«

»Dann eben wie einer, der die Frau, auf die er ein Auge geworfen hat, umgarnen würde.«

»Umgarnen?«

»Mann, du bist ein Prinz«, rechtfertigt er sich. »Wir sind am Hof aufgewachsen. Da redet man eben so.«

»Ist mir neu, dass du so geschwollen redest«, knurre ich und stehe auf, als ich sehe, wie Maeve sich dann doch dazu bequemt, das Wasser zu verlassen.

Alle Augen richten sich auf mich, als ich direkt Kurs auf sie nehme und damit allen zeige, wegen welcher Frau ich heute hier bin.

Das Getuschel der Mädchen wird lauter und kurz darauf von Mrs Taylors laut gequakter Anweisung übertönt, sie mögen doch bitte die Halle verlassen und ihr Schwätzchen in die Umkleidekabinen verlagern.

Niemand hört auf sie.

Maeve steigt anmutig über die Treppe aus dem Becken, ihren Blick nach unten gerichtet. Obwohl sie ganz offensichtlich die Außenseiterin der Gruppe ist, merkt man deutlich, dass es ihr selbst gewähltes Schicksal ist. Sie ist kein Mauerblümchen, das von allen gemieden wird, weil es nicht dazupasst. Maeve ist das genaue Gegenteil. Sie braucht diese Aufmerksamkeit nicht. Sie reicht sich selbst, etwas, worauf ich beinahe neidisch werde.

Sie geht in der Masse unter, ohne sich selbst dabei zu verlieren. Sie ist von niemandem abhängig, aber ausgerechnet ich soll das ändern.

Nun denn. *Willkommen in der royalen Hölle, Baby.*

Ryle hat einen Bogen geschlagen, um ihr Handtuch einzusammeln, und drückt es mir auffordernd in die Hand, bevor ich sie erreiche.

In dieser Sekunde schalte ich um. Es fällt mir leicht, ihr ein Lächeln zukommen zu lassen, als sie endlich beschließt aufzublicken. Ihre eben noch entspannte Miene gefriert.

Wie immer, wenn sie einen anderen Menschen ansieht.

Im Gegensatz zu den anderen Studentinnen, die teilweise sehr kreativ in ihren Schwimmoutfits werden, trägt Maeve einen schlichten schwarzen Einteiler. Das Wasser benetzt ihren Körper genauso wie eine Gänsehaut, die sich noch verstärkt, als sie zurückweicht, weil ich weiter auf sie zuhalte.

Ich erwische sie am Kinn und halte sie damit auf, damit sie vor Schreck nicht noch zurück ins Wasser fällt.

»Kannst du wenigstens so tun, als würdest du dich freuen, mich zu sehen?«, raune ich dicht vor ihrem Gesicht. Kurz bin ich abgelenkt von den feinen Wassertropfen, die sich in ihren dichten Wimpern verfangen haben und nur langsam über ihre bronzefarbenen Wangen tropfen. Es sieht aus, als würde sie weinen.

Mein Schwanz regt sich.

»Gib mir doch einen Grund dazu, Prinz«, zischt sie leise und legt ihre Hände auf meine Brust, um sich selbst Halt zu geben. Ihr kampfeslustiger Blick macht vielmehr den Anschein, als würde sie meine Finger von ihrem Gesicht reißen wollen.

Bilder ploppen in meinem Kopf auf, die dort drin nichts zu suchen haben. Bilder von einer fest verschnürten Version der kleinen Zicke vor mir, mit verbundenen Augen. Stumm. Taub. *Wehrlos.*

Ich schüttle diese Gedanken ab, dafür schließen sich meine Finger fester um ihr Kinn. Ich spüre die Wärme, die von ihrem Körper ausgeht und immer mehr entweicht. Sie friert, aber natürlich sagt sie nichts, stattdessen hält sie völlig unbeeindruckt meinen Blick. Ihre dunkelblauen Augen sprühen derart lebendig, wie man es von ihrem passiven Auftreten nicht vermutet.

»Ihr seht euch beide an, als würdet ihr euch gleich die Augen auskratzen«, brummt Ryle, während er sich so neben uns positioniert, dass die tratschenden Weiber nicht mehr viel erkennen dürften. »Gebt ihnen was Vernünftiges oder lasst es einfach.« Er sieht über seine Schulter. »Dem Mädchen ist kalt, Tris. Gib ihr das Handtuch oder …« Sein Blick verfinstert sich. »Noch besser: Du legst es ihr über die Schulter.«

»Du wirst nicht …« Maeves leises ablehnendes Zischen verstummt, als ich sie loslasse. Dafür breite ich das rot-gelbe Handtuch aus, trete an sie heran und mache das, was Ryle sagt. Kaum dass der weiche Stoff ihre Schulter umschließt, ziehe ich an den Enden, bis sie an meine Brust stößt. Sie atmet zischend ein und blickt zu mir auf.

»Ich mache dich nass«, keucht sie anklagend, was mir ein Grinsen entlockt.

»Normalerweise sage ich das in leicht abgewandelter Form zur Frau.«

Es braucht nur den Bruchteil einer Sekunde, dass sie die Anspielung versteht und sich mit dem ganzen Körper versteift. Ihr Blick bleibt nach wie vor eiskalt, doch ihre Wangen färben sich in einem dunkleren Rotton. Interessant.

Vielleicht ist sie doch nicht so prüde, wie ich erst angenommen habe.

»Zu mir wirst du das nie sagen«, motzt sie gegen meine Brust. Sie hat die perfekte Größe, die ich an einer Frau präferiere. Sie ist nicht winzig, aber ihre Wange liegt genau auf meiner Brusthöhe, und so ist es ein Leichtes, sie mit einem Arm um ihren schlanken Nacken an mir zu fixieren.

»Abwarten.«

Wenn ich schon ihren Freund spiele, werde ich mir den einzigen Vorteil, den dieses Arrangement bietet, nicht nehmen lassen. Niemand hat behauptet, das hier wäre echt. Das wird es auch nicht. Aber auch wenn sie eine furchtbare Zicke ist, ist ihr Körper durchaus brauchbar. Und wie er das ist. Ich kann sie schon vor mir kniend sehen, ihre vollen roten Lippen weit um meinen Schwanz gestülpt. Er zuckt in meiner Hose.

Ihre üppigen Titten pressen sich an mich und ich spüre ihre harten Nippel durch den Stoff meines dünnen Pullovers. Das liegt wohl an der Kälte, aber ob und wie ihr Körper auf mich reagiert, ist mir herzlich egal.

Sie will etwas von mir, auch wenn es nur ihr Überleben ist. Aber gerade Leben kosten eine Menge. Und sie soll gefälligst etwas dafür tun, dass ich sie so leicht mit ihrer Beobachtung entkommen lasse. Wenn es nach mir gegangen wäre, würde sie fest verschnürt in meinem Schlafzimmer darauf warten, dass das Semester verstreicht, oder hätte direkt am Pfahl geendet.

So wie die kleine Latina, die genauso anstrengend war wie sie.

»Lass mich los«, flüstert sie mit brechender Stimme. Ich bin mir ziemlich sicher, dass sie mich gerne anschreien würde, aber ihr Verstand hält sie davon ab.

Statt sie loszulassen, bewege ich mich in Richtung der Hallenwand und schiebe sie dabei rückwärts mit meinem Körper vor mir her. Ryle folgt uns sich räuspernd. Vermutlich befürchtet er, Maeve würde dem kleinen Spiel mit einem unbedachten Schrei ein abruptes Ende setzen, aber das tut sie nicht.

Als sie gegen die Fliesen prallt, hebt sie ihren Kopf, den ich freundlicherweise mit meiner Hand abgefangen habe. Ich beuge mich vor ihr Gesicht. »Wenn du es schaffst, dich an ein, zwei kleine Regeln zu halten, werden wir beide keine Probleme bekommen.«

Da ist wieder diese Kinnbewegung, die ich erwartet

habe. Es sieht so aus, als würde sie ihren Schutzpanzer vor mir hochziehen. »Ich bin doch ruhig und lasse es zu, dass du mich antatschst«, zischt sie leise schneidend. Auf Ryles erneutes Räuspern hin lächelt sie mich plötzlich an. Und das auf eine Weise, die in meiner Hose für Platzmangel sorgt. »Was willst du denn noch, Prinz?« Plötzlich schiebt sie ihre Hände an meinen Seiten vorbei und schmiegt sich an mich. *Sie spielt mit.*

Die Gespräche der Weiber neben uns verstummen. Noch immer lassen sie sich von Mrs Taylors Anweisungen nicht beeindrucken oder gar vertreiben.

»Regel Nummer eins: Höre ich noch einmal das Wort *Prinz* aus deinem Mund, kannst du ihn ein ganzes Wochenende nicht mehr benutzen.« Ich senke die Stimme. »Und glaub mir, ich kenne ein paar beeindruckende Möglichkeiten, dich zum Schweigen zu bringen.«

Sie rümpft nur kurz die Nase, ihr falsches Lächeln bleibt. »Wie dann?«

»Tristán reicht völlig.«

»Dann nennst du mich ebenfalls bei meinem Namen«, flüstert sie und ihre Hände schieben sich zielgerichtet unter meinen Pullover. Ich schenke ihr einen warnenden Blick. »Was denn?« Das leichte Kratzen ihrer Fingernägel auf meinem unteren Rücken setzt meinen Körper in Alarmbereitschaft. »Keine abwertenden Spitznamen. Schon gar nicht in aller Öffentlichkeit.«

Ich nicke, halb zufrieden, halb abgelenkt von ihren Fingern.

»Und deine zweite Regel, Tristán?« Fuck, ich mag es nicht, wie sie meinen Namen flüstert.

»Ich werde dich nicht küssen.« Weil ich das grundsätzlich nicht mache. Mit meinem Körper presse ich sie fester gegen die Wand und sie keucht leise, als sie spüren dürfte, wie abgefuckt ich bin. Mein Schwanz reagiert auf diese Scheiße mit ihr und ich habe kein Problem, ihr das mitzuteilen. »Weder zum Schein noch so. Aber wenn wir unter uns sind …« Ich dränge meine Hüfte an ihre und bemerke deutlich, wie sie scharf die Luft einzieht. Ihre Wimpern flattern, ihr Blick ist aber nach wie vor kalt wie Eis. »… hinter verschlossenen Türen werde ich dich benutzen und fallen lassen. In der Öffentlichkeit aber bist du meine kleine Prinzessin. Es ist in deinem Interesse, beides nicht miteinander zu verwechseln.« Um meine Worte zu untermalen, streiche ich ihr eine feuchte Haarsträhne aus der Stirn und fahre anschließend mit meinem Daumen über ihre Wange. Ihre Haut ist warm und weich und so gleiten meine Finger ohne mein Zutun weiter. Ihren Kiefer entlang, unter ihr Ohr, über ihre Halsseite, bis zu ihrem Schlüsselbein. Ihr Atem beschleunigt sich, doch noch immer wird ihr Blick von einer Eisschicht überdeckt, die dicker ist als jene am Nordpol. Andere Frauen würden längst nach mehr betteln.

Genervt nehme ich meine Hand von ihr, obwohl sie doch gar nicht nach mehr betteln soll.

Ich spüre Ryles Blick auf uns. Ich brauche ihn nicht zu sehen, um zu wissen, dass er genauso angepisst ist. Dabei war das hier seine Idee.

Und wenn ich diese Scheiße schon seinetwegen durchziehe, dann nach *meinen* Regeln.

»Verstehen wir uns, Maeve?«, knurre ich leise.

»Aber sicher, Tristán.« Sie klimpert nervig mit ihren Wimpern. »Würdest du mich dann entschuldigen? Ich muss aus dem nassen Schwimmanzug raus und möchte vor dem ersten Kurs noch etwas frühstücken.«

Ich trete zurück und Ryle übernimmt. »Für dich geht es nicht mehr in die Gemeinschaftsumkleiden«, verkündet er ihr mit gesenkter Stimme.

»Ich habe nichts anderes erwartet. Schließlich könnte ich da ja etwas ausplaudern, was niemand hören darf.«

»Noch eine Anspielung in die Richtung, und dann bekommst du auch mit mir ein Problem, Nixe«, fährt er sie leise an, während er sie am Ellenbogen packt und in Richtung der Umkleiden führt. Ich kenne Ryle lange genug, um zu wissen, dass er eine sehr, sehr große Toleranzgrenze hat. Andernfalls wäre es auch gar nicht möglich, seinen Job auszuführen. Ich bin ein Scheißjob. Das ist mir klar. Ryle würde mich nie hängen lassen, aber bei Maeve verliert auch er langsam die Beherrschung. Ich gebe uns zwei Wochen. Dann ist auch er so weit, dass wir das Problem Mitwisserin auf andere Weise lösen.

Aber vorher werden wir unseren Spaß mit ihr haben.

Auf unsere ganz eigene, verfickte Weise.

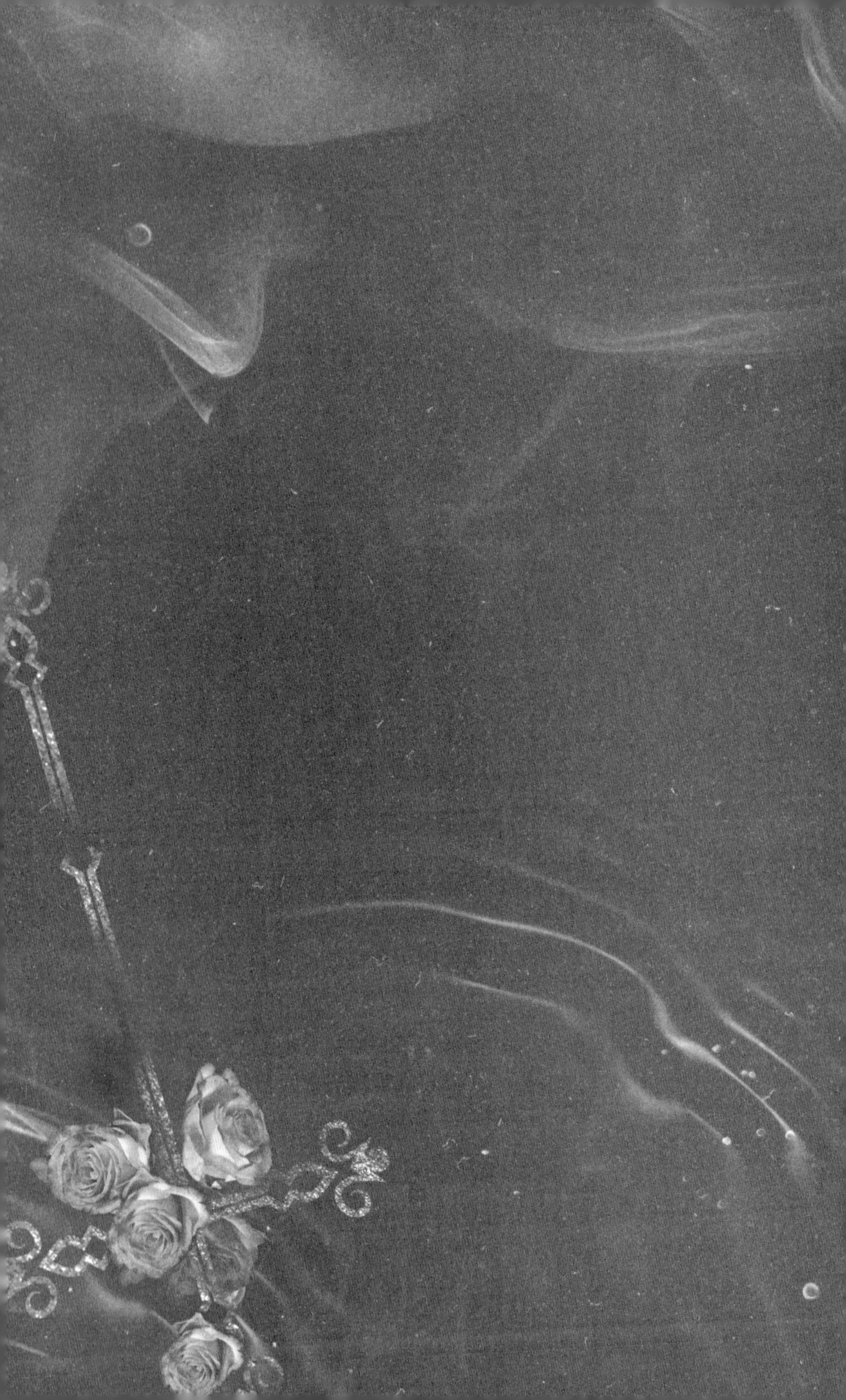

Kapitel 11
Nathan

Ich wusste, dass der Job bei Tristán anders wird, als ich es gelernt habe, und doch hab ich nicht *damit* gerechnet. Es ist verdammt schwer, dieses fixe Zweiergespann, das er und Ryle in den letzten Jahren gebildet haben, zu durchbrechen.

Ironischerweise ist es die kleine Eisprinzessin, die mir dabei unwissentlich hilfreicher ist, als ich zunächst angenommen habe.

Fast genau eine Woche ist es nun her, dass die kleine Latina an den Pfahl gespießt wurde, fast genauso lange lebt Maeve nun schon in Tristáns Villa und wir alle haben so etwas entwickelt, das man als erste, gut funktionierende Routine bezeichnen kann.

Obwohl Maeve recht unkompliziert ist, sorgt sie für Unruhe, was einzig an ihrer Anwesenheit liegt, die so präsent ist, dass man sie schlicht nicht ignorieren kann. Dabei legt sie es weiß Gott nicht darauf an.

Tristán ist ohnehin schon komplett neben der Spur und irgendwas an ihr regt ihn derart auf, dass kein Tag im Haus vergeht, ohne dass die beiden sich in die Quere kommen. Dadurch gerät er aber immer häufiger mit Ryle aneinander, der so etwas wie ihr persönlicher Schutzschild geworden ist.

Das Band zwischen dem Prinzen und seinem besten Freund fängt an auszufransen. Und schon bald ist es so dünn, dass sie etwas brauchen werden, um es zu reparieren, damit es nicht vollständig reißt. Und ich werde diesen Kleber spielen.

Meistens – so wie jetzt – bin ich aber froh, wenn ich ein bisschen Abstand von dem gewöhnungsbedürftigen Umgang mit dem Prinzen bekomme, der mich dann am meisten leiden kann, wenn ich ihm in die Fresse schlage. Etwas, das mehrfach in der vergangenen Woche passiert ist. Und wenn ich es nicht war, hat er sich anderweitig vermöbeln lassen. Nicht nur einmal ist er mit Ryle zu einem Underground-Boxklub aufgebrochen, während ich Elsa im Blick behalten musste, dabei hätte ich gern gewusst, was der Prinz da so treibt.

Ich gehe mit etwas Abstand hinter Maeve und ihrer ehemaligen Mitbewohnerin her, die Sonnenbrille auf der Nase, und sehe wahlweise auf ihren Arsch oder checke die Umgebung. Obwohl Maeve keine Freundinnen hat, redet sie manchmal mit dieser Polly.

»Pen, du musst dir keine Sorgen um mich machen.« *Korrigiere: Pen, nicht Polly. Fast das Gleiche.* Ich beschleunige meine Schritte, um den Anschluss an die Mädels nicht zu verlieren, was im hohen Sand des Strandabschnittes nicht so leicht ist. Im Gegensatz zu mir sind die Frauen barfuß und haben nicht damit zu kämpfen, dass der Scheißsand bei jedem Schritt in die Lederschuhe dringt. Im September ist es hier in Kalifornien am Nachmittag noch verdammt warm und ich schwitze unter meinem Sakko. Aber Ryles Regeln sind streng und da ich keinen Bock habe, es mir mit ihm noch weiter zu verscherzen, komme ich ihnen nach. In der Öffentlichkeit bin ich genau so, wie ich es gelernt habe.

Und nachts, wenn der Prinz seine fünf Minuten bekommt, helfe ich ihm und Ryle dabei, die Scheiße, die er fabriziert, möglichst galant unter den Teppich zu kehren.

»Du warst von dem einen auf den anderen Tag verschwunden«, flüstert die Blonde und denkt wohl, ich könnte sie deswegen nicht verstehen. »Erst wolltest du flüchten ...«

»Weil ich Angst hatte, wie alle anderen auch«, erwidert Maeve leise. »Ich habe völlig überreagiert. Tristán sagt, die Lage ist nicht die sicherste, aber wegzulaufen ist auch keine Option. Es tut mir leid, dass ich dich da mit reingezogen habe.«

Ich war dabei, als Maeve – gezwungenermaßen – am Tag nach Ryles Chloroformlappen-Aktion wieder bei Polly, ähm, Penelope aufgetaucht ist, um ihre restlichen Sachen zu holen. Beide Mädchen waren wegen dem Mord und der allgemeinen Stimmung auf dem Campus völlig aufgelöst und Maeves Erläuterungen noch schwammiger als jetzt.

»Aber dann ausgerechnet zu ihm ... Er ist ein Prinz! Ein echter Prinz! Wie ist das passiert, Maeve? Wie hast du ihn dir so schnell klargemacht?«

»Ich habe ihn nachts vor der Bibliothek kennengelernt«, lügt Maeve mit fester Stimme. »Wir waren beide irgendwie schlaflos, weißt du?« Sie seufzt und reibt sich über die Oberarme. »Und dann haben wir die ganze Nacht geredet. Wir sind ja gerade erst dabei, uns richtig kennenzulernen, aber durch diese Sache ...« Maeves

Stimme nimmt einen ängstlichen Ton an, als sie augenscheinlich an den Vorfall mit der aufgespießten Frau denkt. »... Tristán meint, ich könnte in Gefahr sein, weil ich mit ihm Kontakt habe. Er ist nun mal ein Prinz. Deshalb will er mich im Auge behalten und ...«

»Furchtbar, oder? Ich liege immer noch jeden Abend wach und denke an die arme Frau.« Die Stimme von Pen wackelt wesentlich mehr als die von Maeve, die ihre Angst mehr vorgetäuscht hat, statt wirklich welche zu haben. »Ich wünschte, ich wäre nicht allein, aber die Unileitung meint, ich solle mich über mein Einzelzimmer freuen.« Sie schnauft und Maeve wirft mir einen angesäuerten Blick über die Schulter zu.

»Es tut mir leid, ich ...«

Penelope winkt ab. »Ach was. Ich würde es an deiner Stelle auch so machen. Du hast zwei Bodyguards und einen Prinzen an deiner Seite, hallo? Wie toll ist das?« Sie boxt Maeve lachend gegen die Schulter. »Ignorier mein Jammern einfach. Du hast echt Glück und ich gönne es dir absolut.«

Maeve ist mit so viel ehrlicher Freundlichkeit sichtlich überfordert. Sie stammelt leise herum und reibt sich über den getroffenen Oberarm, bevor sie rasch ein anderes Thema anschneidet.

Als die beiden nicht länger über Tristán reden, lasse ich mich etwas zurückfallen und suche mit den Augen den Strandabschnitt ab. Der Mord in der ersten Woche des neuen Studienjahres hat einiges verändert, es sind mehr Personenschützer dazubeordert worden, einige Studenten sind aber auch schon abgereist. Medial gab es keinen großen Aufschrei, weil die Unileitung den Vorfall diskret verschwinden ließ. Ich staune immer wieder darüber, was möglich ist, wenn man Geld besitzt. Auch die Kurse haben diese Woche nur sporadisch stattgefunden, genauso wie der letzte von heute.

Delahaye, der im Vorstand der CU beschäftigt ist, hatte anderes zu tun, als kleinen Studenten, die sowieso nur ihre Schwimmerfolge im Kopf haben, Statistik in ebendiesen zu prügeln. Daher sind die allermeisten heute am Strand unterwegs und es haben sich für den Abend auch schon genügend Partywillige zusammengefunden. Ich schätze, das Motto des Abends wird lauten: Saufen, um zu verdrängen, dass es neben ihrer elitären Blase auch noch echte, gefährliche Probleme gibt.

Aber was kümmert es mich.

Mit jedem Schritt sinke ich tief in den Strand ein und verfluche meine Arbeitsuniform aufs Neue. Mit halbem Ohr höre ich dem Gespräch der Mädels zu. Sie plaudern über belangloses Zeug, über Gerüchte und tauschen sich über ihre Trainingszeiten aus. Aber mit jeder Minute merke ich, wie Maeve sich gedanklich mehr abkapselt. Sie wird einsilbiger, ruhiger, bis sie irgendwann sogar einen hilflosen Blick über ihre Schulter wirft.

»Vermisst du Tristán?«, rufe ich und nehme die Sonnenbrille ab.

»Ich dachte ja, er steht auf dich«, höre ich Pen noch murmeln, als ich zu den beiden aufschließe. Maeve wirft ihr ein knappes Kopfschütteln zu, dann sieht sie zu mir.

»Kannst du uns zurückfahren, Nate?« Sie ist unheimlich freundlich, wenn sie mit mir und Ryle – und gezwungenermaßen auch Tristán – spricht. Aber sobald wir unter uns sind, zeigt sie uns die kalte Schulter. Dass Maeve irgendwas schwer beschäftigt, was sie mit sich herumschleppt, ist unübersehbar.

Dass sie sich gut verstellen kann, aber auch. Sie hat einfach nur keine Lust mehr auf ihre Freundin und nur deshalb sieht sie mich nun so bittend und lieb an.

Ich schüttle dennoch den Kopf. »Sorry, aber Tristán wollte dich hier treffen.«

Ihre Gesichtszüge entgleisen für einen Moment. »Ach? Hat er das gesagt?«

»Hat er.« Im Grunde war es Ryle, der mir vor einer halben Stunde eine knappe Nachricht geschrieben hat, dass der Prinz schon wieder high ist und er dringend eine Frau braucht. Ziemlich sicher wird diese Frau nicht Maeve sein – es sei denn, er wird heute jedes verbliebene gute Benehmen hinter sich lassen und sie sich einfach nehmen –, aber dann könnte er auch warten, bis ich sie zurück in die Villa bringe.

Aber was auch immer in seinem kranken Kopf vor sich geht, ich werde auch heute hinter ihm aufräumen.

»Komm, ich bring dich zum Treffpunkt. Vielleicht sind er und Ryle sogar schon da.« Ich nicke nach links und sehe genau, wie Maeve mich innerlich mit Todesblicken straft. Aber sie weiß genauso wie ich, dass ich hier nur meinen Job mache.

Dennoch beschließe ich, ihr ein bisschen entgegenzukommen, weil sie es offensichtlich nicht hinbekommt, ihre Freundin abzusägen, dabei ist ihre soziale Batterie schon sichtlich entladen. »Der Prinz ist etwas eigen«, erkläre ich mit meinem nettesten Lächeln in Richtung der Blonden, die ein paar Sekunden braucht, um zu schalten.

»Oh. Ich ... ich gehe mal die anderen suchen.«

Ich deute schräg links über ihren Kopf. »Die meisten aus euren Kursen sitzen weiter oben am Strand am Lagerfeuer.«

»Danke.« Sie wirft mir ein knappes, verwirrtes Lächeln zu, umarmt Maeve, dann huscht sie davon.

Als wir allein sind, atmet Maeve tief ein und stapft los. Der riesige Sandstrand ist dank der zwei Universitäten in Santa Barbara und zusätzlich eines Haufens Touristen gut besucht und dennoch verteilen sich die verschiedenen Gruppen so gut, dass man – wenn man will – seine Ruhe hat, je weiter man das Zentrum von Santa Barbara hinter sich lässt und die Küste hinabgeht.

»Was für ein Problem hast du eigentlich mit Menschen?«, frage ich, als ich zu ihr aufschließe und wieder knapp in eine Richtung deute. »Ryle und Tristán kommen auf dem zentralen Besucherparkplatz an.«

Maeve folgt meinem Blick zu der mit hohen Palmen gesäumten Promenade, wo genauso viel reger Betrieb herrscht. Dabei umschlingt sie sich wieder mit ihren Armen und beißt auf ihre Unterlippe.

Eine Antwort bekomme ich nicht, habe aber auch nicht mit einer gerechnet.

»Ist dir kalt?«, frage ich auf halber Strecke, während der Himmel sich in immer dunkler werdenden Rottönen verfärbt und den Sonnenuntergang ankündigt. Ich muss zugeben, ich hatte selten eine so hübsche Kulisse zum Arbeiten. Die Palmen an der Promenade, die von dem warmen Licht in Szene gesetzt werden, könnten auch die Kulisse eines kitschigen Hollywood-Films darstellen.

Der Gedanke ist ironisch, schließlich haben meine wahren Absichten rein gar nichts mit Hollywood zu tun. Oder nun ja, vielleicht schon, aber dann wäre es statt Liebesfilm ein … Meine abschweifenden Überlegungen werden von Maeve unterbrochen, die mir anklagend den Kopf zuwendet.

»Geht schon«, sagt sie und läuft weiter, während ich noch grüble, was ich sie gefragt habe, dass sie schon wieder so zickig reagiert.

Als es mir klar wird, beiße ich mir genervt auf die Unterlippe.

Ich war doch verdammt nett.

Sie trägt knöchelhohe, enge Leggings und ein schwarzes Top, das ihre Rundungen betont. Der Gänsehaut auf ihren nackten Oberarmen nach zu urteilen, ist ihr sehr wohl kalt.

Ich starte dennoch einen neuen Versuch, nett zu sein, und schäle mich aus meinem Sakko. Sie zuckt zusammen, als ich es ihr über die Schultern lege. Erst sieht es so aus, als würde sie es mir sofort zurückgeben wollen, doch dann knabbert sie nur auf ihrer Lippe herum, um mir keinen frostigen Spruch an den Kopf zu werfen.

Wir machen Fortschritte.

»Wusstest du, bevor du den Job angenommen hast, wie Tristán drauf ist?«, fragt sie mich plötzlich und hält den Stoff meines Jacketts vor sich fest. Kurz ruht mein Blick auf ihrem prallen Ausschnitt, der durch die Bewegung ihrer Arme nur noch fülliger wirkt.

Als ich ihr wieder in die Augen sehe, blitzt es kalt in ihnen. Grinsend neige ich den Kopf. Ich werde mich garantiert nicht dafür entschuldigen, dass ich ihr auf die Titten gestarrt habe. Sie weiß, dass ich sie heiß finde.

Heiß, aber verdammt kalt. Es ist eine sich ausschließende Mischung und doch hat die Eisprinzessin damit mein Interesse geweckt. Interesse, das ich meinem Job selbstverständlich hintanstelle. Ich denke nicht ausschließlich mit meiner unteren Körperhälfte. Und sie zu ficken, ist definitiv nicht Bestandteil meines Auftrags … könnte es unter Umständen aber werden.

»Deine Wahrheit gegen meine Wahrheit«, biete ich ihr an. »Und du fängst an. Ich habe zuerst gefragt.«

Sie verdreht die Augen und läuft leichtfüßig weiter. »Ich habe gelernt, dass ich mich besser auf mich selbst verlasse. Menschen kosten nur Energie und hindern einen am Weiterkommen. Manchmal stehen sie einem sogar so im Weg, dass man gezwungen ist rückwärtszugehen. Das ist nicht gut für die Karriere.«

»Das war sehr kryptisch«, fasse ich belustigt zusammen und ernte darauf einen weiteren kalten Blick über ihre Schulter. Ich weiß, was er bedeuten soll, ohne dass sie es ausspricht. Sie wird mir nicht mehr sagen, weil sie keinerlei Interesse daran hat, mir näherzukommen.

»Also?«, hakt sie nach und wirkt für ihre Verhältnisse tatsächlich neugierig.

»Ich kannte die Gerüchte über ihn. Aber um deine eigentliche Frage zu beantworten: Mir war nicht klar, dass er diese Art und Weise pflegt, seine Frauenbekanntschaften zu … intensivieren.«

»Aber du machst dabei mit«, hält sie mir vor. »Was gibt er ihnen? K.-o.-Tropfen?«

Ich zucke mit den Schultern. Natürlich hat sie schon die Auswirkungen von Tristáns Ausflügen gesehen – zwei von zweimal – und natürlich hat sie die richtigen Schlüsse gezogen, dennoch weiß ich nicht, was Tristán und Ryle davon halten, wenn ich locker mit ihr über diese Tatsachen plaudere.

»Ah, okay. Verstehe. Wie weit würdest du für deinen Job gehen?«

»Wir waren das mit der Leiche nicht.«

»Das habe ich überhaupt nicht gefragt.«

»Aber gemeint.«

Sie bleibt stehen und dreht sich im Sand zu mir um. »Ihr wart das nicht, ich weiß. Wenn ihr so skrupellos wärt und eure Sexpuppe einfach entsorgt, würdet ihr mich nicht als einzige Zeugin am Leben lassen.«

Ich tippe mir ans Kinn. »Es sei denn, wir hätten einen anderen Grund, dich am Leben lassen zu wollen.«

Kurz sieht sie verwirrt aus. »Ich denke jede Nacht darüber nach, welcher das sein sollte. Aber mir fällt keiner ein. Das macht alles überhaupt keinen Sinn.«

»Auch deshalb bist du bei uns«, erkläre ich ihr, während wir langsam weitergehen. »Wir haben keine Ahnung, an wen die Drohung gerichtet war. Es gibt nicht viele Studentinnen mit dem Anfangsbuchstaben M.«

Maeve sieht auf den Sand zu ihren Füßen. »Ich muss trotzdem nicht gemeint sein«, murmelt sie, klingt aber alles andere als von ihren Worten überzeugt. Wir wissen alle, dass sie gemeint ist.

»Nein, ein Beweis ist das nicht«, sage ich so neutral wie möglich und werfe ihr ein einstudiertes warmes Lächeln zu. Es scheint sie tatsächlich so weit zu beruhigen, dass sie nicht direkt wieder dichtmacht. Also taste ich mich weiter vor. »Wovor läufst du davon, Maeve?«

Sie lässt sich keine Gefühlsregung anmerken, als sie die Schultern zuckt. »Vor Toten kann man schlecht weglaufen, richtig?« Doch kaum sind die Worte heraus, stockt sie, blinzelt irritiert, als wüsste sie selbst nicht, was sie gerade gesagt hat.

»Tote sprühen auch keine Warnungen auf andere Leichen.«

»Da sind wir wohl einer Meinung.« Sie klingt verdammt abgeklärt, auch wenn in ihren Augen nach wie vor das Unverständnis steht.

»Wer ist gestorben, Maeve?«, hake ich nach.

»Ich bin dran mit der Frage. Leider fällt mir aber nichts mehr ein, was ich unbedingt über dich wissen müsste, daher ... endet unser Gespräch wohl an dieser Stelle.«

Ich mahle mit dem Kiefer. Die kleine Eisprinzessin hat ganz andere Probleme als uns und ich muss wissen, welche das sind.

»Womöglich tun wir dir einen Gefallen, was?«, spreche ich meine Vermutung aus. Sie wendet mir den Kopf zu, doch in ihrem hübschen Gesicht ist keine Regung zu erkennen.

»Natürlich tut ihr das«, sagt sie dann und zuckt auch noch mit den Schultern. »Wenn ihr mich unter ständiger Beobachtung habt, wird es wohl kaum jemand schaffen, an mich heranzukommen.«

»Fällt dir denn jemand ein, der einen Grund dafür hätte?« Ganz kurz zuckt ihr Wangenmuskel. »Maeve«, schiebe ich deutlich genervter hinterher. Ich verstehe nicht, warum sie sich so sträubt, schließlich tut ihr niemand etwas. Aber wir können ihr helfen. »Wenn da irgendwas ist, etwas, das dir Angst macht, aber du es nicht sagen kannst – aus welchen Gründen auch immer –, dann sollten wir davon wissen. Wir ...«

»Ich weiß nicht, wer etwas davon hätte, mich mit dieser Warnung zu meinen, außer drei gewisse Typen, von denen ich mehr gesehen habe, als es gut für mich ist.« Sie zuckt mit den Schultern. »Wärt ihr es aber wirklich gewesen, hättet ihr mich längst genauso entsorgt. Ich weiß nicht, was ich denken soll, Nate. Ehrlich nicht.« Es ist das erste Mal, dass sie mich unter uns mit meinem Spitznamen anspricht. Doch als ich sie wieder ansehe und sie meinen Blick unerschrocken erwidert, sehe ich darin nach wie vor die Kälte stehen. »Was nicht heißen soll, dass ich euch vertraue.«

Nein, natürlich tut sie das nicht. Es wäre auch selten dämlich von ihr, sollte sie das tun. Man kann nie wissen, welche Motive gewisse Menschen verfolgen.

Schweigend gehen wir weiter, passieren einige Gruppen, bis ein Pfiff mich etwas länger zur Seite sehen lässt. An einem weiteren Lagerfeuer, um das sich einige Studenten zusammengefunden haben, erkenne ich Ryle, der uns mit einer Armbewegung zu ihnen winkt.

»Sie sind ja doch schon da.« Maeve klingt alles andere als begeistert, als wir den Kurs ändern und auf die große Gruppe zuhalten.

»Du solltest dich dennoch auf deinen Freund freuen, hm?«, bringe ich amüsiert hervor. Es hat in der vergangenen Woche durchaus einige erheiternde Situationen gegeben, immer dann, wenn Maeve und Tristán in der Öffentlichkeit miteinander agiert haben. Gezwungenermaßen. Ryle hat in den meisten Fällen als Puppenspieler fungiert. Da aber auch er derjenige war, der die Idee hatte, aus unserem kleinen, wissenden Problem eine Marketingkampagne zu starten, finde ich das durchaus gerechtfertigt.

Sie starrt auf den Strand vor sich und vergräbt sich tiefer in meinem Sakko, meidet wie immer alle Blicke.

Je näher wir dem knisternden Lagerfeuer kommen, desto leiser werden die vorher noch angeregten Gespräche. Natürlich liegt alle Aufmerksamkeit auf dem Prinzen, der sich in diesem Moment von einem der um die

Feuerstelle gelegten Baumstämme erhebt und auf uns zukommt.

»Dieser Anblick gefällt mir nicht.« Kaum dass er diese Worte ausgesprochen hat, verfinstert sich sein Blick und bleibt an meinem Sakko hängen, in dem sie noch immer nahezu eingewickelt ist. »Hast du nicht an eine Jacke für Maeve gedacht?«, fragt er über ihren Kopf in meine Richtung und zieht gleichzeitig den Reißverschluss seiner Trainingsjacke herunter. »Auf meine Freundin aufzupassen, schließt auch ein, dafür zu sorgen, dass sie sich nicht erkältet. Es wird abends kalt.«

Wichser.

Ich verkneife mir jeden Kommentar, lächle nur dumm, als er Maeve aus meinem Sakko schält und es mir flüchtig zuwirft, bevor er seine eigene Jacke auszieht und ihr hineinhilft. Maeve lässt das einfach über sich ergehen. Auch als er ihr Gesicht schließlich in seine Hände nimmt und sie eindringlich ansieht. Er wirkt gar nicht so besoffen, wie Ryle meinte, dafür sind seine Augen wie immer rot unterlaufen. »Setzt du dich zu mir, Prinzessin?«, flüstert er in einer Stimmlage, die keinen Anlass zur Spekulation bietet, das hier wäre nicht echt.

Sie nickt und lässt sich von ihm zu dem Holzstamm ziehen. Während der Prinz das Gespräch mit seinen Kumpels wieder aufnimmt, dirigiert er Maeve zwischen seine Beine und legt die Arme von hinten um sie.

Ryle tritt zu mir und bedeutet mir mit einem Nicken, dass wir ein paar Schritte gehen sollen, nicht weit, weil wir den Prinzen selbstverständlich im Blick behalten müssen.

Nachdem wir uns etwa eine halbe Stunde mit belanglosem Small Talk aufgehalten haben, während die

Strandparty langsam in Fahrt kommt, sieht Ryle mich mit einem veränderten Blick an. »Heute kam ein Anruf vom Palast«, informiert er leise. »Es sieht nicht gut aus.«

»Was?«, frage ich und kann den überraschten und damit höchst unprofessionellen Unterton nicht unterdrücken. Erst vor zwei Wochen – vor meine Anreise – habe ich noch mit Héctor gesprochen. Klar, da war ihm seine Krankheit anzusehen, aber er wirkte nicht so, als würde es so schnell gehen. *Das bringt uns in Zugzwang. So weit sind wir längst nicht.*

Ryle sieht allerdings nicht weniger unprofessionell aus, als sein Blick zu Tristán huscht, der mit ein paar männlichen Studenten spricht und die glotzenden Weiber, die ihn wie immer anstarren, völlig ignoriert. »Er verdrängt das alles«, murmelt er. »Er will nicht wahrhaben, dass er bald auf den Thron muss. Das war nie seine Welt.«

»Er wurde in diese Welt hineingeboren.«

Ryle schüttelt den Kopf. »Aber da war Javier da. Sein großer Bruder war durch und durch der perfekte Prinz. Keine Skandale, er hatte Interesse, die nötige Autorität, Sinn für Gerechtigkeit ... die Presse hat ihn geliebt.« Er verschränkt seine Arme vor der Brust, während sein Blick unablässig über die Szenerie wandert. Die Typen trinken, wobei sie die alkoholischen Flaschen in braunen Papiertüten verstecken, einige nehmen recht offensichtlich Drogen. Auch Tristán hat mal wieder einen Joint in der Hand.

Zum Glück erwartet bei dieser Art Party niemand von mir, dass ich mir diesen Scheiß selbst antue. Ich kann einfach hier neben Ryle stehen und den Aufpasser mimen, auch wenn ich die Sicherheitslage als absolut unverfänglich einstufe. Außer, irgendeiner der Jungs hier zückt ein Messer und sticht den Prinzen ab, aber ich wette, Ryle hat sie alle vorher überprüft. Obwohl Ryle bei Tristáns Exzessen mitmacht, ist er ein guter Leibwächter.

»Die kennen wir, alles ältere Semester«, brummt Ryle in diesem Moment erklärend, ohne dass ich nachfragen muss. Mein vorsichtiger Blick war wohl eindeutig genug.

»Ich dachte, bei diesen Studentenpartys schießt er sich nicht ab«, werfe ich ein. »Wenn es ihm mit dem Gedanken an seinen Vater so dreckig geht, warum bleibt er nicht einfach in der Villa?«

Ryle hebt vielsagend die Augenbrauen und klopft auf seine Hosentasche. »Er will sich hier bloß eine Frau aussuchen. Eine, die morgen nicht mehr wissen wird, dass sie was mit dem Prinzen von Spanien hatte.«

Innerlich verdrehe ich die Augen, nach außen bleibt mein Gesicht neutral, obwohl meine Worte es nicht sind. »Schon wieder die Nummer.«

»Jap.« Ryle sieht sich unbekümmert um. »Dein Job ist heute, die kleine Nixe im Blick zu haben.«

»Wie stellt ihr euch das vor? Soll sie einfach mitmachen? Oder laufe ich nachher allein mit ihr zum Campus zurück?«

»Ihr kommt selbstverständlich mit, der Prinz zieht mit seiner Freundin ab. Das Schauspiel bleibt, bis wir zurück in der Villa sind.« Er grinst schief. »Maeve weiß doch sowieso, was Sache ist. Immerhin plant niemand, die Neue morgen irgendwo aufzuspießen, also glaubt sie uns vielleicht, dass wir zwar nicht so nette Kerle, aber immerhin keine Mörder sind.«

»Hast du echt noch niemanden ermordet?«, frage ich interessiert, während ich dem ausgelassenen Treiben vor uns zusehe. Mittlerweile ist es schon recht dunkel, doch durch die große Feuerstelle ist es hell genug, um einen guten Überblick über die gut zwei Dutzend Feiernden zu haben. Die Musik aus dem aufgestellten Bluetooth-Lautsprecher ist so laut, dass Ryle und ich uns entspannt unterhalten können, ohne dass wir Sorgen haben müssen, wir würden belauscht.

»Doch, ließ sich nicht vermeiden«, gibt Ryle zurück. »Aber das war für den Job.«

»Als du für den Prinzen gearbeitet hast?«

»Ich habe nur für den Prinzen gearbeitet.«

»Also ja.«

Ryle kneift die Augen zu. »Also ja«, wiederholt er. »Das war alles in den Medien. Hättest du dich vorbereitet ...«

»Ich bin bestens vorbereitet«, unterbreche ich ihn. »Es ist ungewöhnlich, dass ein Personenschützer nur für einen Auftraggeber arbeitet.«

»Mach dir um meine Referenzen mal keine Sorgen.« Ryle lacht unbekümmert. »Ich habe vor, Tristán durchzubringen und so lange an seiner Seite zu bleiben, bis wir beide in Rente gehen.« Das Wort *Rente* setzt er mit seinen wackelnden Zeigefingern in der Luft in Anführungszeichen, begleitet wird diese Geste von einem spöttischen Grinsen. Schließlich geht ein König nicht in Rente. »Ich brauchte nie einen anderen Arbeitgeber und ich werde auch in Zukunft keinen anderen brauchen. Ist nett, so ein entspanntes Leben am Hof.«

»Du musst es ja wissen.« Da ich nämlich wirklich vorbereitet bin – viel besser, als er ahnt –, weiß ich, dass Ryle so wie Tristán quasi im Königspalast geboren wurde. Nur eben nicht von königlichen Eltern, sondern von der

Frau vom Sicherheitschef. Ryle ist genau drei Tage älter als Tristán. Die beiden sind also wirklich von Geburt an zusammen aufgewachsen und beste Freunde, seit sie im königlichen Palast auf einer Decke gegeneinandergerollt sind.

Unprofessioneller geht es echt nicht, aber das ist nicht mein Problem.

»Hatte jeder der Geschwister einen eigenen Personenschützer?«

»Bist du heute in Plauderlaune?« Ryle wirft mir einen knappen Blick zu, bevor er wieder das Feuer und die Party darum beobachtet. Er antwortet mir trotzdem. »Ich war immer für Tristán vorgesehen. Javier und Paola hatten eigene Leibwächter.« Ich nicke noch, als Ryle mich verändert ansieht. »Wie sieht es mit dir aus? Musstest du oft eingreifen, um deine Klienten zu schützen?«

Mein Gesicht ist aalglatt, als ich behaupte: »Nein, ich hatte bisher immer Glück. Ließ sich alles friedlich lösen.« Steht schließlich genau so in meiner Akte, die Ryle vorgesetzt bekommen hat.

»Sei bloß froh«, erwidert Ryle leise. »Ist kein schönes Gefühl, einen Menschen auf dem Gewissen zu haben, auch wenn dessen Absichten nicht die nobelsten waren.«

»Kann ich mir vorstellen«, erwidere ich sofort, ohne dass irgendwas an mir oder meiner Haltung verrät, was ich eigentlich denke. Mein Pokerface sitzt besser als mein vom spanischen Hof gestellter Maßanzug.

In diesem Moment hüpft ein betrunkenes Mädchen an uns vorbei und wirft mir über die Schulter ein Lächeln zu, das ich nicht falsch interpretieren kann. Als ich zunächst nicht reagiere, sieht sie Ryle ähnlich interessiert an. Sie legt ihre vollen Lippen um den Strohhalm, der in einem blauen Becher steckt, und starrt schamlos zu uns, während sie daran saugt, eine mehr als eindeutige Einladung. Mein Schwanz reagiert nicht auf diese billige Geste. Ich bevorzuge Frauen, die sich nicht wie eine Schlampe jedem verfügbaren Kerl an den Hals werfen.

Ryle offenbar nicht. Er räuspert sich. »Opfer gefunden. Ich mach die Kleine klar, es sei denn, du willst einen zweiten Versuch starten. Dann würde ich dir diesmal ein, zwei Tropfen weniger empfehlen.«

»Ich weiß echt nicht, wie ihr so lange mit dieser Scheiße durchkommen konntet.« Mein Ton ist mehr gelangweilt als kritisch.

Ryle stößt die Luft zwischen den Zähnen aus. »Schau mal, Nate. Ihr Blick. Ihre Finger. Ihre Haut an ihren Wangen.« Er schiebt seinen Körper schräg vor mich, damit er seine Stimme senken und ich ihn trotzdem noch gut verstehen kann. »Sie will gefickt werden. Ich würde kein völlig ablehnendes Mädchen aussuchen.«

»Mag sein«, stimme ich ihm zu, denn so wie sie uns anstarrt, auf ihren Lippen herumkaut und betrunken an ihrem Dekolleté herumzupft, ist das tatsächlich keine weither geholte These.

»Und niemals würde eine Frau Nein zum Prinzen sagen. Es ist in seiner Situation nun mal schwer, ein ausschweifendes Sexleben zu führen.« Das mag auch sein, dennoch ist ihr Standardvorgehen echt billig – für beide Parteien.

Ich verschränke die Arme. »Ich bin hier, um dich zu unterstützen, nicht um Tristáns Verhalten zu bewerten.«

Ryle nickt zufrieden. »Gut. Ich geh mal mit ihr sprechen. Du passt auf.« Damit macht er sich auf den Weg in

Richtung des Mädchens, die sich sichtlich über ihren Flirterfolg freut.

Ich hingegen blicke zu Tristán und muss zweimal hinsehen. Maeve lehnt noch immer an Tristáns Brust, sein linker Arm fest um sie geschlossen, nur ruht ihre Wange nun verdächtig entspannt an seinem Oberarm und ihre Augen sind geschlossen. Es sieht tatsächlich *beschützend* und vertraut aus, wie sie in seiner Umarmung liegt. Ich gehe ein paar Schritte weiter in ihre Richtung. Tristáns Finger der rechten Hand fahren in kreisenden Bewegungen über ihre Schläfe und die Jungs um sie herum haben die Lautstärke ihrer Gespräche deutlich heruntergeschraubt.

In diesem Moment sieht Tristán auf und begegnet meinem Blick. Augenblicklich stellt er seine Fingerarbeit ein und gleichzeitig schlägt Maeve die Augen auf, nur um sich irritiert umzusehen.

Tristán flüstert etwas in ihr Ohr, dann stehen beide auf. Er zieht sie prompt wieder an seine Seite. Ich bleibe stehen, als sie auf mich zukommen. »Hat Ry jemanden gefunden?«, will der Prinz wissen.

Ich nicke, Maeve sieht noch immer durcheinander aus.

»Gut. Dann lass uns hier verschwinden. Ich bin steinhart und kann das Geschwätz nicht länger ertragen.« Er zieht eine Zigarette aus seiner Hosentasche und schiebt sie in seinen Mundwinkel.

»Wovon?« Hinter vorgehaltener Hand sieht er mich an und zündet gleichzeitig die Kippe an. Seine Augenbraue wandert fragend in die Höhe. Ich deute vielsagend auf seinen Schritt. »Wovon du steinhart sein willst. Du hast mit Elsa gekuschelt.«

Maeve zischt und ihre Wangen gewinnen langsam wieder an Farbe. Sie wirkt dennoch desorientiert und bringt keinen Ton über die rosa Lippen.

»Das ist Sindy mit S«, ertönt es von links und Ryle taucht, die kleine Braunhaarige im Arm, neben uns auf. Damit bringt er Tristán um seine Antwort, wobei er ohnehin nicht so aussieht, als würde er mir eine geben wollen. »Lasst uns die Party in Tristáns Villa verlagern!« Ryles Eroberung kichert angetrunken, als er sie in die Wange zwickt und dann mit dem Arm, der auf ihrer Schulter ruht, erst auf Maeve, dann auf Tristán deutet. »Ihr zwei wollt doch bestimmt auch noch etwas Zweisamkeit heut Abend, hm?«

»Kann es gar nicht erwarten.« Grinsend wuschelt Tristán Maeve durch die Haare. Sie wehrt sich nicht. Dafür ruht ihr Blick kurz auf Ryles Bunny, das er entweder schon mit den K.-o.-Tropfen angefüttert hat oder es spätestens im Wagen tun wird. Und Maeve weiß genau, was dann passieren wird.

Ihren grimmigen Blick bekommen trotzdem weder Tristán noch Ryle ab. Der ist für mich.

Ich reagiere aber nicht darauf, sondern schließe mich den beiden Idioten an, schüttle ein dümmliches Grinsen aus dem Ärmel und stapfe los.

Auf zum nächsten Akt dieser Geschichte.

Kapitel 12
Maeve

Ich bin ernsthaft weggenickt.

In den Armen des Prinzen.

Und ich habe nichts geträumt. Nichts. Das merkwürdige Gefühl beim Aufwachen kommt allein von der Frage, wie das passieren konnte. Wieso bin ich eingeschlafen? So schnell?

Und ausgerechnet bei ihm?

Während ich zitternd wegen des verdammten Schlafmangels neben Tristán herlaufe, suche ich immer wieder Nathans Blick. Er erwidert ihn nicht mehr, sondern stapft voraus. Ryle und ihr nächstes Bauernopfer laufen hinter uns. Sindy kichert so laut, dass wir von den anderen Leuten auf der Promenade schräg angesehen werden. Ryle kümmert das nicht. Er schleppt sie tatsächlich ganz offensichtlich ab, flüstert ihr Dinge ins Ohr, die sie noch weiter kichern lassen.

Tristán hält mich nach wie vor im Arm und sagt kein Wort, als wir seinen Bentley ansteuern, der im absoluten Halteverbot auf dem Boulevard steht.

»Achtung, Paparazzialarm von links.« Nathan lässt

sich zurückfallen, sodass er links neben mir läuft. Tristán brummt und zieht mich fester an sich. Ich sehe noch wie ein verdammtes Reh im Scheinwerferlicht in die angekündigte Richtung, da presst Tristán mich mit seinem Körper an den Wagen und beugt sich vor mein Gesicht. Der erste grelle Kamerablitz erhellt die Nacht, noch in der gleichen Sekunde vernehme ich das Klicken der Kameras wie einen plötzlich einsetzenden Platzregen. Lichtblitze zucken durch die Dunkelheit der Nacht, Sindy quietscht. Doch weder Ryle noch Nathan oder gar Tristán lassen sich davon stören. Alle von den Journalisten gerufenen Fragen oder Anweisungen, wie »Prinz Tristán, wer ist die hübsche Frau an Ihrer Seite?« oder »Zeigen Sie sie doch einmal! Nur ein gemeinsames Foto!«, ignorieren sie. Und ich bin ihnen mehr als dankbar deswegen.

Ich will nicht gesehen werden. Ich *darf* nicht gesehen werden.

Daher habe ich absolut nichts dagegen, dass Tristán mich mit seinem großen Körper abschirmt. Im Gegenteil. Ich presse mich an ihn, suche seinen Schutz förmlich und bete, dass niemand mich erkennen wird. Warum genau, weiß ich nicht. Da ist nur dieser Alarm in meinem Kopf, der einfach keine Ruhe geben will. *Bloß keine Fotos, Maeve.*

Sie dürfen dich nicht finden.

Hinter meiner Stirn pocht es schwer und erdrückend.

Wer zum Teufel?

Ein Zittern geht durch meinen Körper, als ich mein Gesicht an Tristán verberge, und er rahmt mich unwillkürlich fester in seinem Arm ein.

Er beschützt mich – wovor auch immer.

Ryle dirigiert das Mädchen auf die Rückbank des Wagens und Tristáns Haltung verändert sich. Er trägt nur noch ein weißes Poloshirt, das um seine breiten Oberarme spannt und so gut nach ihm riecht, dass ich meine Wange nicht von dem weichen Stoff lösen will. Seine Trainingsjacke, in der ich versinke, hüllt mich noch intensiver in den Geruch nach ihm. *Nach ihm* ist eine Mischung aus einem sehr exklusiven und teuren Parfum und einer leicht süßlichen Note des Grases, das er ständig raucht.

Ich will es nicht zugeben, aber Tristáns Geruch beruhigt mich. Ich habe mich in den letzten Monaten nicht einmal so sicher und so geborgen gefühlt wie eben am Feuer, als ich in seinen Armen eingeschlafen bin. Wenn auch nur für wenige Minuten.

Auch jetzt macht sein Blick etwas mit mir, das mir nicht gefällt. Anmerken lassen kann ich mir das aber nicht. Doch bei jedem erneuten Klicken der Kameras zucke ich innerlich zusammen.

»Ruhig bleiben«, murmelt er und stützt sich mit seiner linken Hand neben mir auf dem Dach des Autos ab. »Wir geben ihnen ein paar Bilder und verschwinden. Ist gleich vorbei. Du gewöhnst dich dran.« Das bezweifle ich.

Natürlich spielt er es, als seine Fingerspitzen über meine Wangen gleiten, natürlich ist sein warmer Ausdruck in den grünen Augen lediglich Show für die Paparazzi. Trotzdem fühlt es sich an, als würde sich eine Schlinge immer fester um meinen Hals schließen, als er seinen Körper an mich schiebt. Er drängt sein Becken an meins und ist – entgegen seiner provozierenden Worte in Nathans Richtung – nicht hart.

Er beugt sich vor und vergräbt sein Gesicht an meinem Hals. Ich suche instinktiv meinen Halt bei ihm, verschmelze mit seinem Körper und nehme das wilde Klicken neben uns wahr.

Es macht mir Angst.

Immer enger presse ich mich an ihn, verberge mein Gesicht, indem ich meine Wange an seine Brust lege, weg von den Paparazzi.

»Ich hasse es so«, flüstert er beinahe gequält an meinem Ohr. Sein warmer Atem trifft auf meine Ohrmuschel, bevor seine Lippen federleicht über meine Haut streifen. Alles an mir spannt sich an. Leider nicht, weil ich das hier so furchtbar finde.

»Warum?«, krächze ich und könnte mich selbst dafür ohrfeigen, dass meine Stimme so wacklig klingt.

»Weil ich nirgendwo hingehen kann, ohne auf Schritt und Tritt bewacht zu werden.«

Ein Knäuel Unbehagen bildet sich in meinem Bauch. »Ach, witzig, dass du das so empfindest. Dann sind wir wohl Leidensgenossen, was?«

Als er den Kopf hebt, ist der Blick in seinen Augen finster. »Ich mache den Scheiß mein ganzes Leben. Du lediglich für einen gewissen Zeitraum, um zu überleben.«

»Ich denke nicht, dass ihr mich umbringen werdet«, halte ich dagegen und beobachte ihn genau. Doch sein Gesicht zeigt keine Regung.

»Warum hast du dich dann auf den Deal eingelassen?« Seine Finger schlingen sich um meinen Hals. Wieder das Klicken, doch ich bin noch immer vor den neugierigen Blicken von seinem anderen Arm verdeckt. Nach außen hin dürfte nichts von seiner besitzergreifenden, drohenden Geste erkennbar sein, als seine Finger sich fester um meinen Hals legen.

Das Atmen fällt mir immer schwerer, doch Tristán weiß genau, was er macht. Mit seiner ganzen Haltung, den freien Arm an der Karosserie abgestützt, schirmt er mich gegen die neugierigen Fotografen ab, während er meine Augen aufmerksam mustert.

Sein Daumen streichelt fast sinnlich über meinen Kehlkopf, sein Blick wird herausfordernder und gleichzeitig hitziger. Genauso wie die Beule in seiner Hose, die nun doch vorhanden ist.

»Weil ihr mich beschützt«, keuche ich, ohne mir meine Unsicherheit anmerken zu lassen.

Er sucht kurz in meinen Augen, dann lächelt er. »So? Denkst du das?«

»Ihr seid sicher große Arschlöcher, aber keine Mörder.«

»Wenn du meinst.« Seine Hand rutscht von meinem Hals in meinen Nacken, gleichzeitig haucht er mir einen Kuss auf den Kopf, der meine Haut prickeln lässt. »Setz dich ins Auto, Prinzessin.« Damit tritt er zurück und hält mir die Tür auf.

Unter dem nervigen Klicken der Kameras rutsche ich auf die Rückbank des Bentleys. Obwohl hier massig Platz ist, reicht er eigentlich nicht für vier Personen. Dennoch nehmen Tristán und Ryle mich in ihre Mitte, während Nathan auf den Fahrersitz gleitet.

Wir lassen die Paparazzi hinter uns und während Tristán mich an seine Seite zieht, begrapscht Ryle die Tussi ungehemmt, die auf seinen Schoß kriecht. Ich versuche, nicht hinzusehen, als seine Zunge in ihrem Mund verschwindet und er sie förmlich ausleckt. Die schmatzenden, stöhnenden Geräusche sind die einzigen im sonst leisen Auto und übertönen auch das Brummen des PS-starken Motors.

Tristán starrt nicht allzu offensichtlich hin, dennoch bin ich mir sehr sicher, dass er gedanklich schon längst zwischen den Beinen der Brünetten ist. Ich weiß nicht, ob sie eine Studentin an der CU ist, gesehen habe ich sie noch nie, was nicht unbedingt aussagekräftig ist, weil mich die anderen Studentinnen nicht interessieren.

Als sie sich nach mehreren Minuten von Ryles Mund löst, sieht sie mit verschleiertem Blick zu mir. Tristáns Finger gleiten sofort erneut über meinen Oberarm und ziehen mich fester an seinen breiten Körper.

»Vielleicht verbringen wir bald mehr Zeit miteinander«, nuschelt sie deutlich angetrunken und ihr Lächeln wird breiter, als sie zu Ryle sieht, der sich ein durchtriebenes Grinsen sichtlich verkneift.

»Sicher, Baby. Freunde dich mit Maeve an. Ihr werdet bestimmt beste Freundinnen und wir machen jedes Wochenende Doppeldates.«

Ich werfe ihm einen bitterbösen Blick zu, den er mit einem Zwinkern in meine Richtung beantwortet. Gleichzeitig umfasst er ihre Hüfte fester, um sich mit seinem Oberkörper an ihr vorbeizulehnen, ohne sie von seinem Schoß zu werfen. »He, Nate, gibt mir mal bitte die Wasserflasche. Ich glaube, Sindy braucht etwas zu trinken.«

»Du bist so aufmerksam«, säuselt sie und bekommt nicht mit, wie Tristán die Flasche, die Nate blind nach hinten reicht, in Empfang nimmt. Als er seinen Arm von meiner Schulter windet, drängt er mich damit enger an Ryle, der mir ein weiteres Grinsen schenkt, während

Sindy damit beschäftigt ist, an seinem Hals herumzulecken.

Ryles Grinsen wird breiter, als er das offensichtliche Missfallen in meinem Gesicht erkennt, weil unsere Oberschenkel aneinandergedrückt werden. Ich bekomme definitiv zu viel von dem mit, was die beiden miteinander tun. Beinahe ist es, als säße ich auf seinem Schoß und versuchte, nicht darüber nachzudenken, warum ich das Szenario dem aktuellen vorziehen würde. Trotzdem kann ich es nicht verhindern, dass mein Unterleib leicht prickelt, als ich mir vorstelle, ich würde auf ihm sitzen. Seine Finger würden sich in meine Oberschenkel graben, meine Lippen an seinem Hals saugen.

Verdammt. Nichts davon will ich.

Eine Bewegung von Tristán neben mir holt mich aus meinen unangebrachten Fantasien, sodass ich den Kopf in seine Richtung wende. Er schraubt den Deckel von der Flasche ab und dann sind es zwei Handgriffe, die so schnell und so geübt passieren, dass ich nur ungläubig blinzle, als er das kleine Fläschchen zurück in die Hosentasche gleiten lässt, nachdem er ein paar Tropfen davon ins Wasser getan hat.

»Das ist nicht euer …« Meine ungläubigen Worte bleiben mir im Hals stecken, als Tristáns Finger sich um meinen Oberschenkel legen und sich fest in mein Fleisch graben. So fest, dass er bestimmt trotz des Stoffes dazwischen seine Abdrücke hinterlassen wird. Mir schießen die Tränen in die Augen, die ich mit aller Macht versuche zurückzudrängen.

Ryles Blick wandelt sich ebenfalls binnen Sekunden, als er kurz an mir hängen bleibt. Er ist eine einzige Warnung. Und so sehe ich nur stumm und entsetzt über derart viel Dreistigkeit dabei zu, wie Ryle dem Mädchen die Flasche an die Lippen hält und sie zum Trinken auffordert.

Dann sind es nur wenige Minuten, bis sich die Atmosphäre im Auto verändert. Die nach außen hin so akkuraten Masken der Männer fallen, als das Mädchen beginnt, unruhig zu werden.

»Ich glaube«, murmelt sie desorientiert. »Mir wird schwindelig. Es fühlt sich so komisch an.«

»Das ist der Alkohol«, sagt Ryle kalt und hält sie an ihrer Hüfte aufrecht. »Wird gleich besser, vertrau mir, Sindy.« Ihr zweifelnder Blick huscht zu mir und ich mache nichts anderes, als ihm auszuweichen. Mein Herz rast. Weg ist das Gefühl, mit ihr tauschen zu wollen.

Ryle tauscht einen knappen, abstimmenden Blick über meinen Kopf mit Tristán, der sich nun wesentlich entspannter im Sitz zurücklehnt. Wenig später zieht er ein Tuch unter dem Sitz hervor und ich weiß, was jetzt kommt, als er es Ryle reicht.

Dennoch passiert sehr viel in meinem Inneren, als Ryle ihr die Augen verbindet und die Kopfhörer in die Ohren schiebt. Sie ist bereits so weggetreten, dass sie keinen Ton mehr herausbekommt. Ich sitze wie festgefroren auf meinem Sitz und sage ebenfalls nichts, als wir kurz darauf auf das Campusgelände fahren. Trotz massiver hochgefahrener Sicherheitsmaßnahmen wird der Wagen am Tor nicht kontrolliert. Auch der Weg vom Parkplatz zu Tristáns Villa verläuft ohne den kleinsten Zwischenfall.

Als Nathan die Tür aufschließt und Ryle mit dem Mädchen auf dem Arm als Erster über die Schwelle tritt, dreht er sich zu mir herum und grinst mich süffisant an.

»Heute mal keine Überraschung auf dem Weg, wie nett.« Er zwinkert mir zu, dann sucht er Nathans Blick, der die Tür nach mir und Tristán verriegelt. »Du bringst Maeve in ihr Zimmer, dann kannst du mitmachen.«

Nathan nickt und ich lasse mich wehrlos von ihm in Richtung des Schlafzimmers führen, das Tristán mir tatsächlich für mich allein überlassen hat.

»Ach, und Nate«, ruft Ryle, als ich schon in den rettenden Raum hechte, »du lässt die Finger von der Nixe.« Sein Unterton gefällt mir nicht.

Mir gefällt sehr vieles an dieser Situation nicht.

Es war eine Sache zu wissen, was die Typen mit den Mädchen machen, aber eine andere, wenn es direkt im Raum nebenan geschieht.

Nathan bleibt in seinem schnöseligen Anzug breitbeinig und mit verschränkten Armen vor der verschlossenen Tür stehen. Sein Blick ist knallhart und lässt nichts davon erkennen, was er von der ganzen Scheiße hält. Aber er macht ja mit.

»Das geht doch nicht!«, fauche ich ihn von der anderen Zimmerseite an und laufe aufgeregt auf und ab. Ich weiß, dass ich etwas tun muss – *müsste* –, aber nicht was.

»Du weißt doch, was die beiden machen«, hält Nathan mir vor. »Du hast es gesehen. Ryle hat dir sogar gesagt, dass sie nicht aufhören werden. Also, warum regst du dich nun so auf?«

»Ich rege mich nicht auf!«, fahre ich ihn gereizt und mit klopfendem Herzen an. Nathan hebt eine Augenbraue und neigt den Kopf.

»Ich habe dich noch nie so aufgebracht gesehen wie jetzt. Tut sie dir etwa leid? Ich dachte, du interessierst dich nicht für andere.«

Ich bleibe stehen und starre ihn an. Sein Grinsen ist eklig. »Du findest das lustig? Eine Frau gegen ihren Willen mit Drogen auszuschalten, um sie ficken zu können, damit sie sich am nächsten Tag nicht mehr daran erinnert?« Entsetzt schüttle ich den Kopf.

»Ich finde dich lustig«, korrigiert er mich. »Du besitzt ja doch menschliche Züge, Elsa.« Er stößt sich von der Tür ab und kommt langsam auf mich zu. Ich weiche ihm aus, doch er nimmt mich an den Schultern und zerrt mich zurück, dicht vor sein Gesicht. Er beugt sich zu mir. »Ryle hat ein Mädchen ausgesucht, das kein Problem damit hat. Offiziell fickst du jetzt den Prinzen. Da du das aber offensichtlich nicht tust, er aber nicht auf seinen Spaß verzichten will, bleibt nur diese Möglichkeit. Entspann dich.«

»Entspann dich«, wiederhole ich keifend und mache mich von ihm los. »Geh einfach. Hab deinen Spaß mit ihr.«

Ich weiß nicht, was ich mit diesen provozierenden Worten erreichen will, sicher nicht, dass sein Grinsen breiter wird.

»Da klingt jemand fast ein bisschen eifersüchtig, hm?« Er bewegt sich zur Tür.

»Das hättest du wohl gerne!«

Nathan zuckt gelangweilt mit den Schultern und greift nach der Türklinke. »Gute Nacht, Elsa.«

Damit lässt er mich allein. Ein paar Minuten starre ich auf das dunkle Holz der Tür und lausche, obwohl alles in mir mich anschreit, mich unter der Decke zu verkriechen.

Es dauert nicht lange und ich höre die ersten Geräusche, die ich eigentlich nicht hören will. Als das dunkle

Stöhnen lauter wird, das Wimmern des Mädchens durch die Tür dringt, schäle ich mich aus Tristáns Jacke, die mit einem Mal schwer auf meinen Schultern liegt. Um mich abzulenken, gehe ich ins nebenan liegende Bad und schlüpfe in ein großes Shirt und Shorts, bevor ich mich abschminke und meine Zähne putze. Dabei starre ich in den Spiegel in mein Gesicht.

Du müsstest ihr helfen, schreie ich mich innerlich an.

Dann werden sie mit dir weitermachen, der realistische Teil in mir.

Das werden sie sowieso, wie Tristán dir bereits angekündigt hat!, die Teufelin in mir. Sie gewinnt. Bisher haben die Männer mir gegenüber nur große Töne gespuckt, aber mich nicht angerührt. Auch wenn ich heute für wenige Sekunden darüber nachgedacht habe, ob Nate mir vielleicht etwas verabreicht hat, das mich so ausgeknockt hat, dass ich in Tristáns Arm eingeschlafen bin. Sehr schnell bin ich aber zu der ernüchternden Erkenntnis gekommen, dass ich einfach nur völlig übermüdet bin und Tristáns Arm sich leider verdammt *gut* anfühlt. Zumindest in den Momenten, in denen er meinen Freund spielt. Etwas, das er überraschend gut hinbekommt.

Er hat mich in der vergangenen Woche wie jemanden behandelt, den er schätzt. Er hat nach den Kursen oft auf mich gewartet und genauso oft hatte er einen Kaffee für mich dabei. Natürlich weiß ich, dass er es gespielt hat und vor allem das macht, was Ryle ihm aufträgt. Aber dennoch fühlt es sich komisch an, nach einer Woche Waffenstillstands erneut diese Seite an ihm zu erleben.

Und zu hören. Als ich zurück ins Zimmer kehre, sind

die Geräusche, die durch die Tür dringen, noch lauter zu vernehmen.

Ich rette mich ins Bett und ziehe mir die Decke über den Kopf.

Hilfreich ist das nicht. Ich bin nicht viel besser als die Männer, wenn ich ihr Handeln einfach ignoriere und zulasse, dass sie eine Frau mit K.-o.-Tropfen ruhigstellen, und doch presse ich mir die Handflächen auf die Ohren und liege wie gelähmt da.

Mit jedem Stöhnen, jedem Klatschen von Haut an Haut wird das Schwirren in meinem Kopf größer. Das schlechte Gewissen nagt an mir und als wäre das nicht schlimm genug, wird mir mit jeder Minute wärmer. Nicht, weil ich mich so tief in die Decke eingewickelt habe.

Die Hitze schießt geradewegs zwischen meine Beine und die Überlegung, ich würde einfach rübergehen und die Frau retten, kurbelt die dunklen Fantasien noch mehr an.

Und doch mache ich es nicht.

Flehend sehe ich wahlweise an die Zimmerdecke oder presse mein Gesicht ins Kissen. Ich wälze mich herum, wechsle die Positionen, so lange, bis die Geräusche endlich – endlich – verstummen.

Schwer atmend rolle ich mich auf die Seite und verharre.

Meine Gedanken kreiseln, ich fühle mich völlig erschöpft und weiß dennoch, dass ich doch kein Auge zubekommen werde. Dafür verknäueln sich die Empfindungen in meinem Kopf mit dem schlechten Gewissen zu einer einzigen dunklen Wolke.

Ich hätte ihr helfen müssen.

Kapitel 13
Maeve

Mein Mund ist trocken. So trocken, dass ich mich irgendwann aus der Decke schäle und barfuß auf die Zimmertür zutapse.

Kurz lege ich mein Ohr ans Türblatt, doch es ist ruhig und so drücke ich die Klinke herunter. Auf Zehenspitzen bewege ich mich an der Wand entlang durch den kurzen Flur, weiter durch das Wohnzimmer, in dem gedimmtes Licht leuchtet. Von hier sehe ich nur die breite Lehne des Designsofas und ein Bein, das von der Seite herunterbaumelt.

Hoffentlich schlafen sie.

Vorsichtig schleiche ich weiter und steuere direkt die Küche an, um mir eine Flasche Wasser zu holen.

Noch mit geöffneter Kühlschranktür nehme ich ein paar große Schlucke, bevor ich sie leise zudrücke und mich mit klopfendem Herzen in mein Zimmer zurückziehen will. Ich komme nur wenige Schritte weit, dann ertönt Ryles Stimme vom Sofa.

»Nixe, wir dachten, du schläfst schon. Komm doch her, hm?« Sein Ton klingt alles andere als einladend.

Meine Hand um die Flasche verkrampft sich. Tief durchatmend ändere ich den Kurs und umrunde das große Sofa, auf dem gefühlt das halbe Schwimmteam Platz hätte. Wenn sie meinen, ich würde mich so leicht unterkriegen lassen, haben sie sich geschnitten. Vor dem Sofa bleibe ich stehen und hebe das Kinn.

Das Bild, das sich mir bietet, habe ich erwartet und doch wühlt es mich mehr auf, als ich mir zugestehen will.

Tristán fläzt sich wie so oft mit einem Joint auf der breiten Liegefläche und wirkt wie immer träge und desinteressiert. Er trägt ein weißes Shirt, seine Jeans sitzt da, wo sie sitzen sollte. Den Kopf in den Nacken gelegt, die Augen geschlossen, zieht er am Joint und würdigt mich keines Blickes. Ryle hingegen trägt nur noch seine schwarze Anzughose. Der Rest seines Körpers lässt meinen Mund schon wieder trocken werden. Ein leichter Schweißfilm bedeckt seine Brust und mein Blick bleibt an seiner Kette um seinen Hals hängen, als er aufsteht und auf mich zukommt. Auf den kleinen Anhängern steht etwas, aber um zu erkennen, was es ist, müsste ich ihm sehr nahe kommen. Und das ist gerade nicht mein bevorzugtes Bedürfnis. Alles in mir drängt mich zur Flucht.

»Wo ist das Mädchen?«, frage ich und recke das Kinn. Die Wasserflasche umklammere ich schützend vor meiner Brust, als ob mir das im Ernstfall irgendwas bringen würde.

Ryle bleibt vor mir stehen und nimmt sie mir aus der Hand, um sie blind neben mir auf einer Kücheninsel abzustellen.

»Nate bringt sie weg.«

»Hoffentlich lebendig.«

»Lebendig, befriedigt und high.« Er zwinkert mir zu. »Nate passt diesmal auf, dass sie nicht von irgendwem weggeschnappt wird, der ihren Zustand noch ausnutzt.«

Ich schnaube verächtlich. Wir alle wissen, wer ihren Zustand gerade erst ausgenutzt hat.

Und wer nichts getan hat, um genau das zu verhindern.

Ryles Grinsen bleibt. »Und du? Warum kannst du nicht schlafen?«

»Ich kann nie gut schlafen.«

Ryle neigt den Kopf und seine Augen schweifen über meinen Körper. »Soso. Deine Schlaflosigkeit rührt also nicht daher, dass du gelauscht hast, Nixe?« Er tritt näher und ich weiche wie bei einem einstudierten Tanz zurück, pralle aber schlussendlich nur gegen den frei stehenden Küchenblock.

»Lass das«, fauche ich ihn an. »Und außerdem musste ich nicht lauschen, ihr wart laut genug.«

Ryles Grinsen kann ich nicht missverstehen. Das war Absicht. Ich drehe mich um, doch da landet seine Hand neben mir auf der Arbeitsplatte und hält mich auf. »Nicht so schnell. Tris und ich hatten eine Wette am Laufen.«

Ich halte inne und sehe in sein Gesicht. Er sieht fast jungenhaft amüsiert aus, als er sein Piercing zwischen die Lippen zieht und mit der Zunge darüberfährt.

Die Hitze schießt zwischen meine Beine und mein Puls beschleunigt sich.

»Was für eine Wette?«, bringe ich mit rauer Stimme hervor.

Ryles Blick verweilt kurz an meinem Hals, rutscht

dann über mein Shirt und wieder hoch in meine Augen. »Ob du die Kleine vor uns retten wirst oder nicht.«

Ich sehe betont zur Seite. Ryles leises Lachen tut mir weh. Nicht körperlich, aber ich höre in jedem Ton die Verachtung heraus. »Ach Maeve. Ich habe an dich geglaubt.« Er seufzt amüsiert und nimmt eine meiner Haarsträhnen und zwirbelt sie zwischen seinen Fingern. »Ich dachte wirklich, du kommst und jagst uns zum Teufel. Stattdessen ist die kleine Lady so abgebrüht und kalt, dass sie einfach zulässt, dass wir unseren Spaß mit einer völlig ausgeschalteten Frau haben.« Seufzend tritt er noch näher, sodass seine Brust gegen meine stößt. Ich halte die Luft an und wage es nicht, ihn anzusehen. Dafür trifft mein Blick auf Tristáns, der sich in diesem Moment von dem Luxussofa erhebt.

»Lasst mich gehen«, fordere ich, als er ebenfalls auf uns zukommt.

Ryles Augen verengen sich. »Bedaure, aber irgendwann hört der Spaß auf. Denkst du wirklich, wir würden dich für lau hier wohnen lassen? Dich für lau vor irgendeinem kranken Typen schützen, der Nachrichten auf Leichen sprüht?« Seine Hand schiebt sich in meinen Nacken und er zieht mein Gesicht an seine Brust, um die nächsten Worte in mein Ohr raunen zu können. »Das machen wir. Aber solche Leistungen gibt es nur gegen gewisse Gegenleistungen, Nixe.«

Ruckartig reiße ich mich von ihm los und hebe den Kopf, um ihn anzusehen. Jegliche Freundlichkeit ist aus Ryles Blick verschwunden. »Ich habe nie darum gebeten, hier wohnen zu dürfen und von dir als Marketinginstrument für deinen eskalierenden Prinzen benutzt zu werden!«

»Nein, das hast du nicht. Weder hast du darum gebeten noch haben wir dich explizit ausgesucht. Deshalb haben wir dir und uns die Zeit dafür gegeben, dich hier einzuleben.«

»Und jetzt?«, keuche ich. »Jetzt wollt ihr … mich?«

»Ich für meinen Teil will dich schon, seit du in die Umkleide gestolpert bist.« Sein Grinsen wird dunkler, ich jedoch stemme meine Hände gegen seine Brust. Er bewegt sich nicht.

»Ihr könnt weiter irgendwelche Tussis ficken, mir ist das völlig egal. Ihr könnt mich einfach wieder gehen lassen. Ich brauche euren Schutz nicht und wie ihr ja jetzt festgestellt habt, werde ich nichts sagen!« Ich atme tief ein, auch wenn ich mich mit diesen wahren Worten auf der Zunge absolut schäbig fühle. »Egal, was ihr für Scheiße baut. Das geht mich nichts an und ich will davon auch nichts wissen. Lasst mich einfach in Ruhe, dann halte ich es genauso.«

»Das glaube ich dir sogar«, fährt Ryle mich eine Spur wütender an. »Es geht trotzdem nicht. Du hängst dadrin, wir hängen dadrin. Und jetzt stell dich nicht so an, wir alle wissen, dass du gar nicht so abgeneigt bist, wie du tust.« Seine Finger verirren sich an meinen Hals. »Spürst du das, Nixe? Deinen Puls? Das ist keine Angst.« Er bringt seine Lippen dicht vor meine. »Das ist Lust. Du willst uns. Du kannst uns haben. Mach es nicht so kompliziert.«

»Das ist Wut, weil du gerade sämtliche Grenzen überschreitest!« Wütend verenge ich meine Augen. Neben mir erkenne ich, wie Tristán genervt den Kopf schüttelt. »Was?«, blaffe ich über Ryles Schulter. »Dachtest du auch, ich würde mich einfach von euch benutzen lassen, weil ich eurem Live-Porno zuhören durfte, oder was?«

»Bei einer Wette gibt es immer zwei Positionen«, klärt er mich nüchtern auf. »Ry hat an deine gute Seele geglaubt, ich wusste, dass du ein eiskaltes Herz hast, Maeve. Jeder außer dir selbst ist dir scheißegal. Natürlich schreitest du nicht ein, wenn wir hier eine Frau *vergewaltigen.*« Er stößt Ryle zur Seite und nun ist es seine Hand, die sich um meinen Hals legt. »Witzig, dass wir uns da gar nicht so unähnlich sind. Mir ist auch jeder andere scheißegal. Mit einer kleinen Ausnahme. Und ich lasse meinen besten Freund nicht kostenlos arbeiten. Also sage ich dir jetzt genau, wie das hier laufen wird.«

Ich starre ihn entgeistert an. »Ich werde nicht ...« Meine Worte gehen in ein Krächzen über, als seine Hand um meinen Hals gnadenlos fester zudrückt. Binnen Sekunden bekomme ich keine Luft mehr und schwarze Lichtblitze zucken vor meinem inneren Auge.

»Du wirst jetzt auf die Knie sinken und ihm dafür danken, dass er die ganze Woche lang für deine Sicherheit gesorgt hat.« Sein Griff lockert sich so weit, dass ich auf die Knie sinken – oder antworten könnte.

»Ich werde nicht ...«

»Du wirst«, unterbricht er mich und pinnt mich mit seinem gesamten Körper gegen den Küchenblock. Sein süßlicher Atem, der auf meine Lippen trifft, und die rot unterlaufenen Augen beweisen, dass er gerade völlig high ist. Noch mehr als sonst.

Das ist der Moment, in dem Ryle eingreift. Er nimmt Tristán an der Schulter und zieht ihn weg. Er stolpert zur Seite und sieht grimmig dabei zu, wie Ryle mich wesentlich sanfter berührt.

»Das muss nicht so laufen, Nixe. Sei einfach ein bisschen offener, ein bisschen lockerer, und wir haben alle unseren Spaß.«

»Indem ihr mich auch mit Betäubungsmitteln ruhigstellt?«

Ryle verzieht das Gesicht. »Eben nicht. Bei dir können wir uns das doch sparen.« Seine Hand rutscht unter den Saum meines Shirts und weiter an meine Shorts. »Du weißt zu viel. Lass es uns zu unserer aller Vorteil nutzen.« Es klingt nicht wie ein Vorschlag.

»Ein bisschen weiter, und ich trete dir in die Eier«, warne ich ihn und versuche erneut, mich von ihm loszumachen.

Doch er packt mich unerwartet grob an den Schultern und schleudert mich mit dem Rücken voran gegen Tristán, der mir von hinten seine Arme um den Oberkörper legt und mich an seiner Brust fixiert. Sein typischer Duft, der mich noch vor wenigen Stunden so beruhigt hat, versetzt mich nun in Panik.

Der feste Griff löst etwas in mir aus, das mich nicht mehr klar denken lässt. Hinter meiner Stirn klopft es fordernd, beinahe auffordernd. Ich müsste wissen, wie ich reagieren muss.

Doch statt irgendwas zu tun, hänge ich mit einem viel zu schnellen Puls und aufgerissenen Augen in Tristáns Armen und kann mich nicht rühren.

»Ach sieh mal an, das ging ja schnell.« Ryle lächelt, als sein Blick an meinem Körper hinabzuckt. »Schon überzeugt?«

Nein.

Ja.

Nein.

Nein, verdammt.

»Bitte nicht so«, flehe ich mit kratziger Stimme, obwohl es das Letzte war, das ich machen wollte. Keine Schwäche zeigen. Nie. Aber gerade bin ich verdammt schwach. Vor allem, wenn sie feststellen, wie recht Ryle doch hat. Unter keinen Umständen darf er seine Hand zwischen meine Beine schieben.

So etwas tun brave Mädchen nicht.

Brave Mädchen werden nicht feucht, wenn sie hören, wie übergriffige Typen den ausgeschalteten Zustand einer Frau ausnutzen.

Brave Mädchen dürften nicht einmal darüber nachdenken, auf diese Weise – freiwillig – ihre Jungfräulichkeit zu verlieren. Schon gar nicht mit zwei Männern gleichzeitig.

Ich keuche, als der Schmerz hinter meiner Stirn wieder da ist und binnen Sekunden unerträglich wird. *Ich. Darf. Es. Nicht.*

»Okay«, lenkt Ryle ein und hält inne. »Ich will dich nicht zwingen. Mach einfach mit.«

»Ich soll dir einen blasen?«, frage ich mit zittriger Stimme. »Mehr nicht?« Ich weiß nicht, welche Antwort ich mir von ihm erhoffe.

Ryle neigt den Kopf, dann zuckt sein Blick an mir herab. »Nein, nicht so«, erwidert er unzufrieden. »Ich will, dass du es willst, Nixe. Und wenn du mitmachst, wird es dir genauso viel Spaß machen. Niemand hat gesagt, wir wüssten nicht, was wir tun. Was meinst du, wie du schreien wirst, hm?« Bei meinen erneut entgleisenden Gesichtszügen wird seine Mimik fast weich. »Vor Lust, Maeve. Nur vor Lust. Nicht, weil wir dir wehtun.«

Tristán lacht leise direkt in mein Ohr, was Ryle seine Aussage korrigieren lässt. »Nun …« Er kratzt sich am Kinn. »Ein wenig vielleicht. Aber ich schwöre dir, Nixe, du wirst jede Sekunde davon genießen.«

Ja, ich fürchte, damit hat er recht.

Ich würde es genießen.

Allein, mir das einzugestehen, befeuert diese Stimme in meinem Kopf. Dieses Schreien, das nicht zu ertragen laut wird. Ich möchte mir die Hände auf die Ohren pressen, doch ich kann mich keinen Millimeter bewegen.

»Ich werde es niemals wollen«, zische ich gegensätzlich zu den in mir lodernden Gefühlen und ernte wieder nur ein zutiefst genervtes Seufzen von Tristán.

»Sie lügt wie gedruckt.«

Ryle beißt auf sein Piercing, was ihn absolut heiß aussehen lässt. »Jep. Ich weiß. Ich verstehe nur nicht, warum.«

Es fühlt sich an, als würde er mich allein mit seinen glühenden Blicken verbrennen – und mit jeder weiteren Sekunde, die seine Augen langsam, aber dafür deutlich gierig über meinen Körper wandern, bringen sie mein Blut zum Kochen.

Ich zapple in Tristáns Griff, doch er denkt nicht dran, mich loszulassen. »Deal, Nixe«, hebt Ryle leise an und treibt mich näher an Tristán, sodass ich zwischen den beiden Männern eingeklemmt bin. Ihre hitzigen Körper pressen sich an meinen, Tristáns unverkennbarer Duft mischt sich mit dem von Ryle. Es riecht nach Sex, nach Lust und nach Angst. Ryles Finger umfassen mein Kinn und obwohl sie sich nicht gerade sanft in meine Haut graben, ist seine Stimme wesentlich weicher als eben.

»Wenn dein Körper deine Worte bestätigt, lassen wir dich rübergehen und werden nie wieder ein Wort darüber verlieren, was hier gerade passiert ist.« Sein Lächeln wird kalkulierend. »Vielleicht bekommst du sogar eine Entschuldigung von uns.«

Ich würde gern mit den Zähnen fletschen, doch einmal würde das sicher ziemlich albern aussehen und außerdem kann ich mich in ihrem Klammergriff nicht bewegen. Nicht mal mein Knie hochziehen kann ich, weil Ryle mich derart fest gegen Tristán presst, dass ich auch schweben könnte, ohne zu fallen.

Er forscht in meinen Augen und ich mache mir keine Illusionen, dass er genau weiß, was in mir vor sich geht. »Sollte dein Körper aber anderer Meinung sein als dein vorlauter Mund ...« Er grinst durchtrieben. »Dann hören wir doch lieber auf den und lassen diesen unsäglich anstrengenden Machtkampf sein.«

Ich schüttle den Kopf. »Nein.«

Er schnalzt mahnend. »Das war kein Vorschlag, Maeve.« Damit dreht er mich ein weiteres Mal herum, sodass ich Tristán direkt gegenüberstehe. Ich sehe ihm in die rot unterlaufenen Augen, als Ryles Hand den Saum meiner Shorts hinter sich lässt und sich auf meinen nackten Arsch legt. Er greift sofort zu und ich entkomme der Bewegung, in der ich gegen Tristán pralle – und ein überfordertes Wimmern ausstoße.

»Nicht«, keuche ich. »Nimm deine Hand da weg, Ryle.«

»Spreiz die Beine, Nixe, sonst mach ich es«, raunt er mitleidslos in meinem Nacken. Sein heißer Körper presst sich an meine Rückseite, Tristáns von vorne. Meine unter dem Shirt unbedeckten Brüste drücken gegen seine Brust und meine Nippel sind längst hart. Tristáns Hand legt sich an meine Wange und er starrt mir in die Augen.

»Nicht so«, wiederhole ich überfordert, als Ryle mir die Shorts abstreift. Kühle Luft trifft auf die Hitze zwischen meinen Beinen, die mir verdammt peinlich ist. Aber vor allem habe ich Sorge, er könnte mein T-Shirt ausziehen und meinen Rücken sehen. Niemand soll die Narben sehen. Niemand *darf* sie sehen. »Ich mache es, ich kann euch beiden einen blasen, ich …«

»Gott, halt einfach die Klappe«, knurrt Tristán und seine Hand rutscht an meinen Nacken. Er drückt meinen Kopf etwas nach unten und fixiert meine Wange an seiner Brust. »Los, nimm sie dir, Ryle. Sie wird noch in hundert Jahren darum betteln, dass wir aufhören.«

Ryles leises Lachen an meiner Schulter verhöhnt mich. »Jetzt rieche ich doch ihre Angst«, flüstert er und beißt in meine Schulter. »Zu schade, dass dein netter Nathan nicht da ist, um dich zu beschützen, was?«

Ich versteife mich, keuche und befürchte, gleich zu hyperventilieren. »Ihr seid solche verdammten Wichser! Wäre Nathan hier, würde er doch mitmachen!«

»Meinst du, ja?« Ryle klingt noch immer verdammt überheblich, doch dann dringt sein leises Seufzen durch den ansonsten ruhigen Raum. »Na schön. Schauen wir mal, ob du nur bluffst, Nixe.« Ohne den Druck aufzugeben, presst er mich weiter an Tristán, dafür löst er seine Hand von meiner Taille und schiebt sie von vorn langsam in Richtung meines Venushügels. Tristán lässt sich davon nicht stören, dass die Hand seines besten Freundes und Leibwächters nun direkt zwischen uns ist.

Ich presse überfordert die Augen zu. Sie sollen nicht

wissen, wie sehr mich diese Scheiße angemacht hat und immer noch anmacht.

Ich will sie nicht wollen.

Ich will nicht mit ihnen schlafen.

Und schon gar nicht auf diese Weise.

Aber vor allem darf ich es nicht.

Immer schneller kommt mein Atem, als ich mein Gesicht nun doch ziemlich freiwillig an Tristáns Brust vergrabe und seinen Geruch inhaliere. Ich weiß nicht, warum er mich beruhigt. Aber mit dieser feinen Note aus Rauch, Chlor und Leder in der Nase überlebe ich den beschämenden Moment, als Ryles warme Finger zielgerichtet zwischen meine Schamlippen fahren. Er hält kurz inne, als er meinen verdammt nassen Eingang erreicht. Überrascht sanft gleiten seine Finger über meine Spalte und drücken sich leicht in mich.

Oh, verdammt.

Keuchend atme ich gegen die kreiselnden Gedanken und warte auf das, was unweigerlich gleich kommt.

Kommen muss.

Doch dann sind es nur weiche Lippen, die sich auf mein Schulterblatt pressen.

»O Himmel, Nixe«, brummt Ryle leise. »So verflucht nass.« Ich wimmere, als er seine Fingerkuppe leicht in mich stößt und meine inneren Wände in kreisenden Bewegungen massiert. Es ist das beste Gefühl, das ich seit Langem gespürt habe.

Ein heißer Schauer jagt durch meinen Körper, kurbelt das Verlangen an, das ich nicht haben darf. »Verrate uns doch mal, warum genau du das hier nicht willst.« Er klingt überhaupt nicht mehr überheblich oder kalt, sondern vielmehr tatsächlich überrascht, als er meine Klit auf Anhieb findet und meinem Körper mit ein wenig Druck ein wohliges Erschaudern entlockt. Eins der Sorte, die eine Gänsehaut über den gesamten Körper jagt. Binnen Sekunden zittere ich und beiße mir fest auf die Unterlippe, um ja keinen Ton zuzulassen und die Tränen der Ohnmacht in meinen Augenwinkeln zurückzudrängen.

»Lasst mich los«, krächze ich, statt auf seine Frage einzugehen. In meinem Hals bildet sich ein Kloß, obwohl mein Körper sich nichts sehnlicher wünscht, als dass er damit weitermacht, was er gerade anfängt.

Ich will es so sehr.

»Warum zum Teufel?«, stöhnt Ryle drängender und lässt seinen Daumen über meine empfindlichste Stelle kreisen. »Weißt du, was ich glaube?« Meine Antwort geht in meinem leisen, gequält klingenden Stöhnen unter, das ihn nicht verunsichert. »Du musst einfach mal abschalten. Einfach mal wieder richtig gefickt werden.« Er klingt überhaupt nicht mehr höhnisch, dafür höre ich fast so etwas wie Mitgefühl aus seiner Stimme heraus, als er seine Lippen von hinten an mein Ohr drängt, seine Finger langsam in mich gleiten lässt und raunt: »Nicht nachdenken. Nicht zerdenken, Nixe. Einfach genießen. Ich denke, dein erster Eindruck von uns ist völlig falsch, wenn auch völlig gerechtfertigt. Lass uns dir zeigen, wie wir noch sein können. Lass dich fallen und genieße. Wir wollen heute keine Gegenleistung von dir, außer dass du einmal diese eiskalte Maske abnimmst und uns zeigst, wer du wirklich bist.« Sein warmer Atem streift über meinen Nacken und löst die nächste Gänsehaut aus. »Mehr nicht.«

Es klingt zu gut, um wahr zu sein. Aber um seinen

Worten zu glauben, müsste ich ihm vertrauen. Und das tue ich nicht.

»Ry«, kommt es gelangweilt von Tristán. »Mach einfach weiter. Mit Worten kriegst du sie nicht. Manche Menschen müssen ein wenig zu ihrem Glück gezwungen werden.«

»Scheiße, ja.« Ryles Zunge gleitet heiß über meinen Nacken. »Du hattest genug Möglichkeiten, um Ja zu sagen.«

»Ich sage aber Nein!«, keuche ich wieder, doch da packt er mich schon und wirft mich in der nächsten Sekunde auf das Sofa. Tristán lässt sich neben mich fallen, greift unter meine Achseln und zieht mich hoch, sodass mein Kopf auf seinem Schoß zu liegen kommt. Während er seine Hand auf meinen Mund presst und mich damit auf sich fixiert, positioniert Ryle sich zwischen meinen Beinen. Er drückt sie mitleidslos auf und ich schließe überfordert die Augen, während mein Körper in den Verteidigungsmodus übergeht.

»Jetzt halt still, verdammt, ich will nicht von deinem Knie erschlagen werden«, knurrt Ryle genervt und fixiert meine Oberschenkel mit seinen Händen. Mein haltloses Schluchzen verklingt in Tristáns Hand und die Tränen der Überforderung verschleiern meine Sicht. Ich will nicht so ...

Im nächsten Moment trifft Ryles Zunge völlig überraschend auf meine Mitte. Ich dachte, er würde ... Meine Gedanken werden davon unterbrochen, was er da tut. Und was Tristán macht. Mit der freien Hand schiebt er mein Schlafshirt nach oben und legt sie um meine Brust, während Ryles Zunge wundervolle Dinge zwischen meinen Schenkeln vollbringt. Im Gegensatz zu all dem, was eben passiert ist, knalle ich ungebremst gegen eine Wand voller Glückshormone. Jegliche Gegenwehr fällt wie ein Kartenhäuschen im tobenden Sturm in sich zusammen, als seine Zunge mich so ungehemmt leckt, so tief in mich gleitet, dass ich mich ihr instinktiv entgegendränge. Dabei kratzt das Piercing seiner Lippe immer wieder über mein empfindliches Fleisch und ich zergehe unter diesen Berührungen.

Das Pochen in meinem Kopf hört auf.

Sein Knurren vibriert an meiner Haut und vor allem .... Vor allem denke ich, es gefällt ihm. Er will genau das und so braucht es nur ein paar Sekunden und mein klägliches Wimmern geht in ein leises Stöhnen über. Ich will ihnen nicht zeigen, wie sehr mir das hier ebenfalls gefällt, auch wenn beide das ganz bestimmt merken.

Als Ryle seine Finger dazunimmt, sie nahezu sanft in mich schiebt und in mir bewegt, während seine Lippen sich meiner pochenden Klit widmen, pulsiert das Blut heiß in mir. Er knabbert an mir, reibt mit seinem Piercing über meine Klit und saugt an ihr. Die ersten Vorboten des Orgasmus schwappen durch meinen Körper, sorgen dafür, dass ich ungehemmt zucke, meine Hüfte im gleichmäßigen Takt seiner Zunge bewege und in Tristáns Hand wimmere.

Nur vor Lust.

»Alter, Tris«, raunt Ryle in diesem Moment und hebt leicht den Kopf, leider genau in dem Moment, als meine inneren Muskeln sich verlangend um seine Finger schließen. Ich unterdrücke jedes frustrierte Geräusch, liege dafür mit wummerndem Herzen auf dem Sofa zwischen ihnen und weiß nicht, was hier eigentlich geschieht. An meinem Hinterkopf spüre ich Tristáns Erektion, doch er begnügt sich damit, mich festzuhalten und meine Brust zu kneten.

So weit wollte ich es unter keinen Umständen kommen lassen. Jetzt liege ich hier, mit gespreizten Beinen, offen und verletzlich. *Und will nichts dringender, als dass Ryle damit weitermacht.*

Ryles Lippen glänzen, genauso wie sein Piercing, und zwar von nichts Geringerem als meiner eigenen Nässe. Er zieht seinen Finger aus mir und wieder verkneife ich mir jeden missfallenden Laut. »Hm?«, macht Tristán über mir und als ich zu ihm aufsehe, kann ich ihn nur verschwommen erkennen.

»Shit, sie schmeckt so ... sie ist so ... ich weiß nicht. Ich kann dir das nicht beschreiben.« Dafür hält er ihm auffordernd seine Finger entgegen. Tristán zögert kurz und weiß wohl ähnlich wenig wie ich damit anzufangen. »Alter, nun mach schon. Ich kenn deine Regeln und all den Scheiß, aber wenn du sie nicht kostest, verpasst du wirklich was.«

Tristáns leises Lachen löst ein nicht näher definierbares Geräusch in mir aus.

»So gut?«, hakt er mit tiefer Stimme nach.

»Boah, fuck. Noch besser.«

Etwas blitzt in Tristáns Augen auf, dann nimmt er seine Hand von meinem Mund. Ich bleibe bewegungslos und stumm auf seinem Schoß liegen und verfolge mit großen Augen und immer noch gespreizten Beinen, wie er nach Ryles Handgelenk greift. Während er mich ansieht, schließt er seine Lippen um Ryles Finger und schmeckt mich.

Um Himmels willen.

Ich dachte nicht, dass es mich derart anmachen

würde, wenn ein Mann meinen Saft von den Fingern eines anderen leckt. Schon gar nicht in so einer Situation.

Als er seine Lippen nach nur wenigen Sekunden von Ryles Fingern nimmt, tauschen die beiden Männer einen Blick, dem ich nicht folgen kann. Er dauert auch nicht lange, dann sinkt Ryle wieder zwischen meine Schenkel. Tristáns Hand hingegen legt sich auf meinen Hals, diesmal, ohne grob zuzudrücken. Dafür spüre ich das Pulsieren seiner Härte an meinem Hinterkopf nun umso deutlicher. Mein Kopf schwirrt vor unverarbeiteten Emotionen und Eindrücken, als Ryles Zunge tief in mich stößt. Ich verkrampfe mich, biege mich ihm entgegen und würde gern alles in mir tief Vergrabene herausstöhnen, doch ich kämpfe dagegen an.

Dafür kommt mein Atem immer flacher, immer hektischer, während das stete Pulsieren durch meinen Körper jagt.

»Lass es raus, Nixe, du musst dich nicht zurückhalten«, weist Ryle mich unzufrieden an, bevor er meine Klit zwischen seine Lippen saugt und mich mit seinen Fingern fickt. Oh, verdammt. Mit flatternden Augenlidern atme ich immer hektischer, falle tief und immer tiefer in den Strudel der Empfindungen, der mich nicht mehr loslässt.

Es ist zu spät.

Zu spät für alles.

Obwohl er mir nicht wehtut, wird er gröber und legt es wohl drauf an, mich immer weiter zu treiben. Ich presse meine Augen zusammen, kann dem ständigen Druck nicht länger widerstehen. Und doch implodiert dieser Orgasmus vor allem in meinem Inneren. Ich stoße angestrengt und flach die Luft aus, während meine

Zehen sich krümmen. Innerlich schreie ich, nach außen hin treten mir vor lauter Zurückhaltung erneut die Tränen in die Augen.

»Mädchen, du bist eine verdammt harte Nuss.« Ryle richtet sich über mir auf und ehe ich weiß, was er macht, greift er an mein Kinn. »Was ist denn los mit dir? Das hier ist doch etwas Gutes! Ich bin fast in deiner Pussy ertrunken, so nass bist du geworden. Also wage es nicht, das abzustreiten!« Und ehe ich auch nur einen Ton von mir geben kann, liegen seine Lippen auf meinen. Mein Wimmern gefällt ihm nicht, dabei gefällt *mir*, wie er mich küsst.

Ich will es ihm aber nicht zeigen. Ich *darf* es ihm nicht zeigen.

Er hält sich nicht zurück, im Gegenteil. Er küsst mich verdammt tief und schiebt seinen Körper dabei immer weiter auf meinen, bis ich sein Becken an meiner unbedeckten Mitte spüre.

Und seinen harten Schwanz.

»Nixe«, raunt er verzweifelt an meinen Lippen. »Warum wehrst du dich denn so? Das hier könnte so verdammt *episch* sein mit uns.« Wieder prallen seine Lippen auf meine, das Metall seines Piercings fühlt sich überraschend warm an. Er küsst mich, als würde er mich von etwas überzeugen wollen. Von etwas, das ich nicht ansatzweise begreife.

Ich schmecke mich selbst auf seiner Zunge und will am liebsten an seinen Nacken greifen und ihn auf mich ziehen. Doch da hebt er schon den Kopf und starrt mich mit unergründlicher Miene an, bevor er einen nicht deutbaren Blick mit Tristán tauscht.

»Fuck, du bist so verdammt scharf, Nixe. Meine Eier

platzen, wenn ich dich heute nicht mehr ficken kann. Es wird dir gefallen, daher fällt das nicht unter Gegenleistung.« Sein Zwinkern nimmt seinen Worten die Schärfe und doch realisiere ich erst, was er gesagt hat, als er erneut zwischen meinen Beinen kniet und seine Hose herunterzieht. Sein Schwanz springt heraus und ist verdammt riesig.

Ryle folgt meinem Blick, dann schiebt sich ein Grinsen auf sein Gesicht. »Keine Sorge, du bist so verflucht nass, das schaffst du, Baby. Ich halte mich auch ein bisschen zurück.« Er lehnt sich über mich, greift an meine Hüfte und ich reagiere instinktiv.

Das hier darf ich unter keinen Umständen zulassen, selbst wenn ich es wollte. *Dafür wird er mich bestrafen.*

Ein Schmerz explodiert so heftig in meinem Kopf, dass ich aufschreie. Ryle weicht perplex zurück und ich nutze reflexartig die Chance, um ihm meinen Fuß in den Bauch zu rammen.

Während er vor Überraschung stöhnend zusammensackt und einen Fluch murmelt, verfrachtet mich mein eigener Schwung vom Sofa. Ich lande unsanft auf dem Hintern, doch der flauschige Teppich fängt meinen Fall ab. Mit klopfendem Herzen, noch immer verschwommener Sicht und einem Dröhnen auf den Ohren, das einfach nicht verschwindet, krabble ich panisch weiter, komme aber nicht weit. Ich werde am Knöchel gepackt, zurückgezogen und unter den Achseln angehoben. Mit rasendem Herzen sehe ich zu Tristán auf, der mich wütend ansieht. Ich kann seinen Blick nur panisch blinzelnd erwidern.

»Er war so nett zu dir und du dankst es ihm so?«, schnauzt Tristán mich an.

Ich schüttle rasch den Kopf, will etwas sagen und doch kommt kein Laut über meine Lippen. Sie fühlen sich wie versiegelt an. Allein der Gedanke fühlt sich beschämend an. *Entschuldigung, ich bin völlig überfordert von dem, was hier gerade passiert? Entschuldigung, ich bin noch Jungfrau und ich weiß nicht, was ich tun soll? Entschuldigung, ich will es, ich* darf *es aber nicht und habe keine Ahnung wieso, weil ich mich an mein Leben nicht erinnere?*

Das kann ich doch nicht sagen. Nicht einfach so. Nicht in dieser Situation. Er würde mir doch ohnehin nicht glauben. Ich weiß ja nicht einmal selbst, warum ich das denke.

»Du bist so ein Miststück«, knurrt Tristán wütend. »Ich wusste es, als ich dich das erste Mal gesehen habe.«

Er stößt mich durch den Raum, bis wir am großen Esstisch ankommen. Dort schleudert er mich ungeachtet meines heftigen Kopfschüttelns und der unkoordinierten Worte, die aus meinem Mund kommen, mit dem Oberkörper darauf. Er hält mich fest, tritt gegen meine Unterschenkel, damit ich die Beine spreize. »Ry, komm her.«

»Bitte nicht, ich ... ich kann das erklären«, keuche ich, doch meine nächsten Worte gehen in meinem Schmerzenslaut unter, als Tristáns Hand auf meinem Hinterkopf landet. Er presst meine Wange grob auf den Tisch und tritt wieder gegen meine Beine, die unter der groben Behandlung nachgeben. »Es wäre so nett gewesen, Maeve. Nun musst du doch die Puppe für ihn spielen. Beweg dich einfach nicht, dann tut er dir nicht mehr weh, als nötig ist.« Er quetscht meine Wange zusammen, als er seine große Hand nicht von meinem Gesicht nimmt.

Mein Kiefer schmerzt, so grob hält er mich. »Ry wird dich ficken, weil er es verdient hat, verdammt.«

Erneut steigen mir die Tränen in die Augen. Vielleicht hätte es wirklich *nett* sein können. Ryles Zunge zwischen meinen Beinen hat sich verdammt gut angefühlt. *Ich weiß doch nicht, warum ich nicht kann.*

»Was sagt sie?«, fragt Ryle in diesem Moment. Seine Stimme kommt immer näher. Ihnen völlig ausgeliefert liege ich mit dem Oberkörper auf dem Tisch und stütze mich mit den Handflächen darauf ab, was mir in keiner Weise weiterhilft. Tristán ist verdammt stark und mindestens genauso wütend auf mich.

»Ist mir völlig egal, sie ist anstrengend.«

In dem Moment spüre ich einen von ihnen hinter mir. Er lehnt sich über mich, fixiert mich noch mehr, als ich ohnehin schon bin.

»Sag das lauter«, raunt Ryle an meinem Ohr. Er wirkt genauso wütend wie Tristán, als er meine Pobacke mit einer Hand umfasst und sie auseinanderzieht.

»Ich ... nein«, flüstere ich angestrengt und bin mir nicht sicher, ob er mich versteht. Doch da scheint ihm schon die Geduld auszugehen. Als ich seinen Schwanz an meinem nackten Arsch spüre, wimmere ich wieder. Ich habe ihn gesehen. Er ist verdammt groß und Ryle ist sauer. Ich habe Angst, verdammt.

Und sie merken es beide.

»Bitte nicht«, flehe ich und halte die Luft an. Ich bin mir ziemlich sicher, dass es ihnen gerade völlig egal ist, ob ich bettle oder nicht. Ich mache trotzdem weiter, wohl wissend, dass Betteln und Flehen nichts bringt, auch wenn ich nicht weiß, woher diese Überzeugung kommt.

Sie werden nicht eher aufhören, bis sie mich gebrochen und mir wehgetan haben.

Doch als ich darüber nachdenke, explodiert ein heißer Schmerz hinter meinen Schläfen. Wieder dieses Blitzen in meinem Kopf, das einfach nicht verschwinden will. *Jetzt bekomme ich schon Migräne von diesem Stress.*

»Ist das euer Ernst?« Eine weitere, völlig angepisst klingende Stimme erklingt, kurz darauf wird Ryle von mir gestoßen. Tristán stolpert halb hinterher, dann finde ich mich in Nathans Arm wieder. Er zieht mich mit einem knappen Blick auf mich an seine Seite und schirmt mich gegen den Prinzen und seinen Kumpel ab. »Ihr seid solche verdammten Heuchler!«, blafft er in Ryles Richtung. »Von wegen, ihr sucht Frauen, die auf eure Scheiße abfahren. Sie zittert, Mann!«

»Liegt möglicherweise an ihrem Orgasmus, weil sie gerade verdammt tief auf meiner Zunge gekommen ist!«, motzt Ryle zurück und reibt sich über das Gesicht, während er tief einatmet, um sich zu beruhigen. »Fuck.« Ich zucke zusammen, als seine Faust krachend in die Wand einschlägt. »Nixe. Komm mal her.«

»Sie wird keinen Fuß mehr in eure Richtung setzen, solange sie in diesem Zustand ist!«, schnauzt Nate zurück.

»Wer bist du? Ihr Aufpasser?«, knurrt Ryle. »Komisch. Mir war so, dein Job ist ein anderer!«

»Ist es auch, aber aktuell ist dein feiner Prinz keiner Bedrohung ausgesetzt. Im Gegenteil, nicht wahr?«

»Sie schuldet Ry etwas«, wirft Tristán ein und hat mal wieder einen Joint in der Hand. Als hätte es die Episode von eben nicht gegeben, klingt er schon wieder verdammt gelangweilt.

»Nixe«, kommt es eindringlicher von Ryle und als sein Blick meinen streift, verändert seiner sich. Seine Stimme wird ruhiger. »Was hast du da eben so besessen vor dich hin gemurmelt?«

»Nichts«, keuche ich und presse mich unwillkürlich fester an Nate, auch wenn ich nicht weiß, wie viel *besser* er ist. Immerhin zwingt er mich nicht mit nach oben gestrecktem Arsch auf einen Tisch, um meine Jungfräulichkeit zu verlieren.

»Ich schlage vor, ihr beruhigt euch alle etwas, und solange habe ich ein Auge auf sie.« Nates schneidender Tonfall macht deutlich, dass er keinen Widerspruch duldet.

»Nixe«, mahnt Ryle, doch ich lasse mich mit steifen Gliedern von Nates festem Griff in mein Zimmer zurückbringen, ohne zurückzusehen.

Dennoch spüre ich die Blicke der anderen beiden Männer auf meinem Rücken. Sie brennen sich so tief hinein, dass sich ein lodernder Schmerz auf der Hautpartie ausbreitet.

Nate schließt die Tür ab, als ich schon das Bett ansteuere, um mich unter der Decke zu verkriechen. Mir ist bestens bewusst, dass ich keinen Slip trage und dass es noch immer verdammt nass zwischen meinen Beinen ist.

Was ich nicht weiß, ist, wie Nate gleich reagieren wird. Doch er wirft lediglich sein Sakko auf den Sessel in der Raumecke, löst die obersten Knöpfe seines Hemdes, bevor er sich tief seufzend setzt. »Schlaf. Ich bleibe hier und passe auf.«

Mehr sagt er nicht und ich habe auch keinerlei Interesse an einem weiteren Gespräch. Stattdessen rolle ich mich auf die Seite und starre an die Wand.

Natürlich werde ich auch in dieser Nacht kein Auge zutun können.

Nicht nach dem, was gerade passiert ist oder beinahe geschehen wäre.

Und nicht mit der Gewissheit, wer hier in meinem Zimmer sitzt und mich beobachtet.

Kapitel 14
Ryle

Ich weiß nicht, wie viel Zeit vergangen ist, seit Maeve mit Nathan verschwunden ist, definitiv aber zu wenig, um mich zu beruhigen. Und gleichzeitig viel zu viel, weil ich dem Wichser noch immer keinen Millimeter über den Weg traue. Ich weiß nicht einmal wieso. Er benimmt sich im Grunde vorbildlich, macht bei unseren Scheißspielchen mit und dass er ein Gewissen hat, macht ihn menschlich. Jeder mit einem Funken Mitgefühl hätte eingegriffen, wenn er in solch eine Situation geplatzt wäre wie Nate.

»Ach komm schon, Ry, hör auf mit diesem schlechten Gewissen«, knurrt Tristán in der Ecke der Küche, wo er gerade damit beschäftigt ist, die nächste Flasche rauszukramen. Er wuchtet das Objekt der Begierde auf die Arbeitsplatte und angelt sich zwei Gläser aus dem Hochschrank. »Wir wissen beide, dass du es nicht gemacht hättest.«

»Aber sie nicht.«

»Na und.« Tristán zuckt unbekümmert mit den Schultern, während er den Whisky einschenkt. Kurz darauf kommt er auf mich zu und drückt mir das Glas gegen die Brust. Abwartend bleibt er dicht vor mir stehen. Ich senke meinen Blick auf die goldene Flüssigkeit. »Schadet sicher nicht, dass sie einmal aus ihrem kleinen Iglu ausgebrochen ist. Sie hat ja doch Gefühle.«

»Jeder hat Gefühle.« Ich reibe mir unschlüssig über den Nacken. »Hast du verstanden, was sie gesagt hat?«

»Als sie flennend auf dem Tisch hing? Nein. Ist mir auch völlig egal.«

»Natürlich ist es das.« Seufzend sehe ich doch zu ihm auf. »Was ist dein Problem mit ihr? Abgesehen davon, dass es dir gefallen hat, wie sie dalag. Du findest sie interessanter als alle anderen Frauen und genau deshalb behandelst du sie wie Dreck.«

Das ist eine recht einfache Gleichung, die Tristán gut beschreibt. Je interessanter er eine Frau findet, desto mieser lässt er sie sich fühlen. Keine Ahnung, ob er das unbewusst oder doch in voller Absicht macht, aber das Ziel ist das gleiche: Er will es sich, aber vor allem ihr, ersparen, ihm zu nahezukommen. Weil er das Leben, das er als Prinz gezwungenermaßen führen muss, weder für sich noch für eine Frau will.

Tristán antwortet nicht, dafür deutet er in Richtung seines Zimmers, das er nun ansteuert. »Ich bin für heute raus.«

Ich habe nichts anderes erwartet. Tristán weiß sowieso, dass ich den Abend nicht so stehen lassen kann, und wird mich nicht davon abhalten. Aber auch nicht mitmachen. Dafür ist er nicht der Typ.

Ich hänge noch ein bisschen auf dem Sofa ab, drehe einen Joint in meinen Fingern, ohne ihn anzurühren. Es war ohnehin schon die ganze Zeit still in Maeves Zimmer und ich gehe stark davon aus, dass sie wieder einen Aufstand gemacht hätte, wäre Nathan ihr zu nahegekommen. Als sich nach zwei Stunden nichts regt, komme ich auf die Beine. Langsam gehe ich auf die Tür zu und schiebe sie vorsichtig auf.

Nathan hat zwar eine hervorragende Ausbildung genossen, aber ich ebenfalls. Und so lausche ich kurz auf seinen ruhigen Atem, der aus Richtung des Sessels kommt und der mit großer Wahrscheinlichkeit nicht gespielt ist. Er ist eingepennt.

Immerhin schnarcht er nicht.

Anders sieht es mit dem in die Bettdecke eingewickelten Mädchen aus. Ihr Atem kommt flach, ja gehetzt, obwohl sie sich nicht rührt. Es hätte mich gewundert, wenn sie nach der Nummer schlafen könnte, wo ihr gerade das doch sowieso schon schwerfällt. Warum auch immer.

Mit leisen Schritten durchquere ich das Zimmer und ehe sie dazu kommt, einen Mucks von sich zu geben, findet meine Hand den Weg auf ihren Mund. Sie strampelt, doch es reicht ein Handgriff, um sie auf meine Arme zu nehmen, ohne ihr die Gelegenheit zu geben zu schreien. Ich kann sehr effektiv arbeiten und die Nixe ist keine Gegnerin, die es mir im Zweifel wirklich schwer machen kann.

Ich habe wenig Motivation, Nathan zu erklären, was ich vorhabe, also zögere ich nicht, sie kurzerhand aus dem Zimmer zu bringen. Erst auf dem Sofa lasse ich sie herunter, nehme die Hand jedoch nicht von ihr. Mit dem freien Arm stütze ich mich an der Lehne hinter ihr ab und sehe in ihr blasses Gesicht. »Ich lasse dich jetzt los, Maeve. Es wäre toll, du würdest nicht das halbe Haus wecken, wenn du schreist, okay?«

Sie sucht in meinen Augen nach etwas, das sie offensichtlich findet, denn sie nickt zaghaft. Prompt lasse ich sie los und bringe etwas Abstand zwischen uns, indem ich mich aufrichte. »Ich will mit dir sprechen. Und ... mich entschuldigen. Nur deshalb hab ich dich da rausgeholt, okay?«

Ihre Augen weiten sich und wieder nickt sie nur, als ich realisiere, dass sie sich nicht einmal mehr angezogen hat, als sie vorhin in ihr Zimmer verschwunden ist. Daher greife ich nach der Sofadecke und breite sie über ihren nackten Beinen aus. Dankbar verkriecht sie sich darin und verfolgt mit angespannter Miene, wie ich mein Glas erneut mit dem Whisky fülle, bevor ich es ihr entgegenhalte. »Hier«, sage ich und lasse mich neben sie fallen, als sie zögerlich daran nippt.

»Es tut mir leid«, sage ich nach ein paar Sekunden Stille und sie überrascht mich, indem sie sofort den Kopf schüttelt und zu mir sieht.

»Mir tut es leid«, flüstert sie scheu. »Ich hätte dich nicht treten sollen, weil du mir ja nun nicht wirklich wehgetan hast und ...«

Ich hebe eine Hand, um sie zu stoppen. »Du hättest mich schon viel früher treten *müssen,* weil ich es nicht gecheckt habe, dass du wirklich nicht willst. Wir wollten dich bloß ein bisschen aus deiner Komfortzone locken. Es war viel zu viel.«

Ihre Augen verengen sich leicht und wahrscheinlich fragt sie sich, ob sie mir glauben kann, doch dann überrascht sie mich erneut, indem sie ihre eiskalte Maske, von der sowieso nicht mehr viel übrig ist, völlig fallen lässt.

Tränen treten in ihre Augen, kullern plötzlich ungebremst über ihre Wangen und sie drückt mir das halb volle Glas in die Hand, um sich mit den Handrücken über das Gesicht zu fahren. Ich stelle es auf dem kleinen Tisch vor uns ab und lehne mich dann vorsichtig zurück. Irgendwas bricht gerade völlig aus ihr heraus und ich habe keine Ahnung, was es ist. »Entschuldige«, flüstert sie wieder, »ich kann nicht … ich weiß auch nicht, was …«

»Du weißt nicht, was los ist, oder du willst es nicht sagen?«, hake ich nach und lehne mich mit verschränkten Armen zurück. Im Gegensatz zu Tristán mag ich es nicht, Frauen weinen zu sehen. Und gerade von der kleinen Nixe hätte ich nicht gedacht, sie so schnell weinen zu sehen. Sie wirkt wesentlich abgeklärter. Fuck, wir sind viel zu weit gegangen.

»Ich … ich …« Sie verstummt und beißt sich auf die Unterlippe.

Ich hake nicht wieder nach. Sie vertraut mir nicht. Warum auch? Natürlich bin ich der Letzte, mit dem sie gerade reden will.

»Ich habe Angst bekommen«, flüstert sie plötzlich und sieht nun doch wieder zu mir. »Weil …« Sie beißt auf ihre Unterlippe und sieht mir in die Augen.

»Weil?«, nehme ich ihren Satz leise auf und bewege mich nicht, um ihr bloß keinen Grund zu geben, um erneut zurückzuschrecken.

Wieder sieht sie mir so lange in die Augen, dass ich unruhig werde. Obwohl in ihren Wimpern Tränen hängen, wirkt sie nicht gebrochen. Nicht zerstört. Wir haben die Tür zu ihrem Inneren gewaltsam aufgerissen und uns diesen Anblick genommen, obwohl sie längst nicht bereit dafür war, uns diesen tief in ihr verborgenen Teil sehen zu lassen.

Aber sie ist nur kurz eingeknickt und ich ahne in diesem Moment, dass es nur eine Frage der Zeit sein wird, bis sie die Tür wieder zuzieht. Diesmal wird sie sie noch fester verschließen.

Dummerweise hat dieser kurze Blick schon jetzt gereicht, um zu wissen, dass es sich lohnt.

Nur müssen wir es mit ihr anders angehen. Ich weiß zwar nicht genau wie, dennoch können wir nicht auf diese Weise weitermachen.

»Weil ich das noch nie getan habe.« Wie um ihre eigene Position zu untermauern, hebt sie wieder in Nixen-Manier das Kinn. »Ich hatte noch nie Sex. Ich bin Jungfrau, Ryle.« Sosehr sie eben noch gestammelt hat, so fest feuert sie ihr kleines Geständnis nun heraus. Ich zweifle zu keiner Sekunde, dass sie es nicht ernst meinen könnte. Aber fuck, damit habe ich nicht gerechnet.

»Oh«, bringe ich dümmlich hervor und verenge unwillkürlich die Augen. Sie erwidert meinen Blick noch immer fest. Sie meint das ernst. Sie ist wirklich noch Jungfrau.

Wie kann das sein? War sie tatsächlich immer so eisig, dass sie niemanden an sich herangelassen hat? An ihrem Äußeren kann es ganz eindeutig nicht liegen. Sie müsste nur einmal lächeln und die Kerle sinken vor ihr auf die Knie, bereit, alles für sie zu tun.

»Du weißt ja vermutlich selbst, dass du nicht gerade ... schlecht bestückt bist«, spricht sie leise weiter. Ihre Wangen sind gerötet, doch sie scheint beschlossen zu haben, sich erklären zu wollen. Ich starre sie an und muss mich zwingen, bei ihren Worten nicht zu grinsen. Shit, welcher Mann hört es nicht gern, wenn die Frau Angst vor seinem Riesenschwanz hat, verdammt? »Deswegen … deswegen habe ich dich getreten, okay? Du hast mich einfach nur überfordert.«

»Das heißt«, überlege ich laut, »wäre ich vorsichtiger gewesen …«

»Ich weiß es nicht«, grätscht sie mir müde in den Satz und sucht meinen Blick. »Ich weiß es wirklich nicht.« Ihre Stimme bricht.

So schlimm ist das doch nun auch nicht?

Ihre Unterlippe bebt und sie legt den Kopf in den Nacken, nur um im nächsten Moment einen erschrockenen Laut auszustoßen.

»Wir waren ja doch erfolgreicher als gedacht.« Tristán schlendert am Sofa vorbei und zum ersten Mal verfluche ich ihn für diesen verächtlichen Ton, den er ständig an den Tag legt. Und für sein mieses Timing. Keine Ahnung, wie lange er schon hier gestanden und zugehört hat. Sein Blick verrät nicht viel, meiner ihm dafür aber eine Menge. Ich wollte mehr von ihr hören. Sie hätte weitergeredet. Ich will wissen, was mit ihr los ist.

Mit Tristáns Erscheinen hat sich das erledigt, wie ihre zu einem strengen Strich gepressten Lippen eindeutig verraten.

»Komm schon, Tris, lass es gut sein«, brumme ich, weil ich keine Lust auf eine weitere Eskalation der Lage habe.

Er hört nicht auf mich. Stattdessen baut er sich vor Maeve auf und sieht auf sie herunter. »Hier.«

Ich muss zweimal hinsehen, um zu verstehen, dass er ihr gerade einen Joint reicht. Maeve verzieht das Gesicht.

»Nicht lieber gleich die K.-o.-Tropfen? Dann wehre ich mich wenigstens nicht mehr.« Mit meiner Faust auf den Lippen unterdrücke ich ein Grinsen. Sie sammelt sich. Das ist gut.

Tristáns Wangenmuskel zuckt, er nimmt seine ausgestreckte Hand aber nicht zurück. »Niemand wollte dich zu irgendeinem Zeitpunkt gegen deinen Willen vögeln. Ry schon gar nicht. Hätten wir das gewollt, hätten wir dir längst irgendein Zeug gegeben, um dich auszuschalten. Es gab genug Gelegenheiten.«

Als hätten diese Worte sie auf eine Idee gebracht, huscht Maeves Blick zu dem Glas und weiter zu mir. Ich schüttle rasch den Kopf, als ich das Entsetzen in ihrem Gesicht aufflackern sehe. »Da war nichts drin.«

Ihre Nasenflügel beben, als sie aufspringt und sich an die Schläfe fasst. Sie stolpert zurück und sieht aus wie ein Schatten ihrer selbst. Damit löst sie etwas in mir aus, das mir nicht gefällt.

Nicht vorrangig ihretwegen, sondern aus ganz egoistischen Gründen.

Tristán bekommt sie an den Schultern zu fassen und sieht sie eindringlich an. »Ry ist der Letzte, der eine Frau gegen ihren Willen anfasst. Ja, das ist jetzt schwer zu glauben, aber ...«

»Genauso wie die Mordsache«, zischt sie anklagend. »Das ist auch schwer zu glauben, dass ihr da absolut unschuldig wart!«

Tristán überrascht mich, indem er dableibt und sich nicht wegen ihrer mitschwingenden Skepsis in sein Zimmer zurückzieht. »Sicher waren wir zu Teilen schuld. Wir hätten sie nicht in diesem Zustand allein lassen dürfen. Hat Nathan dir was zum Trinken gegeben?«

Es wundert mich nicht, dass Tristán Nate nicht traut. Aber sosehr ich seine Antipathie auch nachvollziehen kann, denke ich nicht, dass Nate sie mit irgendwas gefügig machen wollte. Das hat er nicht nötig und ist noch dazu viel zu korrekt dafür.

Ihr Mund öffnet sich zu einer Erwiderung, doch dann schüttelt sie nur knapp den Kopf. Die Hand noch immer auf ihrer Stirn. Vermutlich ist sie noch dabei, Tristáns kleines Eingeständnis zu verarbeiten. Es erstaunt mich ebenfalls, dass er einen Fehler vor ihr offen zugibt. Denn genau das war es mit der Latina. Ein Fehler. Und zwar ein verdammt großer. Nate mit ihr loszuschicken, ein weiterer.

»Dann geht gerade nur deine Angst mit dir durch. Da war nichts drin.« Tristán lässt sie los. »Atme ein paarmal tief durch und dann kannst du entweder einen mit uns durchziehen oder wir machen einen kleinen Ausflug.« Er zuckt die Schultern. »Oder du gehst zu O'Connor pennen, du siehst aber ehrlicherweise nicht so aus, als würdest du heute noch ein Auge zubekommen.«

Ich mahle mit dem Kiefer. Wenn einer weiß, wovon er redet, dann ist es Tristán.

Mit seinen endgültig hervorgebrachten Worten bringt er sie tatsächlich zum Schweigen. Nachdenklich greife ich nach dem Glas, aus dem sie eben noch getrunken hat, hebe es für sie gut sichtbar in die Luft und kippe mir anschließend den Rest des Whiskys in den Hals. Er brennt auf meiner Schleimhaut und ist damit genau das Richtige für den Moment.

Ich sehe, wie sie aufatmet, als ich ihr damit beweise, dass in dem Glas wirklich nichts drin war, das dort nicht hineingehört.

»Es ist drei Uhr, Tris«, werfe ich dann in seine Richtung ein. »Wo willst du jetzt noch hin? Ich hab wenig Lust, Nate für die Scheiße zu wecken. Der Typ kann mir gerade gestohlen bleiben.« Offiziell müsste ich ihn aber mitnehmen, wenn wir nachts unterwegs sind.

Tristán winkt ab. »Eine Runde schwimmen. O'-Connor wird davon nichts mitbekommen.«

Als Tristán *schwimmen* sagt, leuchten Maeves Augen auf. »Schwimmen?«, hakt sie nach.

Tristán hebt eine Augenbraue. »Das ist das, was man im Wasser macht. Die Beine und Arme ein bisschen bewegen und …«

Die kleine Nixe grinst zum ersten Mal. »Das ist ziemlich sicher verboten, mitten in der Nacht.«

»Ich bin ein fucking Prinz.« Er lehnt sich vor, um seinen Fingerknöchel über ihren Hals gleiten zu lassen. »Wenn ich schwimmen will, schwimme ich. Das ist das einzig Geile an diesem Posten.«

Bei der Aussicht nickt Maeve mehrfach. »Darf ich mitkommen?«

»Hab ich doch gerade gesagt. Außerdem ändert sich nichts. Ry oder Nate werden immer bei dir sein.« Er tritt zurück. »Ich hol dir was zum Überziehen von mir.« Damit legt er den Joint auf den Tisch und greift anschließend nach meinem Hemd, das auf der Sofalehne liegt, um es mir zuzuwerfen.

»Ich brauche wenigstens einen Bikini aus meinem Zimmer«, hebt Maeve an, doch Tristán schüttelt abwehrend den Kopf.

»Das ist eine Sache zwischen uns dreien. Lassen wir Nathan pennen.«

»Aber mein Bikini …«

»Den brauchst du nicht.«

Maeves Wangen färben sich rot, doch die Aussicht aufs Schwimmen lässt sie sogar diese Ankündigung hinnehmen.

»Oder soll er mitkommen, weil du uns nicht traust?«, hake ich dennoch nach, als Tristán in seinem Zimmer verschwindet.

Maeve reibt sich unentschlossen über die Stirn, dann sieht sie ein paar Sekunden zu lang auf meine Lippen. »Ist schon okay.«

Ich verberge mein Grinsen, indem ich auf mein Piercing beiße. Die Augen der kleinen Nixe folgen dieser Bewegung. Habe ich es mir doch nicht eingebildet, dass sie nicht gänzlich abgeneigt war. Wenn wir die Sache anders angehen, könnte es doch noch etwas mit ihr und uns werden. Die erste Eisschicht haben wir immerhin schon zum Schmelzen gebracht.

Gut – und es dann massiv vergeigt. Sehe ich ja ein.

Nun doch schmunzelnd ziehe ich mir mein Hemd über und schiebe den Joint in meine Hosentasche.

Als Tristán wiederkommt, reicht er ihr eine Jogginghose und eine Trainingsjacke von sich, was sie sich beides überzieht, wohlgemerkt ohne ihren Slip, da ich den vorhin sonst wohin geworfen habe.

Kurz darauf laufen wir gemeinsam über den menschenleeren Campus in Richtung der Schwimmhalle, was bedeutet, dass wir von einem äußeren Ende zum anderen gelangen müssen. Doch die Lichter in den Wohnheimen bleiben aus und als die wenigen Wachposten mich erkennen, nicken sie uns knapp zu und lassen uns ungehindert vorbei. Da ich einen Schlüssel für die Gebäude besitze, ist es kein Problem, in die Halle zu kommen. In die Halle, vor der heute keine aufgespießte Leiche auf uns wartet, nur so nebenbei bemerkt.

Wir gehen direkt bis zum Becken. Dort wird Tristán, ohne viele Worte zu verlieren, seine Klamotten los und springt nackt hinein. Kein Anblick, der mir sonderlich fremd ist. In Spanien sind wir offen aufgewachsen. *Sehr offen.*

Maeve allem Anschein nach nicht. Wie festgefroren bleibt sie neben mir stehen, als sie Tristán dabei zusieht, wie er seine ersten Bahnen zieht. Das Geräusch des schwappenden Wassers ist kurze Zeit das einzige, das zu hören ist, und hallt von den hohen Wänden wider.

»Worauf wartest du?«, frage ich mit verschränkten Armen und sehe ebenfalls zu Tristán. »Er wird dich im Wasser nicht anfassen.«

Sie bleibt stehen. »Ich habe ihn noch nie schwimmen gesehen.« Sie tritt unruhig auf der Stelle. »Er ist gut.« Fast klingt sie andächtig und irgendwas sagt mir, dass die kleine Nixe nicht oft Komplimente macht.

»Das ist das Einzige, was ihn manchmal noch kriegt«, murmle ich und atme tief durch. Die Sache mit Maeve ist eskaliert und ich weiß nicht, ob wir das Ruder noch einmal herumreißen können oder längst Kurs auf die anstehende Katastrophe in Form eines Eisberges genommen haben, an dem wir alle zerschellen werden. Aber wenn wir uns jetzt Mühe geben ... Fuck. Ich will sie. Und ich fürchte fast, Tristán will das ebenfalls. Auf andere Weise als üblich.

»Und dich auch, oder?«, schiebe ich nach, als sie sich immer noch nicht bewegt.

»Wie meinst du das?«, fragt sie zögerlich und zieht gleichzeitig am Reißverschluss der Trainingsjacke. Ihr sehnsüchtiger Blick in Richtung des Wassers, das durch das einfallende Mondlicht schimmert, ist eindeutig.

»Ihr beide liebt das Schwimmen. Vielleicht habt ihr wirklich mehr gemeinsam, als wir alle anfangs dachten.« Ich deute mit dem Kinn aufs Becken. »Und nun mach, bevor ich nachhelfe. Wenn du ansatzweise so bist wie Tris, brauchst du das gerade.«

»Dreh dich um, bis ich im Wasser bin.«

Was? Ihr Ernst?

»Ich war eben bis zur Nase in deiner Pussy und du …«

»Das spielt keine Rolle. Du drehst dich um, bis ich im Wasser bin.«

Da ihr Ton scharf ist und klarmacht, wie wenig sie darüber diskutieren wird, nicke ich knapp und wende mich ab, um auf die gegenüberliegende Hallenwand zu sehen.

Wenn sie allerdings ernsthaft denkt, das würde irgendwas am weiteren Verlauf der Nacht ändern, hat sie nicht die kleinste Ahnung, mit wem sie es hier zu tun hat.

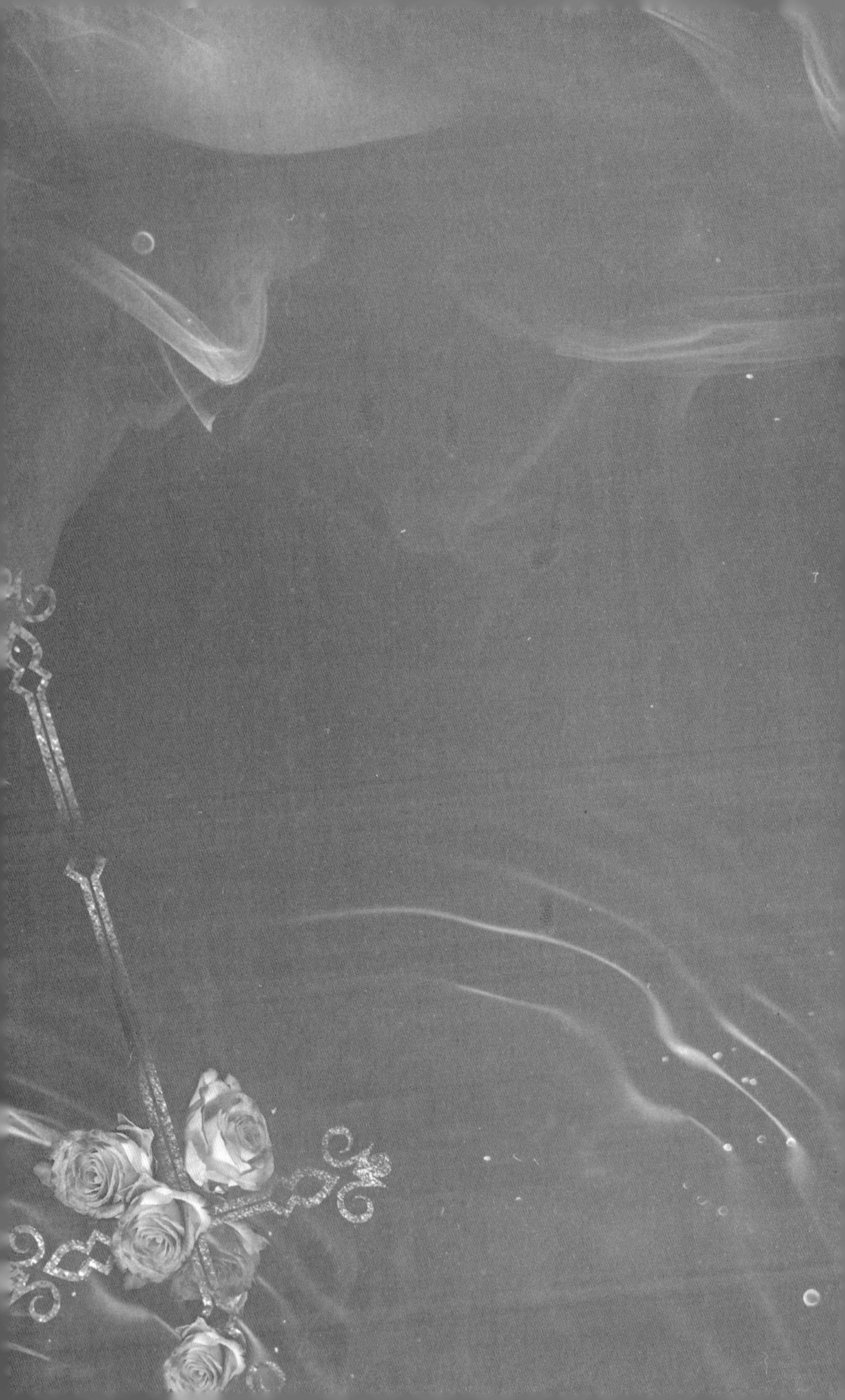

Kapitel 15
Tristán

Als ich nach einer Bahn am Beckenrand auftauche und Luft hole, sehe ich Ryle ein paar Meter entfernt, wie er Maeve beobachtet. Und zwar mit einem Blick, den ich kenne.

Ich will nicht, dass er sie so ansieht. Irgendwas hat sie in ihm geweckt und so schnell wird er davon nicht loskommen.

Er tritt näher und geht neben meinem Kopf in die Hocke. »Hast du gehört, was sie gesagt hat?«

Ich nicke und streiche meine nassen Haare nach hinten. Ich habe heute zu viel gekifft, um ordentlich trainieren zu können, aber dafür war dieser kleine Ausflug auch nicht gedacht. Ich wollte den Kopf freibekommen und vor allem Maeve eine Gelegenheit geben, wieder atmen zu können. Daher lehne ich mich nun mit dem Rücken an den Beckenrand und beobachte sie, wie sie weit von uns entfernt schwimmt.

»Glauben wir ihr das?«, frage ich leise nach oben.

Ryles Augenbrauen kräuseln sich, dann schiebt sich ein breites Grinsen auf sein Gesicht. Eine Antwort bekomme ich nicht, aber das ist auch nicht nötig. Sein Blick ist eindeutig. »Dann hast du auch gehört, dass sie meinen Schwanz riesig findet.«

»Sie hat meinen ja noch nicht gesehen«, gebe ich trocken zurück.

Ryle schnauft und verkneift sich ein Grinsen. »Lass es uns anders machen, ja?«

»Weil du sie magst.« Es ist keine Frage. Das weiß ich längst. »Sag mir nur, warum. Sie ist nicht mal nett. Sie wollte dir in die Eier treten.«

»Weil sie Angst hatte«, nimmt er sie sofort in Schutz. »Sie ist eigentlich total sensibel und überspielt ihre Ängste mit ihrer eiskalten Art. Selbstschutz, Tris.« Er taucht einen Finger ins Wasser, während er mir einen vielsagenden Blick schenkt. Er war schon immer der Empathischere von uns beiden. Und weil ich mich daran gewöhnt habe, auf ihn zu hören, mache ich es auch diesmal. Wenn Ry nett zu ihr sein will, soll er das machen. Ich werde ihn nicht daran hindern.

»Komm doch rein.« Ich spritze ihm einen kleinen Schwall Wasser entgegen, wohl wissend, dass er ablehnen wird. Dafür ist er viel zu gewissenhaft. Wie erwartet verzieht er ungehalten das Gesicht. »Nein, im Ernst. Wenn du sie magst, ist das so. Sie kann sich gern langsam an deinen Riesenschwanz gewöhnen, bevor sie es mit meinem aufnimmt, kein Thema.«

Ryle lacht dunkel auf. »Du bist manchmal so ein Wichser.«

»Immer.« Ich seufze und sehe über meine Schulter, als ich eine Bewegung im Wasser hinter mir spüre.

»Das könnte interessant werden«, murmelt Ryle und

sieht Maeve grinsend entgegen. »Sie guckt schon wieder so, als ob sie dich gleich anfällt.«

»Du magst das doch, wenn sie sich so zickig gibt«, gebe ich zurück. »Dein Riesenschwanz ist ganz klein geworden, als sie geheult hat. Das erträgst du nicht.«

Ryles Blick verfinstert sich und kurz sieht es so aus, als würde er sich doch ins Wasser stürzen, um mir eine reinzuhauen. Dabei sage ich nur die Wahrheit. Mich kann man damit durchaus beeindrucken. Ry zieht nicht nur sprichwörtlich den Schwanz ein, wenn das Mädchen seine Spielchen nicht gewillt ist mitzuspielen. Bei echten Tränen ist er raus.

Ich nicht. Außer mein bester Freund ist involviert. Ich kann mich zusammenreißen. So wichtig ist Maeve mir nicht. Im Gegenteil. Sie ist mir völlig egal. Er aber nicht.

Sie taucht noch einmal unter, um elegant neben uns aufzutauchen. Ryle starrt sie an, als sie sich dicht neben mir am Beckenrand festhält und sich mit der freien Hand die Wassertropfen aus dem Gesicht reibt.

»Danke«, wispert sie und ich weiß nicht, an wen das gerichtet ist. Sie sieht niemanden von uns an, richtet ihren Blick lediglich auf die Fliesen vor ihrem Gesicht.

»Nichts zu danken«, gebe ich daher lahm zurück.

Sie stößt ein Seufzen aus, dann hebt sie den Kopf und blickt nun ganz deutlich zu mir. Kurz mustert sie interessiert die Bilder und Linien auf meinen Armen, die sich bis auf meine Brust erstrecken, sagt aber nichts. Die an meinen Armen hat sie schon gesehen, die auf meiner Brust nicht. Ich vermeide es zwar, in der Öffentlichkeit kurzärmelige Shirts zu tragen, aber vor meinen Kommilitonen kann ich die Tattoos ohnehin nicht verbergen. Will ich auch nicht. Nur zu Hause am Hof muss ich aufpassen. Mein Dad war gar nicht begeistert, als ich nach einer durchgemachten Nacht mit meinem ersten Tattoo, einem Totenkopf auf der Brust, zurück in den Palast gekommen bin. Maeve scheint einem tätowierten Prinzen nicht abgeneigt zu sein. Ganz im Gegenteil. »Gilt Angebot zwei auch noch?«

»Angebot zwei?«, wiederhole ich irritiert, als sie mich aus meinen nervigen Gedanken an meinen Vater reißt. Ich kann mich nicht einmal erinnern, ihr überhaupt eins gemacht zu haben.

Ryle zupft an seiner Hosentasche und holt kurz darauf einen Joint hervor, den er vor unseren Gesichtern in der Luft schwenkt. Maeve lächelt und nickt. *Ach das.*

»Klar, Nixe. Rauchen im Wasser ist zwar verboten, aber wen juckt das schon.« Grinsend schiebt er sich den Joint selbst zwischen die Lippen und zückt in der nächsten Sekunde ein Feuerzeug. Er nimmt einen tiefen Zug, bevor er ihn vor Maeves Gesicht hält. Sie will danach greifen, doch ich schüttle den Kopf und erwische ihr Handgelenk, um es nach unten zu drücken.

»Nicht mit nassen Händen.«

Prompt feuert sie einen blitzenden Blick auf mich ab, der aber an mir abprallt. Dafür schließt sie ihre Lippen um den Joint, zieht daran und allein dieser Anblick reicht, dass ich Ryle in Gedanken zustimme. Sie ist zu interessant für unsere Standardnummer.

Da wir sie eh für unbestimmte Zeit an der Backe haben, können wir den Spaß mit ihr ruhig etwas ausweiten. Und dafür wäre es von großem Vorteil, wenn sie freiwillig mitmacht.

So wie sie vorhin Ryles Zunge in ihrer Pussy eingefordert hat, sollte es nicht allzu schwer werden. Sie will ihn. Mich vielleicht auch, keine Ahnung. Aber darum geht es nicht.

»Dir ist klar, wo das enden wird, wenn du das jetzt machst, ja?«, fragt er sie gerade, als sie erneut am Joint zieht. »Wir werden dich nicht daran hindern, wenn du uns bekifft nach mehr anbettelst.« Sein Grinsen mit dem Grübchen in der Wange überzeugt alle Frauen und verfehlt die Wirkung auch bei Maeve nicht. Langsam lässt sie den Rauch entweichen, dann nickt sie mit zusammengekniffenen Augen.

Schweigend sehen wir dabei zu, wie sie nach und nach den ganzen Joint allein raucht, und wir überlassen ihn ihr. Als Ry schließlich die letzte Glut im Wasser löscht, bevor er sich den Rest wieder in die Tasche stopft, dreht Maeve sich mit einem gelösten Seufzen um, streckt ihre Arme am Beckenrand aus und legt ihren Hinterkopf auf den Fliesen ab.

Eine verdammt sexy Pose.

Dass sie splitterfasernackt ist, stört sie nicht, mich kostet es aber ein wenig Selbstbeherrschung, ihr nicht auf die runden Titten zu starren, die bei ihren sachten Bewegungen immer wieder für wenige Sekunden auftauchen.

»Ich habe gar keine Angst davor, mit irgendwem Sex zu haben«, platzt es dann aus ihr hervor, doch als wäre sie mit dieser Wahrheit schon viel zu weit gegangen, presst sie sofort die Lippen aufeinander und schließt die Augen.

Ryle tauscht einen knappen Blick mit mir – nein, ich weiß auch nicht, was in ihr vor sich geht, und es ist mir noch dazu völlig egal –, dann seufzt er. Ihm ist sie nämlich nicht egal.

Ich weiß nicht, wie ich das finden soll.

Er sieht sich noch einmal um, bevor er sich das Hemd aufknöpft. Sein muskulöser Oberkörper weckt Maeves Interesse. Sie verfolgt mit schief gelegtem Kopf genau, wie er sich aus seinem Hemd schält, es auf den Fliesenboden wirft und seine Waffe aus dem Holster an seiner Hüfte nimmt. Noch einmal prüft er routinemäßig, ob sie gesichert ist, bevor er sie auf dem Stoffhaufen ablegt. Immerhin in Reichweite. Ob ihm das im Zweifel nützt, bleibt fraglich.

Meine interessiert gehobene Augenbraue kommentiert er mit einem Augenrollen. Er wird nachlässig.

Für sie.

Dann streift er seine Hose ab und lässt sich in der nächsten Sekunde vom Beckenrand neben Maeve ins Wasser gleiten.

Das kann tatsächlich interessant werden. Dass er für sie so unvorsichtig wird, habe ich nicht kommen sehen.

Nicht dass mich das juckt. Und wenn hier gleich irgendwer hereinkommt und mir ’ne Knarre an die Schläfe hält, dann ist es halt so.

»Sprich ruhig weiter«, sagt er und bleibt mit etwas Abstand neben ihr. »Eine Portion Ehrlichkeit ist vielleicht gar nicht so verkehrt.«

Sie seufzt. »Ich habe Angst davor, die Angst zu überwinden, weißt du?« Sie beißt sich auf die Unterlippe und seufzt erneut, während sie Ryle ansieht. »Das macht keinen Sinn«, stellt sie kurz danach selbst fest. Ich stimme ihr da zu.

Ryle hingegen neigt nachdenklich den Kopf und streckt seine Hand nach ihrem Hals aus. Sie lässt es zu, dass er mit dem Daumen über ihr Schlüsselbein fährt. »Denkst du, wir könnten dir wehtun?«

Sie zögert. »Nicht körperlich.« Wieder seufzt sie, aber durch das Gras in ihrem Blut lässt sie ihre wirren Gedanken heraus. »Ich will ... nein, ich *kann* euch nicht vertrauen und deshalb weiß ich, dass ihr mir zwangsläufig wehtun werdet.«

Die kleine Maeve wurde also in der Vergangenheit verletzt.

Wie tragisch.

Ich bette meinen Kopf auf meine Unterarme, damit ich nicht unbedacht einen Spruch loslasse, der Ry daran hindern könnte, die Kleine heute doch noch zu vögeln. Soll er sie entjungfern und ihr zeigen, was er so kann. Ich weiß schon, wie das enden wird. Sie machen das ein paarmal, er ist scheiße nett zu ihr, bis er das Interesse verliert. Und wer heult?

Sie.

Gott, ich habe schon jetzt keinen Bock mehr auf die Scheiße.

»Weil du denkst, das funktioniert nur, wenn man Gefühle füreinander hat?«, hakt Ryle nach.

»Hm, ja, nein. Eigentlich nicht.«

Ryle lacht leise bei ihrer wirren Antwort und schiebt sich langsam, aber immer deutlicher an sie heran. Sie lässt das zu, ihren Blick auf seine Lippen geheftet. Er hält still, als sie ihre Hand ausstreckt und zögerlich über sein Piercing streicht. »Ich kann gerade nicht so gut denken«, flüstert sie und sieht zu mir. Ihre erhitzten Wangen sprechen ihre ganz eigene Sprache.

»Du musst nicht denken. Manchmal tut es ganz gut, den Kopf auszuschalten. Da kenn ich noch so einen Kandidaten.«

Mann, ist er witzig.

Ryle ist nun ganz in den Gentleman-Modus gerutscht, in dem er ihr erzählt, was sie hören will, damit sie ihn ranlässt, ohne Gefahr zu laufen, wieder von ihr weggestoßen zu werden.

»Ihr seid total gefährlich«, hält sie ihm darauf mit zusammengekniffenen Augen vor. »Gott ... ich ... ich will das, aber ich kann nicht.«

Ryle mustert sie kurz und diesen Blick, den er dabei auflegt, kenne ich auch. »Ich wüsste, wie wir das ändern können.«

Über ihren Kopf hinweg schüttle ich den Kopf. Wenn er das macht, wird sie ihn morgen hassen. Und ich schätze, eine Nacht mit ihr wird ihm nicht reichen.

Er ignoriert mich, stattdessen stemmt er sich mit dem Oberkörper aus dem Becken und zieht seine Hose an sich heran. Maeve verfolgt mit großen Augen, wie er eine kleine Dose aus der Hosentasche fischt, sie aufklappt und eine Pille herausnimmt. Mit einem abschätzenden Blick auf Maeve teilt er sie mit seinem Fingernagel und legt die zweite Hälfte zurück.

»Lass den Scheiß, Ryle«, sage ich lauter.

»Lass das doch Maeve entscheiden.« Er lässt sich wieder geschmeidig neben ihr ins Wasser gleiten. »Ich verspreche dir, dass wir es nicht übertreiben. Ein bisschen der Realität entfliehen. Mehr nicht.« *Vor allem ein bisschen die Hemmungen loswerden, damit sie ihn ranlässt.*

Bei seinen Worten blitzt es in ihren Augen auf. Mit ihnen scheint er einen Nerv bei ihr zu treffen. Ich habe auch erkannt, dass sie vor irgendwas davonläuft, aber trotzdem bin ich noch nicht auf die Idee gekommen, sie mit Drogen gefügig zu machen. Dazu klang sie viel zu abgeklärt, schließlich hat sie erlebt, was wir machen. Ich zwinge keine Frau, bei unseren Spielchen mitzumachen, wenn sie nicht von Anfang an Interesse zeigt.

Nie hätte ich in Erwägung gezogen, Maeve könnte freiwillig einem Drogentrip zustimmen.

Aber wenn es ihr hilft!

Ich verschränke die Arme und halte einen weiteren Spruch zurück. Ich bin der Letzte, der sie dahingehend nicht versteht. Es wundert mich nur außerordentlich, dass sie das in unserer Gegenwart überhaupt in Erwägung zieht.

»Ja oder nein?«, fragt Ryle sie währenddessen. »Deine Entscheidung.« Dieser Heuchler. Ich muss grinsen. Er war lange nicht mehr so unverfroren. Ich würde diesen Ryle mögen, wüsste ich nicht, dass er sich im Nachhinein viel zu schnell selbst Vorwürfe macht. Und ich will nicht, dass es ihm schlecht geht.

»Ich dürfte nicht mal darüber nachdenken, Ja zu sagen«, brummt sie und starrt auf die halbierte Pille zwischen seinen Fingern.

»Stimmt, wenn du klug wärst, solltest du das wohl nicht«, erwidert Ryle amüsiert. Er berührt sie leicht am Kinn, damit sie ihn ansehen muss. »Aber man darf auch mal nicht so kluge Entscheidungen im Leben treffen, Nixe.«

»Ich darf ni–«, sie keucht leise, schließt kurz die Augen, ehe sie sich sichtlich sammelt. »... Ich ... Okay«, stimmt sie dann rasch zu. »Ja, ich will das, Ryle.«

Ryle hält doch sichtlich überrascht inne und sieht zu mir. »Ja was fragst du mich denn jetzt?«, knurre ich gereizt. »Du hast mit der Scheiße angefangen, also zieh es jetzt auch durch.« Beide werden das morgen bereuen.

Aber ich bin noch viel weniger sein Babysitter als er meiner. Und wir beide wissen, dass Maeve überhaupt nur in Erwägung zieht, die Drogen freiwillig zu nehmen, weil sie längst vom sicher ungewohnten Gras nicht mehr klar denken kann.

Ist aber auch nicht mein Problem.

»Ich dachte nicht, dass sie wirklich zustimmt«, murmelt er grinsend. Dann sieht er sie nachdenklich an. »Ich würde zu gern wissen, wovor du davonläufst, Nixe. Aber ich schätze, das wirst du uns nicht sagen.«

»Vor mir selbst«, flüstert sie und schiebt ihre Hände in seinen Nacken. Ihr Blick heftet sich auf seine Lippen. »Kannst du das noch mal machen?«

»Dich küssen?«

Sie nickt, während ihr Blick kurz zu mir zuckt.

»Klar«, brummt Ryle. »Tris mag das nicht. Aber wenn du geküsst werden willst, kannst du immer zu mir kommen.« Er zwinkert ihr zu und Maeve ... grinst. Zum ersten Mal sehe ich sie wesentlich gelöster.

Noch ein Zwinkern, dann legt er sich die Pille selbst auf die Zunge. Bevor sie noch etwas erwidern kann, platziert er seine Hände neben ihrem Körper am Beckenrand und beugt sich zu ihr. Zuerst küsst er sie vorsichtig, so ruhig, dass er sichergeht, dass die halbierte Molly von seinem Mund in ihren wandert. Dann zieht er sich zurück, die Augen auf ihre Zunge gerichtet. Er legt eine Hand an ihr Kinn und nickt. »Jetzt schluck«, weist er sie mit vor Lust verhangener Stimme an. In seinem Kopf ist er sicher schon ein paar Schritte weiter und sie schluckt etwas anderes.

Sie macht, was er sagt. Noch interessanter. Ich dachte

nicht, dass sie auf Anweisungen steht oder überhaupt daran denkt, ihnen nachzukommen.

Vielleicht habe ich sie doch völlig falsch eingeschätzt und bin so wie alle an ihrer eiskalten Mauer abgeprallt, weil sie genau das wollte. Aber die Maeve hinter ihrer meterhohen Eisschicht ist gar nicht so abgeneigt von ein bisschen Dominanz. Und offensichtlich auch nicht von meinen besten Freunden aka bunten MDMA-Pillen.

In dem Moment dreht Ry seinen Kopf zu mir. »Verdammt, Tris. Ich glaube, ich bin verliebt.«

Ich stoße ein leises Knurren aus und fahre mit den Händen durchs Wasser. Sofort geht mein Ton im Schwappen der kleinen Wellen unter. Ja, das glaube ich auch. Mal sehen, wie lange seine Faszination für seine kleine Nixe anhält. Ich verbeiße mir ein Grinsen, drehe mich herum und sehe zur Glasdecke. Es ist tief in der Nacht und der Mond schickt als einzige Beleuchtung sein Licht durch die Scheiben.

»Nixe, das wird gut«, murmelt Ryle in diesem Moment neben mir und stürzt sich förmlich auf sie. Dieser Kuss ist schon wesentlich anders, auch wenn er sich zurückhält. Ich sehe, wie er sie sein Piercing mit ihrer Zunge erkunden lässt, und fuck, ja, dieser Anblick gefällt mir auch. Er greift an ihren Nacken und intensiviert den Kuss langsam. Als sich ein leises Stöhnen aus ihrer Kehle schleicht, knurrt Ryle an ihren Lippen. »Hast du schon mal einen Schwanz geblasen?«, fragt er sie und lässt kurz von ihr ab. »Das hast du uns vorhin angeboten. Wie ernst war das gemeint?«

»Ich … ich glaube nicht«, keucht sie und greift an ihre geschwollene Lippe. »Aber …« Sie bricht ab und verengt die Augen, als würde sie in ihrem Kopf ein ganz eigenes

Gespräch führen. *Sie glaubt nicht?* Wie kann sie das nicht wissen?

Meine verwundert hochgezogene Augenbraue wird von Ryle erwidert.

»Das *aber* würde mich interessieren.« Er legt seine Hand an ihre Wange. »Was ist da schiefgelaufen? Wie konntest du dir das so lange entgehen lassen?«

»Aber ich würde es gern ausprobieren. Ich weiß nur nicht, ob es mir gefällt«, murmelt sie und senkt den Blick auf seine Brust.

»Warum nicht? Denkst du, Blowjobs sind nur für den Mann gut? Es gibt viele Frauen, die darauf abfahren und dabei selbst eine Menge Spaß haben.« *O Ryle, Mann, übertreib nicht.* Er ist der Erste, der die Frau mit seinem *Riesenschwanz* im Rachen zum Würgen bringt, weil er drauf abfährt. Völlig ungeachtet dessen, wie wenig Spaß die besagte Frau dabei hat.

»Falsches Umfeld für solche Experimente«, murmelt sie und blickt zu mir. Ihre blauen Augen schimmern. »Bei euch hätte ich es gemacht.«

Ich ziehe überrascht eine Augenbraue in die Höhe. Aha? Wie falsch kann ein Umfeld in ihren Augen gewesen sein, wenn sie sogar uns ihm vorzieht?

Mal ganz davon abgesehen, dass sie vor ein paar Stunden noch nicht den Eindruck abgegeben hat, sie hätte einen Blowjob wirklich in Erwägung gezogen.

»Damit wir dich nicht ficken, schon klar. Aber weißt du –« Ryle nimmt sie an der Taille und zieht sie ruckartig von der Bande, was sie aufquietschen lässt. Dabei befinden wir uns hier in dem Teil des Beckens, in dem sie locker noch stehen kann.

Aber dass ihre Füße den Halt verlieren, ist nicht ihr

Problem. Hastig dreht sie sich in seinem Arm zur Seite, doch da ist es schon zu spät. Ich habe ihn schon gesehen. Ihren Rücken, den sie versucht vor uns zu verbergen.

Irritiert verenge ich die Augen und sehe kurz zu Ryle, der fragend eine Augenbraue hebt. Ihm ist es ebenfalls bisher nicht aufgefallen, dass ihr ganzer unterer Rücken mit Narben übersät ist. Helle Narben zwar, aber das ist unerheblich. Narbe ist Narbe. Und Maeve hat viele davon.

»Was ist das?«, frage ich und stoße mich vom Beckenrand ab, um auf sie zuzuhalten. Ich ignoriere ihr erneutes Quietschen, als sie panisch zurückspringt und das Wasser um sie herum schwappt. Grob erwische ich sie am Oberarm, um sie aufzuhalten.

»I-ich weiß nicht, was du meinst«, stammelt sie und schiebt dabei hektisch eine der aus ihrem Zopf gelösten blauen Strähnen aus der Stirn, die mit der bekifften Panik in ihren Augen um die Wette strahlen.

»Ich meine deinen Rücken, Maeve«, sage ich kalt und drehe sie kurzerhand um, sodass Ryle ebenfalls einen Blick auf die Narben werfen kann. Das Wasser plätschert zwar um ihre Schultern herum und verfälscht das Bild ihrer Haut im schummrigen Licht des Mondes, man erkennt sie dennoch.

»Oh fuck«, murmelt Ryle und streicht sich über das Gesicht. Eine Geste, die er gern macht, wenn er ehrlich überfordert ist. »Woher ... woher hast du die, Nixe?«

»Die ... das ist nichts Wildes.«

Natürlich wiegelt sie sofort ab.

»Woher?«

Es dauert ein paar Sekunden, dann wandelt sich ihre Panik in Trotz. Sie bläst die Wangen auf und sieht kurz von mir zu Ryle und wieder zurück. »Das geht euch zwar eigentlich nichts an, aber ... die sind von dem Brand, bei dem mein Vater gestorben ist. Ich rede nicht gerne darüber, wie ihr euch vielleicht denken könnt. Reicht das?«

Wütend blitzt sie mich aus ihren blauen Augen an, in denen sich der in die Halle scheinende Mond spiegelt. Sie ist verdammt hübsch. Ob sie denkt, dass diese Narben irgendwas daran ändern würden?

»Hier auch«, kommt es überrascht von Ryle und streicht über ihren rechten Arm. Sie zieht ihn sofort weg – nur um mir kurz darauf provozierend ihren Unterarm entgegenzuhalten.

»Ja, hier auch. Zufrieden? Können wir dann anfangen?«

Ich verenge erneut die Augen, als mein Blick auf die wesentlich blasseren Narben auf der Innenseite ihres Unterarms fällt.

»Ja klar. Geht uns ja auch gar nichts an«, wiederhole ich ihre Worte knapp. Wieder flackert etwas in ihren Augen auf, das ich nicht deuten kann – und nicht deuten will.

»Also, Ryle?«, wende ich mich an meinen besten Freund. »Wie stellst du dir das hier vor?«

Er schaltet sofort. Wir werden Maeve garantiert nicht zwingen, mit uns eine Therapiestunde abzuhalten. Dafür sind wir weiß Gott nicht die Richtigen.

Nachdem er sich kurz gesammelt hat, nickt er hinter mich. Die Aufforderung verstehe ich und komme ihr nach. Ich greife mit beiden Händen hinter mich an den Beckenrand und ziehe mich hinauf. Im gleichen Moment dirigiert Ryle Maeve zwischen meine Beine. »Wir zeigen dir jetzt, dass es dir Spaß machen kann, einverstanden?«

Als Maeves Gesicht noch mit Fragezeichen bevölkert bleibt, setzt er amüsiert nach: »Einen Schwanz zu blasen, meine ich.«

Es dauert ein paar Sekunden, dann schafft es auch Maeve, erneut abzuschalten. Und sicher ist auch das MDMA in ihrem Blut nicht ganz schuldlos daran.

Mit verhangenem Blick sieht sie auf meinen Schwanz, der zwischen uns aufragt. Erwartungsvoll schießt ihre Zunge hervor, huscht über ihre Unterlippe, um sie zu befeuchten. »Ja gerne.«

Ja gerne.

Mit zusammengekniffenen Augen sehe ich sie an und muss mich zügeln, um nicht selbst zuzugreifen.

Scheiße, es ist neu, als Lehrobjekt missbraucht zu werden. Ich lasse das Grinsen zu und schiebe meine Hand unter ihren leicht gelösten Zopf, um sie an ihrem Hinterkopf auf mich zu ziehen. Wenigstens ein Stück, doch Ryle beendet meinen Move, bevor ich ihn richtig ausgeführt habe.

Er zischt anklagend, als würde ich sein neues Spielzeug direkt kaputt machen. »Langsam, Tris. Es soll schön für sie werden.« Aus jedem Ton höre ich heraus, wie viel Spaß er an dieser Sache hat, und mein Gott, dann soll er sich austoben.

»Was mache ich mit meinen Händen?«, fragt sie leise und ist so dicht vor mir, dass ich ihren Atem auf meinem Schwanz schon fühlen kann. Ich lege den Kopf in den Nacken, um jeder weiteren Bewegung zu widerstehen.

»Mit einer hältst du dich an seinem Bein fest«, erklärt Ryle und platziert ihre Hand kurzerhand selbst auf meinem Oberschenkel. »Mit der anderen kannst du ihn anfassen und hast ihn so selbst in der Hand, falls Tris sich nicht zurückhalten kann.«

Ich verdrehe innerlich die Augen. Ich weiß verdammt noch mal genau, was er hier abzieht und was sein Ziel ist. Ich kriege den schnöden Blowjob ab, während er ihr danach zeigt, wie es noch sein kann. Anfängerblowjobs sind nun mal – sehen wir der Realität ins Auge – in den allermeisten Fällen scheiße. Im Gegensatz zu ihm kann ich auch nicht verstehen, was so toll daran ist, eine Jungfrau abzuschleppen. Ich bevorzuge die größte Schlampe der Party. Je höher der Bodycount, umso besser. Mehr Erfahrung verspricht in den allermeisten Fällen wesentlich mehr Spaß. Und ich will nichts anderes als das. Eine Frau, die mir mit ihren Lippen den Verstand aus dem Schwanz saugt.

Nur das.

Aber in Maeves Blut kocht die Molly ihr ganz eigenes Süppchen. Vielleicht reicht das schon, damit sie sich nicht gänzlich zurückhält und ich wenigstens ein bisschen was von ihren ersten Blasübungen habe.

»Nur für dich, Ry«, teile ich ihm also leise mit, als er seine Hand leicht in ihren Nacken legt und sie nach unten drängt. Sein teuflisches Grinsen verdeutlicht, dass ich mit meiner These richtigliege.

»Nun mach den Mund auf und probier ihn, Nixe«, weist er sie dunkel an.

Und Maeve macht, was er sagt. Als ihre Lippen sich zunächst nur um meine Eichel schließen, unterdrücke ich ein frustriertes Stöhnen. Wenn das hier in diesem Tempo weitergeht, sind wir die ganze Nacht damit beschäftigt. Ich komme nicht einfach so, nur weil irgendwelche

Lippen meinen Schwanz küssen. Da muss schon ein bisschen mehr passieren.

Genervt nehme ich die Hand von ihrem blauschwarz glänzenden Haar, um Ryles Nummer nicht doch noch mit einer unbedachten Bewegung zu versauen.

Vielleicht sollte ich an den letzten Porno denken, um die Sache zu beschleunigen, auch wenn ich bezweifle, dass mein abgestumpfter Schwanz allein wegen einer Erinnerung abspritzen kann.

Als Maeves Kopf sich viel zu sanft nach oben und unten bewegt, balle ich meine Hände zu Fäusten.

Das wird nichts. Und ich wünschte, Ry hätte mir die Scheißpille gegeben statt ihr.

Es wird mit jedem Tag schlimmer. Mit jedem Tag, an dem der Tod meines Vaters näher rückt, verliere ich mehr die Kontrolle. Es könnte jeden Tag so weit sein. Und wenn es so weit ist ... weiß ich nicht, ob ich dann wirklich noch da sein will.

Kapitel 16
Maeve

B*rave Mädchen tun das nicht.*

Immer wieder rasen diese Worte durch meinen Kopf, prallen aber an dieser inneren Blockade ab, die Tristán und Ryle in den letzten Sekunden in mir errichtet haben. Aber da sind auch Bilder. Bilder von einer Lichtung mitten im Maisfeld. Kuttenträger. Eine alte, zerfallene Kirche.

Ich, wie ich auf dem Feld arbeite.

Ich, wie ich mit einem Besen den Staub aus den alten Gebäuden fege.

Ich, wie ich Sprüche murmle, die mich anwidern.

Wiederkehrende Worthülsen aus unzähligen Mündern von Menschen, die an ihre Bedeutung glauben, die von den hohen Mauern geschluckt werden.

Kälte, die mir unter die Haut kriecht.

Meine Narben, die unangenehm ziehen.

Und dann ist da *er*, als ich mich über *seinen* Schoß beuge und seinen Schwanz zwischen die Lippen nehme. »Goldschein«, raunt er noch, aber dann komme ich ungebremst in der Realität an.

Die Bilder verschwinden so plötzlich, wie sie gekommen sind, verblassen nahezu sofort und werden von dem dumpfen Pochen hinter meiner Stirn verdrängt.

Mein Herz rast, als die Erinnerungen mich eiskalt erwischen und doch nicht unter sich begraben.

Was auch immer da gerade durch mein Denken pflügt: Es sorgt dafür, dass es mir egal ist.

Meine Vergangenheit ist mir egal.

Egal, was Tristán von mir denkt.

Egal, dass beide meine Narben gesehen haben.

Egal, ob ich es richtig mache.

Egal, was Tristán morgen über mich sagen wird.

Egal, wie er mich darstellen wird.

Egal, dass ich alles andere als ein braves Mädchen bin.

Jetzt gerade ist es vorrangig das Gefühl von seinem seidigen Schwanz an meiner Zunge und ein Geschmack, der mir gefällt, was mein Denken bestimmt. *Ich mache das hier nicht zum ersten Mal.*

»Tris mag es gern ein wenig fester, Nixe.« Ryles Stimme bahnt sich den Weg durch den Nebel in meinem Kopf. »Das musst du nicht mit deinem Mund machen. Schau.« Er greift mit der rechten Hand nach meiner, wartet geduldig, bis ich den Kopf hebe, dann positioniert er meine Hand um Tristáns Schwanz – und er nimmt seine nicht weg. Stattdessen weisen mir seine Finger um meine genau den Druck, den ich aufwenden soll, und dann fängt er an, unsere Hände zu bewegen.

Der erste Ton dringt aus Tristáns Kehle. Mit zerstreutem Blick sehe ich auf und treffe auf eine versteinerte Miene, die nicht mir, sondern Ryle gilt. Dessen nackter Körper presst sich an meine Rückseite und sein raues Lachen auf meinem Nacken lässt mich ebenfalls grinsen. Die Narben auf meinem Rücken stören ihn nicht.

»Das macht sie gut, nicht wahr, Tris? Lob sie, Mann. Zeig ihr, wie es dir gefällt.«

Ryle lässt mich nicht los, stattdessen bewegt er unsere Hände schneller und fester. Mein Magen kribbelt, als die Muskeln seines Arms sich bei dieser Bewegung dicht neben mir immer wieder anspannen. Meine Hand ist zwar dazwischen und ich berühre Tristán, aber Ryle ist es, der die Führung übernommen hat. Er holt seinem Freund gerade einen runter, während ich dazwischenstehe.

Und verdammt, ich fühle mich plötzlich so wohl zwischen ihnen, dass ich immer lockerer werde. Ich beuge mich vor und nehme die Spitze von Tristáns Erektion wieder zwischen die Lippen. Er keucht erneut und dieses Geräusch wärmt meinen Bauch. »Saug an ihm«, flüstert Ryle an meinem Ohr und bewegt unsere Hände langsamer, dafür noch fester. Noch intensiver.

Zwischen meinen Beinen zieht es verlangend, als ich Tristáns herben Geschmack auf meiner Zunge schmecke und er in meinem Mund leicht pulsiert. Das plätschernde Wasser um uns herum beruhigt meine Nerven zusätzlich.

»Fuck, Ry, ich hasse dich dafür«, flucht Tristán in diesem Moment. »Lass ... das.« Er keucht erneut, als Ryle nicht daran denkt aufzuhören. Es ist ein Rhythmus, den ich selbst nicht hinbekommen würde, dafür aber ein Mann, der selbiges vermutlich jeden Tag an sich selbst ausübt.

»Ignorier ihn und mach weiter, Nixe«, raunt Ry und drängt mich mit seinem Körper fester gegen Tristán. Ich höre auf Ryle und verschwende keinen Gedanken daran aufzuhören. Stattdessen stöhne ich leise, als sich eine Dynamik entwickelt, der ich mich nicht entziehen kann. Intuitiv sauge, lecke und stöhne ich an Tristáns herrlichem Schwanz, bewege meine Finger im schnellen Rhythmus, den Ryle vorgibt, und erzitterte, als ich seine linke Hand zwischen meinen Schenkeln spüre. Er nimmt mich mit beiden Armen zwischen sich gefangen, genauso wie Tristáns Beine uns beide eingrenzen.

Ich bin mehr als zwischen ihnen. Sie sind überall, ich bin überall und die Grenzen verschwimmen mit jeder Sekunde mehr. Plötzlich ist da noch eine Hand an meinem Kopf, doch Ryles mahnendes Schnalzen reguliert Tristáns Bewegung.

Ich stürze mich immer begeisterter auf den Schwanz vor mir, presse meine Zunge gegen seine obere Länge und dränge Ryle meinen Arsch entgegen, als seine Finger in kleinen Kreisen über meine Klit gleiten.

»Gefällt dir das?«, fragt Ry und kratzt mit seinen Zähnen leicht über meinen Nacken, was eine Gänsehaut auf meinem Körper auslöst. Das Wasser schwappt leicht um uns herum und durch das einfallende Mondlicht glitzern die Wassertropfen auf der Haut der Männer.

Ich weiß nicht, ob ich je etwas Besseres erlebt habe als diesen Moment, und dass ich nicht denken muss, ja es gar nicht kann, lässt mich alles so viel besser und intensiver fühlen.

Als Antwort stöhne ich mit Tristáns Härte in meinem Mund. Ich will noch mehr und das mache ich deutlich.

»Wie fühlt sie sich an, Tris?«, fragt Ryle mit kratziger Stimme, während er meine Hand drückt und langsam auf- und abbewegt. Ich habe das Gefühl, viel zu fest vorzugehen, doch Tristáns Reaktionen sind mittlerweile deutlich. Seine Hüfte zuckt mit jeder Bewegung und es wird immer nasser zwischen meinen Fingern. Immer leichter gleitet sein Schwanz durch meine Hand und fühlt sich dabei so unheimlich gut an.

Ich hatte noch nie etwas Wundervolleres in der Hand als Tristáns flutschigen Schwanz.

Glaube ich.

Tristán antwortet nicht, sondern stößt nur ein dunkles Grollen aus.

Wieder lehne ich mich vor und stöhne verzückt, als ich die Spermatropfen von seiner Spitze lecke. Tristáns dunkles Stöhnen ermutigt mich und Ryles Finger, die im perfekten Druck über meine Perle reiben, sind das Tüpfelchen auf dem I.

»Du schmeckst so gut«, keuche ich, als ich den Kopf hebe. Tristáns Blick verfängt sich in meinem, auch wenn ich seinen beim besten Willen nicht deuten kann.

»Ry«, knurrt er stattdessen.

»Niemals«, erwidert der. »Sie bringt das so zu Ende. Ihr Hals ist tabu.«

»Ich wette, ihr würde es gefallen«, kommt es abgehackt von Tristán, dessen Hand sich mit stärkerem Druck auf meinen Kopf legt. Seine Fingerkuppen massieren meine Kopfhaut, als er mich sanft zurück auf seinen Schwanz manövriert. »Mach weiter, Maeve.« Sein dunkler, harscher Ton befeuert irgendwas in mir, das es mag, solche Anweisungen zu bekommen.

Ich schließe meine Lippen erneut um ihn, während Ryle weiterhin den Rhythmus vorgibt und parallel dazu meine eigene Erregung immer weiter ankurbelt. Er beißt leicht in meinen Nacken und sein leises Stöhnen jagt direkt die nächste Gänsehaut über meinen Körper.

»Er wird gleich in deinem Mund kommen, Nixe. Entspann dich und schluck alles, was der Prinz dir gibt. Du kannst nichts falsch machen. Es wird dir gefallen.«

Seine Worte allein reichen, dass die Hitze sich in meinem Schoß ballt. Sein Finger presst sich auf meine Klit, doch er lässt mich noch nicht kommen. Stattdessen konzentriert er sich auf unsere Handarbeit und je schneller er wird, desto problematischer wird es, meinen Kopf im gleichen Takt auf- und abzubewegen. Doch Tristáns Stöhnen, Ryles lobende Worte, die er pausenlos in meinem Nacken flüstert, reichen, dass ich den Fokus nicht verliere.

Und dann drängt sich Tristáns Hüfte mir entgegen und der erste Schwall seines Spermas schießt mir so tief in den Hals, dass ich prompt würgen muss.

»Atmen, schlucken, atmen«, weist Ryle mich beruhigend an und nimmt seine Hand nicht von meiner. Stattdessen begleitet er Tristáns Höhepunkt genau so, dass sein dunkles Knurren die Halle erfüllt. Noch mehr von der salzigen Flüssigkeit schießt in meinen Rachen und ich grabe meine Finger so fest in Tristáns Oberschenkel, dass es ihm wehtun muss, doch er beschwert sich nicht. Stattdessen massiert er meine Kopfhaut, stöhnt leiser und Ryle flüstert an meinem Ohr, als er meine Hand langsam loslässt: »Und nun leckst du ihn noch ein bisschen sauber. Bedank dich bei ihm für das, was er dir geschenkt hat.«

Ich denke nicht einmal drüber nach, es nicht zu tun. Ich mag Tristáns Schwanz. Er ist so glatt, so seidig, so weich und schmeckt so himmlisch gut, wie der ganze Mann riecht.

»Oh fuck«, flucht Tristán, als ich schließlich aufsehe.

Er streckt seine Hand nach meinem Gesicht aus, reibt seinen Daumen über meine Unterlippe, während er mich gefühlt eine halbe Ewigkeit anstarrt, bevor er mich mit einem Arm umfasst und aus dem Becken befördert. »Knie dich hin«, weist er mich an und verdeutlicht mir kurzerhand selbst, was er sich vorstellt, indem er meinen Po zu sich zieht und mich an der Hüfte aufrecht hält.

Ich stemme mich auf den Händen auf den nassen Fliesen auf, auch wenn es immer schwerer wird, meinen Körper zu koordinieren. Das Wasser neben mir schwankt und es scheint, als würden riesige Wellen auf mich zukommen. Ich falle.

Genau so lange, bis zwei große Hände mich an der Hüfte stabilisieren und auffangen.

»Ry, komm raus. Sie hält nicht mehr lange durch. Wenn du noch was von ihr abbekommen willst, solltest du dich beeilen.« Ryles breites Grinsen, als er sich aus dem Wasser stemmt, kann ich nicht übersehen.

»Schaffst du noch einen Schwanz, Nixe?« Er umfasst mein Gesicht mit seiner großen Hand und sorgt mit leichtem Druck dafür, dass ich ihn ansehe. »Oder hast du genug?«

»Als ob du sie dir entgehen lässt, du Heuchler.« Tristáns Stimme ist schon wieder so verächtlich wie immer.

»Ich würde zu deinen Gunsten verzichten, ja«, sagt Ryle über meinen Kopf hinweg, ehe er mich mustert. »Aber du siehst ehrlicherweise nicht so aus, als hättest du schon genug.« Sein Daumen fährt quälend langsam über meine Unterlippe und ich reagiere mit einem tief vergrabenen Instinkt. Meine Lippen schließen sich um seinen Finger und ich lutsche an ihm, wie ich es eben mit Tristáns Schwanz getan habe.

»Oh fuck«, keucht Ryle und allein diese Worte kribbeln in meinem Unterleib nach. »Genau so.«

Langsam hebe ich den Kopf und erwidere seinen funkelnden Blick. »Ich weiß noch alles«, flüstere ich, statt ihm zu antworten. In meinem Kopf herrscht zwar herrliche Schwerelosigkeit und die nahezu niemals stillstehenden Gedankenspiralen geben zum ersten Mal Ruhe, aber es fühlt sich alles verdammt echt an. Verdammt real. Ich dachte, mein Kopf würde irgendwie aufhören ... zu existieren. Das genaue Gegenteil scheint der Fall zu sein.

»O Nixe, du solltest das hier alles mitbekommen.« Ryle schmunzelt. »Das war nur Ecstasy, nichts, um dich auszuschalten.«

Nur Ecstasy.

Okay. Ecstasy könnte mir gefallen, wenn es sich immer so anfühlt. *Wenn alles so leicht wird und mir sogar die bruchstückhaften Erinnerungen gleichgültig sind.* Dabei jage ich doch genau diesen hinterher.

»Fühlt es sich gut an? Was spürst du?«

Ich beiße mir auf die Unterlippe. Denn gerade spüre ich vorrangig eins.

»Lust«, übersetzt er meine Geste belustigt. »Das spürst du. Du bist geil, hm?« Ohne auf eine Antwort zu warten – ich denke nicht, dass er eine braucht –, sieht er zu Tristán hinter mir. »Du belohnst sie ein bisschen für ihren Einsatz. Sei nett zu ihr, aber nicht zu nett. Wir tasten uns langsam ran.«

Bevor Ryle seine Anweisung ausgesprochen hat, spüre ich schon Finger, die die Innenseite meiner Oberschenkel hinaufstreichen und erst an meiner Pussy haltmachen. Prüfend fahren Tristáns Finger durch meine

Spalte und er hält inne, als er spüren muss, wie nass ich bin.

»Hm«, macht er und klingt … überrascht. Sein kehliges Geräusch wird dunkler, als er zwei Finger in mich drängt und ich mich seiner Hand keuchend entgegenstrecke. Er reibt so perfekt über meine inneren Wände, dass sie sich um seine Finger zusammenziehen und ihn förmlich nach mehr anbetteln. Vielleicht bin das auch ich. Meine Arme zittern dermaßen, dass ich mich nicht mehr halten kann und einknicke. Bevor ich allerdings auf den harten, nassen Fliesen lande, fängt Ryle mich auf und rutscht näher an mich heran. Mit den Füßen im Wasser baumelnd, legt er seine Hand koordinierend auf meinen Kopf. »Mund auf, ich helfe dir.« Ich öffne die Lippen und stürze mich auf seinen Schwanz, der genauso fantastisch schmeckt wie Tristáns.

Ryle lacht leise. »Fuck, sie ist ein kleiner, gieriger Piranha, wenn sie high ist.« Er wickelt meinen geflochtenen Zopf um seine Faust und zieht meinen Kopf hoch. Nicht unbedingt sanft, aber das Ziepen an meiner Kopfhaut stört mich nicht. Es ist das Feuer, das in meinen Adern brennt und sich immer weiter entfacht, das mich nicht mehr klar denken lässt. »Langsam, Nixe. Lass den Mund auf und konzentrier dich auf deinen Atem durch die Nase.« Als er mich mit diesen Worten auf seinen Schwanz presst, macht er nicht nach der Hälfte der Länge halt, sondern treibt seine Spitze gegen meinen Rachen, der sich prompt um ihn herum zusammenzieht. Ich würge noch, als er mich hochzerrt. »Habe ich schon gesagt, dass ich in sie verliebt bin?«, keucht er mit geschlossenen Augen über meinen Kopf. »Fuck, sie ist göttlich. Wie wird es erst sein, sie zu ficken, Tris?«

Ich bin zu sehr damit beschäftigt, all die Eindrücke zu verarbeiten, als dass ich seine Worte einordnen kann.

Tristán antwortet nicht, stattdessen höre ich ihn spucken und kurz darauf spüre ich seinen warmen Speichel, wie er durch meine Poritze läuft. Sein Daumen verreibt ihn auf meinem Anus, während Ryle meinen Kopf wieder auf seinen Schwanz führt. Ich weiß nicht genau, was ich mache. Die Farben um mich herum verschwimmen, genauso wie die Laute, die wir erzeugen. Ich sauge an Ryles Schwanz, spüre Finger auf meinem Körper, *in* meinem Körper, atme, hechle, stöhne, biege mich den Berührungen entgegen oder weiche ihnen aus, weil ich meine, es nicht mehr auszuhalten.

Sie sind überall.

In meinem Arsch bewegen sich Finger, dehnen mich, genauso wie in meiner Pussy. Ein harter Biss in meine Pobacke lässt mich dunkel und völlig begeistert stöhnen, was von Ryles Erektion in meinem Rachen gedämpft wird.

»Oh fuck, fuck, fuck«, flucht er vor sich hin. »Tris, beweg dich, ich komm nicht klar damit, wie verflucht scharf sie ist.«

Seine Worte beflügeln mich und so halte ich den Druck, als er mich wieder mit seinem steinharten Schwanz nahezu aufspießt, wesentlich besser aus. Ich würge, spüre meinen Speichel, der mir über die Lippen läuft und seinen Schaft benetzt, das Zucken tief in meinem Hals und will mehr, mehr, mehr.

»Sieht vernünftig aus, was sie mit dir macht«, meint Tristán anerkennend hinter mir und bewegt seine Finger gröber in mir. Es. Ist. Himmlisch.

»Mehr als das. Ich will sie so gern ficken, Tris.«

»Das lässt du bleiben.« Tristáns Worte kommen harsch wie immer, genauso wie seine Finger in mich stoßen.

Ich würde gern sagen, dass ich das auch will, aber in dem Moment pulsiert Ryles Schwanz in meinem Hals und er presst mich unerbittlich auf sich, sodass ich mich nicht bewegen könnte, wenn ich es denn wollte. Aber als er mir so tief in den Hals spritzt, will ich das nicht mehr. Stattdessen schlucke ich alles von ihm und mache es, als er mich loslässt, wie zuvor bei Tristán. Ich stemme mich mit wackligen Armen auf und lutsche an seinem Schwanz, als wäre er meine Lieblingssüßigkeit, um ihn zu säubern.

Ryles Stöhnen wird nach wenigen Sekunden leidend. »O Gott, du bringst mich noch ins Grab, Frau.« Er zieht mich hoch und dann presst er seine Lippen auf meine. Er küsst mich so grob, so brutal, so fordernd – so anders als vorher –, dass ich vor Überforderung in seinen Mund wimmere, als er auf meine Unterlippe beißt. Sein streichelnder Daumen auf meiner Wange macht diese Geste wieder wett. Ich verliere mich völlig in ihm und schluchze vor lauter Ekstase auf, als Tristán mich genauso grob mit seinen Fingern in meiner zuckenden Pussy und in meinem Arsch zum Höhepunkt treibt. Goldblitze zucken vor meinen Augen, in mir explodieren die Empfindungen in einem Feuerwerk, das jede Faser in mir zum Kribbeln bringt. Ich stehe lichterloh in Flammen, brenne und funkle in Tausenden Farben.

Als ich schließlich zusammenbreche, fängt Ryle mich auf und zieht mich an seine Brust. Ich spüre ihn kaum, sondern falle immer weiter, auch wenn ich das faktisch nicht tue. Ein warmes, wohliges Gefühl wie unter einer schützenden Decke breitet sich in meinem Körper aus. Es geht mir gut. Zum ersten Mal seit Wochen fühle ich mich rundum wohl.

Warme Finger streicheln mein erhitztes Gesicht und an meiner Wange spüre ich seinen aufgebrachten Herzschlag.

Ich weiß nicht, wie lange wir so am Beckenrand liegen. Die Männer tauschen leise Worte über meinen Kopf, die ich nur am Rande wahrnehme, weil mein Denken sich immer mehr verabschiedet. Irgendwann helfen sie mir auf die Füße und in die Trainingsjacke, die so gut nach Tristán riecht, dass ich selig die Augen schließe und das zufriedene Grinsen auf meinen Lippen spüre.

»Schau dir an, wie glücklich sie sein kann.« Finger gleiten über meine Wange. »Sie ist so viel hübscher, wenn sie lächelt.«

»Sie steht unter Drogen.« Tristán klingt so knurrig wie immer.

»Es wäre so schade, wenn sie uns morgen wieder anzickt.« Ich zucke überrascht zusammen, als ich Lippen auf meiner Stirn spüre. Überrascht öffne ich die Augen und blicke direkt in golden funkelnde Iriden, die auf meine gerichtet sind. »Was habe ich gesagt? Du und wir – das könnte episch sein, wenn du es zulässt.«

Seine Worte ergeben in meinem Kopf wenig Sinn, was er zu erkennen scheint. Er seufzt.

»Kommt, es wird bald hell. Wir sollten von hier verschwinden, bevor ich dem Putztrupp erklären muss, was wir hier getrieben haben. Kannst du laufen, Nixe?«

»Ich würde lieber schwimmen.«

Tristán lacht leise, ein Geräusch, das klingt, als käme

es nicht von dieser Welt. Als ich ihn ansehe, kräuselt er die Lippen. »Was ist?«

»Du hast gelacht.«

»Hast du dir eingebildet, Maeve.« Er schlingt einen Arm um meine Schultern. »Du bist nämlich hackedicht und nichts hiervon ist passiert.«

Ich sehe zu ihm auf. »W-warum nicht?«

»Ist besser für dich.«

»Tris«, seufzt Ryle und deutet auf die Tür, damit wir endlich losgehen. »Lass uns ein bisschen Spaß mit ihr haben. Wenn sie uns morgen nicht den Kopf abreißt, muss das heute Nacht nicht enden.«

»Wir hatten definitiv genug Spaß.«

»Wir haben nicht mal angefangen.« Ryle klingt genervt und fast, als würde er schmollen.

»Und trotzdem hatte sie mehr, als andere Frauen von uns bekommen.«

Ich blicke verwirrt zu ihm auf und als er meinen Blick erwidert, passiert etwas in seinem. Er seufzt leise, dann schüttelt er gereizt den Kopf. Ich bin zu sehr mit der schwankenden Halle beschäftigt, als dass ich mich auf ihn konzentrieren kann.

Wir erreichen die Tür, die zum Frauentrakt führt. Ryle hält uns die Tür auf und bleibt im gleichen Moment stocksteif stehen. Doch da habe ich ihn auch schon gesehen. Oder vielmehr sie.

Unweit von uns entfernt im Flur, von dem die Umkleidekabinen abgehen, steht Nathan mit dem Rücken zu uns und vor ihm Prof. Delahaye. Die eben noch aufgebracht klingenden Stimmen verstummen augenblicklich.

Oh shit. Auch wenn ich sehr lange brauche, um

dieses Bild zu realisieren, weiß ich doch recht schnell, dass es unter sehr vielen Aspekten nicht gut ist.

»Auch ein Prinz hat sich an gewisse Zeiten zu halten«, bellt Delahaye in diesem Moment und Nate dreht sich mit ausdrucksloser Miene um.

Ryle und Tristán sagen kein Wort, dafür schiebt sich Ryle vor mich und Tristán, als wäre es eine Bewegung, die ihm längst ins Blut übergegangen ist. Er beschützt Tristán – vor wem auch immer. Notfalls auch vor einem wütenden Professor.

Irgendwie finde ich das süß.

Ich klammere mich an Tristáns Arm, als Prof. Delahaye dicht gefolgt von Nathan auf uns zustürmt. So viel Respekt, wie ich sonst vor ihm habe, so sicher fühle ich mich in diesem Moment. Fuck, ich glaube, ich grinse wie eine grenzdebile Kuh.

»Mr Jenkins!«, wendet er sich direkt an Ryle, bevor sein Blick auf mich rutscht. Seine Augen verengen sich und ich bemühe mich, nicht zu lachen.

Ich würde gerade aber sehr gerne lachen. *Mist.*

Tristáns Finger an meinem Oberarm graben sich tiefer in meine Haut und ich pralle sofort gegen seine Brust. Mit dieser Bewegung habe ich nicht gerechnet.

»Geht es Ihnen gut, Ms Lundgren?« Mein Professor klingt trotz der vermeintlich besorgten Frage verdammt wütend.

»Süße, sag deinem Lehrer, dass alles gut ist, hm?«, murmelt Ryle und seine Stimme hat einen vorsichtigen Unterton angenommen. Als würde er befürchten, ich würde gleich herumposaunen, was wir getan haben. Oder was sie mit mir gemacht haben. Es ist bestimmt nicht erlaubt, Studentinnen mit Ecstasy zu füttern und im Becken dabei zu helfen, die Blowjobkünste zu verbessern.

Ich habe das Gefühl, die Blicke aller Männer liegen auf mir, als ich mich an Tristán schmiege und kichere. Gott, ich kann nicht aufhören.

»Mir geht es wunderbar, Prof. Delahaye.« Ich sehe zu ihm auf, als er mich weiterhin böse anstarrt. So böse, dass ich meinen Schutz instinktiv an Tristáns himmlisch riechender Brust suche. Ich schlinge meine Arme immer fester um ihn.

Ryle räuspert sich. »Ich kann Ihnen meine Ausnahmegenehmigungen zeigen. Für den Prinzen und seine Freundin gelten die offiziellen Zeiten nicht.«

»Was ein Unding ist«, knurrt Delahaye und sieht zu Nathan, der mit verschränkten Armen etwas abseits steht. Jetzt zuckt er mit seinen Schultern.

»Genau das habe ich Ihnen gerade versucht klarzumachen.«

»Ihr denkt auch, ihr könntet mich alle verarschen, oder was?« Bei seinen höchst unprofessionellen Worten richtet Ryle sich zu voller Größe auf und auch Nate tritt neben ihn. Wieder muss ich kichern. Zwei Männer gegen einen Prof.

Und ich mittendrin.

»Maeve«, raunt Tristán an meinem Ohr. »Bitte. Reiß dich etwas zusammen.«

Ich verschmelze mit ihm und sauge seinen betörenden Duft tief in mich ein. In diesem Moment vibriert seine Brust leicht und als ich zu ihm aufsehe, liegt ein bildschönes Lächeln auf seinem Gesicht. Er grinst etwas breiter, dann legt er seine Hand auf mein Gesicht, um mich dicht an ihn gepresst festzuhalten. Vermutlich, um meinen desolaten Zustand nicht noch weiter bloßzustellen.

Nicht dass Delahaye mich noch zum Krankenzimmer schickt, um einen Drogentest durchführen zu lassen. Der Gedanke sorgt dafür, dass ich mich fange.

»Ms Lundgren«, tönt es wieder autoritär von meinem Professor. »Was haben Sie zu dieser Uhrzeit dort drin gemacht?« Er wird lauter, doch Ryle knurrt ermahnend, als Delahaye versucht, näher an mich heranzukommen. Ryle lässt ihn nicht durch. Mein Herz geht auf. »Haben diese Männer Sie belästigt?«

Ich blicke auf und habe Mühe, meine verklärte Sicht auf Delahaye scharf zu stellen. Apropos scharf. Er ist leider auch verdammt scharf. O Hölle, ich komme.

Das Tussiblinzeln kriege ich auch völlig weggetreten hin, den dümmlichen Unterton ebenfalls. »Wie meinen Sie das, Prof. Delahaye? Wir waren schwimmen. Was macht man sonst in einer Schwimmhalle?«

Sein Gesicht verfinstert sich. »Zu dieser Uhrzeit müssten Sie im Bett liegen.«

»*Bett* ist ein wundervolles Stichwort«, flöte ich und sehe zu Tristán auf, der sich alle Mühe gibt, sein Grinsen zu verbergen. Aber hey, ich bin mit dem Prinzen von Spanien zusammen und ich bin verliebt, nicht wahr? Das ist doch unser Deal. Ich schlinge meine Arme fester um ihn, was mich keinerlei Überwindung mehr kostet.

Tat es das jemals?

Ich bin mir gerade nicht mehr sicher.

»Ich würde jetzt wirklich gerne mit meinem Freund ins Bett gehen.« Ich nicke bestätigend.

Tristán versteift sich und ich kann seine unterdrückte

Reaktion nicht deuten. Ist es Belustigung? Ist er wütend? Genervt?

Ich habe keine fucking Ahnung. Aber *ich* bin wütend. Dieser Deal war seine Idee. Dann soll er sich nicht beschweren, wenn ich jetzt seine Freundin spiele.

Verärgert sehe ich zu ihm auf, doch da treffen mich seine Lippen auf meiner Stirn völlig unerwartet. Meine Wut verpufft.

»Das will ich jetzt auch, Prinzessin. Ich kann es gar nicht erwarten, dich gleich …«

»Gut, Sie sehen, alles in bester Ordnung beim Prinzen und seiner Freundin«, unterbricht Ryle ihn schneidend. »Wenn Sie uns dann durchlassen würden?« Sein Ton lässt keine Widerrede zu und Delahaye tritt tatsächlich zurück. Ich bekomme aber durch Tristáns Griff keine Gelegenheit dazu, ihn noch einmal anzusehen.

Ryle geht vor und winkt beim Vorbeigehen Nate nach hinten. Er lässt mich und Tristán durch und in dieser Formation verlassen wir die Halle.

Auf dem Weg über den Campus sagt niemand ein Wort, dafür hebt Tristán mich auf etwa der Hälfte der Strecke auf seine starken Arme. »Ich kann alleine laufen«, beschwere ich mich, weil die Welt sich aufgrund dieser prompten Positionsänderung anfängt zu drehen.

Also … noch mehr, als sie das ohnehin schon tut.

»Kannst du«, sagt er mit einer weichen Klangfarbe in der Stimme, die ich noch nicht von ihm kenne. »Aber im Wasser bewegst du dich wesentlich flotter. An Land«, er lacht wieder leise und mein Magen dreht sich bei diesem Geräusch, »bist du eher eine kleine Schnecke.«

Gott, ich glaube, ich starre ihn mit rot leuchtenden Wangen an. Seit wann ist Tristán so süß?

Er hebt schmunzelnd den Kopf und trägt mich mit festen, großen Schritten weiter, während Ry und Nate unsere Seiten absichern. Nate stampft mit wütender Miene neben uns her, Ry sieht hin und wieder prüfend zu mir. Seiner Miene kann ich absolut keine Emotion zuordnen.

Doch das ändert sich, als wir die Villa erreichen.

Kaum dass die Tür hinter uns ins Schloss gefallen ist, ist es überraschenderweise Nate, der die Jungs anblafft. »Ich kann so mit euch nicht arbeiten! Was denkt ihr euch bitte! Erst vergewaltigt ihr sie beinahe, dann setzt ihr sie unter Drogen und fickt sie in der öffentlichen Schwimmhalle?« Er deutet auf Tristán. »Lass sie sofort runter, Mann!«

Tristán rührt keinen Muskel. »Ich glaub, sie fühlt sich bei mir ganz gut, *Mann*«, gibt er trocken zurück. »Außerdem ist sie überhaupt nicht dein Job. Du bekommst deine Anweisungen von Ry und er bekommt sie von mir. Also ... du bist ganz unten in der Nahrungskette. Würde mich an deiner Stelle mal zurückhalten.«

»Ich halte mich nicht zurück, wenn ihr eine Frau für eure miesen Spiele missbraucht!«

»Frag sie doch!«, schnauzt Tristán zurück. »Maeve, wo willst du heute schlafen? Bei dem Langweiler, der es nicht mal checkt, wenn die Zielperson aus dem Zimmer gebracht wird, oder bei mir?« Er hebt vielsagend seine Augenbrauen. »Wir alle haben deinen sehnsüchtigen Blick gesehen, als du deinem Prof verraten hast, von wem du heute noch gefickt werden willst.«

Sein Ton ist wieder kalt und, keine Ahnung, vielleicht soll er mich verletzen, aber das tut er nicht. Ganz im Gegenteil. Bei seinen Worten zieht es zwischen meinen Schenkeln verlangend und ich strample, damit er mich endlich runterlässt. »Ja, ich will mit dir ins Bett«, keuche ich. »Und Ry soll auch mitkommen.«

Ryle stößt ein kehliges Geräusch aus. »Du hast es gehört. Das, was mit Maeve gelaufen ist, war absolut einvernehmlich. Hat Delahaye irgendwas gesehen?«

»Nein. Ich war ja da«, erwidert Nathan nach ein paar Sekunden und mustert mich mit einem ebenso ernsten Blick. Dass ich ihm zugrinse, scheint ihm nicht zu gefallen. »Dafür schuldet ihr mir was. Ihr könnt von Glück reden, dass ich Delahaye abfangen konnte. Wenn er euch bei dieser Scheiße erwischt hätte ...« Er lässt den Satz vielsagend ins Leere laufen. Sogar ich mit vernebeltem Hirn verstehe ihn. Da hätte wohl auch der Prinzenstatus nicht viel retten können.

Ich beiße mir schuldbewusst auf die Unterlippe.

»Ja«, zischt Ryle. »Du hast recht. Ich war zu nachlässig und das wird nicht mehr vorkommen.« Er deutet auf mich. »Lass uns die Kleine jetzt ins Bett bringen. Wir reden morgen.«

»Ist das okay, Maeve?«, fragt Nate direkt in meine Richtung.

Ich nicke hastig.

Nate ebenfalls, wenn auch wesentlich zögerlicher. »Na dann ... gute Nacht.« Er klingt alles andere als zufrieden, als er sich umdreht und in sein Zimmer geht.

»Da hat es aber jemanden erwischt«, murmelt Tristán amüsiert an meinem Ohr, als er mich tatsächlich in sein Zimmer bringt. Damit habe ich nicht gerechnet. Als er mich auf dem Bett absetzt, sich seine Trainingsjacke auszieht und Ryle hinter ihm ins Zimmer tritt, werde ich unruhig.

Ryle grinst schief. »Na, große Töne spucken und nun kneifen? Wer wollte den Prinzen so unbedingt ficken?«

Meine Wangen werden heiß und ich rutsche auf dem Bett zurück. »O-okay.«

Tristán kniet sich vor mir aufs Bett und greift nach dem Reißverschluss meiner Jacke. »Okay sagt sie.« Schmunzelnd zieht er mir die Jacke und die Jogginghose aus, doch statt damit weiterzumachen, was wir in der Halle angefangen haben, nimmt er ein weißes Shirt, das auf dem Bett liegt, und zieht es mir über den Kopf. Es riecht noch viel intensiver nach ihm und so kann ich es mir nicht verkneifen, einmal zu offensichtlich zu tief einzuatmen.

Tristán hält kurz inne, beobachtet meine Reaktion, bevor er sich neben mich legt. Ryle tritt neben das Bett und streift sein Hemd über die Schultern, dann lässt er es auf den Boden fallen. »Rutsch mal an ihn ran, Nixe.«

Und ehe ich michs versehe, liege ich zwischen den beiden Männern. Warum genau, weiß ich nicht, bis Tristán gähnt.

»Ry, vielleicht kann ich heute pennen.« Er klingt wieder anders. So ... wie ein Junge, der mit seinem Freund spricht. Dass ich da bin, scheinen die beiden auszublenden.

»Liegt vielleicht an dem überaus gelungenen Blowjob.«

»Vielleicht.«

»Ich glaube, die Nixe wird auch schlafen können.«

Tristán gähnt wieder und rollt sich auf die Seite. Völlig selbstverständlich zieht er mich dabei an seine Brust. Und als würde Ryle seine eigenen Worte beweisen wollen, lacht er leise an meinem Rücken, als er auch näher rutscht. »Episch. Habe ich es nicht gesagt. Mal sehen, wie viel morgen früh noch davon übrig ist.«

»Musst du alles versauen?«, knurrt Tristán schläfrig.

»Schlaft gut, ihr beiden.« Das letzte Seufzen, das ich von Ryle vernehme, bevor ich verdammt schnell in einen so erholsamen Schlaf gleite wie schon sehr lange nicht mehr, klingt irgendwie traurig.

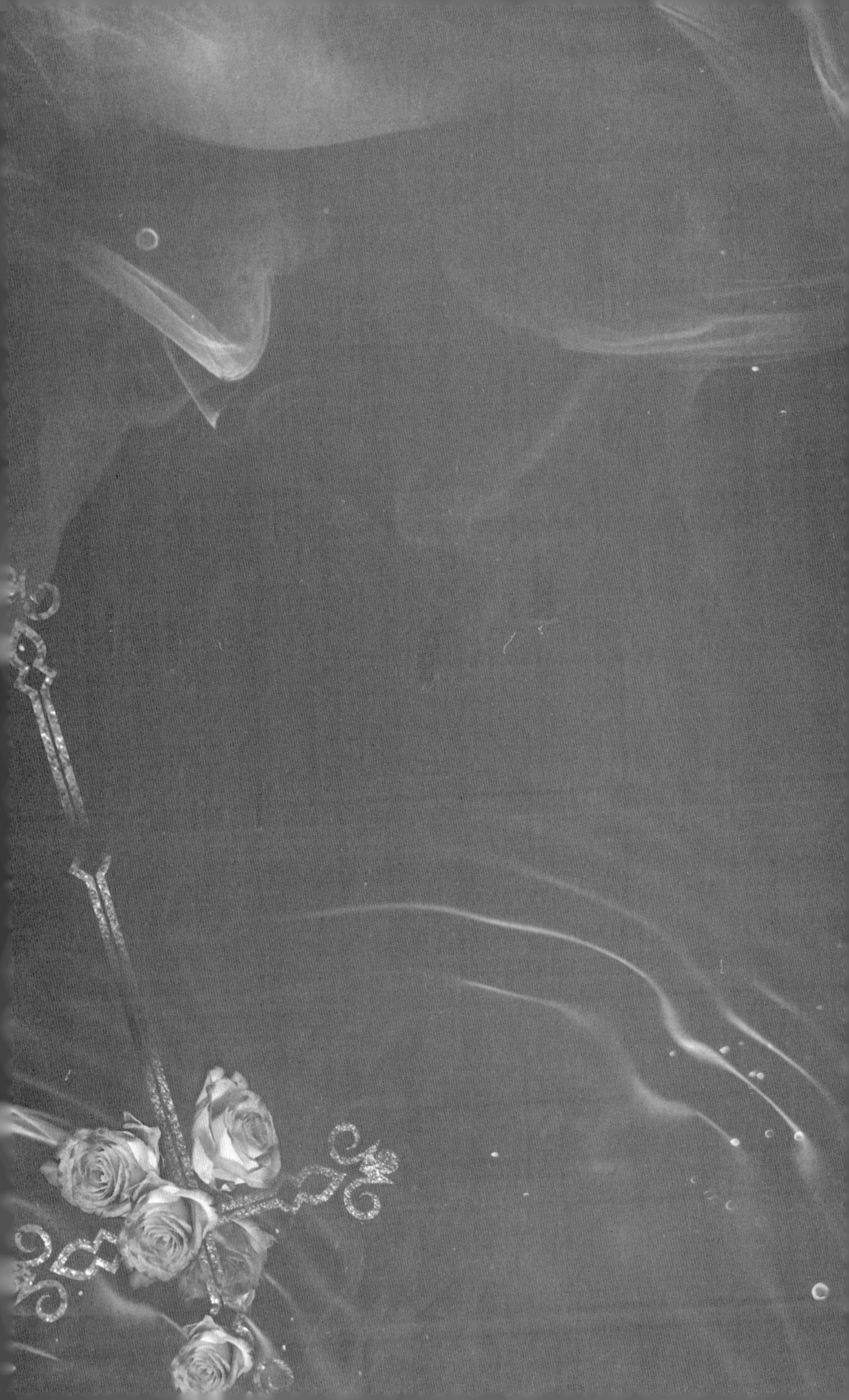

Kapitel 17
Nathan

Als ich die Tür knallen höre, warte ich ein paar Sekunden ab, bevor ich mein Zimmer wieder verlasse.

Keine Ahnung, ob Ryle denkt, ich hätte meine Befähigung zum Personenschützer dadurch erhalten, dass ich mir ein paar minderwertige Netflix-Serien über Prinzessinnen reinziehe, aber er unterschätzt mich nach wie vor.

Stört mich grundsätzlich nicht, schließlich soll er genau das denken und damit wird nur deutlich, *wie* gut ich wirklich bin. Ätzend finde ich es trotzdem.

Aber ich kann mich zusammenreißen. Ich habe hier einen Job zu erledigen und dem werde ich nachkommen. Damit, dass Ryle nun auch aus der Reihe tanzt und mit Maeve eine weitere Teilnehmerin im Spiel aufgetaucht ist, habe ich zwar nicht gerechnet, aber niemand kann mir vorwerfen, unflexibel zu sein.

Ich habe nur zugelassen, dass er sie aus dem Zimmer schleppt, weil ich ihm die Gelegenheit einräumen wollte, sich zu entschuldigen, was er ja auch getan hat. Dass daraus eine halbe Orgie wird, bei der er und der Prinz sie unter Drogen setzen, habe ich nicht kommen sehen. Zumal sie freiwillig die Drogen genommen hat. Ich habe ihre Eisschicht wesentlich dicker eingeschätzt, nicht derart porös, dass sie direkt bei dem ersten Schritt darauf einbricht.

Aber gut, nun heißt es Schadensbegrenzung, damit die kleine Eisprinzessin nicht noch den ganzen Auftrag ruiniert. Ich fürchte, genau darauf läuft es gerade hinaus. Wenn sogar Ry seine Prinzipien aufgibt und für einen Blowjob seinen eigentlichen Auftrag vernachlässigt, scheint ihre kleine Pussy irgendwas Magisches an sich zu haben. Andererseits ... nun, vielleicht wird es uns doch gewissermaßen in die Karten spielen. Ich muss es nur richtig angehen und die Dinge in die richtige Richtung lenken.

Als ich das Zimmer des Prinzen erreiche, lege ich mein Ohr kurz an die Zimmertür, doch es war mir schon bei ihrem Anblick klar, dass da heute nichts mehr laufen wird. Es ist ruhig, und das auf eine gute Art. Keine gefesselte Frau, die ruhiggestellt wurde. Dieses Wimmern ist eindeutig und gerade nicht hörbar. Ich warte noch ein paar Minuten, doch anscheinend bleibt die Situation unverändert.

Da es aber ohnehin schon viel zu spät oder besser zu früh ist, werfe ich mich lediglich auf das Sofa und schließe die Augen, ohne zu schlafen, obwohl ich das dringend nötig hätte. Ich döse lediglich mit angespannten Sinnen vor mich hin.

Ryle ist der Erste, der irgendwann aus dem Zimmer tritt. Er sieht mich sofort und beäugt mich misstrauisch, als sein erster Weg ihn zur Kaffeemaschine führt. Ich setze mich auf und widerstehe dem Drang, mich zu strecken.

»Heute ist Samstag«, informiere ich ihn, als die Maschine sich brummend in Gang setzt. »Die beiden haben gleich Training.« Den Stundenplan auswendig zu wissen, ist *nicht* mein Job und ich will ihn eigentlich auch nicht zu meinem machen.

Ryle gähnt und hält fragend eine zweite Tasse in die Höhe. Ich nicke. Einen Kaffee könnte ich tatsächlich gebrauchen.

Kurz darauf setzt er sich neben mich und schiebt mir eine der beiden Tassen entgegen. Wieder gähnt er. »Ich weiß nicht, ob du es schon gemerkt hast, aber weder Tris noch die kleine Nixe sind sonderlich gute Schläfer. Die beiden sind aber gerade ziemlich fest ineinander verknotet und pennen verdammt tief. Ich werde keinen von ihnen wecken.«

Ich lehne mich zurück und nehme einen Schluck vom heißen Kaffee. »Okay.«

Er mustert mich skeptisch über den Rand seiner Tasse, als würde er mir nicht glauben, dass ich ihren nächtlichen Ausflug einfach so hinnehme. »Das ist gestern ein bisschen eskaliert und wir wollten es in Ordnung bringen. Ja, die Methoden waren nicht die besten, aber ich habe ihr extra nur eine halbe Pille gegeben und sie ist nach wie vor Jungfrau.«

Ich verenge leicht die Augen. Nichts, was ich noch nicht weiß, aber ich war mir nicht sicher, wie viel er sich mittlerweile zusammengereimt hat.

Er neigt den Kopf. »Ich bin mir sicher, du hast ihr Geständnis mitbekommen. Du bist uns gefolgt.«

»Bin ich«, bestätige ich seine These knapp.

Ryle fährt sich durch die Haare. »Mann, Tris macht gerade eine Scheißphase durch. Ich will doch nur …«

»Ich habe überhaupt nichts dazu gesagt«, unterbreche ich ihn. »Du musst dich oder euch nicht rechtfertigen. Ich habe längst verstanden, was bei Tristán los ist, und, o Wunder, ich verstehe das. Aber die Sache mit Maeve könnte euch das Genick brechen. Weißt du, wie knapp das gestern war? Delahaye war so kurz davor, in die Halle zu platzen, und der Typ hat euch und vor allem Maeve sowieso schon auf dem Kieker. Mich übrigens auch. Noch viel mehr als euch, dabei räume ich nur euren Dreck hinter euch auf. Aber was, meinst du, macht ein Typ wie Delahaye?« Als Ryle den Mund öffnet, schüttle ich abwehrend den Kopf, damit er mich ausreden lässt. »Richtig, er wird das nicht einfach unter den Teppich kehren lassen. Der wird den Fall ausschlachten, an den Vorstand bringen, die Presse wird Wind davon bekommen und …«

»Ja, Mann«, knurrt Ryle und atmet tief ein. »Ja. Du hast recht.« Er setzt sich aufrechter. »Was ist mit dir?«

»Was soll mit mir sein?«

»Magst du sie?«

»Ich bin nicht wegen irgendwelcher Frauen hier, Ry. Schön, dass du seit deiner Geburt deinen Platz an der Seite des Prinzen sicher hattest, ich musste aber wie jeder andere alle geläufigen Stationen durchlaufen. Ich bin hier, weil ich irgendwann einen wirklich wichtigen Menschen schützen will. Weil ich Karriere machen will. Der Prinz und sein Überleben ist für mich eine Zwischenstation. Dafür wäre es aber eben wirklich von großem Vorteil, wenn ihn die letzten Tage in Freiheit kein Skandal mehr in die Knie zwingt. Schön wäre es auch, wenn er sich keine Überdosis spritzt, weil er nicht mehr klarkommt oder ... weil sein Bodyguard eine Pussy wichtiger findet ... ihm irgendein kranker Leichen ansprühender Idiot eine Kugel verpasst.«

Bei meinen nüchtern hervorgebrachten Worten verändert sich Ryles Gesichtsausdruck. Seine Augen blitzen dunkel und sein Wangenmuskel zuckt. Er weiß, dass ich recht habe, daher lege ich nach.

»Keine persönlichen Beziehungen zu seinem Klienten zu pflegen, lernt man am ersten Tag. Und das, was du da mit dem Prinzen hast, ist genau das. Du bist viel mehr sein Freund als sein Bodyguard, auch wenn du sicher gut in deinem Job bist. Aber das weiß jeder im Palast. Héctor hat mich genau deswegen hierhergeschickt. Ihr könnt weiter euren Scheiß machen, nur eben ... ein bisschen aufpassen. Du weißt doch, was auf dem Spiel steht.«

»Der Thron«, brummt Ryle.

»Den Tristán nicht will. Ist mir klar. Aber er ist auch zu feige, ganz auszusteigen.«

»Er ist nicht feige, er macht es für seinen Bruder!«

»Dann soll er sich jetzt zusammenreißen! Überlass es einfach mir, für seine und damit auch deine Sicherheit zu sorgen, oder komm mir wenigstens nicht in die Quere, indem du solch eine Scheiße wie heute Nacht machst, okay?«

Ryle ext den Kaffee, bevor er die Tasse auf dem Couchtisch abstellt. Grollend fährt er sich durch die schwarzen Haare. »Ich verliere den Fokus.«

»Das ist normal«, lasse ich mich hinreißen zu sagen. »Du kennst den König genauso lange wie Tristán. Das nimmt dich auch mit.«

Ryle sieht mich eine Weile an, dann nickt er langsam. »Wir können Maeve nicht einfach zurück in ihr Wohnheimzimmer stecken und …«

»Natürlich können *wir* das nicht«, betone ich. »Und das werden wir auch nicht tun. Wie wäre es damit: Ihr lasst die Finger von ihr und überlasst sie mir. Ich sorge dafür, dass sie euch erstens keine Probleme macht und zweitens überlebt.«

»Weil du sie ficken willst?«

»Nicht vorrangig.«

Ryles Mundwinkel kräuselt sich. »Scheiße, irgendwie dachte ich, du lügst mich an. Aber das … das glaube ich dir sogar.«

Ich zucke mit den Schultern. »Ich bin auch nur ein Mann und sie ist heiß. Aber ich werde sie nicht anfassen, wenn sie das nicht will oder ich euch damit irgendein Spiel vermassle. Kein Mädchen ist es wert, sich wegen ihr die Karriere zu ruinieren.«

Ryle nickt wieder nachdenklich, bevor er im Kopf einen Entschluss zu fassen scheint. »Wahrscheinlich braucht die kleine Nixe genau so einen … korrekten Typen wie dich. Tristán und seine Dämonen reißen sie nur noch tiefer mit rein.«

Ich lache leise. »Selbsterkenntnis ist immer ein guter Weg zur Besserung.«

Ryle stößt ein knurrendes Geräusch aus und steht auf. »Ich weiß nicht, was Tristán dazu sagen wird. Ich glaub, er mag sie auch. Irgendwie. Aber wahrscheinlich wird er sie genau deshalb von sich stoßen.«

»Was nicht das Schlechteste wäre.«

»Tristán macht nicht unbedingt das, was am besten ist.« Ryle schlendert zur Küche. »Aber das sollte dir ja schon aufgefallen sein.« Ja, das machen sie beide nicht, auch wenn sie nicht die absoluten Arschlöcher sind. Das mit Maeve hätte heute Nacht auch ganz anders ablaufen können, aber sie haben es für ihre Verhältnisse tatsächlich nicht übertrieben.

Unser bis dahin doch recht konstruktives Gespräch wird erneut von der Tür unterbrochen und ein verschlafener Prinz torkelt aus dem Zimmer.

Innerlich seufze ich, nach außen setze ich meinen glattesten Blick auf.

»Na«, macht Ryle und mustert ihn, als er ebenfalls die Kaffeemaschine ansteuert. »Wo hast du deine Prinzessin gelassen?«

»Reden wir nicht darüber.« Tristán stößt Ryle mit der Schulter an, damit er ihm den Weg zu den Tassen frei macht.

Seine Laune sagt schon alles und auch Ryles Blick, der vielsagend zu mir huscht, besiegelt unser kurzes Gespräch.

Maeve gehört mir.

Das Grinsen, das sich auf mein Gesicht schleichen will, lasse ich nicht zu. Stattdessen sehe ich unbeeindruckt dabei zu, wie Tristán versucht klarzukommen. »Muss das echt jetzt schon sein?«, fragt Ryle wenig begeistert, als er sich zum Kaffee einen Joint auf der Küchenarbeitsplatte baut.

Tristán sieht nicht auf, als er murmelt: »Ist Samstag. Deine verschissene Regel, Ry. Unter der Woche bin ich clean, am Wochenende darf ich konsumieren, was ich will, und du hältst den Rand.«

»Wenn du dich wenigstens daran halten würdest. Aber du kiffst auch nach den Kursen und …«

»Hast dich zu lange mit O'Connor unterhalten, was?«, unterbricht er ihn schneidend. »Ich hab heute Abend Lust auf 'ne Party, Ry. Lad ein paar Leute ein.«

»Was ist mit Maeve?«

Tristán sieht immer noch nicht auf. »Das übliche Vorgehen.«

»Was ist das übliche Vorgehen?«, kommt eine zarte Stimme von der Tür. Wir alle haben nicht gemerkt, dass Maeve in deren Rahmen aufgetaucht ist. Barfuß und nur mit einem weißen Shirt bekleidet, das ihr bis an die Oberschenkel reicht, steht sie da und umschlingt sich mit ihren Armen. Ihre Haare fallen ihr offen über die Schultern und die blauen Strähnen glänzen im grellen Licht der Deckenbeleuchtung. Ihr Gesicht ist eine eisige Maske. »Füllt ihr wie üblich die nächste Studentin ab, um sie anschließend mit K.-o.-Tropfen gefügig zu machen?«

Ry vergräbt sein Gesicht stöhnend in seiner Armbeuge, überlässt es aber Tristán zu antworten. Der sieht nicht einmal auf, straft sie mit der kalten Schulter, als er den Joint gewissenhaft zwischen seinen Fingern dreht. »Du musst davon nichts mitbekommen. Nathan kann sicher hervorragend aufpassen, dass du weiterhin unberührt bleibst.«

Interessiert wende ich den Blick wieder Maeve zu, doch sie starrt Tristán ungläubig an. Als der nicht einmal daran denkt, sie anzusehen, verschließt sich Maeves Miene Stück für Stück. All das, was man heute Nacht noch Verletzliches offen auf ihrem Gesicht gesehen hat – auch wenn das nur den Drogen zuzuschreiben war –, verschwindet nach und nach wieder hinter ihrer eisigen Mauer.

Sie war nie der Typ, der um Aufmerksamkeit bettelt,

und wird jetzt erst recht nicht damit anfangen. Nicht nach diesem offensichtlichen Korb, den Tristán ihr gerade gegeben hat.

Dafür reckt sie das Kinn und spaziert auf Tristán und Ryle zu, völlig ungeachtet dessen, dass sie unter seinem verfickten T-Shirt vermutlich gerade nackt ist. Davon lässt sie sich nicht einschüchtern.

Im Gegenteil. Sie nimmt Tristán seine Kaffeetasse aus der Hand, trinkt einen Schluck, ohne ihn dabei aus den Augen zu lassen, und knallt sie kurz danach vor ihm auf die Arbeitsplatte. Er zuckt nicht einmal mit der Wimper. »Danke, du Arschloch, dass du mir auch einen Kaffee angeboten hast.« Damit dreht sie sich um, zeigt nun ihrerseits auch Ryle die kalte Schulter, der das Gesicht verzieht. Dass er mit Tristáns Vorgehen alles andere als einverstanden ist, sieht auch ein Blinder. Aber Ry ist eben verdammt loyal. Er würde sich niemals gegen Tristán wenden, sondern eher sich selbst den Schwanz abhacken.

Und so gebührt mir der letzte Strike, auch wenn mir klar ist, dass ich gerade von ihr in ihrem ganz eigenen Spielchen benutzt werde.

»Immer wieder gerne, Prinzessin«, murmelt Tristán und sieht immer noch nicht auf.

Ihr Weg endet mitten im Wohnbereich. Sie bleibt stehen, sieht über ihre Schulter, doch Tristán interessiert sich augenscheinlich nicht für ihren Abgang, rollt nur penibel die Blättchen. »Fick weiter irgendwelche ausgeschalteten Weiber, Prinz«, zischt sie. Nun ist die Eiseskälte auch wieder in ihrer Stimme angekommen. »Wenn du denkst, das würde mir irgendwas ausmachen, liegst du völlig daneben. Weißt du, wie arm du bist, wenn du Frauen nur high an dich heranlassen kannst?«

Tristán schnaubt amüsiert. »Um genau solchen Szenarien zu entgehen. Daran ist gar nichts arm. Du kannst dich glücklich schätzen, dass ich dich an meinen Schwanz gelassen habe.«

»Glücklich? Meinst du wirklich, ich würde dich anfassen, wenn ich nüchtern bin? Ihr habt mich ausgenutzt!«

Tristáns träger Augenaufschlag versprüht derart viel Missfallen, dass ich mir ansatzweise vorstellen kann, wie er Maeve trifft. »Wer hat mich gestern angefleht, sie zu ficken? Das lag nicht an dem winzig kleinen bisschen MDMA in deinem Blut, Baby.« Das Kosewort, das eindeutig keins ist, kommt so kalt, dass er damit ihrer Stimme Konkurrenz macht. Sie ballt die Fäuste, wenn auch nur kurz. Aber dass Tristáns hingerotzte Worte ihr eben nicht am Arsch vorbeigehen, ist offensichtlich. Ryle schlägt ihm gegen den Hinterkopf, doch davon lässt er sich nicht beeindrucken. »Du würdest eine ganze Reihe von Dingen tun, nur weil ich das will und weil du mir gefallen willst. Dummerweise will ich das aber nicht und jetzt verzieh dich. Such dir irgendwen anderen, der deine kleine Pussy einreitet. Ich bevorzuge Frauen, die wissen, was sie tun. Nach dieser Nacht erst recht. Du warst nur ein billiger Lückenbüßer, weil gerade keine andere Frau verfügbar und ich geil war. Danke, dass du mich daran erinnert hast, wieso ich so etwas normalerweise nicht mache.«

Autsch.

Ich sehe etwas in ihrer Mimik zerspringen, was sie jedoch in der gleichen Sekunde wieder zusammensetzt.

»Du willst, dass ich hier lebe, das ist nicht meine Entscheidung gewesen. Ich würde liebend gern zurück in mein Wohnheimzimmer.«

»Ich will König werden und kann daher keine Skandale provozieren. Allein aus diesem Grund bist du hier. Ich dachte, das hättest du verstanden, Maeve.«

»Du bist so armselig, Tristán.«

»Ich bin mir sicher, du findest einen anderen, der dir beim Jammern zuhört.«

Ihre Augen versprühen nun derart viel Entschlossenheit, dass es im Bereich des Möglichen liegt, dass sie sich gleich ein Messer aus dem Messerblock schnappt und sich damit auf Tristán stürzt. Das ist der Moment, in dem ich mich endgültig entscheide, sie für unsere Belange zu benutzen.

Sie ersticht Tristán nicht. Dafür dreht sie sich so anmutig, wie es ihr schlichtes Outfit zulässt, zu mir um.

»Oh, den muss ich gar nicht erst suchen. Ich kenne nämlich einen, der mir immer zugehört hat, ohne mich mit irgendwelchen Substanzen gefügig machen zu wollen.«

Tja, ja. Abzuwarten und die Dinge von selbst gegen die Wand fahren zu lassen, ist eben manchmal die deutlich zielführendere Strategie. Daher bin ich nicht überrascht, als sie sich nicht neben, sondern kurzerhand auf mich setzt. Sie zögert nicht, sondern presst ihre Lippen auf meine.

Sagte ich schon, sie ist unter dem Shirt nackt?

Sie ist es.

Und wie sie das ist. Ich bekomme es gerade eindeutig zu spüren, als sich ihre heiße nackte Pussy auf meinen Schoß presst.

Maeves Atem schmeckt nach Kaffee und doch habe

ich selten etwas Heißeres erlebt als diesen zugleich echten wie völlig unechten Augenblick.

Natürlich küsst sie mich nicht meinetwegen. Sie küsst mich, weil sie sich nicht wie ein Spielzeug behandeln lassen will. Genau das macht sie in meinen Augen verdammt attraktiv.

Und vermutlich auch in Tristáns. Er starrt nun völlig perplex auf ihren Arsch, der sich langsam auf mir bewegt und – erwähnte ich es schon? – nackt ist. Ich weiß nicht, wie viel er von seiner Position aus gerade sieht, sicher aber eine Menge. Und sicher will sie ihn genau das sehen lassen.

Meine Hände landen von ganz allein auf ihrer Taille und rutschen, als sie mich nicht aufhält, auf ihren runden Hintern. Ich spüre an jedem Muskel, den meine Finger berühren, wie gut trainiert sie ist.

Als ich die Lippen öffne, zögert sie nicht und schiebt ihre Zunge in meinen Mund. Sie benutzt mich für ihren Auftritt und dabei bin ich ihr nur allzu gern behilflich. Sie küsst etwas unkoordiniert, wütend und doch mit einer Leidenschaft, die erahnen lässt, wie viel Spaß es machen wird, sie richtig zu küssen. Dann, wenn ich das Kommando übernehme. Wenn ich sie an die Wand presse und ihr zeige, wie sie ihren Schutzschild ablegen kann, ohne verletzt zu werden.

Aber das hat Zeit. Jetzt lasse ich ihr ihren kleinen Sieg, den sie merklich auskostet.

Ich weiß nicht genau, wie lange sie so auf mir sitzt, aber lange genug, um mich damit aufzugeilen. Sie spürt, wie ich unter ihrer unbedeckten Pussy immer härter werde, und mit meiner wachsenden Erregung nimmt ihre

Euphorie merklich ab. Sie bereut es schon jetzt, mich derart angefallen zu haben.

Weil sie anfängt, die Konsequenzen zu befürchten.

Oh, süße Maeve.

So ein Mann bin ich nicht und das werde ich ihr beweisen.

Ich habe es nicht nötig, eine Frau zu zwingen. Sie betteln irgendwann von ganz allein. Und auch Maeve wird dazugehören.

Ein Geräusch hinter uns lässt sie innehalten. »Das«, raunt Tristán plötzlich so nah, dass sie sich mit einem erschrockenen Laut aufsetzt und Tristán auf die Finger schlägt, die er – dreist, wie er ist – wohl zwischen ihre Schenkel geschoben hat, »ist armselig, Baby. Viel Spaß mit dem Loser.« Grinsend lässt er seine Finger in den Mund gleiten, leckt sich ihre Feuchtigkeit von den Fingern und starrt Maeve dabei an, bevor sein tödlicher Blick zu mir wandert.

Ich hebe spöttisch eine Augenbraue und ziehe Maeves Unterleib an mich, während ich gleichzeitig fester in das Fleisch ihres Hinterns greife. Sie stößt ein leises, kehliges Geräusch aus, das Tristán dazu veranlasst, einen weiteren Blick auf sie zu wagen. Er schluckt sichtlich angefressen, weil sie mich ansieht. Nicht ihn.

Dicht gefolgt von Ryle, der mir noch einen kurzen, mahnenden Blick zuwirft, weil er sichtlich damit hadert, mich mit ihr allein zu lassen, verschwindet der Prinz aus seinem eigenen Haus. Ryle wäre nicht Ryle, würde er ihn daran hindern.

Kaum ist die Tür hinter ihnen zugefallen, hebt Maeve tief einatmend den Kopf. Bevor es peinlich für sie wird, nehme ich sie an der Hüfte, setze sie neben mir ab und stehe auf.

»Beeindruckende Show. So schnell werden die beiden sich nicht mehr hier blicken lassen. Wir haben sturmfrei. Hast du Hunger?« Sie verfolgt mich mit ihren Augen, als ich in den Küchenbereich gehe. Der Ausdruck auf ihrem Gesicht wirkt fast schüchtern, als sie sich vom Sofa erhebt.

»J-ja, schon irgendwie.«

»Na dann. Ich mach dir Frühstück. Du kannst …« Ich schnappe mir eine herumstehende Tasse und wedle damit durch die Luft. »Duschen gehen? Oder dich noch mal hinlegen? Wie du willst.«

Sie tänzelt nervös auf ihren Fußspitzen und neigt den Kopf. »Tut mir leid wegen eben, ich …«

»Mir ist klar, dass du sauer auf Tristán bist. Lass dich nicht von ihnen benutzen. Der Typ hat es verdient, dass er nicht ständig mit seinem Status durchkommt.«

Ihre Mimik entspannt sich sichtlich. »Danke, Nate.«

Ich winke erneut ab. »Nicht dafür.«

Sie huscht los. »Ich gehe schnell duschen.« Sie wirkt schon wesentlich aufgeschlossener, als sie mich mit einem kleinen Lächeln bedenkt, bevor sie in ihrem Zimmer verschwindet.

An dieser Stelle ist es leicht, Maeves angeknackste Eisschicht erneut zu durchbrechen. Man muss nur wissen, wie.

Tja, Tristán. Punkt für mich, würde ich sagen.

Kapitel 18
Maeve

»Gerade von dir hätte ich das nicht erwartet.« Pens amüsierte Worte kann ich nur unterschreiben. Nichts von dem, was in den ersten Wochen an der Uni passiert ist, hätte ich von mir selbst erwartet.

Und doch bin ich nun mittendrin in einem riesigen Schauspiel, aus dem ich nicht mehr so leicht herauskomme.

Aber um ehrlich zu sein, will ich es auch nicht mehr. Die Erinnerungen an die letzten Jahre, die nach wie vor nur sehr, sehr spärlich vorhanden sind, lösen etwas in mir aus, das meinen Fluchtinstinkt nur noch verstärkt.

Ich weiß nicht warum. Wenn ich daran denke, wie ich dazu gezwungen wurde, im Einklang mit der Natur zu leben und ein gottesfürchtiges Leben zu führen, fühle ich mich nicht direkt in Gefahr. Aber mir fehlen nach wie vor die größten Puzzleteile. Wie bin ich von dort weggekommen?

Warum war ich überhaupt da?

Was ist dieses *da*?

Und: Stimmt das überhaupt, was mein Hirn mir da vorgaukelt? Oder sind daran allein die Drogen schuld, die mich getäuscht haben?

Ich weiß es nicht. Im Grunde trete ich noch immer auf der Stelle, meine Vergangenheit ist eine einzige graue Suppe an nicht zusammenpassenden Gedankenfragmenten, die für mich nicht viel Sinn ergeben.

Aber was ich mit Bestimmtheit sagen kann: Ich darf unter keinen Umständen dorthin zurück. Und in der Gegenwart von Tristán und seinen Bodyguards fühle ich mich sicher. Sie passen auf mich auf und ich ahne und fürchte gleichermaßen, dass mir das noch sehr behilflich sein wird.

»Glaub mir, ich auch nicht«, murmle ich und nippe am Cappuccino. Ich bemühe mich, nicht hinzusehen, doch es reicht zu wissen, dass er da ist.

Grinsend überschlägt Pen ihre langen Beine und lehnt sich auf dem Stuhl in meine Richtung, während der Blick hinter ihrer verspiegelten Sonnenbrille zu dem Mann im Anzug geht, der völlig ungeachtet der ungeteilten Aufmerksamkeit der anwesenden Frauen mit verschränkten Armen im Außenbereich der Mensa steht.

Seit dem Wochenende haben die Männer eine Art unausgesprochene Übereinkunft getroffen. Tristán behandelt mich noch abfälliger als sowieso schon und hat sich bisher kaum mit mir auf dem Campus blicken lassen. Ryle verhält sich dementsprechend ähnlich zurückhaltend, auch wenn er mich immerhin nicht so ansieht, als würde er mich ebenfalls lieber am nächsten Pfahl aufgespießt sehen als durch Tristáns Villa schleichen.

Dafür habe ich nun Nathan, der mir nicht mehr von der Seite weicht. Und Nate ist, im Gegensatz zu den beiden anderen Vollidioten, ein echter Schatz. Er hat mir ohne viele Worte verziehen, dass ich ihn mit den Restdrogen im Blut angefallen habe. Er hat mich am Abend, als Tristán wieder eine seiner verdammten Partys geschmissen hat, um sich eine Frau aufzureißen, in meinem Zimmer mit Essen und Getränken versorgt, damit ich keinen Schritt nach draußen machen musste. Stattdessen hat er mir Kopfhörer gegeben, mit denen ich, eingekuschelt in meinem Bett, einen Film ansehen konnte, ohne dass ich einen Ton von der nur einen Raum entfernt stattfindenden Orgie von Tristán und Ryle mit anhören musste.

Er versteht mich, auch wenn ich eigentlich gar nicht rede. Er drängt mich aber auch nicht dazu, es zu tun. Er stellt keine Fragen, die ich sowieso nicht beantworten könnte. Aber vor allem: Er sieht mich. Ohne dass ich es ihm sagen muss, sieht er, wann ich meine Ruhe brauche, was vor allem dann der Fall ist, wenn ich mit meiner ehemaligen Mitbewohnerin auf dem Campus unterwegs bin. Und dann rettet er mich, indem er vorgibt, wir müssten gehen, ohne Fragen zu stellen.

Noch dazu gibt er mir das Gefühl, wirklich in Sicherheit zu sein. Obwohl an allen Ecken Personal steht, das den Campus absichert, und seit diesem einen Vorfall, wie er abschwächend genannt wird, nichts Vergleichbares mehr geschehen ist, merkt man doch, wie die allgemeine Stimmung an der Uni angespannt ist. Jeder hat seine eigenen Vermutungen, es entstehen Gerüchte und Beschuldigungen, unter denen das Klima unter den Studenten leidet.

Aber Nathan ist immer da und so fällt mir sogar das abendliche Einschlafen etwas leichter.

Etwas.

Denn dann ist da noch die ganz andere Sache. Ich habe mir vorgenommen, mich auf mich zu konzentrieren, auf mein Studium und auf mein Training. Statt an diesem Vorsatz festzuhalten, ärgere ich mich innerlich über einen gewissen Prinzen zu Tode, denke stundenlang daran, wie es sich angefühlt hat, dicht vor ihm im Wasser zu stehen, seine und Ryles Finger auf und – verdammt – in mir zu spüren.

Ich denke daran, wie gut es sich angefühlt hat, für eine Nacht abzuschalten. *Maeve zu sein.*

Einfach nur ich, so wie ich immer sein wollte.

Und dann, in Situationen wie jetzt, nehmen meine Gedanken eine weitere Abkürzung. Wenn ich zu Nate sehe, der in seinem schwarzen, perfekt sitzenden Anzug mit leicht gespreizten Beinen dasteht und auf mich aufpasst, überfällt mich ein Kribbeln, das ich nicht verdrängen kann.

Ich mag ihn.

Und ich will ihn nicht benutzen, um Tristán zu beweisen, dass ich nicht sein Fußabtreter bin, doch ich fürchte, genau das denkt er von mir.

Als er meinen Blick flüchtig erwidert, zuckt sein Mundwinkel. Etwas in meinem Magen flattert auf, als er die Sonnenbrille abnimmt und in seinem Hemd einhakt. Meine Wangen prickeln, als ich rasch wegsehe und an meinem Cappuccino nippe.

Es ist warm an diesem Mittag und daher nutzen Pen und ich die Sonnenstrahlen, um die Pause an der frischen Luft zu verbringen. Der letzte Kurs des Tages bereitet mir allerdings schon die nächsten Bauchschmerzen, auch wenn Pen mir die letzte halbe Stunde etwas Ablenkung davon geboten hat. Ich bin jetzt wieder auf dem neusten Stand und weiß, wer mit wem etwas hat, auch wenn es mir nicht egaler sein könnte.

»Ich bin so froh, dass ich keinen Kurs bei Mr Delahaye habe«, raunt sie in diesem Moment. Bei dem Namen, der mir seit Tagen Übelkeit beschert, sehe ich hilflos zu Nate. Ich will jetzt nicht über den Professor reden. Es ist sowieso schon schwer genug, ihm gleich im Kurs – in Tristáns Gegenwart – unter die Augen zu treten. Keine Ahnung, wie ich das überleben soll.

Einen wahnsinnig großen Vorteil hat die gegenwärtige Entwicklung allerdings: Tagsüber bin ich so abgelenkt, dass sich meine Gedankenspiralen vor allem auf die Nächte fokussieren. In den Nächten ist es wie immer. Gleich schlecht. Gleich furchterregend.

Gleich wirr.

Ich atme gegen das beklemmende Gefühl an, das sich sofort in meinem Körper prickelnd ausbreitet, als ich erneut an all die Fragezeichen denke, die meinen Kopf bevölkern.

Es wird im Keim erstickt, als Nathan fragend den Kopf neigt und sich in meine Richtung in Bewegung setzt. Das Kribbeln in mir schlägt eine weitere Richtung ein.

»Drei Frauen sind wegen ihm schon abgereist und alle haben Angst vor ihm. In der Bibliothek habe ich gestern zwei Mädchen getroffen, die wegen ihm geweint haben, weil er sie vor dem ganzen Kurs so fertiggemacht hat.«

Was?

Ach ja. Pen. *Und Delahaye.* Professor Delahaye ist

verdammt einschüchternd, und mindestens genauso anziehend. Das kann ich aber schlecht sagen.

»Das kann ich mir vorstellen«, erwidere ich daher lediglich und stoppe mitten im Satz, als Nate den runden Tisch erreicht.

»Wir sollten langsam. Der Prinz erwartet dich.« Nathans Miene ist glatt und höchst professionell, doch als sein Blick kurz an meinem hängen bleibt, sehe ich die Belustigung in seinen hellen grünen Augen funkeln. Ich glaube, er mag es, meinen Retter aus solchen unangenehmen Situationen zu spielen.

Genau wie ich.

»Uh, ja, dann lass den mal nicht warten, Maeve.« Pen grinst mich an und obwohl sie sich offensichtlich für mich freut, sehe ich hinter ihrem Lächeln aber auch noch immer die Frage, wie ausgerechnet ich es geschafft habe, mir binnen weniger Tage den begehrtesten Junggesellen des Campus zu angeln.

Ich verabschiede mich mit einer knappen Umarmung von ihr und werfe beim Verlassen der Terrasse den To-go-Becher in einen Mülleimer. Nate folgt mir mit etwas Abstand. »Du hast noch ein bisschen Zeit«, teilt er mir mit, als wir etwas Abstand zu den umstehenden Grüppchen bekommen haben, und deutet mit dem Kopf in Richtung des Lehrgebäudes. »Willst du trotzdem schon reingehen?«

»Am liebsten würde ich mich irgendwo verkriechen«, gebe ich zu und umschlinge mich mit meinen Armen. Ich habe diesen dämlichen Rock heute vor allem angezogen, um Tristán zu provozieren – ich gebe es zu. Da er mir schon den ganzen Tag aus dem Weg geht, hatte ich bisher noch nichts von diesem überaus dummen Einfall, außer dass ich seit geraumer Zeit friere.

»Du kannst dich auch noch einmal umziehen gehen«, wirft Nate belustigt ein und schließt zu mir auf. Der Kies gibt unter unseren Schritten nach und knirscht, als ich das Tempo intuitiv anziehe.

»Nein«, entgegne ich. »Mir ist nicht kalt.«

»Du willst Tristán zeigen, was ihm mit dir entgeht.« Er kommt mir so nahe, wie es als Bodyguard noch vertretbar ist. »Aber glaub mir, Elsa, das weiß er auch so. Dafür musst du nicht in diesem kurzen Schulmädchenrock vor ihm herumtänzeln.«

Möglicherweise habe ich den auch wegen Delahaye angezogen.

Aber *das* sage ich ganz bestimmt nicht laut.

Nur wegen Schadensbegrenzung, logisch. Nicht, weil ich ihn in irgendeiner Art und Weise bezirzen will.

Er ist mein Professor.

Mein heißer, dominanter Professor – *der mich bekifft mit dem Prinzen erwischt hat.*

»Ist das eigentlich Absicht, dass du immer so aussiehst, als würdest du gern jemanden vergiften, wenn du Angst hast?«

Mein Kopf ruckt zu Nate herum. »Ich habe keine Angst vor Tristán!«

»Natürlich hast du das. Du hast vor allen Angst, Maeve.« Er wedelt belanglos mit seiner Hand vor uns durch die Luft. »Auch vor mir. Deswegen verschanzt du dich hinter dieser Maske und sperrst die ganze Welt aus.«

»Du spinnst ja wohl.« Ich stapfe weiter.

»Nein, meine Menschenkenntnis ist nur recht ausgeprägt. Das hat was mit meinem Job zu tun, weißt du?«, zieht er mich mit einer amüsierten Stimmlage auf, bevor er mir – ganz gentlemanlike – die Tür zum Gebäude öffnet, das wir gerade erreichen.

»Ist das ein Gespräch, das wir mitten auf dem Campus führen müssen?«, fauche ich leise, weil er mich längst durchschaut hat. Und – das größere Problem – ich das gar nicht so wild finde. Irgendwas hat Nathan an sich, das mich beruhigt, etwas, das dafür sorgt, dass mir trotz allem noch nicht jeder Kampfgeist verloren gegangen ist. Eher im Gegenteil. Ich habe das Gefühl, er ist die Mauer hinter mir, die ich brauche, damit der Sand um meine eigene nicht wegbricht.

Ich will das. Ich will mich ausprobieren.

Ich will endlich das Leben leben, wie alle anderen in meinem Alter.

Möglicherweise schlage ich mit meinem kleinen Crush auf den Professor etwas über die Stränge. Aber ... na und? Ich will doch nur, dass er mich einmal anders ansieht. Wie eine Frau, die ... okay. *Ich bin seine Studentin.* Er wird mich nicht auf diese Weise ansehen.

Aber vielleicht einmal zu viel blinzeln. Allein die Vorstellung lässt meinen Magen nervös flattern.

»Nein, das müssen wir nicht.« Er sieht sich auf dem leeren Flur um und öffnet kurz darauf eine Tür, die in einen kleinen, dunklen Raum führt. Noch ein absichernder Blick, dann nimmt Nate mich an der Hand und zieht mich hinein. In der nächsten Sekunde pralle ich in der Dunkelheit gegen ein hohes Regal und höre das Klicken der Tür.

»O'Connor«, zische ich, als ich ihn dicht vor mir spüre. Einmal sicher, weil es verdammt eng in dieser Kammer ist, und außerdem, weil er mir damit viel zu nahe ist. Lediglich ein dünner Lichtschein, der unter der Tür durchdringt, sorgt für eine schwache Beleuchtung, sodass ich seine Gesichtszüge dennoch ausmachen kann.

»Was denn, Elsa? Wer hat gerade großspurig behauptet, sie hätte keine Angst vor mir?«

»Die habe ich auch nicht! Was soll das, Nate?«

Er beugt sich zu mir, sodass ich seinen Atem nach Salbei auf meinen Lippen schmecken kann. Meine Kehle zieht sich zu und in Nates Blick blitzt etwas auf, das verdächtig nach Selbstzufriedenheit aussieht. »Das Gespräch können wir hier führen.«

»W-welches Gespräch?«

Sein Mundwinkel zuckt. »Das, das du eben nicht mit mir auf dem Campus führen wolltest.«

»Ich weiß schon gar nicht mehr, worüber das gehen sollte.«

Er seufzt und hebt seine Hand an meine Wange. »Ich kürze das an dieser Stelle mal ab. Du willst sie beide, sie wollen dich, du solltest dich aber nicht unter Wert an die beiden Idioten verkaufen. Glück für dich, dass du auch mich willst und ich dem Ganzen nicht unbedingt abgeneigt gegenüberstehe.«

Ich blinzle ihn an. »Was?« *Ich will ihn nicht.*

Gott.

Lüge.

Ich will sie alle. Aber das darf ich nicht. Ich darf das nicht. Ich darf das nicht … Irritiert sehe ich zu Nate auf. In meinem Kopf herrscht überraschend wenig Widerstand bei dem Gedanken daran, sie alle zu wollen.

Warum eigentlich nicht?

Warum darf ich sie nicht alle wollen?

Mir fällt kein Grund ein, außer dass ich es nicht darf.

Irgendwas pocht sanft hinter meiner Stirn, als würde es mir etwas sagen wollen, aber ich komme nicht darauf, was es ist. Da ist nur Leere. Aber dafür äußerst angenehme Leere. Keine, die mich erdrückt, wie sie es sonst tut.

Nate schmunzelt, weil er wohl damit gerechnet hat, mich mit dieser äußerst präzisen Situationsanalyse zu überraschen.

»Du schützt dich nicht, wenn du pausenlos davonläufst, Maeve. Wie wäre es, wenn du einfach mal ... die Richtung änderst und an die Spitze stürmst?«

Ich halte mich mit einer Hand hinter mir am Regal fest. »Indem ich was genau mache?«

»Dich nicht immer verkriechst. Dir nimmst, was du willst.« Seine Hand gleitet an meinen Hals. »Dieser Rock ist schon ein guter Anfang. Aber damit kommst du nicht weit. Du bestrafst dich selbst, indem du dir jeden Spaß versagst, Süße. Und so leid es mir tut, dir das sagen zu müssen ... du bist nicht gerade zurückhaltend.« Er sieht auf meine Lippen. »Hast du nur eine leise Ahnung davon, wie sehr es mich abfuckt, deine Blicke ertragen und dabei diese Fassade aufrecht halten zu müssen?« Seine Stimme nimmt einen anderen Ton an, einen rauen, einen, der mir unter jedes Steinchen Mauer kriecht, die ich vor ihm noch aufrechterhalte. Sein Daumen gleitet hauchzart, beinahe sinnlich, über meine Unterlippe. »Ein Ton von dir, und ich lasse dich los. Das weißt du.«

Ich stehe unbeweglich vor ihm, das harte Metallregal im Rücken, und starre ihn an. »Ich sollte überhaupt nichts von alldem wollen, sondern mich auf mein Studium konzentrieren«, flüstere ich mit rasendem Herzen das, was ich mir auch selbst innerlich immer wieder aufs

Neue vorbete. Ich würde lügen, wenn ich sage, dass es mich überrascht, dass Nathan weiß, was Sache ist.

»Du bist ... wie alt, Maeve? Zwanzig?« Er tritt etwas näher, bis unsere Oberkörper sich berühren, und legt seine Lippen an mein Ohr. Ich nicke zaghaft und meine Hände landen wie von selbst auf seiner Brust. Der Stoff seines teuren Anzugs schmiegt sich an meine Finger und fühlt sich in Kombination mit dem teuren Duft, den er trägt, extrem verboten ... und gut an. »Dann solltest du gerade jetzt das machen, was du willst. Dein Studium wird nicht darunter leiden, wenn du ein bisschen Spaß hast.«

Das hat noch nie jemand zu mir gesagt.

Plötzlich liegen seine Finger auf meinem Po und krallen sich hinein. Ohne mich zu wehren, lasse ich mich von ihm gegen seinen definierten Körper ziehen. »Du musst im Studium weder deine große Liebe suchen noch irgendwelchen veralteten Werten hinterherjagen. Du hast Angst, dass sie dich verletzen? Dann lass dich nicht verletzen. Dreh den Spieß um, mach dich rar, nimm dir, was du willst. Nichts ist schlimmer für einen Mann, wenn er bekommt, was er will, und zusehen muss, wie andere dasselbe bekommen.«

»Du meinst, ich soll ...?« Ich breche ab und sehe ihn zweifelnd an. »Ich soll... mit Tristán und Ryle und ... mit dir?«

»Mit wem du willst. Fuck, Baby. Es ist dein Leben. Mach etwas draus! Du stehst dir doch nur selbst im Weg und das ist ... verdammt traurig mitanzusehen.«

Die Worte hängen ein paar Sekunden zwischen uns, dann richtet er sich auf. »Das war jetzt ein äußerst unprofessioneller Ratschlag. Tut mir leid. Ich habe keine Ahnung, was dich eigentlich antreibt, und sollte mir nicht anmaßen ...«

Doch! Doch, verdammt, das soll er. Seine Worte lösen etwas in mir aus, das mir ... irritierend bekannt vorkommt, gleichzeitig klingen sie gegensätzlich falsch. Und wie immer, wenn ich zu lange grüble, kehrt sofort das Pochen hinter meiner Schläfe zurück. Nein, verdammt.

Ich bin diejenige, die ihn am Revers seines Sakkos ruckartig zurückzieht. Es ist eine Kurzschlussreaktion, die mich meine Lippen auf seine pressen lässt. Und sie funktioniert. Das Pochen ebbt ab. Nates Lippen verziehen sich zu einem Grinsen, dann hebt er mich kurzerhand hoch und ich wickle instinktiv meine Beine um ihn. Als ich nach Luft schnappe, nutzt er die erste Gelegenheit und gleitet mit seiner Zunge in meinen Mund. Er schmeckt genauso gut, wie er riecht, und macht mich binnen weniger Sekunden abhängig. Auch wenn das schlechte Gefühl, gerade das völlig Falsche zu tun, wie ein Warnschild in meinem Kopf aufploppt, vergrabe ich meine Finger im teuren Stoff seines Anzugs und genieße seine Hände, die sich in meinen Po krallen, um mich an seinem Körper aufrecht zu halten. Es fühlt sich aufregend und neu an, ausgerechnet in einer kleinen, abgedunkelten Abstellkammer zu knutschen, als wären wir Teenies.

Innerhalb weniger Sekunden nimmt der Kuss an Intensität zu und zwischen meinen Beinen bildet sich das bekannte Ziehen aus, das sich genauso gut anfühlt wie der schwerelose Fall, den Ryles Drogen in mir ausgelöst haben.

Wahrscheinlich ist es genauso falsch, auf diese Weise vor mir selbst wegzulaufen.

Okay, definitiv ist es falsch.

Aber Nate hat recht, ich bestrafe mich selbst, indem ich mir jeden Spaß verwehre.

Und genau das hast du verdient, Maeve. Endlich.

Die Stimme in meinem Kopf nimmt einen anderen Tonfall an. *Du bist frei, Goldschein. Endlich frei. Niemand wird dich finden, weil ich dafür sorgen werde. Lauf. Sieh nicht zurück. Sie haben dich nicht gebrochen.*

Nate erstickt meinen inneren Kampf mit mir selbst mit seiner Zunge und ich nehme diesen Fluchtweg nur zu gerne an. Ich will nicht pausenlos über alles nachdenken.

»Na, siehst du«, raunt er, als er von mir ablässt, um sich an meinem Kiefer über meinen Hals bis hin zu meinem Ohr zu küssen. Seine weichen Locken kitzeln meine Haut und lösen einen Gänsehautschauer darauf aus. »Das ist doch gar nicht so schwer. Das machen wir nachher noch einmal direkt auf Tristáns Kücheninsel und der Prinz wird ausrasten, glaub mir.« Er küsst mich auf die Schläfe. »Lass dich von ihm nicht runtermachen, Maeve. Du bist so viel mehr wert als das.«

Ich habe nicht gewusst, wie sehr ich es gebraucht habe, Worte wie die von Nate hören zu müssen, um sie selbst zu glauben, auch wenn ich nie vorhatte, mich von Tristáns Sprüchen niedermachen zu lassen. Aber zum ersten Mal habe ich das Gefühl, nicht mehr allein zu sein.

Ein warmer Schauer erfasst mich, der mich seit langer Zeit mal wieder so etwas wie Zuversicht spüren lässt. Und diese entlädt sich in dem Kuss, den ich mir von Nathan nehme.

Keuchend klammere ich mich an ihn, unsere Lippen prallen hart aufeinander, seine Hände ziehen meinen Unterleib gegen seinen, während er sein Becken fordernd gegen mich treibt. Wir knallen gegen das Regal, doch das stört uns nicht. Unser abgehackter Atem hallt durch den Raum und der Nebel in meinem Kopf nimmt immer mehr zu.

Doch mit dem plötzlichen Auffliegen der Tür geschehen mehrere Dinge gleichzeitig.

Beim Anblick von Professor Delahaye werde ich schlagartig klar und mein Herz setzt mehrere Schläge aus, bevor es sich viel zu schnell gegen meine Rippen wirft, als würde es mich am liebsten mit dieser Situation alleinlassen.

Ich kann es ihm nicht verübeln.

Nate reagiert für uns beide.

Er lässt mich herunter und schiebt mich – ganz der Beschützer – mit einem Arm hinter seinen Körper.

»Interessant.« Delahayes Stimme ist eiskalt und eine Drohung in Reinform.

Oh, verflucht. Mit zittrigen Fingern halte ich mich an Nates Sakko fest, um nicht in die Knie zu gehen.

Ohne noch einen Blick auf Delahayes Gesicht zu werfen, weiß ich, dass ich ein Problem habe.

Und nicht nur ich. *Wir* haben ein Problem.

Nate, ich. Aber vor allem: der Prinz von Spanien, dessen *Freundin* gerade von einem Professor, der nebenbei noch im Universitätsvorstand sitzt, beim Fremdgehen erwischt wurde.

Tristán wird mich *umbringen* und danach fliege ich von der Uni. Oder andersherum.

»Mr O'Connor. Sind Sie nicht der Mann, der ein Nein nicht versteht?«

»Haben Sie ein Nein gehört, Mr Delahaye?«, erwidert er für meinen Geschmack viel zu lässig. Das hier ist eine Katastrophe und alles andere, als mit dem Strom zu schwimmen und keine Aufmerksamkeit auf mich zu ziehen.

Und für Tristán ... keine Ahnung, was mit Tristán passiert, und es sollte mir auch egal sein. Sein tolles Marketingteam wird ihn da schon rausboxen. Am Ende bin sicher nur ich die Dumme.

»Ich habe vor wenigen Tagen noch etwas anderes gesehen«, lässt Delahaye ihn wissen. Seine Stimme ist trügerisch freundlich, als er zurücktritt und uns damit bedeutet, ihm zu folgen. »Ich wollte nur eben ein paar Unterlagen holen. Entschuldigen Sie, dass ich Sie unterbrechen muss.« Der Sarkasmus, der in seinen Worten mitschwingt, sorgt bei mir für heiße Wangen und ein verdammt unangenehm schweres Gefühl in meinem Magen.

Nathan bleibt ruhig, ganz im Gegensatz zu mir. Ich habe Sorge, gleich zu hyperventilieren, als ich dicht an ihn gepresst aus dem Raum trete. Er seufzt und schiebt mich auf Abstand.

Natürlich tut er das. Hier könnte jede Sekunde jemand vorbeikommen. Ich habe dennoch das Gefühl, gleich den letzten Halt zu verlieren, den ich noch habe.

Ohne mich direkt anzusehen, zieht Delahaye die Tür zur Abstellkammer zu – ohne etwas aus dem Raum zu holen –, schließt sie ab und rauscht, ohne mich eines Blickes zu würdigen, davon.

Ich drehe mich in der gleichen Sekunde um und stürme den Flur herunter in Richtung Ausgang. Keine zehn Pferde werden mich heute dazu bewegen, auch nur einen Fuß in Delahayes Kurs zu setzen. Ich habe es übertrieben und die Quittung direkt bekommen.

»Maeve, jetzt warte. Nicht schon wieder weglaufen,

das wird albern«, ruft Nathan dicht hinter mir, doch ich höre nicht noch einmal auf ihn. Da mache ich einmal das, was ich wollte, und nun das.

Das ist kein gutes Omen.

Beim Laufen presse ich mir den Handballen gegen die Stirn, als das Klopfen wieder zunimmt. Dann reißt mich etwas an der Schulter herum. »Nein, lass mich los, Nate, ich muss ...« Ich reiße mich von Nate los, stolpere weiter, knalle gegen den Türrahmen und strecke meine Hand nach der Klinke aus. Dann falle ich vor, da diese viel schneller nachgibt, als ich erwartet habe.

Und als könnte es nicht schlimmer werden, lande ich direkt in Tristáns Armen. Er steht auf den Steinstufen vor dem Gebäude und legt seine Hände reflexartig um meine Oberarme, damit wir nicht beide rückwärts die Treppe herunterstürzen.

Kurz sieht er mir ins Gesicht, bevor sein Blick an mir herabgleitet. Als er an dem Rock ankommt, kräuseln sich seine Augenbrauen leicht. Ryle hingegen schaltet schneller. Er zieht uns beide zur Seite, damit wir die Tür frei geben, und drängt Tristán von mir. Der lässt mich nur allzu gern los.

»Was ist passiert?«, fragt Ryle ruhig, aber mit deutlicher Sorge in der Stimme, während er Nate mit einem Blick bedeutet, hinter ihm abzusichern. Dann nimmt er mein Gesicht in seine Hände, damit ich mich ihm nicht wieder entziehen kann. »Du bist blass wie eine frisch gestrichene Wand«, flüstert er und klingt verdammt alarmiert.

Ich möchte am liebsten hysterisch lachen.

»Keine weitere Leiche«, stammle ich konfus. Kleine

Furchen bilden sich auf Ryles Stirn, als er versucht, den Witz zu verstehen, der tatsächlich nicht lustig ist.

»Muss ich O'Connor ein paar Knochen brechen?«

Diese Worte bringen mich schlagartig zurück in die Realität. Nur wegen dieser Idioten stecke ich nun in dieser Misere. Ich stoße Ryle wütend von mir.

»Brich dir selbst irgendwelche Knochen, Ry.« Ich stürme los, werde aber prompt von Tristán zurückgezogen. Er drückt mich mühelos mit einer Hand an der Kehle gegen die Hauswand und schert sich nicht darum, dass die ersten Grüppchen auf uns aufmerksam werden. Das ist nicht sonderlich überraschend. Wenn der Prinz irgendwo auftaucht, gucken die anderen immer. Neuerdings noch mehr.

Und jetzt, als er mich offenkundig wütend angeht, *noch mehr*.

Aber unser Spiel ist ja sowieso aufgeflogen.

Ich bleibe trotzdem stehen.

»Du reißt dich jetzt zusammen«, knurrt Tristán dicht an meinem Ohr. Ich hasse es, wie mein Körper auf ihn reagiert. Mir wird heiß und der Puls unter seinen Fingern bettelt nahezu darum, dass er mich unter seine Kontrolle zwingt.

Was ist falsch mit dir, Mädchen?

»Warum hast du Nathan eben angeschrien, dass er dich loslassen soll? Was hat er getan?«

»Nichts, was dich etwas angehen würde«, fahre ich ihn mit zittriger Stimme an.

Tristáns Hand rutscht in meinen Nacken und er zieht mich dicht vor sich. So dicht, dass unsere Lippen sich *beinahe* berühren. »Ich sagte, dass du dich jetzt zusammenreißen sollst. Hat er dich angefasst?«

»Und ich sagte, das geht dich überhaupt nichts an«, wiederhole ich fauchend aus meiner defensiven Position und zucke zusammen, als seine freie Hand unerwartet fest neben meinem Gesicht in der weißen Fassade landet.

Erschrocken sehe ich auf seinen aufgeplatzten Knöchel, als Ryle ihn schon von mir wegzieht. »Meine Güte, Tris«, knurrt er. »Ihr reißt euch jetzt *beide* zusammen.«

»Genau das wollte ich ebenfalls vorschlagen.« Ich schließe überfordert die Augen, als nun auch noch Delahayes Stimme in der offen stehenden Tür ertönt. »Das Universitätsgelände ist kein Ort für derlei Auseinandersetzungen.« Er deutet mit ausdrucksloser Miene, die jedoch verdammt autoritär ist, auf den Flur. »Was Sie in Ihrer Freizeit machen, ist mir herzlich egal. In zehn Minuten aber startet der für Sie wichtigste Kurs in diesem Semester und wenn auch nur ein Hintern Ihres entzückenden Vierergespanns dort nicht auftaucht, lasse ich jeden Einzelnen von Ihnen durchfallen.« Damit dreht er sich um und schreitet ins Lehrgebäude.

Ich habe das Gefühl, dass alle auf dem Vorplatz stehenden Studenten uns anstarren.

Nathan ist der Erste, der sich nach dieser Ansage regt. Er richtet sich das Sakko, atmet tief ein und schickt mir einen beruhigenden Blick.

»Tristán, Maeve. Das galt euch.«

Ryle vergewissert sich kurz bei Tristán, der sich mit der aufgeplatzten Hand über das Gesicht fährt und schließlich nickt. Als er sich an mir vorbeidrängt, höre ich ihn leise knurren: »Haben die alle nichts anderes zu tun?« Gedanklich stimme ich ihm zu, dann sehe ich zu, dass ich ihm hinterhereile.

Aus irgendeinem Grund hat Delahaye uns nicht sofort auffliegen lassen.

Aber welcher das auch sein mag: Ich weiß, dass es damit nicht getan ist. Und jetzt würde ich mich gern erst recht in meinem Bett verkriechen.

Aber bevor ich das tun kann, muss ich erst eine weitere Stunde Statistik überstehen. Und ich habe keine Ahnung wie.

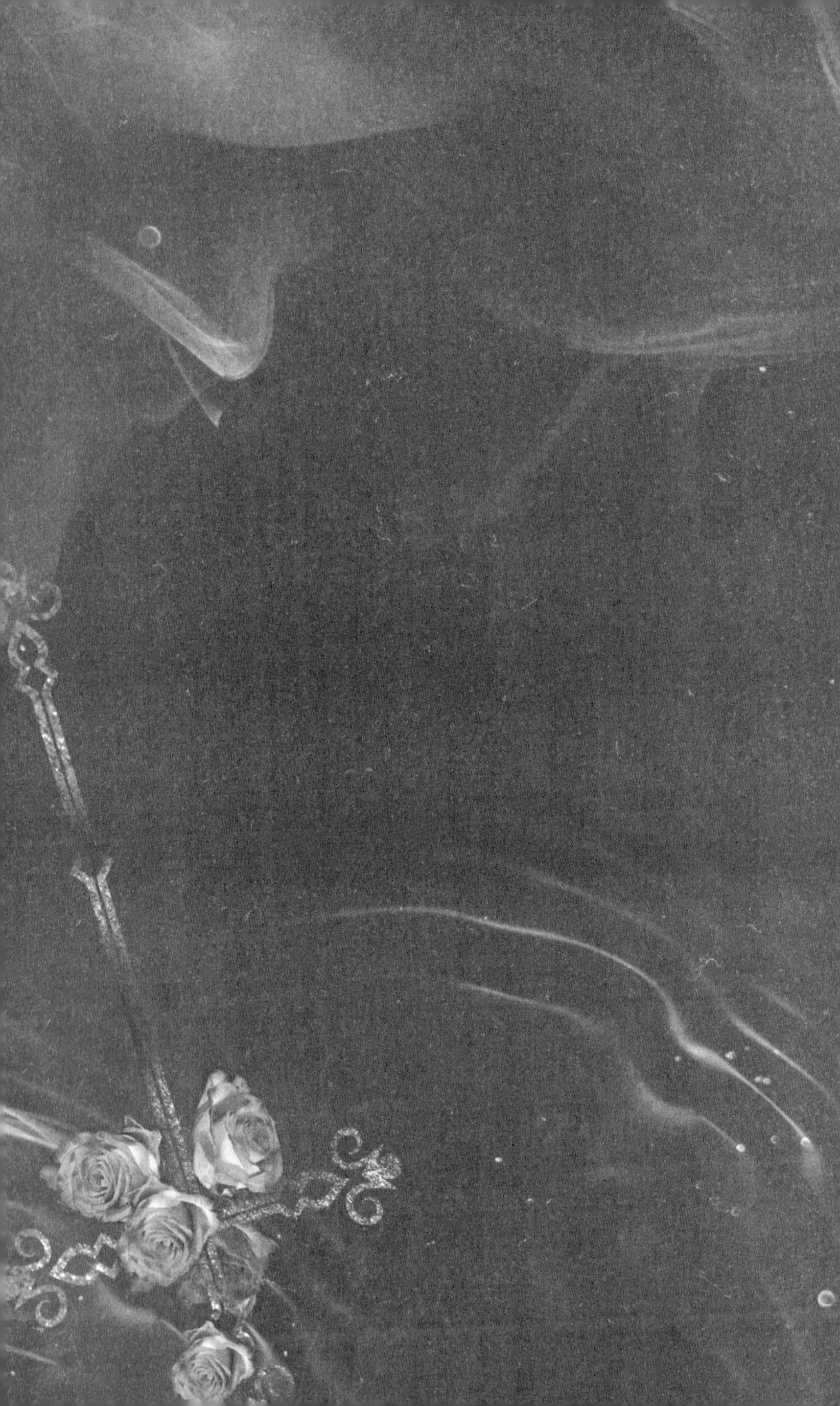

Kapitel 19
Declan

O'Connor ist der Erste, der sich in meinen Seminarsaal wagt. Ohne mich anzusehen, sichert er die Tür, Jenkins, der persönliche Hofhund des Prinzen, bezieht ihm gegenüber Stellung. Na, sieh einer an. Plötzlich können sie sich professionell verhalten.

Tristáns Miene ist grimmig und überrascht mich damit immerhin dahingehend, dass sie mehr als Gleichgültigkeit ausdrückt, als er sich auf den hintersten Platz in der Raumecke verzieht. Maeve, der jegliche Farbe aus dem Gesicht gewichen ist, zieht er auf seinen Schoß.

Dafür, dass sie in meinem ersten Kurs noch verdammt viel Desinteresse, wenn nicht sogar Abneigung gegenüber dem Prinzen und seinen Personenschützern gezeigt hat, hat das Blatt sich sehr schnell verändert.

Ich nehme meine Unterlagen aus der Tasche, nicke den nächsten hereinkommenden Studenten zu und behalte Tristán dabei im Auge. Er betreibt Schadensbegrenzung für das, was eben vor dem Gebäude passiert ist.

Seine Stirn lehnt an ihrer, er flüstert leise Worte und umfängt sie mit seinen Armen.

Könnte tatsächlich wirken wie ein verliebtes Paar, das eben nur eine kleine Auseinandersetzung hatte.

Nur dass die Interessen der kleinen Ms Lundgren woanders liegen. Eine Vermutung, die mir vor wenigen Minuten in der Abstellkammer noch einmal bestätigt wurde.

Als ich prüfend zu den beiden Bodyguards sehe, stelle ich fest, dass ich nicht der Einzige bin, der hier beobachtet. O'Connor übertreibt es mit seiner Ihr-könnt-mir-gar-nichts-Einstellung und erwidert meinen Blick gelassen, als würde er fragen: *Was willst du schon machen, Declan?*

Dafür sorgen, dass du deinen Job verlierst beispielsweise. Ich kenne seinen Arbeitsvertrag und eine Liebelei mit der Freundin seiner Auftragsperson wird direkt in Paragraf zwei ausgeschlossen. Auch wenn beim Aufsetzen dieses Schriftstücks niemand ernsthaft einen Gedanken daran verschwendet haben dürfte, dass dieser Fall eintreten würde. Was nicht an O'Connor liegt, sondern einzig daran, dass der Prinz von Spanien in der Vergangenheit nicht gerade mit festen Beziehungen von sich reden gemacht hat. Eher mit anderen Gerüchten, die etwas mit seinem persönlichen Leibwächter zu tun haben und schon seit Jahren die Runde am Palast machen. Jenkins scheint Tristáns neuer Beziehung allerdings nicht sonderlich abgeneigt gegenüberzustehen.

»Wenn die Herren Leibwächter bitte aus der Tür treten könnten, damit ich mit meinem Seminar anfangen kann.« Ich sehe aus dem Augenwinkel, wie die jungen Mädchen bei meinem schneidenden Ton zusammenzucken. Im Gegensatz zur ersten Stunde haben sie sich heute alle in den letzten Reihen verkrochen.

Maeve zuckt auch zusammen.

Ehe ich etwas sagen kann, rutscht sie artig von Tristáns Schoß, setzt sich kerzengerade auf den Stuhl und senkt ihren Blick auf die Tischplatte.

Zu schade, obwohl mir ihr devoter Anblick überaus gefällt.

Die Zurechtweisung, die mir schon auf der Zunge lag, schlucke ich ungesagt herunter. Das werde ich sowieso in einem privateren Rahmen mit ihr klären. Mit einem unschuldigen Augenaufschlag ist es nicht getan.

Daher bewege ich mich nun zu meinen Unterlagen und reiche sie in die erste Reihe. »Lesen Sie die Texte aufmerksam«, weise ich sie knapp an.

Auch wenn ich meinem Kurs den Rücken zudrehe, als ich den Tisch umrunde, weiß ich, wie sie sich gegenseitig verunsicherte Blicke zuwerfen.

Aber ja. Für das Erste soll es das gewesen sein.

Maeve soll ruhig kurz durchatmen können.

Die nächsten fünfundachtzig Minuten verbringe ich vorrangig damit, auf meinem Tablet die internen Seiten der Universität zu überfliegen. Der Mord hat Fragen aufgeworfen und Journalisten aus aller Welt angelockt. Auch in den eigenen Reihen wird spekuliert. Für meinen Geschmack zu viel. Aber immerhin ließ der Fall sich bisher nach außen recht gut vertuschen. Ich lege keinen Wert darauf, an diesem Zustand etwas zu verändern.

Es ist schon anstrengend genug, neuerdings Netflix-Hobbykriminologen auf dem Campus herumkriechen zu haben. Nicht dass sie etwas finden könnten, aber für den Alltag ist es doch angenehmer, wenn jeder die Nase vor allem in seine eigenen Angelegenheiten steckt. Solch eine Vorgehensweise ist am gesündesten und das gilt für jede Bevölkerungsschicht.

»Das reicht für heute. Schauen Sie vor nächster Woche noch einmal in die Texte«, leite ich nach einer sehr zähen Kurseinheit das Ende des Seminars ein. »Es ist doch sehr wahrscheinlich, dass ich einen von Ihnen um eine Zusammenfassung bitten werde.«

Das ist eine durchaus nette Umschreibung dafür, dass ich denjenigen ausbluten lassen werde. Nichts hasse ich mehr als arrogante Studenten und ihre weiblichen Pendants, die meinen Kurs nicht ernst nehmen und stammelnd davon zeugen, wie wenig sie sich mit den Inhalten beschäftigt haben.

Dummerweise wird der Auserwählte nächste Woche nicht Tristán heißen. Er hat die Zeit genutzt, um den Text konzentriert zu lesen. Ziemlich sicher würde er sich mit einer kleinen Zusammenfassung nicht aus der Ruhe bringen lassen. Da gibt es geeignetere Kandidaten, an denen ich ein kleines Exempel statuieren kann.

Eine davon, die sich heute vor allem damit beschäftigt hat, an ihren Nägeln zu knabbern oder wilde Kreise auf ihr Papier zu zeichnen, springt sofort auf, nachdem ich den Kurs für heute für beendet erklärt habe. Tristán zieht sie am Handgelenk zurück, damit sie nicht Hals über Kopf flüchtet. Sie muss definitiv an ihrer Außenwirkung arbeiten, wenn dieses Theater authentischer wirken soll.

Langsam ordne ich meine Unterlagen auf dem Pult, während ich dabei zusehe, wie die vier sich zusammenfinden, um gemeinsam aus dem Raum zu gehen. Maeve kann ich mit jedem Schritt ansehen, wie sie aufatmet, als sie meint, mir entkommen zu sein.

Innerlich gönne ich mir ein kleines Lachen, nach außen hin schiebe ich meine Unterlagen, ohne eine Regung in meinem Gesicht zuzulassen, in meine Tasche.

O'Connor wirft mir einen letzten Blick zu und öffnet für seine Schützlinge die Tür, Jenkins hingegen heftet sich an das Ende der kleinen Gruppe.

Sie machen einen Aufstand, als würden an jeder Ecke potenzielle Scharfschützen lauern, die nur darauf warten, dem Prinzen einen Stirnschuss zu verpassen. Das wird nicht geschehen. Die größte Gefahr befindet sich nicht auf dem Campus.

Denn die größte Gefahr für den kleinen Prinzen ist er selbst.

»Ms Lundgren«, schallt meine Stimme schneidend im letzten möglichen Augenblick durch den Raum. Sie zuckt sichtlich zusammen und bleibt umringt von den Männern stehen.

Ich genieße es, ihre Angst in den kugelrunden blauen Augen aufblitzen zu sehen. Tristán legt wie ein Idiot seinen Arm um sie und wendet sich mir zu. »Was wollen Sie von meiner Freundin, Mr Delahaye? Weder Sie noch ich haben Ihnen heute einen Grund zur Beanstandung gegeben.«

»Das lassen Sie doch bitte meine Sorge sein, Mr Guillén. Ich möchte lediglich ein paar Worte mit Ihrer Freundin wechseln.« Mein Ton ist professionell, mein Vorhaben alles andere als das. Geduldig warte ich mit der Ledertasche in meiner Hand, bis Maeve sich nach ein paar Sekunden sichtlich nervös von Tristáns Seite löst.

Die beiden Leibwächter wechseln rasche Blicke, mit denen sie sich abstimmen, wer von ihnen Maeve begleitet. Es wundert mich nicht, dass O'Connor diesen stillen

Kampf gewinnt. Er weiß schließlich ganz genau, warum ich mir die kleine dunkle Schwedin vorknöpfen werde. Jenkins hingegen scharwenzelt sowieso lieber um seinen Schützling herum, auch wenn ich in seinem Blick eine gewisse Faszination für Maeve erkenne.

Nun, da nehme ich mich nicht aus. Sie ist anders als die anderen gesichtslosen, mit der Masse schwimmenden Studentinnen.

Noch weiß ich nicht genau, woran das liegt, aber ich werde es herausfinden.

»Worauf warten Sie?« Ich deute auf die Tür. Tristán beugt sich zu Maeve, flüstert ihr etwas zu, ohne mich dabei aus den Augen zu lassen. Ich erwidere seinen Blick unbeeindruckt. Wenn ich will, dass *seine* Freundin vor mir auf die Knie sinkt, wird sie genau das tun. Aber das werde ich ihn erst wissen lassen, wenn es Zeit dafür ist.

Er verschwindet dicht gefolgt von Jenkins, O'Connor hingegen bleibt neben Maeve stehen. Sie sieht aus, als würde sie sich am liebsten aus dem Fenster stürzen oder wahlweise in Luft auflösen. *Oder sich den winzigen Rock von mir hochschieben lassen wollen und mir auf meinem Pult den Arsch entgegenrecken.*

Gleich werde ich herausfinden, welche These zutrifft.

»Sie auch«, weise ich den kleinen Scheißer an. »Raus hier. Für das Gespräch, das ich mit Ms Lundgren führen will, ist Ihre Anwesenheit nicht vonnöten.«

»Ich habe die Anweisung vom Prinzen, seine Freundin ...«

»Raus!«, unterbreche ich ihn bissig, doch er bleibt unbeeindruckt stehen und wirft mir einen beinahe genervten Blick zu.

»Ist schon gut, Nate«, murmelt Maeve und legt ihm eine Hand auf die Brust. Sie sieht zu ihm auf und fleht ihn mit ihren ausdrucksstarken Augen an, das hier nicht noch schlimmer zu machen, als es ist. Dass sie Angst vor mir hat, ist offensichtlich. Aber wer hat die nicht! Ich genieße meine Rolle als strenger Prof sehr, der für Bauchschmerzen vor jeder Stunde sorgt.

O'Connor sieht zu mir und tut noch ein wenig so, als würde er seinen Job total ernst nehmen, bis er schließlich nachgibt. »Ich stehe direkt vor der Tür, Süße. Wenn der Typ …«

»Der *Typ* ist ihr Dozent und steht hier«, unterbreche ich ihn harsch. Über ein gewisses Maß an Respektlosigkeit sehe ich hinweg, aber diese endet an genau dieser Stelle. »Raus. Sie werden Ihre Zielperson lebendig wiederbekommen.«

Er kräuselt kaum wahrnehmbar die Stirn, tauscht noch einen letzten Blick mit der kleinen schwarzhaarigen Schönheit, bevor er als Letzter den Seminarraum verlässt. Ich folge ihm, um hinter ihm abzuschließen. Als ich den Schlüssel in meine Hosentasche schiebe, bemerke ich Maeves ängstliche Haltung, die sich noch mehr verstärkt, als ich zu den Fenstern schlendere. »Meinst du nicht, wir sollten uns langsam einmal unterhalten?«, frage ich, als ich die Rollos verdunkele.

Auch wenn die Fenster in diesem Raum nur auf eine sehr spärlich besuchte Wiese hinausgehen, brauche ich für das, was ich mit ihr vorhabe, keine ungebetenen Zuschauer.

Das scheint Maeve intuitiv zu spüren. Sie beißt sich auf die Unterlippe und tritt unruhig auf der Stelle, dabei habe ich sie bisher eigentlich nicht als allzu ängstlichen

Charakter wahrgenommen. »Ich wüsste nicht, was Sie das angeht, was ich in meiner Freizeit mache.« Gegensätzlich zu ihrer Haltung ist ihre Stimme fest. Ja fast zickig.

Ich bleibe vor meinem Schreibtisch stehen und muss mich bemühen, mich bei ihren frechen Worten zu sammeln, bevor ich vor mich deute. »Komm her.«

Sie atmet tief ein, dann kommt sie mit geradem Rücken und erhobenem Kopf auf mich zu. Süß. Wirklich süß, wie sie sich versucht zu behaupten. »Setz dich«, lege ich nach, als sie irritiert stehen bleibt, und deute auf die Tischplatte vor mir.

»Ich kann doch nicht ...«

»Du kannst«, unterbreche ich sie und befördere sie kurzerhand selbst auf die Tischplatte. Sie fällt zurück, stützt sich mit ihren Händen hinter ihr ab und starrt mit zurückgelegtem Kopf zu mir auf, als ich den letzten Abstand überwinde und mich ebenfalls neben ihr mit meinen Händen abstütze.

»Was soll das?«, flüstert sie mit einer Stimme, die meinen Schwanz anschwellen lässt. Seit ich sie das erste Mal gesehen habe – und sie mich –, wusste ich, dass dieser Punkt kommen wird. Und sie ebenfalls. »Sie sind mein Professor. Nehmen Sie sofort Ihre Hände ...« Sie stoppt, als ihr klar wird, dass ich sie gar nicht berühre. Ich bin ihr nur sehr nah. Viel zu nah, als dass es die Etikette und irgendwelche Universitätsregeln erlauben. Das Blau ihrer Augen wird dunkler und ihre Iriden zucken wild hin und her, können sich aber auf keinen fixen Punkt einigen.

»Ich schlage vor, wir sparen uns all die Vorreden. Vor ziemlich genau zwei Wochen hast du dort hinten gesessen«, ich nicke zu besagtem Platz, »und hast mich mit deinen Blicken angefleht, dich genau hier auf diesem Pult zu ficken.«

Sie öffnet den Mund, ist aber so entsetzt über meine offensichtlich richtige Auffassungsgabe, dass sie ihn nach wenigen Sekunden tonlos wieder schließt. Dafür macht ihre Wangenfarbe jeder reifen Tomate Konkurrenz. Die einladende Hitze, die ihr zarter Körper vor mir ausstrahlt, verleitet mich dazu, meine Hände auf ihre Oberschenkel zu legen. Über ihren kurzen, hochgerutschten Rock muss ich später mit ihr sprechen.

Jetzt blickt sie hart schluckend auf meine Hände, die auf ihren bronzefarbenen Beinen liegen, und ich sehe die Gedanken durch ihre Stirn laufen, die sich bei meiner Berührung in ihrem hübschen Kopf bilden. Als ich etwas fester zugreife und sie näher an mich heranziehe, sodass sie mit ihrem kleinen Arsch direkt an der Kante des Tisches sitzt, keucht sie erschrocken. Aber sie macht keine Anstalten, sich an meinem übergriffigen Verhalten zu stören. Im Gegenteil. Ihre Lippen öffnen sich erwartungsvoll und ihre Augen leuchten dunkel vor Begierde. Es war nicht einfach so dahergesagt, dass sie sich genau das hier vorgestellt hat.

Ihre Blicke waren eindeutig, genauso wie die von vielen anderen Studentinnen. Bei keiner anderen würde ich nur in Erwägung ziehen, etwas Ähnliches zu tun.

Bei Maeve wollte ich es auch nicht tun. Aber dann hat sie einen Fehler gemacht und sich mit den falschen Leuten eingelassen.

»Ich weiß nicht, wie Sie darauf kommen«, flüstert sie die Lüge aus ihren sinnlichen Lippen.

Meine Finger greifen instinktiv fester zu. »Ich reagiere sehr allergisch auf Lügen, Maeve. Du weißt ganz genau, warum du hier sitzt. Warum der Rock? Um den Prinzen zu beeindrucken, mit dem du nur ein lausiges Spielchen spielst? Oder meinetwegen? Weil du wolltest, dass ich dich genau deswegen heute *sprechen* will?«

Ihre Augen weiten sich, als ihr klar wird, was ich alles weiß und dass ich sie längst durchschaut habe. Das war nicht schwer.

Also mache ich weiter. »Womit hat er dich in der Hand, Maeve? Warum lässt du dich von ihm benutzen? Warum lässt du dich von ihm mit Drogen ausschalten und wie zum Teufel kommst du darauf, ein kurzer Rock würde mich von all diesen Verfehlungen ablenken?« Mein Griff um ihre Schenkel wird fester. »Das kann er nicht. Du kannst dir nicht vorstellen, wie wütend ich deswegen bin.« Ruckartig nehme ich eine Hand von ihr, um sie an ihren schlanken Hals zu legen. Unter meinen Fingern pocht ihr Puls schwer und viel zu schnell.

Es ist, wie ich erwartet habe: Statt sich von mir loszumachen, lechzt alles an ihr genau danach. Dass ich sie über meinen Schreibtisch beuge, ihr den Mund stopfe, aus dem sowieso nur Lügen kommen, und ihr den Gehorsam mit jedem Schlag auf ihren kleinen Arsch ins Gedächtnis prügele.

»Ich kann es Ihnen nicht sagen, Mr Delahaye«, flüstert sie erstickt und ihr Atem kommt immer schneller, während ihr Blick für wenige Sekunden auf meinen Lippen liegen bleibt.

Ich mustere sie, doch sie knickt tatsächlich nicht ein. Sie plaudert ihr Wissen nicht aus.

Warum nicht?

»Willst du, dass ich nett zu dir bin?«, frage ich daher

und ziehe sie ein Stück näher. Nah genug, um ihren Atem auf meinem zu spüren, weit genug, dass sie mich nicht unerlaubt berühren kann.

»Ich will hier lediglich mein Studium durchziehen«, flüstert sie matt. »Ich weiß nicht, was Sie von mir wollen.« Die nächste Lüge. »Ich bin nur eine normale Studentin, die sich vielleicht in den falschen Typen verliebt hat. Tristán hat mir prophezeit, dass es an seiner Seite schwierig wird.«

»Du bist eine erbärmliche Lügnerin.« Ich lasse sie los und trete einen Schritt zurück. »Wenn du doch so glücklich mit ihm bist, warum lässt du dich von seinem Leibwächter in die erstbeste Kammer ziehen? Hätte ich euch nicht gestört, hättest du dich genau dort von ihm ficken lassen, nicht wahr? Also erzähl mir keine Märchen. Es beleidigt mich, wenn du meinst, ich würde die Zusammenhänge nicht erkennen. Du bist in etwas hineingeraten, das zu groß für dich ist. Aber soll ich dir etwas verraten?«

Sie starrt mich nach wie vor völlig entsetzt an, als die Puzzlestücke sich in ihrem Kopf zu einem Bild verbinden. »Sie haben etwas mit dem Mord zu tun«, keucht sie entsetzt.

Ich muss den Impuls unterdrücken, die Augen zu verdrehen. »Solltest du solch einen Verdacht hegen, ist es für deine eigene Sicherheit besser, wenn du ihn nicht unbedingt laut vor der entsprechenden Person aussprichst.«

Ihre nächste, nicht überraschende Bewegung lässt sie fast vom Tisch fallen, doch ich erwische sie an ihrer Hüfte und bringe sie binnen weniger Sekunden wieder vor mir in Position. Ich stütze mich mit meiner linken Hand dicht neben ihr ab und umfasse mit der rechten ihr

Kinn. Sie zischt, als ich etwas zu fest zudrücke. »Ich habe niemanden ermordet, aber ich weiß, dass du mehr weißt. Und ich kann mir vorstellen, woher dein plötzlicher Sinneswandel dem Prinzen gegenüber herrührt und warum sie dich zu keiner Sekunde mehr aus den Augen lassen. Und mit Verlaub: Du bist zu schade für einen depressiven Tyrannen wie ihn.«

Sie blinzelt ein paarmal und kommt offensichtlich nicht mehr hinterher, was ich eigentlich von ihr will. Sie riecht betörend. Jung und unverbraucht, und trotzdem ist da dieses schwelende Feuer in ihren Augen. Maeve ist wie ein ungeschliffener Diamant. Roh und trotzdem strahlend, bereit, in Form gebracht zu werden. Unverbraucht und unwissend, mit Sehnsüchten, die sie selbst noch gar nicht kennt.

Ich will sie ihr zeigen, verdammt, auch wenn das meinen Plan gehörig durcheinanderwirbelt. Anderseits … bin ich ja flexibel.

Sie steckt ohnehin schon zu tief mit in dieser Sache. Sie weiß zu viel, auch wenn sie nur einen Bruchteil wirklich versteht. Eigentlich gar nichts. Auf irgendeine Weise muss sie aus dem Weg geschafft werden.

Warum nicht einfach anders?

»Ich verstehe wirklich nicht, was genau Sie nun von mir wollen«, keucht sie mit angestrengtem Atem und windet sich in meinem Griff. »Ich will bitte … bitte gehen.« Gott, sie bettelt schon jetzt.

Dabei habe ich noch gar nichts getan. Ich verenge die Augen und schnalze leise.

»Du wirst weder gehen noch mit irgendwem drüber sprechen, was ich mit dir tun werde, haben wir uns da verstanden?«

In ihren Augen sammeln sich Tränen, doch sie nickt rasch. »Ich werde nichts sagen. Kann ich dann bitte …?«

»Denkst du, ich lasse dich einfach hier herausspazieren und vertraue auf dein Wort? Wir wissen beide, dass ich schon dafür gefeuert werden kann, dass du so vor mir sitzt, wie du es gerade tust.«

Sie kräuselt die Stirn und hat noch immer Probleme, meine Worte einzuordnen. Aber das muss sie auch nicht können. Wichtig ist, dass sie im ersten Schritt lernt, mir zu gehorchen. Und versteht, dass ich ein Druckmittel habe.

Mit einer raschen Bewegung öffne ich meine Gürtelschnalle und ziehe das Leder schnalzend aus meiner Jeans. Ich merke genau, wie Maeve sich bei diesem Geräusch versteift, wie ihr Atem sich beschleunigt und ihre Augen sich weiten.

Dass sie so intensiv reagiert, dachte ich nicht. Daher lasse ich den Gürtel ungenutzt fallen. Eins nach dem anderen.

Ihre ganze Haltung entspannt sich merklich, auch wenn sie keinen Ton sagt. Stattdessen kehrt der lustvolle Glanz in ihre Augen zurück.

Dominieren ja, schlagen nein.

Verstanden.

Aber nur für den Anfang.

»Ich werde dir jetzt das geben, was du willst. Du wirst dich wehren und sträuben, weil du noch nicht verstehst, warum du es willst. Das ist in Ordnung.« Ich trete zwischen ihre Beine und greife an ihren Zopf, um ihren Kopf nach hinten zu ziehen. »Außerdem hast du gerade Angst. Das ist auch verständlich. Fantasien zu hegen und sie umzusetzen, sind zwei gänzlich unterschiedliche Angelegenheiten. Besser, du hast Angst, als dich zu neugierig in den falschen Kreisen auszulassen.« Wie mit Tristán und seinem Pack.

Mit einer Bewegung hebe ich sie vom Tisch und drehe sie um. Mit meinem Körper dränge ich sie dagegen und fange ihre Arme ein, um sie auf ihrem Rücken zusammenzubringen. »Stichwort Drogen nehmen, um loszulassen, Kleines. Das ist unvorsichtig und kann schlimm enden.« Sie wimmert völlig überfordert, als ich sie mit einer Hand auf dem Rücken auf den Tisch presse. Sie dreht ihren Kopf nach rechts und liegt mit der Wange auf der Tischplatte. Bereit für alles, was ich mit ihr tun werde.

Auch wenn sie sich noch ein bisschen innerlich sträubt. Das ist in Ordnung.

»Mr Delahaye«, keucht sie und ich unterbreche sie mit einem leichten – wirklich leichten – Klaps auf ihren Oberschenkel. Maeves Kopf ist noch nicht so weit, um das hier zuzulassen. Aber mit nichts anderem habe ich gerechnet.

Ihr Körper bebt zwar, sichtlich angetan von dieser harschen Berührung, aber ich sehe auch das Zucken ihrer Lider. Die Angst. Die lauernde Panik. Das ist *nicht* normal.

»Mr Delahaye nennst du mich im Seminar, aber nicht in diesen Situationen«, kläre ich sie nüchtern auf.

»Wie denn dann?«, fragt sie und wehrt sich nur zaghaft, indem sie sich gegen meine Hand drängt, die sie auf der Tischplatte festhält.

»Für den Anfang Declan. Etwas anderes musst du dir verdienen.«

In ihren Augen blitzt es anmaßend. »So eine Daddy-

Scheiße oder was soll das hier werden, *Declan*?« Es gefällt mir, meinen Namen aus ihrem unverschämten Mund zu hören. Doch alles andere gefällt mir nicht.

Mit der freien Hand schiebe ich ihren Rock nach oben und entblöße ein rosa Spitzenhöschen, das zwischen ihren Arschbacken verschwindet. Verdammt, sie ist noch hinreißender, als ich es mir ausgemalt habe.

»Du wirst mich noch anflehen, mich Daddy nennen zu dürfen, Kleines«, prophezeie ich ihr gönnerhaft und lasse in der nächsten Sekunde meine Handfläche auf ihre zarte Haut niedersausen. Diesmal wesentlich fester. Das hat sie sich für ihren provozierenden Daddy-Spruch verdient.

Ich bin vierunddreißig, verdammt, und habe nicht einmal ein graues Haar. Mein Körper ist trainierter als der so manches Chips fressenden Zwanzigjährigen.

Sie zuckt zusammen, aber ich sehe ganz genau, wie sie ihre Beine zusammenpresst.

»Sie sind gestört«, bringt sie kurzatmig hervor und stemmt sich gegen meine Hand. Daraufhin presse ich sie fester auf den Tisch und genieße den Anblick ihrer Haut, die sich durch die Reibung rot verfärbt. Und wahrscheinlich durch die Lust und die Wut – auf mich und vermutlich alle anderen, genauso wie auf sich selbst. Weil sie genau das hier will.

»Ich bin genauso *gestört* wie du«, erkläre ich ihr daher und schlage noch einmal zu. Noch ein bisschen fester. Sie zuckt und wimmert und ihre Lider flattern vor zurückgehaltener Anspannung. »Ein Mädchen wie du braucht genau das: einen erfahrenen Mann, der sie an die Hand nimmt und leitet.«

Aus ihrem Mund dringen nur nicht zusammenhängende Laute. »Sag mir, dass du dir nicht genau das hier vorgestellt hast«, raune ich und lehne mich über ihren Körper, der immer mehr an Spannung verliert. Langsam schiebe ich meine Hand an ihrer Seite vorbei und spüre, wie sie sich unter mir erneut versteift, als ich das Bündchen ihres Slips erreiche. »Sag mir jetzt klar und deutlich, dass du das hier nicht willst.«

Sie wimmert und schließt die Augen und sagt es nicht.

»Du willst etwas anderes, Kleines«, lasse ich sie herablassend wissen. »Sag mir, was der Prinz gegen dich in der Hand hat, dass du dich für diese Show hergibst, dann bin ich möglicherweise netter zu dir.«

»Ich ... ich will einfach nur meinen Spaß haben. Er ist ein Prinz, ist heiß und will mich. Warum sollte ich da Nein sagen?«, lügt sie schon wieder. Ich ziehe meine Hand von ihrem Höschen zurück und schlage erneut zu, diesmal wesentlich härter. So hart, dass ihr Körper auf den Tisch geschoben wird und sie auf Zehenspitzen stehend vor mir erzittert, als der Schmerz durch ihren Körper schießt.

Korrigiere: Schlagen ja, nur nicht mit dem Gürtel.

Abwarten, wie lange sich diese Annahme hält.

»Keine. Lügen. Maeve.«

»Ich lüge nicht, Declan.«

Kurz halte ich inne, weil der Ton, der durch ihren Trotz durchklingt, mich aus dem Konzept bringt. Ich mustere sie genau, als sie scharf einatmet, bevor sie sich auf die Tischplatte schmiegt, als könnte sie die nächste Maßregelung kaum erwarten. »Du willst den Prinzen?«, hake ich nach.

Sie nickt mit geschlossenen Augen.

»Und seinen Bodyguard?«

Als sie die Augen aufschlägt, ist der Glanz in ihnen wieder da. Zu dem Trotz gesellt sich Provokation, als sie fragt: »Welchen?«

Ich erlaube mir, das dunkle Grinsen zuzulassen, während ich meine Hand von vorne in ihr Höschen schiebe. »Du bist eine ungezogene kleine Schlampe, Maeve. Drei Männer zu begehren …« Ich beende den Satz nicht, weil ich spüre, wie sie sich unter mir versteift.

Sie stellt das Atmen ein und wimmert leise, als hätte ich ihr gerade nicht meine Hand an ihre sensibelste Stelle gelegt, sondern ihr eine Tracht Prügel verpasst, die sie nicht mehr klar denken lässt.

Gut, zu viel.

Ein bisschen netter und verständnisvoller ist für sie wohl angebrachter.

Wieder schließt sie, um der Situation zu entkommen, die Augen, als ich ihre Nässe ertaste, die ihre süße Pussy benetzt. »Korrigiere«, flüstere ich nun laut und lehne mich vor, während ich ihre aus dem Zopf gelösten Haare langsam zur Seite schiebe. Ihr Atem kommt immer flacher und ihr Brustkorb hebt und senkt sich immer schneller unter der ansteigenden Nervosität – und Erregung. »Vier Männer. Du willst vier Männer. Oder wie lang ist deine Liste, Kleines?«

»Ich hasse Sie.«

Ich lache leise auf. »Nein, das tust du nicht. Deine erste Lektion wird lauten: Stehe zu dem, was du willst.« Ich löse meine Hand von ihrer Schulter, lasse meine Lippen über ihren Nacken gleiten und bringe meine Finger dahin, wo sie sie haben will, auch wenn sie noch nicht bereit ist, es zuzugeben. Ihre Körpersprache ist eindeutig genug. Ihre Pussy zuckt und die Feuchtigkeit erzeugt verräterisch schmatzende Geräusche, als ich leicht in sie eindringe.

Fast tut es mir leid, dass ausgerechnet Maeve als Kollateralschaden die Erste sein wird, die verlieren wird.

Aber nur fast. Denn ich habe mich noch nie von irgendwelchen Frauen blenden lassen. Und nur für eine Pussy werde ich meinen Job nicht aufs Spiel setzen.

Meinen eigentlichen Job.

Kapitel 20
Maeve

Ich weiß nicht genau, ob Nate eine Situation wie die gegenwärtige gemeint hat, als er sagte, ich solle mir nehmen, was ich will. Seinen Professor zu begehren, ist noch einmal etwas ganz anderes, als sich auf fragwürdige Deals mit irgendwelchen Thronfolgern einzulassen.

Oder?

Noch dazu ist Delahaye – Verzeihung, Declan – einfach nur ein von sich selbst überzeugtes Arschloch, das sämtliche Grenzen mit wehendem Mantel überschreitet, ohne auch nur hinzusehen.

Umso schlimmer, dass ich es auf sehr bedenkliche Art genieße, von ihm auf den Tisch gepresst zu werden, während seine Finger in meiner auslaufenden Weiblichkeit wildern und sich nehmen, was sie wollen. Keine Frage, er weiß, was er da tut. Ganz im Gegensatz zu mir.

Ermattet lasse ich die Wange auf dem Tisch liegen und versuche, einfach nicht zu hinterfragen, was das hier werden soll.

Waren meine Blicke in seine Richtung wirklich so

offensichtlich, dass er seinen Job gefährdet, indem er mich derart überfällt?

In diesem Punkt hat er nämlich ebenfalls recht. Genauso wenig wie ich verraten werde, wobei ich Tristán, Nate und Ryle überrascht habe, werde ich Delahaye irgendwo anschwärzen. Wobei er selbst im Vorstand sitzt. Wer weiß, ob meine Beschwerde überhaupt weit kommen würde.

»Gibst du schon auf, Kleines?« Wie dieser harsche, einschüchternde Mann mich *Kleines* nennt, sollte mir nicht so gut gefallen. Ebenso wie seine Worte, die eine ganze Reihe von Szenarien in meinem Kopf ausgelöst haben. Ein Mann, der mich an die Hand nimmt, der mich dominiert, der mich beschützt. Ein Mann, bei dem ich mich fallen lassen kann, von dem ich lernen kann. Bei dem ich ich sein kann, ohne Sorge zu haben, er könnte es gegen mich verwenden.

Keine Ahnung, ob Declan so ein Mann sein könnte.

Vermutlich genauso wenig wie die anderen Männer, die schlagartig in mein Leben getreten sind und alle nicht gerade das Potenzial zu ebendiesem Mann haben, nach dem ich mich tief in meinem Inneren sehne.

»Ich bin keine Schlampe«, nehme ich seine Worte von eben mit kratziger Stimme auf, »nur weil ich mich ausprobieren will.« Ich weiß, dass ich damit recht habe, auch wenn mir lange etwas anderes eingebläut wurde.

So benimmt sich kein braves Mädchen. Die Worte wiederholen sich in Schleifen in meinem Kopf, aber ich lasse sie nicht an mich heran.

Er sagt nichts darauf, stattdessen reibt sein Daumen langsam in kleinen Kreisen über meine Klit und seine Lippen gleiten über meinen Nacken. Es fühlt sich trügerisch an, wie die Ruhe vor dem Sturm. Er will, dass ich nachgebe.

Das kann er vergessen. Ich kämpfe gegen jeden Impuls und schließe frustriert die Augen, weil ich allein mit meiner Willenskraft nicht verhindern kann, dass ich immer nasser für ihn werde. »Erpresst der kleine Prinz dich?«

Ich schnaufe. »Nein. Er will mich ficken.«

Declan lacht leise und seine Finger gleiten tiefer zwischen meine Beine. »Weiter auseinander.«

Dass ich seiner knappen Aufforderung sofort nachkomme und mit meinem rechten Fuß weiter zur Seite rutsche, damit er mehr Platz zwischen meinen Beinen hat, schiebe ich auf die Endorphine in meinem Körper.

»Sag mir, warum du meinst, diesen Orgasmus verdient zu haben, Kleines.« Declan streichelt mich weiter und beißt leicht in meinen Nacken.

Ich stöhne leise und er lacht an meinem Ohr. *Arschloch.*

»Weil ich nichts hiervon erzählen werde.«

Wie zur Belohnung kehren seine Finger zurück an meine Klit. »Du bist ein braves Mädchen, wenn du ein bisschen dazu gezwungen wirst.«

Bei seinen nur so dahergesagten Worten rauscht ein Beben durch meinen Körper und bringt das Klopfen in meinem Kopf zurück, das bisher überraschend viel Ruhe gegeben hat.

Übelkeit wallt in mir auf. Ich will nicht, dass er das über mich denkt. Das bin ich nicht. Und will ich nicht sein.

Ich will nicht weiter darüber nachdenken und er lässt mir keine Gelegenheit dazu. Seine kundigen Finger in und an mir lassen es nicht zu, dass ich der Situation auf andere Weise entkomme. Mein Denken verstummt, ebenso wie das leichte Pochen hinter meiner Stirn.

Dankbar presse ich meinen Arsch gegen seine hinter mir aufragende männliche Gestalt. Ich habe das Gefühl, in einem wahr gewordenen Traum die Hauptrolle zu spielen. Es fühlt sich so unwirklich an, gleichzeitig aber so verdammt erleichternd.

Über die Konsequenzen hiervon werde ich später nachdenken.

Falls er mich überleben lässt. Dahingehend bin ich mir nämlich nicht sicher. Ich habe nicht vergessen, wo ich ihn gesehen habe, kurz bevor die Frau aufgespießt am Pfahl gefunden wurde ... Aber auch das ist mir gerade erschreckend egal.

Ich will einfach nur mehr. Mehr von ihm. Mehr von diesen Gefühlen, die mein Blut zum Kochen bringen. Mehr von dem, was meine Gedanken zum Erliegen kommen lässt.

»Ich werde dich kommen lassen.« Seine Finger ziehen sich ruckartig zurück, gleichzeitig zerrt er mich an der Schulter zurück und dreht mich um. »Für die ausgleichende Gerechtigkeit und als ...«, er lächelt boshaft, »nennen wir es Pfand, wirst du etwas für mich tun.« Seine fast schwarzen Augen brennen sich in meine, bevor sie sich auf meine Lippen heften. Mich überkommt ein Schauer, der sich prickelnd auf meinem Nacken ausbreitet, als er seinen Daumen an meine Unterlippe legt und darüberstreicht. »Kannst du dir vorstellen, was das sein könnte?« Während er mich nicht aus den Augen lässt, nimmt er mich an der Taille und zieht mich ein Stück nach vorn an den Rand des Pults.

»Ich soll Ihnen einen blasen?«, frage ich angriffslustig und recke das Kinn. Sein missbilligender Blick verursacht mir ein schweres Gefühl im Bauch, das sich nur noch verstärkt, als er seine Hand um meine Kehle legt. Er drückt nicht zu, dafür zieht er mein Gesicht dicht vor seins. Ich pralle mit meinem Oberkörper gegen seine Brust und lande in einer Wolke seines penetranten, herben Dufts.

»Ich bin enttäuscht von dir, Maeve.« Sein Blick ist tatsächlich so, als würde er seine Worte ernst meinen. Ich will nicht, dass er von mir enttäuscht ist. »Ich dachte, du hättest es verstanden. Aber in Ordnung. Um diese Sache zu regeln, gibt es eine weitere Möglichkeit.« Er spricht es nicht aus, aber irgendwie weiß ich, dass diese mir nicht halb so gut gefallen würde wie diese Alternative. Ich habe keine Ahnung, was genau Delahaye antreibt, was sein Ziel ist und wie viel er wirklich mit dem Mord zu tun hat, aber ich ahne, dass er eine nicht gerade kleine Rolle spielt. Eher eine Schlüsselrolle in einem Stück, das ich noch nicht durchschaue. Wer weiß, vielleicht würde er mich einfach verschwinden lassen, wenn es ihm in den Kram passt.

Mein Herz rast immer schneller, genau wie meine Gedanken. »Du denkst viel zu viel nach, Maeve«, knurrt er mich leise an. »Ich will dir lediglich das geben, was du ohnehin willst. Dass ich eine Absicherung brauche, damit du mich nicht um meinen Job bringst, weil du freiwillig mitgemacht hast, sollte nachvollziehbar sein, nicht wahr?« Seine Finger tänzeln über meine Wange. »Wir versuchen das noch einmal. Frag mich, Kleines.«

Ich blinzle ihn mit klopfendem Herzen an. »Ich … Was?«

»Du hast mich schon verstanden«, erklärt er überraschend geduldig. »Frag mich das, was du eben schon gesagt hast. Nur richtig.«

Ich sehe ihn zweifelnd an. Keine Ahnung, wie ich ihn angemessen fragen soll, ob ich seinen Schwanz blasen darf.

Als er meinen überforderten Blick erkennt, aus dem jeder Funken Widerstreben gewichen ist, wird seiner weich. »Versuch es einfach. Ich bin mir sicher, jetzt klappt es besser. Ich werde am Anfang nicht so streng mit dir sein.«

Verdammt, sein verständnisvoller Ton rauscht durch meinen Körper und legt einen Schalter um, von dem ich nicht wusste, dass er in mir existiert.

Ich schließe kurz die Augen, um mich zu sammeln und in mich zu horchen. Aber da ist nichts. Kein Pochen in meinem Kopf. Kein Nein. »Darf ich …?« Ich räuspere mich und beiße mir dann auf die Lippen. Ich kann es nicht sagen.

»Was darfst du?« Er klingt verdammt geduldig dafür, dass er in seinen Kursen einen gänzlich anderen Ton an den Tag legt. »Lektion eins, wir erinnern uns: Du stehst zu dem, was du willst. Also … willst du meinen Schwanz, Kleines?«

Ich nicke mit geschlossenen Augen und denke gar nicht darüber nach, es nicht zu tun. Aus irgendwelchen Gründen ist mein heißer, dominanter Professor der Meinung, meine dunkelsten Fantasien wahr werden zu lassen. Wie kann ich da Nein sagen?

Zumal mir klar ist, dass er ein Nein nicht gelten lassen wird. Das macht es leichter, das hier zuzulassen. *Es zu wollen.* Er gibt mir nicht das Gefühl, das hier wäre falsch.

Seine Hand schließt sich um meinen Nacken, sein Daumen streicht über meinen Kehlkopf. »Ich weiß, dass deine Lippen sich unglaublich anfühlen werden. Willst du es mir beweisen?«

»Ja, ich will«, flüstere ich heiser und traue mich, als er nicht reagiert, leise nachzuschieben: »Ich will Ihren ...«, er schnalzt leise mahnend, »deinen ... deinen Schwanz.«

»Sag *Bitte, Declan.*« Sein dominanter Ton schießt mir direkt zwischen die Beine und beseitigt auch den letzten Rest meiner Bedenken. Etwas in mir übernimmt das Ruder, ohne länger zu hinterfragen.

»Bitte, Declan«, flüstere ich. »Bitte gib mir deinen Schwanz.« *O Gott. Ich habe es gesagt.*

Es fühlt sich verdammt gut an. Verdammt richtig. *Verdammt unartig.*

Für wenige Sekunden bleibt es ruhig, dann nimmt der Druck seiner Hand zu und ich entkomme ihm nach unten vor ihm auf den Boden. »Öffne meine Hose«, weist er mich leise an, während er sich selbst an den Knöpfen seines Hemds zu schaffen macht. Mit erstaunlich ruhigen Händen komme ich seiner Aufforderung nach. Vielleicht liegt das an seinem plötzlich nachsichtigen, ja fast besänftigenden Blick, der zu keiner Sekunde von meinem ablässt.

Nur mein Herz klopft verräterisch, als ich in meinem kurzen Rock und verrutschtem, nassem Höschen vor ihm auf dem Boden hocke und den Reißverschluss seiner Jeans öffne. Als er sein Hemd zur Seite streicht, wird mein Blick von den dunklen Linien und Bildern auf seiner Brust abgelenkt. Ich wusste nicht, dass mein Professor noch heißer werden kann, aber als er die Tattoos auf seiner Haut entblößt, werde ich eines Besseren belehrt.

»Gefällt dir das?«, fragt er und seine Lippen kräuseln sich zu einem wissenden Lächeln. Ich nicke schwach und er deutet meinen neugierigen Blick richtig, denn er schiebt hinterher: »Gut. Du wirst noch Gelegenheiten bekommen, sie dir genauer anzusehen. Jetzt aber beweist du mir erst einmal, dass in dir ein artiges Mädchen steckt, so wie ich es vermute.«

Ich bin kein artiges Mädchen und das werde ich ihm beweisen.

Seine Worte befeuern die Seite in mir, die ich bisher nur in meinen geheimsten Träumen zugelassen habe. Ich lecke mir instinktiv über die Unterlippe und er hält mich nicht auf, als ich seine Hose samt eng anliegenden schwarzen Shorts herabziehe. Sein Schwanz springt mir hart entgegen und ich greife danach, um seine Spitze an meine Lippen zu dirigieren.

»Ich bevorzuge es, wenn du die Hände nicht einbringst und sie auf deinen Oberschenkeln liegen lässt.«

Ich schlucke und komme seinem überaus freundlich hervorgebrachten Befehl umgehend nach. Sein Daumen streicht über meine Unterlippe und zieht sie leicht nach unten. Ein ganzheitliches Kribbeln erfasst mich. »So ist es gut, Kleines. Nun öffne den Mund für mich und gib dir Mühe, nicht zu würgen. Ich werde vorsichtig sein.«

Auch dieser Aufforderung komme ich nach und muss ein glückseliges Geräusch unterdrücken, als er seinen Daumen durch seine Eichel ersetzt. Sie ist rosig, groß und fühlt sich unheimlich gut an, als er damit über meine zitternde Lippe gleitet. »In dir steckt so viel Potenzial«, raunt er und das ist der Moment, in dem ich komplett aufgebe. Verdammt, das hier ist genau das, was ich will.

Was ich immer wollte.

Sicher sind die Umstände alles andere als richtig, genauso wenig wie seine Motivation, aber scheiß drauf.

Es ist, als würde er erkennen, was in meinem Kopf passiert. Seine Augenbrauen ziehen sich nachdenklich zusammen, sein Blick wird warm, seine Hand gleitet unheimlich sanft an meinen Hals. Er liebkost mich mit seinen Fingerspitzen und ich öffne gleichzeitig die Lippen weiter, ohne dass er es sagen muss. In dem Moment, in dem er seine Härte in meinen Mund drängt, ich seinen herben Geschmack auf der Zunge schmecke, kann ich mir ein leises Stöhnen nicht verkneifen. Es blitzt gierig in seinen Augen, der Druck seiner Hand wird fester, dann rammt er sich in mich. Wenn das seine Definition von *vorsichtig sein* ist, weiß ich nicht, ob ich es wirklich mit ihm aufnehmen kann. Ich würge sofort und mir treten die Tränen in die Augen. Verschwommen sehe ich zu ihm auf und muss mich zwingen, die Hände auf meinen Oberschenkeln zu lassen. Sein Blick ist spöttisch und doch irgendwie ... sanft. Er amüsiert sich über mich, ohne sich wirklich über mich lustig zu machen. Gott. Das dürfte mir nicht so sehr gefallen, wie es das zweifellos tut.

»Wenn es dir wirklich zu viel wird, klopf mir gegen den Oberschenkel«, weist er mich ruhig an, gleichzeitig pulsiert seine Erektion verlangend in meinem Mund. »Solange das nicht der Fall ist, bleiben deine Finger, wo sie sind. Komm nicht auf die Idee, sie zwischen deine Beine zu schieben, ansonsten kannst du schon heute nicht mehr sitzen.« Damit ist seine kurze Einweisung offenbar abgeschlossen, denn er umfasst meinen Kopf, nimmt sein Becken leicht zurück, sodass sein Schwanz fast nahezu vollständig aus meinem Mund gleitet, dann treibt er es wieder gegen mein Gesicht. Stöhnend lasse ich es zu und frage mich, wie ich *das* aushalten soll.

Das, was Ryle und Tristán im Wasser mit mir gemacht haben, ist nichts dagegen, wie mein Professor meinen Hals vögelt. Unerbittlich, grob und harsch benutzt er mich und lässt mich spüren, wer ich für ihn bin. Mit jedem erneuten Stoß bringt er mich zum Würgen, mein Rachen zieht sich immer wieder aufs Neue zusammen, stößt ihn ab und der Speichel rinnt mir über die Lippen. Er tropft auf meine Hände und die Geräusche, die aus meiner Kehle kommen, fühlen sich gleichzeitig abstoßend wie erregend an.

Declan selbst gibt ein Bild für die Götter ab. Es ist dermaßen heiß, wie sein großer, maskuliner Körper über mir aufragt, mich dominiert und sich mir aufzwingt, dass die Hitze sich in meinem Schoß ballt. Bei jedem Stoß seiner Hüfte ziehen sich seine Brustmuskeln zusammen, das schwarze Hemd spannt an seinen Oberarmen und die Linien auf seiner Haut bewegen sich unter seinen Bewegungen. Sein herber männlicher Geruch und die Hitze, die sein Körper abgibt, vernebeln mein Denken zusätzlich. Er hält meinen Kopf, sorgt dafür, dass ich ihm nicht entkomme, während ich hinter ihm das ausgeschaltete Smartboard sehe, das mir allein von seiner Bedeutung her einen weiteren Hitzeschauer über den Rücken jagt. Ich lasse mich gerade von meinem Professor im Seminarraum in den Mund ficken.

Und liebe alles daran.

Keine Ahnung, wie viel Zeit vergeht, aber was ich weiß: Es wird mit jedem weiteren Stoß, den ich auf

Knien vor ihm verbringe und mich nicht rühren kann, schwerer auszuhalten. Meine Haltung schmerzt, von meinem Rachen brauchen wir gar nicht erst zu reden, und dann ist da noch meine eigene Lust, die mit jeder Sekunde, die er sich an mir austobt, zunimmt. Ich stehe derart unter Strom, dass ich fürchte, ich könnte kommen, nur weil er mich ansieht, wie er es in diesem Moment tut.

Doch genau da hält er inne, zieht sich zurück und richtet seinen glühenden Blick auf meine speichelbenetzten Lippen, die sich verdammt wund anfühlen. Ich wimmere enttäuscht – Himmelherrgott – und auf seiner vor Lust verzogenen Miene entsteht ein mildes Lächeln. »So artig«, raunt er und umfasst meine Wange mit seiner Hand. »Das habe ich tatsächlich nicht erwartet. Öffne den Mund, Maeve.« Ich mache, was er sagt. »Und nun streck deine Zunge raus.«

Ich folge auch diesem Befehl, ohne zu zögern.

Dafür wimmere ich erstickt und voller Enttäuschung, als er zurücktritt. Wieder ein sanftes, verständnisvolles Lächeln von ihm, das mir durch und durch geht, dann reibt er schnell und grob über seinen Schwanz. Die Vorfreude sammelt sich in meinem Bauch und dann spritzt er schon den ersten Schwall seines salzig schmeckenden Spermas auf meine ausgestreckte Zunge. Sein leises, zufriedenes Stöhnen in Kombination mit seinem stolzen Blick lösen Gefühle in mir aus, die ich noch nie gespürt habe. Dass er zufrieden ist, macht mich auf sehr schräge Art sehr glücklich.

»Offen lassen«, knurrt er rau und sorgt mit seiner Hand an meinem Kiefer dafür, dass ich nicht reflexartig schlucke, als er auch den Rest seines Safts auf meine Zunge spritzt. Erst dann nickt er mir gönnerhaft zu und lässt gleichzeitig seinen Daumen über mein Kinn gleiten. »Jetzt darfst du schlucken.«

Ich halte seinen intensiven, dunklen Blick, schließe den Mund und komme auch dieser Aufforderung nach. Es vergeht kaum eine Sekunde, da reißt er mich förmlich hoch, wirft mich mit einem Knurren mit dem Bauch voran auf den Tisch und dann ist seine Hand zwischen meinen Schenkeln. Ich erzittere voller Begierde und Lust, als mein Körper versteht, was er vorhat. Sein linker Unterarm liegt stützend unter meinem Brustkorb und begrenzt mich. »Sei leise«, knurrt er an meinem Nacken. »Wenn du es nicht aushältst, beiß notfalls in meinen Arm.«

Ich werde ihm garantiert nicht ... in der nächsten Sekunde beiße ich ihm in den Arm.

Himmel.

Er stößt drei Finger in mich, trifft meinen G-Punkt zielgerichtet und reibt gleichzeitig mit seinem Handballen über meine Klit. Er ist grob, er ist forsch und doch komme ich nicht dazu, es zu genießen. Ich zerspringe in Tausende kleine Teilchen, zerfalle und weiß nicht mehr, wo ich anfange und er aufhört, so fest presst er sich von hinten an meinen nahezu vollständig angezogenen Körper. Er peitscht mich förmlich durch den Orgasmus, verlängert ihn mit seinen in mich stoßenden Fingern und seinen Lippen auf meinem verschwitzten Nacken.

Keine Sekunde kann ich mehr darüber nachdenken, was ich hier eigentlich zulasse.

Was ich begehre.

Meine inneren Muskeln ziehen sich derart verlangend um ihn herum zusammen, dass er dunkel stöhnt und ich ihn am liebsten anflehen würde, mich endlich zu ficken.

Ich tue es nur nicht, weil ich irgendwo im Nebel meines Kopfes weiß, dass Nate draußen vor der Tür steht und lauscht. Daher vergrabe ich meine Zähne in Declans Unterarm, sabbere und stöhne und komme mit den auf mich einprasselnden Gefühlen nicht mehr klar. Ich wimmere, hechle und genieße seine grobe Führung, die er binnen Sekunden übernommen hat.

Als das hormonelle Hoch seinen Scheitelpunkt erreicht hat, zieht er seine Finger aus meiner Feuchtigkeit zurück, dreht mich um und befindet sich plötzlich verdammt nah vor mir. Einen Bruchteil einer Sekunde forscht sein Blick in meinem, dann umschlingt er mich mit seinem Arm an der Hüfte, zieht mich zwischen seine gespreizten Beine und küsst mich.

Ich stehe derart neben mir und bin von allem so überfordert, dass ich meine Glieder nur schwer koordinieren kann. Doch dass ich ihn vermutlich ziemlich schlecht zurückküsse, scheint ihn nicht zu stören. Er hält mich aufrecht, seine Zunge gleitet sanft über meine malträtierte Lippe, sein Geruch geht auf mich über und zum ersten Mal schwappt die Angst in mir auf.

Nicht die Angst vor ihm, die habe ich kurioserweise nicht.

Sondern die Angst, was jetzt passiert.

Die Angst, wie ich Nathan meinen Zustand erklären soll.

Die Angst, was passiert, weil ich vor meinem Professor gekniet und seine Finger mir einen markerschütternden Orgasmus geschenkt haben.

»Ganz ruhig«, flüstert er in diesem Moment an

meinen Lippen, als würde er genau spüren, was in mir los ist. »Das hast du gut gemacht.« Er zieht meinen Kopf an seine nackte Brust und hält mich dort mit einer Hand auf meinem Haar fest.

Mein gesamter Körper zittert und doch tut mir seine veränderte Nähe unheimlich gut. Mein rasender Herzschlag beruhigt sich dennoch nur langsam. »Ich habe dich falsch eingeschätzt. Es tut mir leid, dass ich dich eine Schlampe genannt habe.«

Was?

Unbeirrt streicheln seine Finger über mein Haar. »Du bist etwas ganz anderes. Du brauchst etwas ganz anderes. Und ich kann und werde dir das geben.«

»Ich weiß nicht, was du meinst«, flüstere ich gegen seine Brust.

»Das ist in Ordnung. Wir werden es gemeinsam herausfinden. Wichtig ist, dass du lernst, mir zu vertrauen. Du musst dich fallen lassen können. Das hier war schon ein guter Anfang. Aber es geht nicht nur um Sex, Maeve. Du sollst wissen, dass du immer zu mir kommen kannst, wenn dich etwas beschäftigt.«

Darauf erwartet er anscheinend keine Antwort, ich habe sowieso keine. Seine Finger lösen das Gummi aus meinem aufgelösten Zopf, gleiten unter meine Haare und streicheln mich beruhigend weiter, während ich seinen betörenden Duft einatme und langsam zu der dringend benötigten Ruhe zurückfinde. Er lässt mich los, als ich den Kopf hebe.

»Kein Wort, wenn du das hier wiederholen willst.«

»Zu wem?«

Er neigt nachdenklich den Kopf. »Wie meinst du das?

Zu niemandem, Maeve. Ich dachte, das ist offensichtlich.«

Ich atme zittrig ein und deute erst auf ihn, dann auf mich, bevor ich vom Tisch rutsche. »Das hier ist ja wohl auch offensichtlich. Da draußen steht ein ziemlich gut ausgebildeter Bodyguard mit noch besserer Menschenkenntnis – und zufälligerweise habe ich vor nicht einmal zwei Stunden mit besagtem Bodyguard in einer Abstellkammer geknutscht – und mein schauspielerisches Talent ist lausig. Selbst wenn ich das hier geheim halten wollte, ich bezweifle, dass ich bis zum Ausgang komme, ohne dass Nate weiß, was hier geschehen ist und ...«

Declans Hände umfassen meine Schultern und er bringt mich vor sich in Stellung. »Das ist kein Grund, um jetzt auszuflippen, Kleines.«

»Nein? Nein, sag mir, wie das kein Problem sein kann, wenn ... «, erwidere ich eine Spur zu schrill, sodass seine Hand auf meinem Mund landet.

»Nein«, wiederholt er ruhig und mustert mich kurz. »Nein, das ist kein Problem.«

Ich lache hysterisch, weil mich die Panik nun erst richtig überkommt. Er runzelt die Stirn und lässt mich nicht los. »Liegt dir etwas an ihm? Ist es das?«

»Was? Nein ... nein, verdammt!«

Oder doch?

Er lässt mich los und zuckt die Schultern, ehe ich etwas sagen kann. »Solange du nicht ausplauderst, was hier passiert und noch passieren wird, hast du meine Erlaubnis, dich anderweitig auszuprobieren. Das war die heutige Lektion. Stehe zu dem, was du willst. Dafür hast du sie.«

Ich schnappe nach Luft. »Ich brauche keine Erlaubnis, um …«

»O doch, die brauchst du, Maeve. Das wirst du noch sehen. Und nun atme noch einmal durch und dann gehst du da raus und lernst, dich zu behaupten.«

Immer noch völlig neben mir stehend, streiche ich meinen Rock glatt und lasse es zu, dass er meine Haare ordnet und erstaunlich zügig einen Zopf flechtet. Seine Finger streichen dabei sanft über meine Schultern und mein Körper springt allein darauf an.

Vielleicht weiß Declan tatsächlich besser als ich selbst, was ich will. Es hat sich verflucht gut angefühlt, die Kontrolle abzugeben und ihm zu vertrauen, auch wenn ich weiß, dass ich ihm keinesfalls vertrauen dürfte.

Ich darf niemandem von ihnen vertrauen.

Aber tue ich das, nur weil ich Sex mit ihnen habe? Oder eben … so etwas in der Art.

Declan hat nicht einmal Anstalten gemacht, mich vögeln zu wollen. Ich weiß nicht, ob ich es auf diese Art wirklich gewollt hätte. Ob er gemerkt hat, dass ich noch nicht sonderlich viel Erfahrungen habe.

»Nicht so viel grübeln«, murmelt er in diesem Moment und tritt von mir zurück. »Es ist alles gut. Du hast alles richtig gemacht. Mach einfach so weiter. Wir sehen uns nächste Woche zur selben Zeit.« Seine Stimme verändert sich. »Lesen Sie den Text, Ms Lundgren, ansonsten könnte es unangenehm werden. Ich werde Sie nicht schonen, nur weil ich gewisse Körperflüssigkeiten gedenke mit Ihnen auszutauschen.« Er zwinkert mir so durchtrieben zu, dass ein weiterer Schauer durch meinen Körper rauscht.

In was bin ich hier nur hineingeraten?

Statt auf diese Frage eine Antwort zu bekommen, bilden sich in meinem Kopf nur immer mehr Ungereimtheiten.

Aber ich werde sie bekommen. Ich muss es nur richtig anstellen.

Mit diesem Vorsatz folge ich meinem Professor, der schon angezogen an der Tür steht, um sie für mich aufzuschließen.

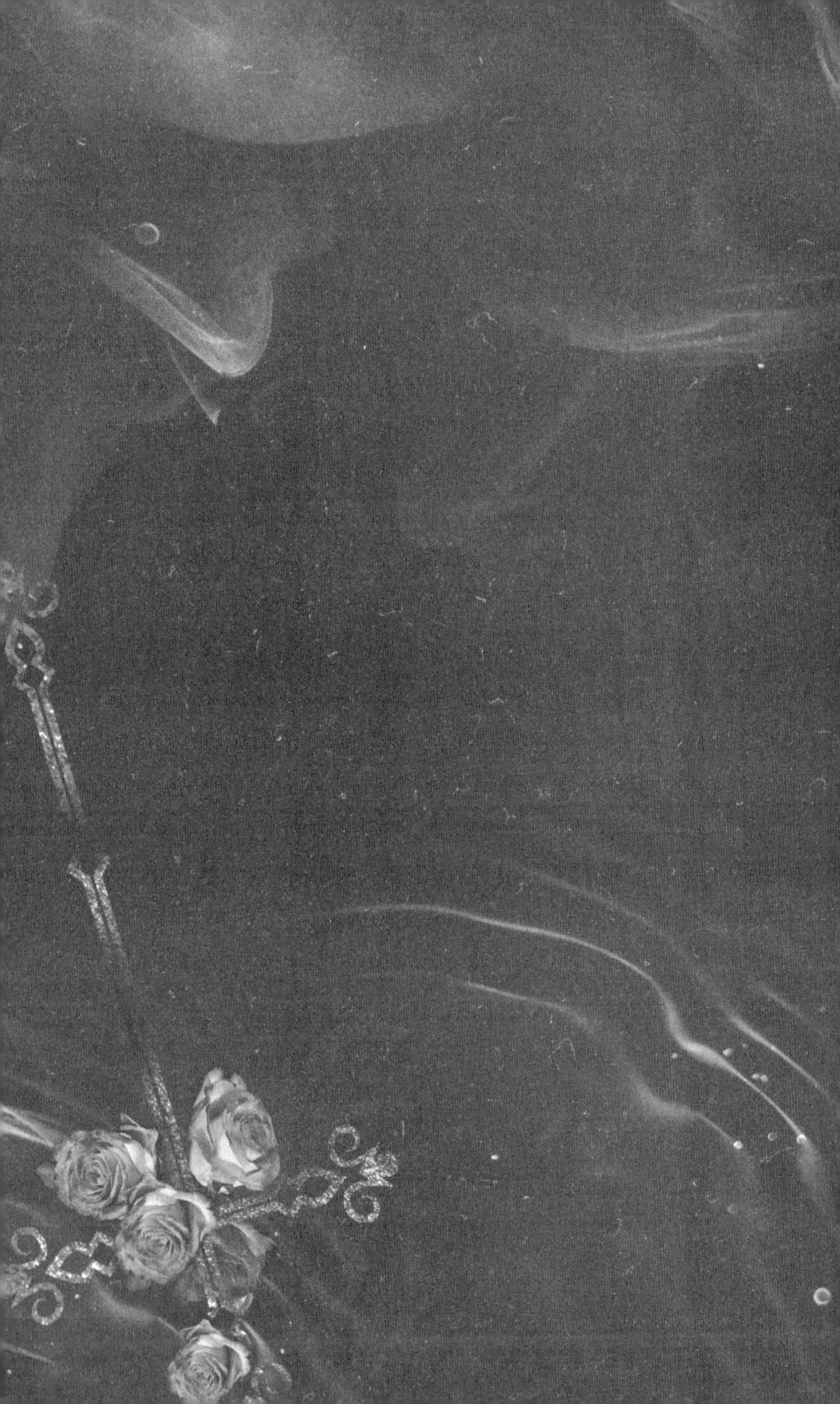

Kapitel 21
Nathan

Mit verschränkten Armen und geschlossenen Augen lehne ich dicht neben der Tür und trommle mit meinen Fingerspitzen auf dem Stoff meines Sakkos, um mich abzulenken. Als ich den Schlüssel im Schloss höre, stoße ich mich von der Wand ab und sehe mit möglichst neutralem Gesichtsausdruck auf Maeves völlig aufgelöste Gestalt.

Delahaye hält sie am Oberarm und dirigiert sie auf den Flur, während er selbst einen Blick auf den verwaisten Flur wirft. Seine Miene glättet sich, als er bemerkt, dass außer mir niemand mehr in diesem Flügel des Gebäudes ist.

Ich verkneife mir den spöttischen Blick, denn dafür habe ich gesorgt.

Aber das weiß er.

»O'Connor«, sagt er und räuspert sich, während Maeves Blick ängstlich zwischen ihm und mir hin- und herzuckt. »Ich gehe davon aus, dass Sie Ihren Arbeitsvertrag vernünftig gelesen haben und ihn gedenken zu befolgen, weil Sie Ihren Job behalten wollen.«

»Sie meinen die Schweigeklausel über gewisse Dinge, die meine Klienten so treiben?«, frage ich und sehe im Augenwinkel, wie Maeves gerötete Wangen an Farbe verlieren. Aber was bitte hat sie erwartet? Dass ich hier draußen, nur durch eine dünne Wand und eine Tür getrennt, nicht höre, was Delahaye mit ihr veranstaltet?

Nur weil ich ihr noch kurz vorher eingeimpft habe, sich zu nehmen, was sie will, und sie nicht gerade so klang, als würde sie es nicht wollen, habe ich die Tür nicht aufgebrochen.

Offensichtlich ist Maeve sehr lernfähig, auch wenn sie jetzt – wenn ich ihrem zittrigen Zustand Glauben schenken kann – sehr mit ihrem eigenen Verhalten hadert.

Delahayes Wangenmuskel zuckt bei meiner provozierenden Antwort, daher schiebe ich etwas gnädiger nach: »Mein Job ist es vorrangig, den Prinzen zu beschützen, Mr Delahaye. Dazu gehört seine Freundin. Was diese so treibt oder was ihre Absprachen mit Mr Guillén sind, geht mich nichts an.«

Delahaye nickt mir zu. »Dann verstehen wir uns.«

Ich hebe eine Augenbraue. »Ich hoffe, das soll keine Drohung sein.«

»Wo denken Sie hin.«

Ich strecke meine Hand nach Maeve aus und ziehe sie von ihm weg. Dankbar schmiegt sie sich an meine Seite. So können wir nicht über den Campus laufen.

»Bringen Sie sie zurück und sorgen dafür, dass sie sich ausruht«, weist Delahaye mich an und nur, weil ich dahingehend mit ihm einer Meinung bin, erspare ich uns einen Schlagabtausch. Der Unterton des ganzen Gesprächs ist deutlich genug und entgeht auch Maeve nicht. Stattdessen nicke ich und führe sie den Gang herunter.

»Draußen musst du allein laufen. Ich bringe dich direkt in dein Zimmer, da kannst du dich unter deiner Decke verkriechen, hm?«, schlage ich ihr leise vor und drücke sie noch einmal fester, bevor ich sie schließlich loslasse.

Es dauert ein bisschen, aber dann sieht sie gefasster zu mir auf. »Du bist nicht sauer auf mich?«

Ich unterdrücke ein Grinsen, halte ihr stattdessen die Tür auf. »Warum sollte ich?« Als sie noch immer zögert, lege ich ihr eine Hand auf den unteren Rücken und schiebe sie auffordernd aus der Tür.

Wie ich ihr angekündigt habe, bringe ich sie auf direktem Weg zu Tristáns Villa. Kaum dass wir über die Schwelle der Tür treten, empfängt uns ein abgedunkelter Wohnbereich, in dem sich zahlreiche Menschen drängen und Rauchschwaden durch die Luft wabern.

Mit den Augen suche ich den weitläufigen, einsehbaren Bereich des Erdgeschosses nach dem Prinzen ab, während ich Maeve mit einer Hand an meiner Seite halte. Ich werde in der Küche fündig, wo er lässig mit der Hüfte an der Theke lehnt, mit ein paar Typen redet und an einem Joint zieht.

»Nicht sein Ernst«, höre ich Maeve hinter mir. Ihre ungläubig ausgestoßenen Worte gehen im allgemeinen Lautstärkepegel unter. »Er feiert schon wieder eine seiner beschissenen Partys?«

Wundert sie das wirklich? Natürlich tut er das.

»Komm, solange er dich noch nicht gesehen hat«, flüstere ich ihr zu und schiebe sie durch die umstehenden

Partygäste, die uns neugierig beäugen. Aber Maeve in Gegenwart von Tristáns Bodyguards ist kein Anblick mehr, der die Leute schockiert.

Als wir ihr Zimmer erreichen, schließe ich hinter ihr die Tür ab und suche gewohnheitsmäßig den Raum mit meinen Augen ab, als sie weiter hineinstolpert.

»Ich ... du bleibst hier?«, fragt sie und reibt über ihre Oberarme.

»Wenn du nichts dagegen hast.«

Sie mustert mich kurz, dann beißt sie sich auf die Unterlippe und schüttelt den Kopf. Eine Weile sehen wir uns stumm an und ich sehe die Gedanken durch ihren Kopf rasen. Doch ich sage nichts. Weder werde ich sie bedrängen noch ihr irgendwelche Vorwürfe machen. Die macht sie sich ganz allein.

»Ich denke ... ich muss ... ich gehe schnell duschen.«

»Du kannst dir Zeit lassen.« Ich werfe ihr ein Lächeln zu. »Entspann dich, Elsa. Du hast nichts Falsches gemacht.« Meine Worte scheinen sie so weit zu beruhigen, dass sie sichtlich durchatmet und anschließend für eine halbe Stunde im anliegenden Badezimmer verschwindet.

Ich werde derweil das Sakko los und werfe es auf den Sessel in der Zimmerecke. Dabei streift meine rechte Hand wie einstudiert den Bereich über meiner Hüfte, wo abseits dieses Jobs immer eine Waffe in ihrem Holster steckt. Im Gegensatz zu Ryle darf ich auf dem Campus aber keine dabeihaben, eine der Regeln, die ich nur mit sehr viel Zähneknirschen hingenommen habe. Ohne meine Waffe fühle ich mich eines großen Teils meiner Männlichkeit beraubt. Aber was macht man nicht alles für den Schein!

Vermutlich werden wir diesen Raum heute nicht mehr verlassen, weil Maeve nach dem heutigen Tag ganz bestimmt keinen Wert auf eine weitere Eskalation der Situation legt. Und was dort draußen heute passiert, ist nicht gerade schwer vorhersehbar. Der Prinz wird sich mithilfe von Ryle ein neues Opfer suchen, das er die ganze Nacht ficken und benutzen kann, bis Ryle es im Morgengrauen loswird.

Diesmal werde ich mich nicht für ihre Drecksarbeit hergeben. Für mich gibt es heute etwas Interessanteres zu erledigen.

Als Maeve aus dem Bad tritt, sieht sie immerhin etwas gefasster aus, auch wenn ihr großes schwarzes Shirt, das ihre blanken Titten bedeckt, mich kurz aus der Fassung bringt.

Normalerweise bin ich nicht so leicht zu beeindrucken, aber diese Frau macht etwas mit mir, das ich nicht richtig fassen kann. Einerseits ist sie so abweisend, so erhaben und weiß anscheinend ganz genau, was sie will – einschließlich des Fakts, von ihrem harschen Professor dominiert zu werden –, doch dann ist da noch ihre andere Seite. Die verletzliche. Die, die sie immer öfter durchscheinen lässt. Vermutlich nicht beabsichtigt, aber sichtbar genug, dass klar ist, dass die echte Maeve ganz anders ist. Und etwas verbirgt.

Ich will herausfinden, was das ist.

Sie kommt auf mich zu und bindet sich beim Laufen einen hohen Dutt aus ihren noch feuchten Haaren mitten auf dem Kopf. Als sie dicht vor mir stehen bleibt und in meine Augen sieht, rutscht mein Blick auf einige Wassertropfen, die ihr über die Stirn perlen. Sie atmet zittrig aus, als ich sie mit meinen Fingern auffange. Ihre Haut ist verdammt zart und noch warm von der Dusche.

Ich muss mich zwingen, meine Hand zurückzunehmen. »Was möchtest du, Süße?«, frage ich, als ich ihren hilflosen Blick bemerke. Noch immer sind da Stücke ihrer Eismauer, die jedoch mit jeder weiteren Sekunde schmelzen und nichts als eine tiefe Pfütze hinterlassen.

»Können wir«, sie atmet tief ein, »reden?«

»Du willst reden, ja?«, frage ich amüsiert und breite meine Arme aus, weil sie gerade etwas ganz anderes viel dringender braucht. »Nun komm schon her.«

Sie zögert kurz, sieht in meine Augen, in denen sie anscheinend das findet, was sie darin finden soll. Sie soll mir vertrauen.

Sie soll mit mir reden. Ich werde ihr sagen, was sie von mir hören muss.

Und so atme ich beinahe erleichtert in ihr feuchtes Haar, als sie sich in der nächsten Sekunde an meine Brust schmiegt. Ihre schlanken Arme schlingen sich um meinen Brustkorb und ich lege meine um sie, um sie dicht an mir festzuhalten. Ihr zarter Körper bebt und sie atmet hektisch gegen ihre eigenen Gefühle an.

Beruhigend streiche ich ihr über den Rücken und beiße die Zähne zusammen, als ich ihre festen Brüste spüre, die sich gegen meinen Oberkörper pressen. Als ich diesen Job angetreten habe, war nie die Rede davon, dass ich auch *solche Dinge* regeln müsste.

Wer kommt schon auf die Idee, der Prinz würde sich eine Freundin anlachen, die ebenfalls geschützt werden muss?

Ich nicht.

Und niemand sonst.

»Du wirst es ihm nicht sagen?«, haucht sie irgendwann an meiner Brust und klingt verdammt durcheinander.

»Warum sollte ich denn, Maeve? Wir beide wissen doch, was das hier ist. Ich selbst habe dir vorhin noch gesagt, du sollst tun und lassen, was du willst. Was wäre ich für ein Heuchler, wenn ich dir jetzt einen Vorwurf daraus machen würde?«

Sie hebt ihren Kopf, um mich anzusehen, und überrascht uns wohl beide damit, dass sie mich sehen lässt, was in ihr los ist. In den sonst so kalten Augen der Eisprinzessin blitzen Tränen.

»Ich weiß einfach nicht ... ich weiß nicht, wem ich hier trauen kann und wem nicht. Und dann mache ich Dinge, die ich will, aber kurz darauf bereue, weil ich ...«

»Weil du?«, hake ich nach, als sie sich auf die Unterlippe beißt.

»Er hat mir verboten, darüber zu reden.«

Ich lache heiser auf und schiebe sie langsam mit meinem Körper in Richtung ihres Betts. »Delahaye?«, frage ich, als sie mit den Kniekehlen dagegenstößt. Ich fange sie auf, als sie zurückfällt, und rolle mich mit ihr im Arm auf den Rücken. Maeve lässt auch das zu und seufzt, als ich nach dem Zipfel der Bettdecke greife, um sie über uns zu ziehen. Ich habe schon mitbekommen, dass sie sich gerne vergräbt, wenn ihr alles zu viel wird, und schätze, es wird ihr nur helfen.

Ihre Wange auf meiner Brust dürfte sich nicht so gut anfühlen, dennoch lege ich meine Hand auf ihren Nacken und streichle mit dem Daumen über ihre seidige Haut. »Wir wissen auch beide, dass ich mitbekommen habe, was ihr dadrin getrieben habt. Du musst es mir nicht sagen.«

Dankbar sucht sie meinen Blick. Ihrer ist benommen und trüb, völlig überfordert und mit so vielen Emotionen gespickt, die ich nicht alle erfassen kann.

Sie atmet schneller gegen meinen Hals, dann schießt ihre Hand nach oben und sie presst ihren Handballen gegen ihre Stirn. »Ich muss ... ich ...« Sie verstummt mit verzogener Miene.

Ich mustere ihren inneren Kampf mit sich selbst stumm, ehe ich leise frage: »Kann ich dir etwas bringen? Eine Kopfschmerztablette?«

»N-nein ... das geht schon, danke, Nate.«

Nichts zu danken. Was ist mit ihr los, verdammt?

Es vergehen einige Minuten, bis sie leise und irgendwie zerbrochen weiterspricht. »Kurz vorher habe ich noch dich geküsst.«

Das ist ihr Problem?

»Ich bin ein Fan von Gleichberechtigung. Dein *Freund* hat jedes Wochenende eine andere. Ich finde es sogar gut, dass du dich von seinem Status nicht einschüchtern lässt.« In kreisenden Bewegungen reibe ich ihr über den Rücken. »Wenn du willst, kannst du mich jetzt wieder küssen. Mach, was du willst.«

Maeves Gesichtszüge entspannen sich leicht und sogar ein leichtes Grinsen bildet sich auf ihren vollen Lippen. »Aber ausgerechnet mit meinem Professor ...«

Ich lache leise, während meine Hand in ihren Nacken rutscht. Ich massiere ihn weiter, diesmal mit wesentlich festeren Berührungen. Ich merke, wie sie immer ruhiger wird und wie sie mir vertraut. »Hab gehört, die

Professor-vögelt-Studentin-Fantasie steht bei euch Frauen ganz hoch im Kurs. Wo ist das Problem?«

Als sie merkt, dass ich ihr das wirklich nicht zum Vorwurf mache, wird ihr Lächeln breiter und eine Spur mutiger. »Genauso wie die mit den Bodyguards.« Ihre Finger tänzeln über meine Brust.

»Ach ja?«

»Hm«, macht sie und stützt sich auf dem Ellenbogen auf, um mich anzusehen. »Hast du die Studentin …?« Sie bricht ab, ohne den Satz zu beenden.

»Habe ich was? Sie ermordet und an den Pfahl gehängt? Fragst du mich das gerade?«

»Ich weiß doch auch nicht. Ich will dir glauben, aber …«

»Es gibt andere, die wesentlich größere Motive dafür haben.«

»Delahaye«, flüstert sie und beißt sich auf die Unterlippe.

»Denkst du das wirklich?« Ich sehe ernst auf sie herab. »Und dann lässt du dich von ihm ficken?«

Bei meinem Ton furcht sie die Stirn. »Ich habe mich nicht von ihm ficken lassen, Nate.«

»Ach komm, in welchem Loch du seinen Schwanz nun hattest, macht dafür keinen Unterschied, wenn du wirklich denkst, er wäre ein Mörder.«

Sie schnauft, doch ich halte sie auf mir fest, damit sie sich nicht wieder verkriecht. »Ist doch wahr, Süße. Und das weißt du selbst, sonst würdest du nicht diese Gewissensbisse haben.«

»Was glaubst du, wer es war?«, fragt sie dann nach ein paar Sekunden Pause. »Ich traue es niemandem von euch zu. Ihr braucht auch diese Warnung nicht und Delahaye .... Er wirkt viel zu ... reif dafür. Aber ... aber, bei Gott, ich dürfte nicht einmal mit dir darüber reden. Wahrscheinlich kuschle ich gerade mit dem Mörder, der ... « Sie bricht leise schluchzend ab und vergräbt ihr Gesicht an meiner Brust.

»Verflucht, Maeve«, murmle ich. »Jetzt krieg dich mal wieder ein. Wirkt das hier so, als würde ich dich in der nächsten Sekunde aufspießen? Wirkte es so, als du deinen Spaß mit Delahaye hattest?«

»Nein«, sagt sie nach kurzer Pause, ohne mich anzusehen. »Aber ... aber ich habe Angst, Nate. Das hier überfordert mich.«

Es überrascht mich, dass sie es so offen ausspricht, und gleichzeitig gefällt es mir, dass sie sich bei mir so öffnet wie bei niemand anderem. Das schmeichelt meinem Ego. Ich bin eben doch der Beste in meinem Job.

»Die Sache mit der Drohung ist akut gefährlich, das stimmt«, murmle ich in ihr Haar, als sie weiter weint und mein Hemd mit ihren Tränen tränkt. Vermutlich liegt das gar nicht vorrangig an ihrer Angst, sondern daran, dass sie sich selbst dafür verurteilt, sich vor mir geöffnet zu haben. Menschen wie Maeve machen alle Probleme mit sich selbst aus und sperren die Welt dafür aus. Maeves Maske liegt aber gerade zerbrochen auf dem Boden. Natürlich wird sie sie wieder aufheben und die Risse versuchen zu kleben.

Aber nicht mehr vor mir. Das werde ich nicht zulassen.

Und ich habe vor, mir genau das zunutze zu machen. »Ich bin immer an deiner Seite und wenn ich es nicht bin, dann ist es Ryle. Irgendjemand wird ein Problem mit dir haben, weil du dem Prinzen zu nahegekommen bist. Aber dir wird nichts geschehen. Glaub mir. *Vertrau* mir. Und wenn du meine persönliche Meinung hören willst: Ich kann Delahaye nicht ausstehen, weil er ein überhebliches Arschloch ist, das jeden spüren lässt, dass er in der Nahrungskette wesentlich weiter oben steht …« Ihre Wangen verfärben sich rosa und sie senkt getroffen den Blick, doch ich rede weiter. »… aber ich denke nicht, dass er etwas mit dem Mord zu tun hat. Er setzt im Vorstand Himmel und Hölle in Bewegung, um den Ruf der Uni zu retten und herauszufinden, was hier läuft.« Ich hebe ihr Kinn mit meinem Zeigefinger an, damit sie mir nicht länger ausweicht. »Ich denke, wenn du Spaß daran hast, dich mit ihm einzulassen, kannst du es bedenkenlos tun. Auch wenn ich ehrlich zugeben muss, dass es mich überrascht, dass gerade ein so korrekter Typ wie er sich mit einer Studentin einlässt.«

»Du kennst ihn?«, wispert sie.

»Hatte recht viel mit ihm zu tun, weil er mich im Zuge meiner Einstellung für den Prinzen gecheckt hat. Er kennt all meine Zeugnisse, meinen Arbeitsvertrag und meinen konkreten Auftrag. Dass wir uns nicht mögen, beruht auf Gegenseitigkeit, was an dir liegt, wie du dir denken kannst. Er denkt, ich wollte dich aufreißen, dabei hab ich nur meinen dämlichen Job machen müssen.«

Sie verzieht das Gesicht, wirkt aber dennoch amüsiert. »Tristáns benutzte Frauen entsorgen.«

»Genau. Und dann musste ich dich im Blick behalten, damit du nichts ausplauderst.«

Sie sieht auf und ich hebe unwillkürlich die Hand an ihre kalte Wange. Während sie mich mustert und versucht, die Wahrheit in meinen Augen abzulesen, reibe ich ihr mit meinem Daumen die Tränen von den Wangen. Da kann sie lange suchen.

Sie sieht nur das, was ich sie sehen lassen will. Im Moment erkennt sie nur den verständnisvollen Typen, der seinen Job etwas zu fürsorglich macht. Der, zu dem sie kommen soll, wenn ihr der Scheißprinz mal wieder mit seiner Art auf den Zünder geht, der ihr zuhört, der für sie da ist, der sie für nichts verurteilt.

Und der, bei dem sie sie selbst sein kann. Meine Hand rutscht in ihren Nacken, dann ziehe ich sie langsam auf mich. Meine Lippen übernehmen das, was eben noch mein Daumen getan hat, und streifen sanft über ihre Wangen. Die getrockneten Tränen schmecken salzig und gleichzeitig süß nach ihr. Sie erschaudert unter meinem Griff, als mein warmer Atem auf ihre kalte Haut trifft.

»Nate«, haucht sie sichtlich hin- und hergerissen zwischen ihrem letzten Anstand und dem Drang nachzugeben. Zu vergessen. Zu verdrängen. »Ich kann nicht ...«

»Du kannst«, raune ich und küsse sie auf die Schläfe. »Ich will dir zeigen, dass du mir vertrauen kannst.«

Langsam ziehe ich sie dahin, wo ich sie haben will. Und dann, genau in dem Moment, als ihre Lippen meine berühren, gibt sie nach. Sie entspannt sich und ich nutze den Moment, meinen Arm um sie zu schlingen und mit einer Bewegung unter mich zu bringen. Fieberhaft macht sie sich an den Knöpfen meines Hemds zu schaffen, während ich mein Knie zwischen ihre Schenkel schiebe. Sie atmet mir hektisch in den Mund, zerrt mir das Hemd von den Schultern und ich atme genauso befreit auf wie sie, als dieses beengende Stück Stoff endlich verschwindet. Ihre kleinen Hände gleiten über meine Brust, über meine Schultern, bis sie ihren Halt in meinem Nacken findet, um mich auf sich zu ziehen. Obwohl ich mich neben ihrem Kopf abstütze, senke ich meinen Oberkörper auf ihren, damit sie mich spürt. Gleichzeitig schiebe ich meine Hand an ihrer Taille hinauf, lasse ihr Shirt hinter mir und umfasse ihre runde Brust, während unsere Zungen sich immer hungriger umkreisen. Mein Schwanz ist längst davon überzeugt, dass das hier ein hervorragender Zug ist – und verdammt, ja. Warum auch nicht?

Frauen verknallen sich immer in den Typen, der zum ersten Mal mit ihnen schläft. Vor allem dann, wenn der dabei auch noch nett ist, wie ich es gerade unbestreitbar bin. Fuck, ich bin ein verdammter Gentleman. Und die kleine, verstörende, aber nicht unleugbare Tatsache: Es fällt mir gar nicht so schwer.

Maeve ruiniert mein Vorhaben mit nur einem einzigen Satz und einem Blick aus ihren kugelrunden, ängstlichen Augen. »Nate?«, keucht sie und krallt sich mit ihren Fingernägeln in meine Schultern.

»Hm?«, mache ich und unterdrücke ein dezent genervtes Stöhnen, als ich sie verstehe, bevor sie es ausspricht. *Doch kein Sex.*

»Kannst du mich heute Nacht einfach in den Arm nehmen?« Die Frage ist ihr sichtlich unangenehm, vor allem, weil der Kuss verdammt schnell, verdammt intensiv geworden ist. Es ist ihr Kopf, der nicht weitergehen will. Der Ausdruck in ihren Augen ist eindeutig. Doch allein diese Frage verdeutlicht, wie verletzlich sie ist und dass sie mir gegenüber ausspricht, wie sehr sie mir vertraut. Das zu erreichen, ist ein wesentlich wichtigeres Ziel, als sie nur zu vögeln. Das ist ein Nebenprodukt des

Auftrags, das ich nicht ablehnen werde. Zwanghaft nachjagen aber auch nicht.

Mein Lächeln ist warm und dürfte ihr keinerlei Anlass geben, an mir zu zweifeln. »Alles, was du willst.«

Der Ausdruck in ihrer Miene ist so erleichtert, dass ich ihr in die Wange kneife, was sie noch mehr zum Lächeln bringt. Es ist ein echtes Lächeln, eins, das tief aus ihrem Inneren kommt.

Die kleine Schönheit vertraut mir nicht nur – sie mag mich.

Wunderbar. Das war recht leicht.

Vögeln kann sie jeden. Den Kopf mit Sex oder Drogen ausstellen auch mit jedem anderen. Aber sich jemandem zu öffnen, die Ängste auszusprechen und die eigenen Schwächen zuzugeben, teilt man nicht mit jedem x-beliebigen dahergelaufenen Kerl.

Ich will sie gerade in meinen Arm ziehen, als sie sachte den Kopf schüttelt. »Wenn es dir nichts ausmacht ... könntest du mich vorher noch einmal küssen?«

»Denkst du, ich könnte mich nicht zurückhalten?«, ziehe ich sie auf und gleichzeitig mein Becken zurück, damit mein steinharter Schwanz an ihrer Hüfte ihr nicht das Gegenteil von dem verkündet, was mein Mund behauptet. Natürlich kann ich sie küssen, ohne sie gleich ficken zu wollen. Okay, wollen schon. *Ohne es zu machen.*

»Doch. Aber wenn du das nicht willst ...«

»Halt den Mund und küss mich so viel, wie du willst«, raune ich und ersticke ihr leises Kichern, indem ich meine Zunge zwischen ihre Lippen dränge. Wieder stemme ich mich über ihr auf und keile sie unter mir ein, was ihr zu gefallen scheint. Je länger wir uns so küssen, desto mehr lösen sich ihre Zweifel und ihre schlechten Gefühle in Wohlgefallen auf. Sie redet nicht mehr, dafür fahren ihre Hände rastlos über meinen Oberkörper, über meine Arme, meinen Nacken. Sie ist so zärtlich, dass ich davon einige Male eine Gänsehaut bekomme, die sich über meinen Rücken ausbreitet. Als ihre Hände allerdings an meinen Bauch rutschen, knurre ich warnend an ihren Lippen.

»Ich bin auch nur ein Mann, Süße. Wenn du deine gierigen Finger weiter dahin bringst, wo du sie haben willst, könnte es passieren, dass ich dich doch noch dazu überreden werde, mich ranzulassen.« Schwer atmend und mit verklärtem Blick sieht sie mich an.

»Entschuldige«, sie lächelt, »aber du fühlst dich so gut an.« Ihre Wangen verfärben sich rosa und mein Schwanz pulsiert bei ihren zuckersüßen Worten.

»Ich werde dir irgendwann zeigen, wie gut ich mich wirklich anfühlen kann.«

Sie lacht noch *süßer* und klingt nun verdammt gelöst, als ich mein Gesicht an ihrem Hals vergrabe und ihren verführerischen Duft einatme. Sie riecht so rein. So unverbraucht und ehrlich.

Das absolute Gegenteil von mir.

Vielleicht wird es doch schwieriger, ihr zu widerstehen, als ich erst angenommen habe. Sie ist anders als andere Frauen, mit denen ich mich sonst einlasse. Vorsichtiger. Und wesentlich verletzlicher. Doch entgegen meiner Vorstellung fühlt sich das nicht unbedingt schlechter an.

Je länger wir so aufeinander im Bett liegen, ich sie sich an mir ausprobieren lasse, ohne dass es für meine

Selbstbeherrschung zu kritisch wird, desto mehr entwickle ich Gefallen an der Sache. Oder vielmehr an ihr.

Diese Erkenntnis sollte ich besser für mich behalten. Ich kenne ein paar Personen, die das nicht so witzig fänden.

Maeves leises Stöhnen in meinen Mund treibt meine Kontrolle an ihre Grenzen. Sie presst ihre Titten an mich, deren Nippel sich steinhart durch ihr Shirt bohren, und so schiebe ich meine Hand wieder unter den Stoff. Als ich meine Hand um ihre Brust schließe, sie massiere und Maeves Lippen über meine Kieferlinie gleiten, beschwöre ich meinen Schwanz, sich zurückzuhalten. In diesem Moment, als ich verliere und mich in einer wellenartigen Bewegung mit meinem Becken gegen sie treibe und wir einen klischeehaften Trockenfick wie in der Highschool anfangen, wird die Tür hinter uns aufgerissen.

»Runter von ihr, O'Connor«, brüllt Tristán mich an und stürmt in den Raum. Die laute Partykulisse wird sofort wieder gedämpft, als Ryle hinter ihm herjagt und die Tür knallend zuwirft.

Ich bin auf den Beinen, ehe der Prinz mich erreicht – und meine Faust in seiner Fresse, bevor er auch nur daran denken kann, mich anzufassen.

Das fällt mir generell nicht schwer, sein bekiffter Zustand macht es mir aber noch leichter. Er schwankt augenblicklich zur Seite und stiert Maeve wütend an, während Ryle ihn an der Schulter zu fassen bekommt und zurückzieht.

»Tris, Mann«, keucht er und fährt sich sichtlich überfordert durch die Haare, ehe sein entschuldigender Blick zu mir zuckt. »Er ist ausgerastet, als er gehört hat, dass ihr da seid.«

»Ich weiß gar nicht, was das Problem ist«, ruft Maeve und rafft die Bettdecke über ihrem unbedeckten Schoß zusammen. »Du«, sie deutet wild auf den Prinzen, »hast doch selbst gesagt, ich soll mir jemanden suchen, der sich mein Jammern anhört!«

»Der Typ will dich doch bloß ficken, Maeve!« Er brüllt und ist high, keine gute Kombination, wenn der halbe Campus in diesem Haus verweilt.

»Na und? Was kümmert es dich?«, brüllt sie genauso laut zurück, dass ich auf sie zugehe, während ich einen kurzen Blick mit Ryle tausche. Er hindert Tristán daran, erneut herumzublaffen, während ich Maeve auf die Füße ziehe und hinter mich schiebe.

»Er ist völlig high. Spar dir die Mühe.«

»Ich will bloß nicht, dass du sie vögelst, O'Connor! Ry kann hierbleiben!«

Ry verdreht die Augen, aber um die Situation zu entschärfen, nicke ich. »Klar. Wenn das für Maeve in Ordnung geht.«

Der Blick des Prinzen trifft auf ihren. »Das ist mir völlig egal. *Ich* will, dass er bei ihr bleibt und du mit mir nach draußen kommst!«

»Damit ich dir helfe, irgendeine Frau gefügig zu machen?«, frage ich genervt, denn genau darauf wird es hinauslaufen.

»Korrekt, O'Connor. Das ist dein Job, also mach ihn, bevor ich dich hier und jetzt feuern lasse!«

Maeve lacht ungläubig auf, doch da kommt Ryle schon auf sie zu und schüttelt warnend den Kopf. Ich nicke ihm zu, während ich mein Hemd schließe und nach meinem Sakko greife.

»Mach da nicht mit, Nate«, wispert sie, doch ich werfe ihr nur einen knappen Blick zu.

»Ich muss. Denk dran, was ich dir gesagt habe, Elsa.« Ich beuge mich noch einmal zu ihr, küsse sie auf die Stirn – um Tristán zu provozieren, einfach weil ich es kann – und folge ihm unter Ryles genervtem Schnauben.

Der Plan geht hervorragend auf. Innerlich klopfe ich mir auf die Schulter, als ich mich hinter dem Prinzen ins Partygetümmel stürze.

Kapitel 22
Maeve

»Wie lange willst du noch schmollen?« Ryle sitzt seit Stunden im Sessel in meinem Zimmer, während ich schlaflos auf dem Bett liege. Mittlerweile sind die Partygeräusche verstummt und weder Tristán noch Nathan haben sich erneut hier blicken lassen.

Gehört habe ich sie auch nicht. Immerhin etwas.

Doch die Ereignisse der letzten Stunden sorgen dennoch dafür, dass ich – mal wieder – kein Auge zubekomme. Wenn auch diesmal aus anderen Gründen als üblich. Das ist durchaus erfrischend.

»Ich schmolle nicht.«

»Du tötest mich mit deinen Blicken«, lässt Ryle mich seufzend wissen und lehnt sich auf dem Sessel vor, während er seine Ellenbogen auf seinen Oberschenkeln abstützt. »Ich finde es auch nicht unbedingt nett, wie Tristán dich behandelt, okay?«

»Ja *okay*. Schon gut. Mit mir kann man es ja machen.« Ich klopfe auf das Bett und setze mich wütend auf. »Komm schon her. Bist du jetzt dran, mich zu ficken, und dann darf der Prinz nachher ran, wenn du die Wogen geglättet hast, und anschließend darf ich mir wieder dumme Sprüche anhören, dass er mich gar nicht will?«

Ryle saugt beinahe aggressiv am Ring zwischen seinen Lippen, während sein Blick sich verdunkelt. Ob er wegen meiner provokativen Worte angefressen ist oder über sie nachdenkt, kann ich nicht beurteilen. Und will ich auch gar nicht. Ich bin sauer.

Und überfordert.

Keine sonderlich gute Verfassung, um nach außen hin völlig unbeeindruckt zu wirken.

»Er hat mir verboten, dich anzufassen.«

»Wow. Und du machst, was er sagt.« Ich schnaube.

»Mann, Maeve, das ist mein verdammter Job!«

»Mann, Ryle«, echoe ich verärgert, »ich weiß! Warum hast du ihn nicht einfach begleitet und Nathan bei mir gelassen? Er kann ihn doch eh nicht ausstehen! Ihr könnt euer Ding machen, ich meins und niemand kommt irgendwem in die Quere. Aber nein, der Prinz bevorzugt es ja lieber, mir immer wieder aufs Neue eins reinzuwürgen.« Ryle stöhnt genervt und richtet sich auf. »Bleib da sitzen!«, fauche ich. »Das war nicht ernst gemeint!«

»Ich fass dich schon nicht an, keine Sorge«, brummt er, ohne auf meine weiteren Worte einzugehen.

»Stimmt, ich bin euch ja nicht gut genug!«

»Er hat dich verletzt, das ist mir klar. Aber …«

»Du kannst dir diese Rede sparen, Ryle. Ich will davon nichts hören.«

Nun sieht er verärgert aus. Der Zug um seinen Kiefer wird hart und der Ausdruck in seinen Augen dunkel. »Es ist nicht sonderlich klug, aus kindischen Motiven heraus mit dem nächstbesten Typen in die Kiste zu springen, Maeve.«

Ich lache frustriert auf. »Maße dir ja nicht an, meine Motive beurteilen zu wollen, mit wem ich etwas habe und mit wem nicht! Und davon mal abgesehen, bist du nicht viel besser, und noch dazu geht es dich überhaupt nichts an!«

»Es geht mich sehr wohl etwas an, wenn du dich jetzt wegen Tristáns Unfähigkeit, sich zusammenzureißen, ausgerechnet O'Connor an den Hals wirfst!«

Ich verdrehe die Augen und springe auf. »Das ist mir echt zu blöd. Ich lasse mich nicht auf diese Weise von euch behandeln! Sucht euch eine andere Dumme, die diese Psychospielchen mitmacht.« Damit stürme ich auf die Tür zu, reiße sie auf und pralle gegen Tristáns Oberkörper.

Ich stoße ihn wütend zurück, auch wenn er keinen Zentimeter nachgibt. »War ja klar. Du stehst lauschend vor der Tür und überlässt es deinem besten Freund, mich wieder einzuwickeln, oder was? Warum? Du willst doch gar nichts von mir!«

Damit, dass er mich plötzlich an der Kehle packt und gegen die nächste Wand schleudert, habe ich nicht gerechnet. Ich ringe nach Luft, als er mich immer höher schiebt und meine Füße kurzzeitig in der Luft baumeln. Panisch reiße ich die Augen auf, als Tristáns rot unterlaufener Blick direkt auf meinen trifft. Immerhin lässt er mich zurück auf die Zehenspitzen und etwas locker.

»Fick wen du willst, aber nicht in meinem Haus!«

»Lass sie los, verdammt!« Ryle taucht neben uns auf, nimmt Tristán am Oberarm, mit dem er mich nach wie vor gegen die Wand schiebt, doch sein glühender Blick bleibt auf meinem.

»Würde ich ja gerne!«, antworte ich wütend auf Tristáns dämlichen Worte. »Aber du sperrst mich hier ein, schon vergessen, Prinz?«

Seine Finger schließen sich fester um meinen Hals, so fest, dass ich instinktiv nach seinen Handgelenken greife, um ihn daran zu hindern.

»Das ist vor allem für deine Sicherheit«, knurrt er mich an und sein vom Alkohol geschwängerter Atem trifft auf meinen. Tristán ist so betrunken und high wie nie zuvor.

»Lass mich los«, krächze ich, doch ich habe das Gefühl, dass mein Betteln nur das Gegenteil hervorruft. Sein Griff wird noch fester und mir geht die Luft aus. Ryle ist auch keine Hilfe, sondern steht nur stumm neben Tristán, dessen Augen mich foltern. Obwohl sie rot und glänzend sind, habe ich das Gefühl, er sieht an meiner Wut und meiner Hilflosigkeit vorbei, direkt auf das, was ich niemanden sehen lassen will.

Als sich ein kehliges Geräusch aus meinem Hals löst, lässt er mich los und ich rutsche an der Wand nach unten. Meine Hände gleiten sofort an meine Kehle und ich sehe verängstigt zu ihm auf. Keine Ahnung, was in seinem Hirn gerade vor sich geht, aber so wie sich seine Hände an seinen Seiten ballen und sein Kiefer mahlt, kann es nichts Gutes sein.

»Was habe ich dir getan, außer dass ich etwas gesehen habe?«, keuche ich und ziehe den Kopf zwischen meine Schultern. »Lass mich doch einfach in Ruhe! Ich habe euch doch oft genug bewiesen, dass ich euch nicht anschwärzen werde!«

»Das würde ich ja gern«, schnauzt er mich an und wieder rammt er seine Hand gegen die Wand, wie er es schon vorhin getan hat. »Aber ich kann nicht, verdammt!«

»Tris«, murmelt Ryle und stößt ihn nun, da er mich nicht mehr festhält, zur Seite.

»Wo ist Nathan?«, frage ich und ignoriere die ausgestreckte Hand, die er mir hinhält. Stattdessen rapple ich mich selbstständig auf und folge Tristán, der durch den kurzen Flur in Richtung Küche taumelt. Er reißt eine Flasche Chardonnay von der Anrichte und setzt sie an die Lippen, während er mich unbeeindruckt näher kommen lässt. Als ich ihn erreiche, bohre ich ihm meinen Finger in die Brust. »Deine Schlampe wegbringen?«

Er hält mit einem grausamen Ausdruck auf dem Gesicht inne, mustert mich und trinkt einen Schluck, als hätte er alle Zeit der Welt. Seine Lippen sind feucht vom Alkohol, als er belanglos antwortet. »Nachdem er sie gefickt hat, ja. Hoffentlich bringt er sie nicht wieder um.« Er furcht die Stirn, bevor er sich lapidar korrigiert. »*Auch* um. Nicht *wieder*. Man kann nicht sterben, wenn man schon tot ist, nicht wahr?«

Ryle, der mir wie ein Wachhund folgt und nicht von der Seite weicht, legt genervt und sichtlich überfordert den Kopf in den Nacken. »Wo ist er mit ihr hin?«

Tristán sieht ihn nicht an, als er antwortet. »Woher soll ich das denn wissen? Interessiert mich einen Scheißdreck, was er mit ihr macht, ich habe nicht nachgefragt. Wenn wir morgen die nächste Leiche hier hängen haben, wundert mich allerdings gar nichts mehr. Er wirkte echt ... brutal.« Sein spöttischer Blick bleibt wieder an meinem hängen. »Ganz im Gegensatz dazu, wie er dich immer behandelt, Baby. Fucking O'Connor hat irgendwas vor und ginge es nur um mich, wäre es mir wirklich völlig egal. Aber warum zieht er dich da jetzt mit rein, hm?« Er sieht mich so fragend an, als würde er erwarten, ich könnte ihm darauf eine Antwort geben.

Aber das kann ich nicht.

Nate ist im Gegensatz zu Tristán nett zu mir.

Ist das ein Verbrechen?

Tristán ist einfach nur völlig betrunken und high und sieht überall Verschwörungen. Ich schätze, das ist bei seinem Status nicht unbedingt ungewöhnlich. Also Letzteres.

In diesem Moment macht Ryle ein paar Schritte nach hinten und scheint eine Entscheidung getroffen zu haben. »Ihr setzt keinen Fuß aus diesem Haus und bleibt von den Fenstern weg«, weist er uns an und legt prüfend seine Hand auf die Waffe an seiner Hüfte, bevor er aus der Villa stürmt und demonstrativ die Tür hinter sich zuschlägt.

»Schau. Sogar Ry ist wegen ihm besorgt.« Tristán nimmt noch einen Schluck, ohne den Blick von mir abzuwenden. »Aber du klammerst dich an ihn, als wäre er dein Anker oder so 'ne Scheiße, obwohl du alle anderen an deinem Eispanzer abprallen lässt. Warum?« Wieder beugt er sich zu mir und nimmt mich mit seinem undurchsichtigen Blick gefangen. »Warum vertraust du ausgerechnet ihm?«

Ich blinzle nicht einmal und stelle fest, dass ich den Atem angehalten habe. »Ich vertraue hier niemandem, Tristán. Aber Nathan ist kein Mörder, Nathan räumt lediglich deinen Scheiß hinter dir auf!«

»Er hat sie gefickt, weil du gerade nicht verfügbar warst, und du denkst weiterhin, er ist der Nette hier?«

Ich kneife die Augen zusammen und zische leise: »Das hast du ja wohl auch, also tu jetzt nicht so, als wärst *du* der Nette, Arschloch!«

Tristán schüttelt den Kopf. »Hab keinen hochbekommen, bin viel zu besoffen.« Er hebt eine Augenbraue und lehnt sich mehr lässig als ungelenk hinter sich an. Er hat kein Problem, diesen Umstand vor mir zuzugeben. »Daher hab ich fucking O'Connor den ganzen Spaß überlassen. Er hat dich einfach so ersetzt. Fühlt sich das nicht scheiße an?« Er beugt sich zu mir, sodass sein Atem erneut mein Gesicht beschlägt. Tristán stinkt nach Alkohol, nach Rauch, und trotzdem ... Gott, trotzdem habe ich nicht das Bedürfnis, vor ihm zurückzuweichen. »Er hat nicht eine Sekunde überlegt, es nicht zu tun. Du lagst da drüben«, Tristán wedelt mit der Flasche über meinen Kopf hinweg, »halb nackt und willig, dich von ihm besteigen zu lassen, und dann komme ich, der fucking Prinz, schnipse mit dem Finger und alle machen, was ich will.« Er lacht freudlos auf. »Ist das nicht geil, Prinzessin? Wir kennen uns gar nicht, du bist zur falschen Zeit am falschen Ort und trotzdem bin ich jetzt derjenige, der dein Leben zerstört. So oder so. Du kannst nichts daran ändern und ich auch nicht, selbst wenn ich es wollte.«

Ich lege den Kopf in den Nacken, weil er so viel größer ist als ich und so nah vor mir steht, dass ich ihn sonst nicht richtig ansehen kann. Ich habe keine Ahnung, wovon er genau redet – was er sich einredet – oder ob es einfach nur sein nicht zurechenbarer Zustand ist, der aus ihm spricht.

»Dumm nur, dass dir das gar nicht passt, was?«, spreche ich meine Vermutung leise aus.

Er starrt mich an und hält sich an der Küchentheke fest. »Ich hasse alles daran.« Die freie Hand legt er an meine Wange – unglaublich sanft – und reibt mit seinem Daumen über meine Kieferlinie. »Und dann hasse ich es auch wieder nicht.« Er starrt mir in die Augen. Dafür, dass er derart unter irgendwelchen Substanzen steht, ist seine Aussprache verdammt klar. »Die einzige Ausnahme bist du. Du machst nicht das, was ich will.« Tristán stolpert zurück. Er deutet mit der Flasche auf mich, bevor er sie mir gegen die Brust drückt. »Du sagst mir ja nicht mal, wovor du davonrennst.« Irritiert bleibe ich stehen und schließe meine Hand um den Flaschenhals. Tristán lacht freudlos auf. »Siehst du. Willst gefickt werden, aber öffnest lediglich deine Beine.« Er deutet auf meine Brust. »Dein Herz nicht. Nur für O'Connor, weil er dir dreckig ins Gesicht lügt. Hätte nicht gedacht, dass ausgerechnet du so eine Frau bist.«

»Du bist betrunken, Tristán«, bringe ich gepresst hervor, ohne mir anmerken zu lassen, was seine harschen, leider wahren Worte mit mir machen.

»Ach was.« Er lacht laut auf. »Überrascht dich das noch?« Er stößt sich ab und steuert die Tür an. »Du weißt durch Google alles über mich, erwartest dann aber, dass ich dich irgendwas anderes sehen lasse als das, was andere Frauen von mir zu sehen bekommen, obwohl du ganz genauso bist wie sie?« Er sieht über seine Schulter und verengt die Augen. »Wenn nicht sogar schlimmer.«

»Ich weiß nicht, was du von mir willst, Tristán!«, rufe ich aufgelöst und nehme einen Schluck von dem Alkohol.

Als sich der scharfe Geschmack auf meiner Zunge ausbreitet, muss ich husten.

»Ja, komm. Betrink dich, vielleicht verstehst du dann, was ich meine.« Er bleibt stehen und tastet seine Hosentasche ab. »'ne Molly dazu?«

Ich sehe ihm hinterher und bin nicht einmal überrascht, dass er tatsächlich eine kleine rosa Pille aus der Hosentasche fischt. Als ich merke, dass er sie selbst nehmen will – was in seinem ohnehin schon dichten Zustand sicherlich nicht sonderlich gut ist –, bin ich schneller bei ihm, als ich meinen spontanen Einfall überdenken kann. Er reckt den Arm in die Luft und sieht spöttisch auf mich herunter. »Ich habe noch mehr von dem Zeug, Baby. Du musst nicht so tun, als ob dich mein Zustand kümmert.«

»Du bluffst«, murmle ich und greife an seinen Unterarm, um ihn zu mir herunterzuziehen, dabei bin ich mir dahingehend überhaupt nicht sicher. »Legst du es darauf an zu sterben?«

Er hält inne, ich so dicht vor ihm, dass ich die Wärme seines Körpers vor mir spüre. Seine Augen verdunkeln sich und der Ausdruck darin verändert sich. Ich kann ihn beim besten Willen nicht deuten.

Statt mir zu antworten, hält er mir die kleine Pille vor die Nase. »Willst du sie? Einmaliges Angebot. Sonst nehm ich sie.« Der unausgesprochene Nachsatz, dass er es damit in Kauf nimmt, sich völlig abzuschießen, ist deutlich hörbar. »Kriegst bei mir nur das Beste vom Besten und musst nicht mal dafür zahlen.« Er macht eine bedeutungsvolle Pause. »Ein weiterer Vorteil, mit mir zusammen zu sein.« Grollend leckt er sich die Lippe, über die er diese sarkastischen Töne gebracht hat.

»Damit du mich ficken kannst?«

Er beugt sich zu mir, dann spüre ich seine Finger um meinen Kiefer. »Damit du von dem abschalten kannst, vor dem du davonrennst, ohne auf O'Connor zurückgreifen zu müssen, Baby.« Ehe ich reagieren kann, schiebt er die kleine Pille zwischen meine Lippen und drängt mich mit einer Bewegung an die Küchenmöbel. Ich pralle mit dem Rücken dagegen, als er nach der Flasche greift und sie an meine Lippen hält und ankippt. Der Alkohol perlt über meine Lippen, ich schnappe überrumpelt nach Luft und schlucke in der nächsten Sekunde, als der Wein in meinen Mund fließt.

»Du Arsch«, keuche ich nach einem Hustenanfall und nun bin ich diejenige, die sich zitternd an der Arbeitsplatte festhält. Sein muskulöser Körper ragt über mir auf und er presst mich unerbittlich gegen das Hindernis in meinem Rücken.

»Steck dir doch die Finger in den Hals, um sie wieder auszukotzen«, spottet er, während er die Flasche erneut an meine Lippen ansetzt. »Oder du machst einfach mit. Du willst es doch auch.« Er grinst über seine eigenen Worte und kippt mir die halbe Flasche über das Gesicht. »Huch.« Er lacht freudlos, als er an mir heruntersieht. Mein Shirt ist durchnässt und die Tropfen perlen mir über das Kinn. »Bin koordinativ gerade nicht so gut. Verzeih mir.« Der Sarkasmus tropft förmlich aus seinen Worten und gesellt sich zu der Nässe auf meinem Körper.

»Warum?« Statt mich wirklich über seine Übergriffigkeit aufzuregen, lecke ich mir lediglich die Tropfen Wein von der Lippe. Er verfolgt diese Bewegung genau und sein Blick verdunkelt sich.

»Scheißtag«, sagt er nach ein paar Sekunden achselzuckend. »Ich wette, du kennst das.« Mit diesen Worten tritt er zurück und streicht sich die Haare aus der Stirn. »Ry wird uns beide umbringen, wenn er merkt, dass ich dich ohne sein Beisein mit dem Zeug füttere – außer wir sterben vorher.« Er mustert mich mit einem schrägen Lächeln, als erwarte er tatsächlich eine Antwort auf seine nächste Frage. »Was, meinst du, tritt zuerst ein?«

Ich gehe nicht darauf ein. »Warum sollte Ry das tun? Er ist ja nun auch kein Unschuldslamm. Oder liegt das nur daran, dass nur du mich ficken willst, ohne dass er dabei ist?«, provoziere ich ihn und weiß nicht einmal, ob ich etwas dagegen hätte, würde es so kommen. Aber warum sonst hat er mir die Pille gegeben?

»Ich werde dich gar nicht ficken, wenn du dich wie eine verdammte Schlampe verhältst.«

»Boah«, keuche ich und verenge wütend die Augen. Gleichzeitig stolpere ich vor, um mich auf ihn zu stürzen. Er fängt meine Hand mühelos auf. »Wer hat denn hier immer eine andere?«

Er lacht freudlos auf. »Du siehst auch nur das, was du sehen willst.« Damit legt er seinen schweren Arm um meine Schulter und zieht mich an sich. »Lass uns spazieren gehen.«

Ich komme bei diesem Hin und Her nicht mehr mit. Tristáns Verhalten ist nicht durchschaubar und nachvollziehbar schon gar nicht. Genauso wie seine Absichten. »Wir sollen nicht rausgehen«, erwidere ich schwach, als er mich in Richtung der Tür schiebt. »Außerdem bin ich nass.«

Ein spöttisches Lächeln zupft an seinem Mundwinkel. »Zehn Minuten, dann ist dir das egal.«

Und er soll recht behalten.

Mit jeder Minute sind mir die Umstände tatsächlich egaler. Tristáns Schritte sind erstaunlich fest, während ich barfuß und nur mit feuchtem, an mir klebendem Shirt neben ihm herstolpere. Der kalte Wind bläst über meinen größtenteils nackten Körper, ich fange an zu zittern, doch Tristán ist so warm, dass ich mich freiwillig fester an ihn presse und mich an ihm festhalte.

Im Schutz der Dunkelheit bringt er mich hinter den Gebäuden über die Wiesen und ich brauche nicht lange, um zu verstehen, dass wir auf die Schwimmhalle zuhalten. Irgendwie finde ich es gut, dass es Tristán genauso wie mich zum Wasser zieht, wenn es ihm schlecht geht. Das sagt er selbstverständlich nicht, aber ich merke, wie er immer schneller wird, je näher wir dem rettenden Becken kommen.

Irgendwo in meinem Kopf mahnt mich ein Stimmchen, dass ich nicht unbedingt ins Wasser gehen sollte, wenn ich mich kaum aufrecht halten kann, aber das blende ich aus, als wir wenig später vor dem glitzernden Becken stehen.

Es ist viel zu verführerisch. *Abtauchen und schwimmen.*

Und vergessen, was ich getan habe. So weit wollte ich es doch nie kommen lassen.

Tristán hatte so wie Ryle einen Schlüssel für die Halle und obwohl irgendwo in meinem Kopf auch Declans Mahnung aufploppt, ignoriere ich alles, als ich sehe, dass Tristán sich ohne Umschweife aus seiner Stoffhose und dem eleganten karierten Pullover schält. Als seine tätowierten Arme und die Linien auf seiner Brust sichtbar werden und er damit das Bild des adretten Prinzen vollständig loswird, wird mein Mund trocken.

Doch er beachtet mein Starren nicht, wendet sich lediglich dem Becken zu und wartet offenbar auf mich. Er sieht knapp über seine Schulter zu mir.

Wir gehen wirklich schwimmen. Innerlich jubilierend werfe ich ihm ein dankbares Lächeln zu, das er nicht erwidert. Sein Blick liegt zwar auf mir, doch er ist kalt und ausdruckslos.

Ich zögere nicht und zerre mir das Shirt über den Kopf. Auf seinem Gesicht bildet sich ein düsterer Zug, als er zuerst ins Wasser springt und dabei eine absolut perfekte Figur abgibt. Ich hingegen taumele auf das Becken zu und stürze mit einem leisen Schrei hinein.

Das meine ich leider wörtlich.

Das kühle Wasser schlägt über meinem Kopf zusammen, Bläschen steigen um mich herum auf, als ich untergehe. Es rauscht in meinen Ohren, ich paddle, doch ohne Erfolg.

Panik schnürt meinen Oberkörper zu, als ich merke, dass mein Körper nicht einmal mehr ansatzweise das macht, was ich ihm gedanklich anweise.

Unkoordiniert bewege ich meine Arme, meine Beine und sinke nur immer tiefer.

Immer.

Tiefer.

Und tiefer.

Und dann schreie ich erneut.

Das Wasser dringt in meine Lunge, ich reiße die Augen auf und sehe nur Dunkelheit. Die Kälte ummantelt meine Glieder, lähmt sie und ich sinke und sinke und sinke.

Wie tief ist dieses Becken?

Plötzlich schlingen sich Arme um meinen Brustkorb,

ich werde an einen warmen Körper gezogen, während es immer lauter in meinen Ohren rauscht. Tristáns Gesicht taucht vor mir auf. Er dreht mich herum, sieht mich für wenige Sekunden an, erkennt meine Panik, dann zieht er mich an seine Brust, bevor wir beide noch tiefer sinken.

Mit aufgerissenen Augen starre ich ihn an, bevor er seine Hand auf meinen Hinterkopf legt und ihn fest an sich drückt. Er gibt mir keine Chance, mich selbst zu bewegen oder gar zu befreien.

Und mit dem Wasser, das in meinen Mund läuft, sickert auch die Erkenntnis in meinen immer weiter zugedröhnten Kopf, dass er nicht vorhat, mich zu retten.

Im Gegenteil.

Es sind seine Arme, die mich weiter herunterziehen.

Seine Arme, in denen ich sterben werde, wenn er mich nicht loslässt.

Und das scheint er nicht vorzuhaben. Das Rauschen wird immer lauter, dröhnt in meinen Ohren, genauso wie mein eigener Herzschlag, den ich durch meinen Körper jagen höre und an nahezu jeder Stelle spüre.

Er wird immer lauter. Immer schneller.

Bis er plötzlich gänzlich verstummt.

Doch dafür schießen mir Bilder in den Kopf. Bilder von dem Leben, das ich früher gelebt habe. Bilder von ihm. Von Ilian ... meinem Freund.

Bilder von meiner Zeit bei der Sekte, vor der ich weglaufe.

Ende Band 1

Danksagung

Ihr Lieben, ich freue mich sehr, dass ihr diese neue Reise mit den Jungs und Maeve begonnen habt. Das hier ist nur der Anfang und sie ist noch lange, lange nicht vorbei. Ich verspreche euch, dass da noch einiges auf euch zukommt, daher werde ich diese Worte hier auch sehr kurz halten. Aber das Wichtigste:

Danke für eure Treue, eure Begeisterung für meine Bücher, eure Posts auf Social Media und eure liebevoll geschriebenen Rezensionen. Das ist für AutorInnen unglaublich wichtig.

Für diese Reihe habe ich mein kleines Alpha-Team einfach mal verdoppelt – und bin über diese Entscheidung mehr als froh: Linda, Luisa, Jacky und Ria: Ich danke euch von ganzem Herzen, dass ihr quasi sofort springt, wenn ich mit einem neuen Kapitel um die Ecke komme, ich danke euch für eure Begeisterung für die Charaktere, euer Lob, eure kritischen Anmerkungen ... ich weiß nicht, wo ich ohne euch wäre.

Gleiches gilt für Doreen, Isabell, Eleonora, Milena, Celine, Lisa und Anna-Lena. Danke, dass ihr euch die Roh- und Nicht-mehr-ganz-so-roh-Versionen des Manuskripts »angetan« habt. Ich habe diesmal ein wenig gebraucht, um den richtigen Weg zu finden, aber ich denke, die zahlreichen Umwege, die wir genommen haben, haben sich im Endeffekt gelohnt.

Ein besonderes Danke gilt meinen Mini-Testlesern,

die in einer Spontanaktion die ersten Kapitel gelesen haben: Saskia, Lirie und Antonia.

Ich hoffe, wir lesen uns an gleicher Stelle im zweiten Band wieder.

Bis dahin, macht's gut!

Eure Alessia

Leseprobe zu Ruthless Villains von Alessia Gold

Eden – Prolog

Aus der Ferne erklingen die Sirenen und lassen mich immer schneller werden. Das Adrenalin peitscht durch meine Venen und sorgt dafür, dass ich meine Umgebung mit all ihren Details wahrnehme. Den Mondschein, der vom rosafarbenen Himmel verdrängt wird. Den Geruch nach dreckigem Fett der umliegenden Restaurants, das Zischen, das die Generatoren hier auf dem Hinterhof erzeugen.

Fest schließe ich den Ring in meine Hand und laufe dicht an die Wand gedrückt weiter. Dabei achte ich darauf, allem auszuweichen, was auch nur ansatzweise meine Position verraten würde. Ich mache einen großen Schritt über kleine Kieselsteinchen, die sich aus dem löchrigen Asphalt gelöst haben; schlage einen großen Bogen um die Plastikmülltüten, die für die Müllabfuhr bereitstehen. Ich blicke mich immer wieder um, als ich auf die dahinterliegende Straße trete. Sehe nach links, dann nach rechts.

Ich will beweisen, dass ich es kann. Dass ich die richtige Entscheidung treffen kann.

Ich weiß genau, worauf ich mich hier einlasse. Mit

allem. Und mit diesem Job. Und ich weiß verdammt genau, wie wichtig mein Part dabei ist.

Die kühle Herbstluft in diesen frühen Morgenstunden kriecht unter meine Haut, als ich geschützt vom Häuserschatten in eine kleine Seitenstraße husche. Entfernt dringt Musik aus einem angrenzenden Club an meine Ohren. Ich bleibe stehen und sehe mich um. Unweit von mir entfernt sehe ich die ersten Partygänger, die betrunken aus dem Hintereingang stolpern und laut herumgrölen. Eine Flasche klirrt, als sie auf dem Boden aufkommt und in ihre Einzelteile zerbricht. Ein Typ lacht noch laut auf, bevor er sich mit einer Hand an einer Laterne abstützt und seinen Mageninhalt auf den Boden kotzt.

Langsam und bedacht trete ich den Rückzug an. Hier kann ich nicht lang. Betrunkene Menschen bedeuten Gefahr und Gefahr kann ich mir nicht leisten.

Ich schleiche um die Häuserecke, sehe mich um und gehe im Kopf die Karte durch, die ich mir in Vorbereitung auf diesen Tag sehr lange eingeprägt habe. Wenn ich nach rechts gehe, komme ich an mindestens drei weiteren Etablissements dieser Art vorbei. Sie alle haben den Fakt gemeinsam, dass um diese frühe Uhrzeit viele der Partygänger ihren Heimweg antreten. Und ich will so unbemerkt wie möglich an meinem Ziel ankommen.

Ich weiß, dass sie mir den Rücken freihalten. Ich weiß aber auch, dass ich in diesem Moment auf mich allein gestellt bin. Und ich will sie nicht enttäuschen.

Mein Herz pocht schwer, als ich unschlüssig an die Hausfassade gedrückt stehen bleibe, um meine Optionen durchzugehen. Ich will es nicht vermasseln, nur weil ich jetzt eine falsche Entscheidung treffe.

Wenn ich nach links gehe, ist der Weg etwas weiter, dafür komme ich dort nur an Restaurants vorbei, die um diese Uhrzeit schon lange geschlossen haben. Dort ist keine Menschenseele zu erwarten. Rechts würde bedeuten, auf die friedfertigen Gedanken der Besoffenen zu setzen.

Ich muss nicht lange überlegen, sehe mich noch einmal um, dann flitze ich über die kleine Kreuzung. Nach links. Den Umweg nehme ich in Kauf.

Weit entfernt sind noch immer die Sirenen zu hören; die der herbeigerufenen Polizei und die des Alarmsystems des Museums. Ich muss den Ring wegbringen, bevor sie mich finden.

Als die Straße breiter wird, falle ich in einen leichten Trab. Es ist auffällig zu rennen, dafür bin ich so schneller an meinem Ziel.

Meine Füße kommen leicht auf dem Boden auf, mein Atem ist gleichmäßig. Es ist noch immer so frisch, dass bei jedem Atemzug kleine weiße Wölkchen um meinen Kopf herum aufsteigen. Alle meine Sinne sind bis aufs Äußerste geschärft. Vor mir ist nichts zu sehen, nichts zu hören. Und hinter mir ... ich wage genau in dem Moment einen Blick über meine Schulter, als ich einen Schatten neben mir wahrnehme. Dann scheppert etwas und mein Herz setzt für einen Moment aus. Schlitternd bleibe ich stehen und wirble auf dem Absatz meiner Stiefel herum.

Unweit von mir entfernt steht ein Mann. Er ist in schwarze Kleidung gehüllt, trägt eine Mütze und ein schwarzes Tuch verdeckt sein Gesicht. Als er den Arm hebt, bricht sich der schwindende Mondschein auf der Klinge seines Messers.

Meine Kehle fühlt sich an wie zugeschnürt. *Ich habe die falsche Entscheidung getroffen.*

Hektisch drehe ich mich um und renne los.

Seine Schritte hinter mir hallen von den hohen Häuserfassaden wider, als er sich ebenfalls in Bewegung setzt. Ich werde immer schneller, meine Füße kommen im selben schnellen Rhythmus wie mein Herzschlag auf dem Boden auf. Ich muss nur schneller sein als er, dann ... Plötzlich nehme ich im Augenwinkel eine weitere Bewegung auf einem Fenstersims wahr.

Und noch bevor ich sie realisiert habe, springt die schwarze Gestalt direkt vor mir auf die Straße. *Sie haben hier auf mich gewartet. Sie wussten, dass ich so wählen würde.*

Ich schlittere über den Boden, als ich abrupt abbremse, lande auf dem Hintern und verbeiße mir einen Schmerzenslaut. Der andere Mann kommt ebenfalls näher. Und noch während ich mich auf die Knie hieve, breitet sich die Erkenntnis in mir aus.

Scheiße.

Ich habe versagt.

Ich hätte den anderen Weg nehmen sollen. Den mit anderen Menschen. Menschen, die nun eingreifen könnten. Jetzt wird mir niemand zu Hilfe kommen. Weil außer diesen zwei Männern niemand hier ist.

Der Typ richtet sich über mir auf. Obwohl ich nur seine Augenpartie unter dem Tuch über seinem Gesicht erkennen kann, sehe ich das Funkeln in dem schokoladigen Braun seiner Iriden. Mein Herz rast noch schneller, als er mein Handgelenk grob umfasst und meinen Arm nach oben zerrt.

Ich presse meine Finger, so fest ich kann, zusammen,

doch der Griff seiner Hand ist so schmerzhaft, dass ich schon nach wenigen Sekunden keuche.

»Gib ihn mir.« Seine Stimme ist tief, rau und fährt mir direkt in den Bauch.

Ich schüttle den Kopf und taxiere ihn aus verengten Augen. Ich werde diesen Ring nicht so einfach verlieren. Dazu müssen sie mich schon zwingen.

Ich versteife mich, als ich eine Bewegung hinter mir vernehme. Nun ist auch der zweite Mann da. Mit dem Messer. Die Angst kämpft sich in meiner Kehle hinauf und trocknet meinen Mund aus.

Eine weitere Hand schließt sich von hinten um meinen Hals, zieht mich auf die Beine. Der andere umfasst noch immer mein Handgelenk.

»Falsche Wahl getroffen, nicht wahr?«, höhnt der Typ hinter mir, dreht mich grob um und zieht mein Gesicht dicht vor seins.

»Fick dich«, spucke ich leise aus. Ich will nicht wahrhaben, dass ich wirklich verloren habe.

Sein leises Lachen erfüllt die Nacht, der andere stimmt sogleich mit ein.

»Gib ihn her, sonst holen wir ihn uns«, wiederholt der Mann vor mir.

»Versucht das doch. Er gehört mir!«

»Du hast ihn gestohlen.« Raubtierhafte hellblaue Augen richten sich auf meine, fesseln mich mehr, als Seile es könnten. »Und weißt du, was wir mit Diebinnen machen?« Seine Stimme ist warm, fast schmeichelnd, und doch ist sie es nicht. Prickelnde Gänsehaut bildet sich auf meinem Nacken, was er unter seinen Fingern spüren dürfte. Keuchend erhasche ich einen Blick auf die Klinge, als er sie an meinem Hals ansetzt. Sein Daumen reibt noch einmal mahnend über meinen Kehlkopf, bevor er sie wegnimmt und die Kälte der Klinge die Wärme seiner Hand überdeckt. Überfordert schließe ich die Augen, nur bedacht darauf, die Finger, die den Ring beschützen, nicht zu öffnen. Egal, was sie nun mit mir vorhaben. *Das* werde ich nicht tun.

Ich werde ihn nicht verlieren.

Von hinten schiebt sich eine Hand unter meinen Pullover, hin zum Bund meiner Jeans. Ein rauer Daumen reibt über meine Haut. Mein Magen schlägt Saltos. Innerlich friere und verbrenne ich in ein und derselben Sekunde.

»Lasst mich los«, keuche ich und spüre, wie meine Hand mit dem Ring zittert.

»Hm, hm«, brummt der Mann hinter mir. »Zu spät.« Seine Finger tasten sich ungeachtet meines verkrampften Körpers weiter fort. Streifen den Saum meines Höschens, verfangen sich in dem dünnen Stoff. »Wir holen uns, was uns gehört.« Seine Worte sind mehr eine Verheißung denn eine Drohung, aber das werde ich nicht sagen.

Sein Finger erreicht meinen Venushügel. Angestrengt stoße ich die angehaltene Luft aus, bemüht, mir keine Gefühlsregung anmerken zu lassen.

Eine zweite Hand gesellt sich unter meinen Pullover, die des Mannes vor mir. Sie legt sich auf meine Brust, knetet sie, Finger zupfen an meinem aufgestellten Nippel.

Himmel. *Mein Versagen dürfte mich nicht erregen.*

»Wir *nehmen* uns, was uns gehört«, raunt er leise und präzisiert damit die Worte des anderen. Die Klinge drückt sich in meine Haut. Ich spüre das Brennen, den warmen Tropfen Blut, der über den Schnitt rinnt, als

Finger meine Schamlippen teilen. Ich wimmere, als er hinter mir ein dunkles Stöhnen ausstößt. Er spürt es. Er spürt, wie feucht ich bin.

»Letzte Chance. Öffne die Hand.« Sein heißer Atem trifft mein Ohr, lässt mich frösteln und brennen. Seine Drohung macht mich unfassbar an.

Aus meiner Kehle dringt ein sehnsuchtsvolles Wimmern. Hier zwischen ihnen gefangen, die scharfe Klinge an meinem Hals, der metallische Geruch nach Blut, das Adrenalin in meinen Adern – all das ist so viel besser als in meinen dunkelsten Fantasien.

Ich will, dass sie mich auf den Boden stoßen.

Ich will, dass sie sich nehmen, was sie wollen.

Ich will, dass sie *mich* wollen.

Nicht den verfluchten Ring.

Von Alessia Gold sind ebenfalls im Federherz Verlag erschienen:

Wie du mich berührst

Wie du mich hältst

Wie du mich ansiehst

Highland Rebels: Wir sind dein Verhängnis

Highland Rebels 2: Wir sind dein Untergang

Highland Rebels 3: Du gehörst zu uns

Highland XMAS Special (mit Mica Healand)

The Gang: Wir wollen deine Seele

The Gang 2: Wir sind deine Hölle

The Gang 3: Du bist unser Licht

Twin Deal: Verkauft an zwei Brüder

Twin Deal 2: Verliebt in zwei Brüder

Dark Blossom: Er ist Gift für dein Herz

Cherry Blossom: Sie ist Gift für sein Herz

Your last Christmas

Ruthless Villains: Von ihnen entführt

Ruthless Freaks: Von ihnen verführt

Ruthless Lovers: Von ihnen geliebt

Ausführliche Triggerwarnung

(gilt für die gesamte Reihe)

Typische Dark-Romance-Elemente:

- (sexuelle) Gewalt
- Folter
- Mord
- Drogenmissbrauch
- Entführung
- toxische Beziehungen
- Morally-grey-Charaktere

Im Speziellen:

- Trauma mit Gedächtnisverlust
- psychische Erkrankung (Depression)
- Suizidgedanken und Suizidversuch
- Trauer und Tod
- Sex: Dubious Consent, Dominanz, Unterwerfung, Fesselung, MMF, MMMF, weitere BDSM-Elemente

Diese Liste ist möglicherweise nicht vollständig – bitte verantwortungsvoll lesen.

Mein Auftrag ist klar. Er lautet Provokation. Nur deshalb trete ich die Stelle als Tanzlehrer am Ballettinternat an.
Doch ihn auszuführen, ist schwerer als gedacht,
sobald mein Blick auf sie fällt.
Meine Schülerin Odette.

Auch im Abschlussjahr steht Odette im Schatten der anderen Tänzerinnen, hat keine Chance auf die Hauptrolle und damit genauso wenig auf einen festen Platz in einem Ballettensemble. Tag für Tag kämpft sie gegen ihre quälende innere Dunkelheit.

Als Dorian Pécheur, der junge Tänzer mit der düsteren Ausstrahlung, eine Lehrstelle an der Schule antritt, fühlt sie sich sofort zu ihm hingezogen. Doch beide wissen, dass sie der Versuchung nicht nachgeben dürfen, selbst wenn sie noch so groß ist.
Gleichzeitig spürt Odette, dass am Internat nicht alles so ist, wie es scheint, und ahnt nicht, in welche Gefahr sie sich mit ihren Nachforschungen begibt.
Bis Dorian sie rettet und die beiden sich dadurch viel näher kommen, als es erlaubt wäre. Doch auch er verbirgt Geheimnisse, die Odette an ihre Grenzen treiben. Wird ihre Liebe die Dunkelheit überwinden?

**Mich von einer hübschen Mafiaprinzessin in den mexikanischen Regenwald entführen zu lassen?
Könnte Schlimmeres geben ...
Zumal ihr nicht bewusst ist, dass ich nicht der bin, für den sie mich hält.
Und ich nur eines will: sie beschützen.**

Als Tochter eines italienischen Mafiabosses sollte man meinen, dass Amira das brutale Familiengeschäft im Blut liegt, doch weit gefehlt. Bislang hatte sie nichts damit zu tun. Unvermittelt befindet sie sich jedoch ohne Unterstützung oder Waffe, dafür mit zahlreichen Ängsten im Gepäck, auf der Reise in eines der gefährlichsten Länder der Welt. In Mexiko angekommen ist es ihre Aufgabe, den skrupellosen Sohn einer verfeindeten Familie für drei Wochen von der Bildfläche verschwinden zu lassen. Dafür bleiben ihr nichts weiter als ihre eher laienhaften Verführungskünste. Amira ahnt nicht, dass hinter dem Auftrag etwas ganz anderes steckt und sie außerdem mit Enrico Vasquéz versehentlich den Falschen entführt.
Mit weitreichenden Konsequenzen, denn der attraktive Kartellboss verfolgt seine ganz eigenen Pläne ...

Erlebt mit Fearless Heart eine prickelnde Bad-Hero-Romance aus der Feder von Clea Carter.

Du liebst das Scheinwerferlicht.
Aber glaube mir, kleiner Schmetterling,
es offenbart auch deine dunkelsten Geheimnisse.

Zwei Jahre ist es her, dass Detective Walkers kleine Schwester einen grausamen Drogentod starb. Dieser Verlust treibt ihn an, härter als jeder andere daran zu arbeiten, die Verantwortlichen zur Strecke zu bringen. Dafür braucht er ausgerechnet sie: Vivien Sweeney, Schwester eines berüchtigten Drogenkochs. Die verführerische Poletänzerin steht nicht nur im Rampenlicht auf der Bühne, sondern auch auf der Blacklist der Kriminalpolizei. Doch Neros Herz sieht in ihr viel mehr als nur eine Verdächtige.

Weil die Vergangenheit ihr gefährlich wird, muss er sich zwischen dem Gesetz und seinen Gefühlen entscheiden. Ungeachtet der Folgen flüchtet er mit ihr in die schottischen Highlands, um sie zu beschützen. Es folgt eine prickelnde Zeit zwischen Leidenschaft und Gefahr. Nur ist Viviens Vergangenheit noch schwerwiegender, als Nero zunächst vermutet hat. Wird er so noch seinen Gefühlen folgen können?

Erlebt mit dem spannenden Debütroman von Martha Mae eine Geschichte, die die Grenzen zwischen Verbrechen und Gesetz zu Fall bringt.

Sie sind die Könige des Baker Beach.
Jeder kennt und fürchtet die Mafia-Zwillinge.
Doch ausgerechnet Elena kommt ihnen zu nahe und schon bald weiß ihr Herz nicht mehr, was oder wen sie will ...

Elena flieht aus ihrem alten Leben, um einen Neuanfang in San Francisco zu wagen. Ein Job im Diner soll ihr dabei helfen. Allerdings ist so ein Neubeginn gar nicht so leicht, wenn man direkt an verboten heiße Mafia-Brüder gerät. Immerhin sind sie von Grund auf verschieden, und dennoch spürt Elena, dass ihr Herz nicht nur für den rauen Matteo, sondern auch für den charmanten Alejandro schlägt. Außerdem sind da noch die Gefahren, die die Donatello-Zwillinge mit sich bringen.

Elena bleibt kaum Zeit zum Durchatmen, denn da ist neben dem heillosen Gefühlschaos ein Geheimnis, was tödlich für sie enden könnte ...

Erlebt mit dem prickelnden Debüt von Melodie Sky den Auftakt der Immortal-Kings-Dilogie und taucht ab in die dunklen Abgründe der Donatello-Brüder.
Enthält explizite Szenen, die dir den Verstand rauben werden.

Es gibt drei Dinge, die ich niemals zulassen werde:
dass du deinen Traum aufgibst,
dass du deinen Körper verkaufst,
dass ich dich mit jemandem teile.
Und doch, Alice, tauchst du in meinem Club auf und hast genau das vor.

Das Café in New York war Alice' Lebenstraum, doch in kürzester Zeit muss sie das dafür geliehene Geld zurückzahlen und weiß nicht wie. Als ihr Bruder dann auch noch als Druckmittel entführt wird, stürzt ihre Welt in sich zusammen. Der einzige Ausweg: das Geld beschaffen, und zwar schnell. Auch wenn das heißt, dass Alice wieder als Poletänzerin arbeiten muss und der Job die Extras in den Separees mit einschließt. Aber große Mädchen weinen nicht, oder? Selbst dann nicht, wenn sie ihre persönlichen Grenzen ausblenden müssen oder ihrem neuen Boss, Jace Avens, ein einfaches Nein nicht ausreicht. Denn Jace hat bereits ganz andere Pläne und eigentlich sollte Alice tun, was er sagt. Eigentlich …